KB240832

Hye Won World Best

水滸誌
수호지

시내암 지음 / 임영태 옮김

惠園出版社

행렬의 맨 앞에는
두 개의 깃발이 앞장서고 있었다.
하나에는 '하늘의 뜻에 따른다.'
라는 글이 적혀 있었고,
다른 깃발에는 '나라를 지킨다.'
라는 글이 적혀 있었다.

차례

나그네가 된 금군의 교관

당나라가 망하고 난 후 중국은 50여 년 동안 세상이 몹시 어지러웠다. 크고 작은 수많은 나라의 왕들이 제각기 중국의 천자(천명을 받아 천하를 다스리는 사람, 곧 중국에서 황제를 일컫던 말)가 되고자 전쟁을 벌였기 때문이다. 이 어지러운 중국을 통일하고 세워진 나라가 송나라였다.

송나라는 초대 천자인 태종 이후 오랫동안 태평 성대를 누렸다.

그러나 철종 시절에 이르러서는 태평하던 송나라도 조금씩 흔들리기 시작했다. 나라의 기틀은 여전히 굳건했으나, 여기저기서 많은 문제가 생기고 있었다. 특히 지방의 관리들은 제 잇속을 챙기기에 바빠 민심을 제대로 돌보지 않았다.

그 철종 시절의 어느 날, 화흠현의 부호인 사씨 집에 낯선 손님이 찾아왔다. 건장하게 생긴 중년의 사내와 그 어머니로 보이는 노파였다. 두 사람은 몹시 지쳐 보였다.

사내는 사씨 집의 육중한 대문을 두드려 하인을 불렀다.

"늙으신 어머니와 함께 먼길을 가고 있는 중입니다. 날이 어두워져서 하룻밤 신세를 지고자 합니다."

하인은 곧 주인에게 달려가 손님의 말을 전했다. 주인인 사씨는 손님을 사랑방으로 모시게 했다. 사내는 저녁 대접을 받고 그 곳에서 하룻밤을 묵었다.

다음날, 사씨 집 마당에서는 이른 아침부터 기합 소리가 울려 퍼졌다. 그것은 사씨의 아들인 사진이라는 젊은이가 봉술 연습을 하는 소리였다.

사진은 어릴 때부터 글공부보다 무술을 좋아했다. 그래서 몸에도 온통 용의 문신을 새겨 넣고 스스로 '구문룡'이라는 별호를 쓰고 있었다.

사씨는 아들이 원하는 대로 하게 해 주었기 때문에 사진은 마음껏 무술에 전념할 수 있었다.

사진이 특히 자부심을 가지고 있는 것은 봉술이었다. 사진은 예닐곱 명이나 되는 많은 스승으로부터 봉술을 배웠다. 그 날도 사진은 아침부터 땀을 흘리며 봉을 휘두르고 있었다.

그런데 아까부터 한 사내가 그러한 사진을 지켜 보고 있었다. 잠시 후 사내는 한 걸음 앞으로 나서며 나지막이 입을 열었다.

"좋은 솜씨이기는 한데 빈틈이 많구나……."

이 말을 들은 사진은 사내 쪽으로 고개를 홱 돌렸다. 사진의 얼굴은 어느새 벌개져 있었다.

"대체 당신이 봉술에 대해 얼마나 알길래 그런 말을 하는 거요? 이래 봬도 난 여러 스승으로부터 봉술을 배웠소. 그렇게 자신 있으면 한번 겨루어 보시겠소?"

사진은 성미가 고약한 젊은이는 아니었다. 그러나 자신의 집에서 하룻밤 묵어 가는 손님에 불과한 사람이 감히 자기 실력을 비웃자 화가 났던 것이다.

그 때 사진의 아버지가 마당으로 나오다가 그런 두 사람을 보았다.

"손님께서는 봉술을 잘 아시는지요?"

사씨는 정중하게 사내에게 물었다.

"그저 약간 배웠을 뿐입니다. 이 젊은이가 아드님이신가요?"

"그렇습니다."

"괜찮으시다면 제가 밥값이나 할 겸 지도를 좀 해 드리고 싶습니다만……."

사내는 조용히 웃으면서 사진을 바라보았다.

"그렇게 해 주신다면 감사하겠습니다. 사진아, 어서 와서 이분께 스승의 예를 차리거라."

사씨는 기쁜 얼굴로 아들을 불렀다. 하지만 사진은 어처구니없다는 표정으로 사내를 노려보기만 했다.

"아버님, 어찌 누군지도 모르는 사람에게 배우란 말씀이십니까? 저는 우선 저 사람과 겨뤄 보고 싶습니다. 그래서 만약 저를 이긴다면 스승으로 모시겠습니다."

사씨는 아들의 무례함을 나무랐다. 그러나 사내는 아무렇지도 않다는 듯 사진을 향해 고개를 끄덕여 보이고는 한 발 앞으로 나섰다.

이윽고 사내와 사진이 봉을 들고 맞섰다.

하지만 승부는 너무 간단히 끝나고 말았다. 두 사람의 기합 소리가 한 차례 지나가고 나자, 사진은 어느새 마당에 뒹굴고 있었다. 사진은 손에 들었던 봉마저 놓치고 말았다. 사진은 자신이 어떻게 당했는지조차도 알 수 없었다.

"저의 무례함을 용서하십시오. 스승님으로 모시겠습니다. 부디 저를 제자로 받아들여 주십시오."

사진은 황급히 사내 앞에 무릎을 꿇었다. 그 모습을 바라보는 사씨의 얼굴에 기쁜 빛이 감돌았다.

사씨는 곧 사내를 안채로 데리고 들어갔다. 두 사람은 술을 마시며 이야기를 나누기 시작했다.

"솜씨가 보통이 아니시군요. 필시 뭔가 사연이 있는 분 같은데 들려주실 수 있겠는지요?"

"그렇게까지 말씀하시니 감출 수가 없군요. 사실 저는 금군의 교관으로 있던 사람으로, 이름은 왕진이라고 합니다. 무술이 제 직업이었던 셈이지요."

사씨는 알겠다는 듯 고개를 끄덕였다. 그러더니 이내 의아스런 표정으로 물었다.

"그런데 어쩌다 떠도는 신세가 되셨는지……?"

사씨가 조심스럽게 묻자, 왕진은 엷은 한숨을 쉬고 나서 그간의 사정에 관해 말해 주었다.

왕진은 얼마 전까지만 해도 나라의 가장 중요한 군대인 80만 금군의 무술 교관으로 있었다. 그런 왕진이 졸지에 나그네가 되어 고향을 떠나게 된 건 순전히 새로 부임한 태위 때문이었다.

새로 태위로 부임한 고구라는 자는 신분도 실력도 변변찮은 인물로, 원래 저잣거리에서 못된 짓이나 하던 건달이었다.

그런데 고구에게는 남다른 재주가 하나 있었다. 그것은 바로 공을 다루는 재주였다.

고구는 그 재주 하나로 철종의 눈에 띄어 총애를 받아왔다. 그러다 최근 금군을 다스리는 전수부 태위라는 벼슬을 얻었던 것이다.

고구는 예전에 건달 노릇을 할 때 왕진의 아버지로부터 호되게 당한 적이 있었는데, 벼슬을 얻게 되자 그 원한을 왕진에게 갚으려 했다.

고구는 왕진이 몸이 아파 자신의 취임식에 나오지 못한 것을 구실로 왕진에게 매질을 가하는 등 사사건건 트집을 잡아 괴롭혔다. 결국 견디다 못 한 왕진은 집을 버리고 도망치게 되었던 것이다.

"그러셨군요. 참으로 억울한 일을 당하셨습니다. 저희 집이 변변치는 않으나 이 곳에서 제 자식놈을 가르치며 지내도록 하십시오."

사씨는 동정어린 얼굴로 한때 금군의 교관이었던 왕진을 위로해 주었다.

"감사합니다. 그렇다면 염치없이 당분간 신세를 지겠습니다. 그 대신 제 보잘것없는 실력이나마 아드님의 무술 지도에 최선을 다하겠습니다."

이렇게 해서 왕진은 사진의 무술 스승이 되었다.

왕진은 약속대로 정성을 다해 사진을 지도했다. 원래부터 무술에 소질이 있던 사진은 날이 갈수록 실력이 늘었다. 그렇게 6개월이 지나자 왕진은 더 이상 가르칠 게 없었다.

왕진은 어느 날 사씨에게 떠나겠다는 의사를 밝혔다. 사씨와 사진이 한사코 말렸지만 왕진의 결심도 굳었다. 할 일이 끝났으므로 더 이상 신세를 지지 않겠다는 것이 왕진의 마음이었다.

그리하여 왕진은 며칠 후, 사씨와 사진의 극진한 인사를 받으며 다시 길을 떠났다.

소화산의 도적

스승이었던 왕진이 떠난 후에도 사진은 무술 연습을 게을리하지 않았다. 사진의 무술 솜씨는 이제 인근에서 당할 자가 없게 되었다.

왕진이 떠나고 나서 반 년쯤 후 사진의 아버지는 병이 들어 죽고 말았다. 그리하여 사진이 집안의 어른이 되었다. 사진은 아랫사람들에게 집안일을 맡기고 이따금씩 무술을 연마하는 것으로 시간을 보냈다.

그러던 어느 날, 사진은 마당의 평상에 앉아 바람을 쐬고 있었다. 그런데 맞은편의 솔숲에 누군가 숨어 있는 것 같은 기척이 들렸다. 사진은 얼른 그 쪽으로 달려가 소리를 질렀다.

"웬 놈이 남의 집을 기웃거리느냐!"

호통에 놀라 비실비실 걸어 나온 사람은 사냥꾼인 이길이라는 자였다.

"너는 이길이 아니냐? 여기서 무얼 하고 있는 게냐?"

"저는 그저 나리 댁의 하인인 구을랑을 만나 술이나 한 잔 하려고 왔습니다. 그런데 나리가 계셔서 감히 들어가지 못하고 있던 중이었습니다."

이길은 겁먹은 목소리로 대답했다.

"그래? 그건 그렇다 치고, 요즘엔 왜 사냥한 것들을 팔러 오지 않느냐? 내가 쳐 주는 값이 박하더냐?"

"아이고, 아닙니다. 요즘엔 아예 사냥을 하지 못하고 있어서 그럽니다."

"아니, 사냥을 못 한다니?"

사진이 목소리를 높이자, 이길은 더욱 겁먹은 소리로 재빨리 대답했다.

"나리께선 전혀 모르시나 보군요. 제가 늘 사냥을 다니던 소화산에는 지금 도적들이 우글거리고 있답니다. 그 세력이 어찌나 막강한지 관에서도 잡지 못하는 형편입니다. 그러니 어떻게 산 속에 들어가 사냥을 할 수 있겠습니까?"

"나도 그런 얘기를 들은 적이 있다만, 그 정도인 줄은 몰랐구나. 알았다. 물러가거라."

이길이 돌아가고 난 후, 사진은 깊은 생각에 빠졌다. 도적의 행패가 그토록 심하다면, 자신이 살고 있는 마을도 언제 습격 당할지 모르겠다는 생각이 들었다.

사진은 곧 하인들을 시켜 마을 사람들을 모으도록 했다. 우선 사람들에게 음식을 대접하고 난 후 사진이 큰 소리로 입을 열었다.

"듣자 하니 소화산이 도적의 무리로 들끓고 있다 합니다. 그놈들이 언제 우리 마을로 쳐들어올지 모릅니다. 그래서 그 일을 의논하고자 여러분을 불렀습니다. 여러분은 즉시 집 안에 무기를 마련해 놓도록 하십시오. 그리고 우리 집에서 대통 소리가 울리거든 바로 무기를 들고 이곳으로 모이십시오. 도적의 우두머리는 제가 직접 처치할 테니 걱정하지 마십시오."

마을 사람들은 모두 사진의 말에 따르기로 했다. 그러지 않아도 도적 때문에 늘 걱정이었기 때문이다.

그 무렵 소화산에서는 도적의 우두머리들이 모여 의논을 하고 있었다. 그들은 첫째 두목인 주무, 둘째 두목인 진달, 셋째 두목인 양춘이었다.

최고 우두머리인 주무가 부하 두목들에게 말했다.

"산채에 양식이 떨어져 가니 한번 크게 움직여야겠네. 어디가 적당하겠는지 얘기를 해 보게. 내 생각엔 화흠현 사람들이 제법 풍족하게 사는 것 같으니 그 쪽을 치는 게 좋을 것 같은데."

"저도 같은 생각입니다. 화흠현을 칩시다."

주무의 말이 떨어지자 진달도 찬성을 했다. 그러나 셋째 두목인 양춘은 생각이 달랐다.

"화흠현을 치려면 사가촌을 지나야 합니다. 그런데 사가촌엔 사진이라는 자가 버티고 있어 쉽지 않을 것 같습니다."

그러자 다시 진달이 나섰다.

"아니, 사진 한 놈 때문에 우리가 못 움직인단 말인가? 자네가 그렇게 겁이 많은 줄은 몰랐군."

"사진은 그렇게 만만하게 볼 자가 아닙니다. 대단한 무예를 지니고 있다 합니다."

"나도 그가 호걸이라는 소문은 들은 적 있어. 하지만 우리는 죄다 허수아비란 말인가? 좋아, 내가 가서 사진인지 뭔지 하는 작자의 솜씨를 구경하고 오겠네. 그러니 주무 형님은 걱정 말고 기다리고 계십시오."

진달은 말을 끝내자마자 부하들을 불러 모았다. 주무와 양춘이 말렸지만, 진달은 듣지 않았다.

진달은 북을 두드리며 기세 좋게 산을 내려갔다.

소화산의 도적이 몰려온다는 소식은 곧 사진의 집에 알려졌다. 사진은 즉시 하인을 시켜 대통을 두드리게 했다. 그 소리를 들은 마을 사람들이 준비해 두었던 무기를 들고 사진의 집으로 모였다.

마침내 진달을 선두로 한 도적의 무리는 사진의 집 앞에 이르렀다. 진달은 제법 근엄한 자세로 말 위에 앉아 사진을 향해 입을 열었다.

"우리는 다만 화흠현으로 가고자 할 뿐이오. 그러니 길을 비켜 주시면 고맙겠소이다."

사진은 한마디로 거절했다.

"네 이놈, 도적의 무리가 감히 어디를 가려 하느냐!"

사진이 그렇게 호통을 치자 진달은 화가 났다.

"뭐라고?"

진달이 소리를 지르며 앞으로 달려 나왔다. 그러자 사진도 말을 몰아 앞으로 달려나갔다. 한 무리의 두목인지라 진달의 솜씨도 보통은 넘었다. 그러나 역시 진달은 사진의 상대가 될 수 없었다. 두세 번 서로 맞부딪치고 나자 진달은 몰리기 시작했다.

"이얏!"

사진의 고함 소리가 크게 한 번 들리고 나자, 어느새 진달의 몸은 땅바닥에 뒹굴고 있었다.

마을 사람들이 달려들어 재빨리 진달의 몸을 묶었다. 그러자 도적들은 바람에 날리는 가랑잎처럼 흩어져 도망가기에 바빴다. 사진은 포로가 된 진달을 광에 가두었다.

마을 사람들은 사진의 용맹함을 칭찬하며 떠들썩하게 잔치를 벌였다.

한편, 초조한 마음으로 진달을 기다리던 소화산의 다른 두목들은 진달이 잡혔다는 소식을 듣고 크게 놀랐다.

"당장 진달을 구하러 갑시다."

양춘이 흥분하여 목소리를 높이자 주무가 신중하게 그를 만류했다.

"진달도 저렇게 간단히 잡히고 말았는데, 우리가 간다고 뾰족한 수가 있겠는가?"

"그럼 이대로 진달이 죽는 꼴을 보고만 있을 겁니까?"

주무는 아무런 대꾸도 하지 않고 오랫동안 생각에 잠겨 있었다. 얼마후 주무는 양춘의 귀에 대고 자신의 계획을 속삭였다.

"할 수 없군요. 일단 그렇게 해 봅시다."

곧 주무와 양춘 두 사람은 산채를 내려가 사진의 집으로 향했다.

이 소식은 곧 사진에게도 전해졌다. 사진은 다시 마을 사람들을 모이게 하고, 무기도 준비했다.

그런데 뜻밖에도 얼마 후에 나타난 주무와 양춘은 아무 무기도 들고 있지 않았다. 두 사람은 힘없이 걸어오더니 사진 앞에 무릎을 꿇었다.

"나리, 저희들도 처음부터 도적이었던 건 아닙니다. 관가의 등쌀에 견디다 못 해 할 수 없이 산적이 되었던 것입니다. 저희 셋은 일찍이 한 날 한 시에 같이 죽자고 맹세한 바 있습니다. 이번에 제 아우 놈이 나리께 사로잡혔으니 이제 곧 처형당할 테지요. 그래서 저희는 같이 죽겠다는 맹세를 지키고자 이렇게 찾아왔습니다. 저희도 함께 죽여 주십시오."

주무는 눈물을 뚝뚝 흘리며 말했다. 이것을 본 사진은 마음이 흔들렸다.

'이들이 비록 도적들이라곤 하나 의리가 보통은 넘는구나. 내가 이들을 잡아 가둔다면 천하의 호걸들이 나를 비웃으리라.'

의리와 인정을 중요하게 생각하는 사진은 이들의 의리에 감동했다.

사진은 두 사람을 데리고 안으로 들어갔다. 그리고 술자리까지 마련하여 극진한 대접을 했다.

사진은 그 자리에서 진달을 풀어 주며 말했다.

"자네들의 의리가 죽음을 뛰어넘는데, 내 어찌 자네들을 관가에 넘길 수 있겠는가? 자, 술이나 들고 돌아가도록 하게."

도적들은 사진의 넓은 마음에 감격하였다. 그리하여 네 사람은 사내의 의리를 주고받으며 서로 술잔을 나누었다.

사진에게 극진한 대접을 받고 산으로 돌아온 도적들은 그대로 있을 수가 없었다.

"우리의 계획은 성공했다. 그러나 사진 같은 훌륭한 분이 아니었더라면 우리의 계획은 실패로 끝나고 목숨을 잃었을 것이다. 그분에게 은혜를 갚지 않는다면 우리는 그야말로 도적에 불과하지 않겠느냐?"

주무의 말에 진달과 양춘도 공감했다.

주무는 곧 부하 한 명에게 금덩이 몇 개를 들려 은밀히 사진에게 보냈다. 사진은 금덩이를 받고 싶지 않았다. 그러나 다시 생각해 보니, 성의를 무시하는 것도 의리에 어긋나는 것 같았다. 그래서 금덩이를 받고 대신 약간의 선물을 산채로 보냈다.

다시 얼마 후 소화산 도적들은 진귀한 보석을 사진에게 보냈다. 사진은 이번에도 가만히 있을 수가 없어, 며칠 후 비단과 음식을 마련하여 산채로 보냈다.

사진과 소화산의 도적들은 서로 처지는 달랐지만, 이렇게 마음을 주고받는 사이가 되었다.

추석을 앞둔 어느 날이었다.

사진은 소화산의 두목들을 집으로 초대하여 같이 술을 나누고 싶었다. 그래서 하인 중의 우두머리인 왕사에게 초대한다는 내용의 편지를 써서 산으로 보냈다.

사진의 편지를 받은 두목들은 감격했다. 그들은 왕사를 극진히 대접하고 여비까지 주어 배웅했다.

왕사는 두목들이 사진에게 보내는 답신을 갖고 산에서 내려오기 시작했다. 그런데 대접을 너무 잘 받은 것이 말썽이 되고 말았다. 거나하게 술에 취한 왕사는 쏟아지는 졸음을 주체하지 못하고 그대로 풀밭에 누워 잠이 들고 말았다.

마침 사냥꾼 이길이 근처를 지나다가 왕사를 발견했다. 왕사와는 익히 서로 잘 아는 사이인 이길은 왕사를 깨우려다 언뜻 왕사의 주머니에 은자(은돈)가 들어 있는 것을 보았다. 이길은 주위에 아무도 없는 것을 확인하고는 얼른 왕사의 품을 뒤졌다. 왕사의 품에서는 은자와 함께 도적이 쓴 편지도 나왔다.

'이것은 소화산 도적이 쓴 편지잖아? 이제 보니 사진과 도적이 서로 내통하고 있었구나. 이 편지를 관가에 넘기면 후한 상금을 받을 수 있겠다.'

이길은 편지를 가지고 즉시 관가로 달려갔다. 왕사는 이길이 사라지고 난 한참 후에야 정신을 차렸다.

왕사는 편지가 없어진 것을 알고는 가슴이 철렁했다. 한참을 고민하던 왕사는 편지를 받은 사실을 감추기로 마음먹었다. 그러고는 아무 일도 없었던 것처럼 사진에게 돌아갔다.

드디어 8월 대보름이 되었다. 소화산의 세 두목들은 날이 어두워지자 사진의 집으로 향했다. 이미 술상을 준비해 둔 사진은 반갑게 그들을 맞았다. 그 동안 사진과 제법 정이 든 세 사람은 마음껏 술을 마시며 즐겼다.

그렇게 술자리가 한창 무르익어 갈 때였다. 갑자기 집 밖에서 함성이 들려 왔다. 사진은 심상치 않은 생각이 들어 직접 담에 사다리를 걸치고 밖을 내다보았다. 거기엔 뜻밖에도 화흠현의 군사 수백 명이 몰려와 있었다. 그 가운데에는 무장을 한 현위도 있었다.

"대체 이 밤중에 무슨 일이시오?"

사진은 현위를 향해 물었다.

"당신이 도적과 내통하고 있다는 고발이 있었소이다. 여기 이길이 증인이니 어서 도적들을 내놓으시오."

과연 현위의 옆에는 사냥꾼 이길이 있었다. 이길은 사진의 눈을 피하며 어정쩡하게 서 있었다.

"네 이놈, 이길아. 네가 무슨 원한이 있어 나를 모함하느냐?"

사진이 크게 소리치자 이길은 순간 멈칫하더니 곧 우물쭈물 입을 열었다.

"저도 잘 모르겠습니다. 저는 다만 왕사의 품에 들어 있던 편지를 관가에 바쳤을 뿐입니다."

그 말을 들은 사진은 짚이는 바가 있어 얼른 왕사를 불렀다.

"너도 들었으렷다! 이길이 보았다는 편지가 대체 무엇이냐?"

왕사는 기어들어 가는 목소리로 겨우 대답했다.

"죄송합니다. 소화산에서 편지를 받았었는데, 제가 그만 술에 취해서……."

18

"이놈! 나를 속였더란 말이냐?"

사진은 일이 어떻게 되었는지 금세 알아차렸다. 이제 위기를 피할 길은 없어 보였다. 밖에서는 여전히 군사들이 함성을 지르며 당장이라도 쳐들어올 것만 같았다.

그 때 주무가 사진에게 다가와 말했다.

"모두 저희들의 잘못입니다. 나리께서 해를 당하시면 안 됩니다. 어서 저희를 묶어 저들에게 넘기십시오."

진달과 양춘도 주무를 따라 자신들을 관에 넘기라고 말했다. 그들은 이미 마음을 정한 듯했다.

"내 집의 손님을 묶다니, 나 구문룡 사진은 그런 비열한 인간이 아니오."

사다리에서 내려온 사진은 우선 단칼에 왕사의 목을 베었다. 그러고는 하인들을 시켜 집안에 있는 귀한 재물을 챙기게 했다. 하인들이 재물을 챙겨 오자, 사진은 칼을 빼어 들며 결연하게 입을 열었다.

"세 두목도 어서 싸울 준비를 하시오. 힘을 모아 빠져 나가는 길밖에 없소."

두목들은 사진의 의리에 감격하여 아무 말도 하지 못 했다. 네 사람은 곧 무기를 들고 대문 앞으로 다가갔다. 잠시 후 하인들은 사진의 명령에 따라 집 뒤쪽에 불을 놓았다. 불길이 치솟자 관군들이 그 쪽으로 몰려갔다.

사진과 두목들은 그 틈을 이용해 대문을 박차고 앞으로 돌진했다. 대문 앞에 남아 있던 군사들이 우르르 달려들었다. 사진은 호랑이처럼 칼을 휘두르며 그들을 막았다. 두목들도 죽기를 각오하고 싸웠다.

얼마 안 있어 관군들 사이에 틈이 벌어졌다. 네 사람은 그 쪽으로 달려갔다. 관군들은 감히 그들을 쫓을 엄두를 내지 못 했다.

얼마 후, 사진과 두목들은 어렵지 않게 동네를 빠져 나와 소화산으로 들어갈 수 있었다.

그렇게 해서 일단 위기는 모면할 수 있었지만, 사진은 이제 집으로 돌아갈 수 없는 형편이 되고 말았다.

"나리, 이 곳에서 저희와 함께 사십시다. 충성을 다해 나리를 모시겠습니다."

주무는 진심으로 사진에게 청했다. 그러나 사진은 도적이 될 마음은 조금도 없었다.

"자네들의 뜻은 고맙지만 그럴 수는 없는 일이오."

사진은 산채에서 며칠을 보내고는 훌쩍 길을 떠났다. 먼저, 스승이었던 왕진을 찾아볼 생각이었다. 산채의 두목들은 아쉬운 마음으로 사진을 떠나 보냈다.

사진은 이제 떠도는 신세가 되었다. 아직 도적이 되지는 않았지만 그렇다고 더 이상 양민도 아니었다.

도망자가 된 노달

소화산을 떠난 사진은 관서 지방으로 접어들었다. 길을 나선 지 불과 며칠밖에 안 되었지만, 사진의 행색은 몹시 초라해져 있었다.

사진은 보름쯤 지나 위주성 앞에 이르렀다.

사진은 성 안의 한 찻집으로 들어갔다. 사진이 차 한 잔을 시켜 먹고 있을 때 몸집이 크고 험상궂게 생긴 사내 하나가 들어왔다. 보아하니 군관 같은 차림새였다.

"말씀 좀 여쭈어도 되겠습니까?"

사진은 혹시라도 왕진의 소식을 들을 수 있을까 하여 말을 걸었다.

"물어 보시구려."

사내는 무뚝뚝하게 대답했다.

"무관인 듯한데 존함이 어떻게 되시는지요?"

"노달이라고 하오. 이 지역의 하급 군관이지요."

"하오면 혹시 왕진이라는 분을 모르십니까? 전에 금군의 교관을 지내신 분인데요. 저는 그분의 제자로 있던 사람으로 사진이라 합니다."

"아니, 그렇다면 사가촌의 구문룡 사진이 바로 당신이란 말이오?"

사내는 반가운 목소리로 되물었다. 사진은 자기를 알아주는 것이 고마워 얼른 일어나 정중하게 인사를 했다. 노달도 황급히 예를 차렸다.

"왕진 선생의 소식은 나도 잘 모르오. 그건 그렇고 이거 반가운 사람을 만났으니 술부터 한 잔 나누어야겠소. 우리 자리를 옮깁시다."

두 사람은 찻집을 나와 주막을 향해 걸었다. 그러다가 거리에서 사람들을 불러 모으고 있는 약장수를 보았다. 약장수는 사람들의 눈길을 끌기 위해 봉을 들고 재주를 부리고 있었다.

사진은 그 사람이 어쩐지 눈에 익어 가까이 다가가 보았다. 그는 다름 아닌 옛날에 자기에게 봉술을 가르쳐 주었던 이충이라는 사람이었다.

사진은 이충을 노달에게 소개했다. 세 사람은 바로 근처의 주막으로 갔다. 주막 주인은 노달을 잘 아는 듯했다.

세 사람이 한창 술을 마시고 있는데 어디선가 여자의 구슬픈 울음소리가 들려 왔다. 그 소리를 들은 노달이 목청을 높여 주인을 불렀다.

"기분 좋게 술을 마시고 있는데 웬 울음소리요?"

노달은 몹시 기분이 상한 듯한 얼굴로 물었다. 주인은 급히 고개를 조아리며 사정을 말했다.

"죄송합니다. 저 울음소리는 술자리를 돌아다니며 노래를 파는 여자가 우는 소리인데, 같이 울고 있는 사람은 그 아비이지요. 슬픈 사정이 있어서 그런답니다."

"슬픈 사정이라니? 내가 직접 알아보고 싶으니 이리로 불러오게나."

잠시 후, 주인은 예쁘장한 얼굴의 젊은 여자와 늙은이를 데리고 왔다.

"당신들은 무슨 일이 있기에 그리 슬프게 울고 있는 거요? 얘기나 한번 들어 봅시다."

노달이 목소리를 가다듬으며 말을 붙였다. 그러자 젊은 여자가 눈물을 닦으며 입을 열었다.

"술자리를 방해해서 죄송합니다. 저희 부녀는 그 동안 낯선 땅인 이곳에서 노래 품을 팔아 가며 생활해 왔습니다. 그런데 얼마 전 정 대관인이라는 분이 돈 3천 관에 저를 첩으로 들이겠다고 했답니다. 3천 관이면 저희에게는 큰 돈이라, 저는 정 대관인 댁에 첩으로 들어갔습니다.

그런데 얼마 전에 첩으로 산 것도 억울한데, 돈 한 푼 못 받고 쫓겨났습니다. 그러나 정말 억울한 일은 그게 아닙니다. 정말 억울한 건 정 대관인이 저에게 한 푼도 주지 않았으면서 이제 와서 3천 관을 돌려 달라고 하는 것입니다. 그래서 저희 부녀는 힘들게 일하며 그 돈을 갚아 나가고 있습니다. 언제 이 고생을 면할 수 있을지를 생각하니 그만 너무 서러워서……."

젊은 여자는 다시 눈물을 흘리기 시작했다. 노달의 얼굴은 이미 시뻘겋게 달아올라 있었다.

"대체 정 대관인이 어떤 사람인가?"

노달이 묻자 이번에는 여자의 아비가 대답했다.

"네, 그 자는 장원교 옆에서 푸줏간을 하고 있습니다."

"뭐라고? 대관인이라고 하길래 누군가 했더니 기껏 그 백정 놈이었단 말이오? 천하에 못된 놈, 그놈이 경략 상공의 세도를 믿고 함부로 굴고 있군. 당신들은 나만 믿고 고향으로 돌아가시오. 정가 놈은 내가 따끔하게 혼내 주겠소."

노달은 그렇게 말하고는 주머니에서 은자 닷 냥을 꺼냈다. 그것을 본 사진도 은자 열 냥을 꺼냈다.

"자, 이것으로 여비나 하시오. 정가 놈이 쫓는 일은 없을 것이니, 걱정하지 말고 고향으로 가시오."

노달이 은자를 건네 주자, 부녀는 감격하여 머리를 조아렸다.

그러고는 거듭해서 감사의 인사를 하고 나서야 돌아갔다.

그들이 떠나고 난 후 세 사람은 계속 술을 마시다가 저녁이 다 되어서야 헤어졌다. 사진은 이충과 함께 주막에 방을 잡았고, 노달은 집으로 돌아갔다.

노달은 다음날 아침, 장원교 쪽으로 갔다. 푸줏간 주인인 정도는 가게 안에 있었다.

"장사 잘 되는가?"

노달이 우렁차게 말하며 들어서자 정도는 굽실거리며 노달을 맞았다. 노달의 성미가 어떤지 잘 알고 있었기 때문이다.

"경략 상공의 분부로 고기 좀 사러 왔다네. 비계는 하나도 섞지 말고 살코기로 열 근만 썰어서 잘게 다져 주게나."

노달이 이렇게 주문하자 정도는 부리나케 고기를 썰기 시작했다. 비계가 섞이지 않도록 세심하게 고기를 썰었다.

"다 썰었다. 경략 상공 댁으로 보내 드릴까요?"

"아니, 되었네. 이번에는 비계로만 열 근을 썰어서 다져 주게. 살코기가 조금이라도 섞이면 안 되네."

노달의 말에 정도는 잠시 머리를 갸웃거리더니 의아한 눈빛으로 말했다.

"살코기 다진 것은 만두 속에 넣는다지만, 비계는 다져서 무얼 하려고 그러십니까?"

"시키는 대로 고기나 썰면 되지, 무슨 잔말이 그리 많은가?"

노달은 두 눈을 부릅뜨고 호통을 쳤다. 정도는 그제야 비계를 썰기 시작했다. 정도가 비계 열 근을 다 썰고 나자, 노달이 또 말했다.

"이번엔 뼈로만 해서 열 근을 담아 주게. 아주 잘게 다져야 하네."

정도는 어처구니없다는 듯이 노달을 바라보았다.

"혹시 저를 놀리시는 거 아닙니까?"

정도는 인상을 찌푸리며 그렇게 물었다. 그러자 노달은 기다렸다는 듯이 고함을 치며 고기를 바닥에 내던졌다.

"그렇다, 이놈아. 너를 놀리고 있는 중이다. 한낱 백정놈 주제에 첩을 들이더니, 그 가련한 여자한테서까지 등쳐 먹으려 들어? 이런 천하에 죽일 놈!"

정도는 잠깐 움찔하는 듯하더니 이내 고기 써는 칼을 움켜잡았다. 그러더니 다음 순간, 얼굴이 시뻘개져서 노달에게 달려들었다. 그러나 정도에게 당할 노달이 아니었다.

노달은 정도의 손을 비틀어 칼을 빼앗은 뒤 길거리로 끌고 나와 주먹으로 내리쳤다. 정도는 몇 대 맞지도 않고 땅바닥에 나동그라졌다. 노달이 정도를 일으켜 보니, 이미 숨이 끊어져 있었다.

'재수 없게 되었군…….'

죽일 생각까지는 없었기에 몹시 걱정되었다. 노달은 급히 집으로 돌아와 짐을 꾸렸다. 그리고는 단숨에 마을을 벗어나 도망쳤다.

관에서는 곧 노달에 대한 체포령이 내려졌다. 노달은 현상금 1천 관이 걸린 죄인이 되었다.

노달은 여러 날 걸려 안음현이라는 곳에 도착했다. 주막을 찾으며 길을 걷고 있는데, 거리에 사람들이 잔뜩 모여 서서 무슨 방인가를 들여다보고 있었다.

노달은 까막눈이었으므로 사람들의 얼굴만 바라보았다. 그 때 누군가노달의 등을 치면서 말했다.

"장씨 아닌가? 자네가 여긴 웬일이야?"

노달이 돌아보니 웬 노인이 서 있었다. 노인은 재빨리 노달의 등을 떠밀어 조용한 곳으로 데리고 갔다.

"어르신, 대체 거기서 뭘 하고 계셨습니까?"

노인은 말투를 바꾸어 공손하게 물었다. 가만히 얼굴을 보니, 그 노인은 정도의 첩으로 갔던 여자의 아비되는 사람이었다.

"그 방이 무슨 내용인지 아십니까? 바로 어르신을 잡아들이라는 내용입니다."

"어이쿠!"

노달은 그제야 노인이 자신을 끌고 온 이유를 알 수 있었다. 노인은 노달을 자기 집으로 데리고 갔다.

"애야, 어서 나오너라. 은인께서 오셨다."

노인이 큰 소리로 부르자, 딸이 나와 공손하게 인사를 올렸다. 노달은 두 사람을 따라 방으로 들어가 그간의 사정 이야기를 들었다.

그들은 여기저기 떠돌다가, 다행히 딸이 이 고을에서는 상당한 부자인 조원외의 첩으로 들어가 지금은 편안히 살고 있다고 했다.

"이 모두가 어르신께서 저희를 구해 주신 덕분입니다. 그렇잖아도 은혜 갚을 날이 오기만을 기다리고 있었습니다. 여기서 마음 편히 지내십시오."

노인과 딸은 그 날부터 극진하게 노달을 대접했다. 노인의 사위인 조원외도 노달에게 정성을 다했다. 하지만 그럴수록 노달은 마음이 불편했다.

노달은 하루빨리 떠나야겠다고 마음먹었지만, 딱히 갈 곳이 없어 하루하루 미루고 있었다.

그러던 어느 날 노인이 헐레벌떡 집으로 달려왔다.

"관에서 어르신을 잡으러 올 것 같습니다. 이웃에서 알고 고발을 한 모양입니다."

노달은 급히 자리에서 일어났다. 그러자 조원외가 물었다.

"마땅히 가실 곳은 있는지요?"

"도망 다니는 몸이 갈 데가 어디 있겠소?"

"그러시다면 제가 한 군데 말씀 드릴 곳이 있습니다만……."

조원외는 그렇게 말문을 열고 나서, 오대산에 있는 문수원이라는 절로 들어가라고 말했다.

"그 곳의 주지인 지진 장로는 저와 잘 아는 사이입니다. 절이니 숨어 있기도 좋을 것입니다. 다만 그러려면 머리를 깎고 스님 노릇을 해야 할 텐데……."

노달은 조원외의 말을 받아들였다. 팔자에 없는 중 노릇이지만, 일단 안전하게 숨어 있을 곳이 필요했기 때문이다. 그리하여 노달은 조원외와 함께 서둘러 오대산으로 떠났다.

골칫덩어리 스님

노달은 오대산의 문수원에서 지진 장로를 만나 지심이라는 법명을 받고 머리를 깎았다.

그러나 제 성질대로 살아온 노지심에게 절 생활이 맞을 리 없었다. 노지심은 하루하루를 지겨운 마음으로 보냈다. 그리고 툭 하면 말썽을 부리기 일쑤였다. 다른 스님들이 좌선을 하고 있을 때 노달은 그 옆에서 코를 골며 자기도 하고, 속세에서나 쓰던 거친 말도 자주 했다.

스님들은 절의 분위기를 흐트러뜨리는 노지심을 못마땅히 여겼다. 그래서 여러 차례 지진 장로에게 노지심을 쫓아내자는 건의를 했다. 그러나 그 때마다 지진 장로는 노지심을 두둔해 주었다.

어느덧 노지심이 문수원에 들어온 지도 5개월이 지났다. 햇볕이 따스한 어느 날, 노지심은 산문 밖으로 나가 보았다. 날씨가 좋아 자꾸만 몸이 근질근질했다. 노지심은 슬그머니 술 생각이 나기 시작했다. 한번 술 생각이 나자, 견딜 수 없이 목구멍이 칼칼해졌다. 다행인지 불행인지, 그 때 마침 술 항아리를 진 사내가 그 앞을 지나가고 있었다.

노지심은 반가운 마음으로 사내를 불렀다.

"여보시오, 그 술 파는 거요?"

힐끗 노지심을 돌아다 본 사내는 심드렁하게 대꾸했다.

"파는 술이면 어쩌실 거요?"

"그야 내가 마셔야지."

노지심은 성큼성큼 사내에게 다가가더니, 다짜고짜 항아리를 열고 술을 마시기 시작했다.

"여보시오, 스님. 이건 파는 게 아니오. 그리고 스님이 술을 마시면 어떡합니까?"

사내는 그제서야 놀라며 노지심을 막으려 했지만, 소용이 없었다.

노지심이 당장이라도 후려칠 듯 사내를 노려보자, 사내는 산 아래로 허겁지겁 도망가 버리고 말았다.

노지심은 눈 깜짝할 사이에 항아리 하나를 다 비웠다. 그리고는 건들거리며 절로 올라갔다.

절 문을 지키고 있던 스님들은 그런 노지심을 보자 기가 막혔다.

"불문에 든 사람이 술을 마시고 돌아다니다니, 이게 무슨 짓이냐? 매를 맞아도 단단히 맞아야겠구나!"

그 중 한 스님이 호통을 쳤다. 그러나 이미 술에 취한 노지심의 귀에 그런 말이 들어올 리 없었다. 노지심은 코웃음을 치며 안으로 들어가려 했다. 그러자 몇 명의 스님이 그 앞을 가로막았다.

"요런 쥐새끼 같은 놈들, 감히 나를 막았겠다."

노지심은 솥뚜껑 같은 손을 들어 냅다 스님을 후려쳤다. 앞에 있던 스님이 피를 흘리며 쓰러졌다. 이를 본 다른 스님들은 모두 뿔뿔이 도망갔다.

잠시 후 스님들의 보고를 받은 지진 장로가 나타났다.

"지심아, 이게 무슨 행패냐?"

지진 장로 앞에서는 노지심도 함부로 행동하지 못 했다. 노지심은 민망한 얼굴로 변명을 늘어놓았다.

"겨우 술 한 잔 마셨다고 저를 때리려 들지 뭡니까?"

"그만 들어가 자거라."

지진 장로는 엄한 목소리로 노지심에게 일렀다. 노지심은 꾸벅 인사를 하고 방으로 들어갔다. 다른 스님들은 이제야말로 노지심을 내쫓아야 한다고 지진 장로에게 주장했다.

"좀더 기다려 보자."

지진 장로는 그렇게만 말하고 돌아섰다. 그 후로 노지심은 한동안 조용하게 지냈다. 하지만 좀처럼 절 생활에 익숙해질 수 없었다.

어느 날 노지심은 산 아래 마을까지 내려갔다. 마을의 저잣거리에서 많은 사람들을 보자, 노지심은 괜히 신이 났다. 떠들썩하게 오가는 사람들을 보는 것만으로도 기분이 좋았다.

노지심은 대장간 앞을 지나다가 우뚝 멈춰 섰다. 대장장이가 열심히 쇠를 두드리고 있었다.

"여보시오, 좋은 쇠 있소?"

노지심은 대장간으로 들어가 말을 건넸다.

"좋은 쇠야 있지요. 한데 스님께서 무슨 일로……."

대장장이는 조심스럽게 물었다. 노지심의 행색을 보니 머리를 깎은 것으로 보아, 중은 중인데 인상은 꼭 산적 같았기 때문이다.

"지팡이를 하나 만들어야겠소."

"아, 선장(승려의 지팡이)이 필요하시군요."

대장장이는 알겠다는 듯 고개를 끄덕였다.

스님들은 대개 긴 막대기나 쇠로 된 지팡이를 가지고 다녔다.

"무게는 얼마나 하실 겁니까?"

"한 100근짜리로 해 주시오."

노지심이 시원스럽게 대답했다. 그러자 대장장이는 어이없다는 듯 가볍게 웃었다.

"스님, 관우의 청룡도가 80근이었습니다. 100근이면 너무 무거울 텐데요."

"그래요? 그렇다면 나도 80근으로 해 주시오."

"80근도 무겁습니다. 한 4,50근 정도로 하시지요."

"아니, 내가 관우의 반밖에 못 들 거란 말이오? 쓸데없는 소리 말고 80근으로 해 주시오."

노지심은 버럭 화를 냈다. 대장장이는 할 수 없이 수그러들었다.

"값은 은화 닷 냥이온데 지금 치르시겠습니까?"

"옜소, 선장이 잘 나오면 내가 덤으로 더 드리겠소."

노지심은 품에서 은화를 꺼내 던져 주었다. 은화를 본 대장장이는 허리를 굽실거리며 비위를 맞춰 주었다.

노지심은 기분 좋게 콧노래를 흥얼거리며 저잣거리 한복판으로 들어갔다. 저만치에 술집이 보이자 노지심은 주저 없이 그 쪽으로 걸어갔다. 그리고 들어서기가 무섭게 큰 소리로 외쳤다.

"여보슈, 주인장. 어서 술 내오시오."

후닥닥 달려 나온 주인은 노지심의 머리를 보더니 멈칫했다.

"죄송합니다만 스님, 스님들에게는 술을 팔 수가 없습니다."

"스님 돈은 돈이 아닌가, 왜 못 팔겠다는 거요?"

노지심의 얼굴이 대번 험상궂게 일그러졌다.

"이 곳 땅은 절의 소유입니다. 스님에게 술을 팔면 저희는 쫓겨나게 된답니다. 제발 이해해 주십시오."

"잔소리 말고 술 가져오시오."

노지심은 버럭 소리를 지르며 손으로 탁자를 내리쳤다. 하지만 주인은 죄송하다는 말만 거듭할 뿐, 가져오려 하지 않았다.

"에잇, 더러워서!"

노지심은 주인을 떠다밀며 밖으로 나왔다.

노지심은 근처의 다른 술집으로 갔다. 그런데 거기서도 똑같은 대답이었다. 노지심은 분을 삭이지 못해 한참이나 씩씩거리며 걸어갔다.

그렇게 얼마쯤 걷다가 허름한 술집 하나를 발견했다. 노지심은 재빨리 그 쪽으로 갔다.

"주인장, 술 한 잔 들고 갑시다."

노지심은 점잖게 말하며 안으로 들어섰다.

"오대산에 계시는 분입니까?"

주인이 고개를 갸웃거리며 물었다.

노지심은 이번에는 꼭 술을 마셔야겠다는 생각에 거짓말을 둘러댔다.

"아니오, 나는 떠돌이 중이오. 간단히 목 좀 축입시다."

주인은 잠시 망설이더니 이내 들어가 술을 내왔다. 노지심은 술이 나오자마자 허겁지겁 들이켰다. 연거푸 술 열 잔을 들이켜고 나니 조금 기분이 좋아졌다.

"고기도 좀 내오시오."

어느 정도 취한 노지심은 매우 호기롭게 안주를 주문했다.

"고기는 없는뎁쇼."

"아니, 지금 가마솥에서 고기 삶는 냄새가 나는데 무슨 소리요?"

"그건 개고기입니다."

"개고기라면 더욱 좋지. 어서 뚝 떼어 오시오."

주인은 기가 막혀 아무 말도 못 했다. 노지심은 옷 속에서 돈을 꺼내 놓으며 큰 소리로 재촉했다.

"빨리 안 가져오고 뭐 하는 거요? 한참 기분 좋아지고 있으니 내 성질 건드리지 마시오."

주인은 움찔하여 안으로 들어갔다. 곧 먹음직스럽게 삶아진 개고기가 나왔다. 노지심은 우적우적 개고기를 뜯어먹었다.

"꺼억, 잘 먹었다."

노지심은 한참 만에 개 다리 한 개를 허리춤에 찔러 넣으며 일어섰다. 오랜만에 마음껏 술을 마신 노지심은 흥에 겨워 몸이 들썩거렸다.

노지심은 절로 올라가는 산 중턱에서 권법 연습을 했다. 그렇게 팔다리를 휘두르니 더욱 힘이 솟아나는 듯했다. 절 문 앞에 이른 노지심은 대뜸 문에다 발길질을 해 대며 소리를 질렀다.

"이놈들아, 내가 왔다. 어서 문 열어라!"

스님들은 노지심이 술에 잔뜩 취한 것을 알고는 문을 열어 주지 않았다. 그러자 노지심은 주먹으로 문을 두드리다가 문 옆에 있는 금강역사상으로 갔다.

"헤헤헤, 이놈이 제법 덩치가 좋구나. 나와 한판 붙어 보겠느냐?"

노지심은 금강역사를 둘러친 난간을 단번에 부수었다. 그러고는 금강역사의 허리 부분을 힘껏 차 부러뜨렸다.

"저런 세상에……."

안에서 이 꼴을 보고 있던 스님들은 깜짝 놀라고 말았다. 스님들은 지진 장로에게 달려가 이 사실을 고했다. 하지만 그로서도 어찌할 수가 없었다.

"더 행패를 부리기 전에 문을 열어 주어라."

지진 장로는 다만 그렇게 말할 뿐이었다. 스님들은 할 수 없이 문을 열어 주었다. 그러고는 얼른 노지심의 주변에서 사라져 버렸다.

노지심은 껄껄 웃으며 절 안으로 들어갔다. 노지심이 법당에 들어가니, 거기에는 여러 스님들이 좌선을 하고 있었다. 노지심은 그 한가운데에 앉아서 품에 넣어 온 개고기를 꺼내 뜯어먹기 시작했다. 그러다 얼마 후에는 법당 바닥에 토악질을 하기도 했다.

스님들은 말릴 엄두도 내지 못하고 멍하니 바라보기만 했다. 노지심은 그 중의 한 젊은 스님에게 다가가 개고기를 내밀었다.

"어디, 한 입 뜯어 보시겠소?"

스님이 기겁을 하며 뒤로 물러섰다.

"저런 지옥불에 던져질 놈이 있나!"

옆에 있던 스님 한 분이 기어코 소리를 지르고 말았다. 이 소리야말로 노지심이 기다리고 있던 말이었다.

노지심은 순식간에 그 스님에게 달려들더니, 들고 있던 개 다리로 그 스님의 머리통을 때렸다.

그러자 스님들 전부가 몽둥이를 들고 한꺼번에 달려들었다. 노지심은 공양 탁자의 다리를 빼내 스님들과 맞붙었다. 술에 취했지만 노지심의 무서운 힘은 여전했다. 기세 좋게 달려들던 스님들은 차츰 밀리기 시작했다.

그 싸움은 당장 지진 장로에게 보고되었다. 지진 장로도 더 이상은 가만히 있을 수가 없었다. 지진 장로는 법당으로 나와 큰 소리로 노지심을 꾸짖었다.

"이게 무슨 행패냐? 당장 그만두지 못할까!"

노지심은 그 소리를 듣고 정신이 번쩍 들었다. 자기를 절에 받아 준 지진 장로에게만은 행패를 부릴 수가 없었던 것이다.

"지진 장로님, 이놈들이 한꺼번에 달려들어 저를 못살게 굴기에……."

노지심은 우물쭈물 변명을 늘어놓았다.

"그만 방으로 돌아가거라. 내일 이야기하도록 하자."

지진 장로는 엄한 표정으로 말하고는 홱 돌아섰다. 노지심도 지진 장로가 돌아서자 곧 자기 방으로 건너갔다.

다음날 아침, 지진 장로는 노지심을 불렀다.

"술에 취해 행패를 부린 것이 벌써 두 번째다. 그 동안 조원외를 생각해 참고 있었다만, 이제는 더 이상 어쩔 수가 없구나. 이 곳을 떠날 채비를 해라. 동경의 대상국사 주지인 지청 선사가 내 사제이니, 그 곳에 가 있도록 하거라. 내가 써 주는 글을 가지고 가면 박대하지는 않을 것이다."

노지심으로서는 변명의 여지가 없었기 때문에 더 이상 사정할 수도 없었다. 하는 수 없이 노지심은 지진 장로의 글과 약간의 여비를 받아 문수원을 나왔다. 절 문을 나설 때는 문득 한심한 생각이 들기도 했으나, 산 아래로 내려오니 기분이 괜찮았다. 노지심은 유람이라도 하듯 느긋한 기분으로 오대산을 벗어났다.

산 도적과 새색시

노지심은 동경으로 가는 길에 산 아래에 있는 작은 마을을 지나가게
되었다. 날이 저물자 노지심은 눈에 보이는 한 집을 찾아갔다.

"길 가는 중이온데 하룻밤만 묵어 갑시다."

노지심은 문을 열어 준 하인에게 합장하며 말했다.

"여기는 사정이 좋지 않으니 다른 데 가서 알아보시오."

하인은 냉랭하게 말하고 돌아서려 했다. 그러자 노지심은 울컥 성질
이 끓어올랐다.

"이게 무슨 돼먹지 못한 인심이냐?"

노지심이 버럭 소리를 지르자 안채에서 주인이 나왔다.

"실은 저희 집에 말 못할 사정이 있어서 그럽니다. 그러니 용서하시
고 다른 집으로 가도록 하시지요."

"그 사정이란 걸 한번 들어 봅시다."

노지심은 그렇게 말하며 대문을 들어섰다. 주인은 할 수 없다는 듯 입
을 열었다.

"저는 유태공이라 합니다. 저희 집에는 열아홉 살짜리 딸아이가 하나
있습지요. 한데 어느 날, 저 도화산의 도적 하나가 제 딸아이를 보고는
강제로 혼인 약속을 받아 갔습니다. 그놈은 도적의 둘째 우두머리라 어

쩔 도리가 없었답니다. 오늘이 바로 혼인날입니다. 저희 집으로서는 초상날이나 마찬가지지요."

"이런 나쁜 놈! 내 그놈을 요절내리다. 주인장은 나만 믿으시오."

노지심은 지팡이를 두드리며 단호하게 말했다. 그러나 주인은 미심쩍어 하며 머뭇거렸다.

"걱정 마시오. 이 노지심이 따님을 지켜 드리겠소."

노지심이 장담을 하자, 주인은 그대로 따르기로 했다. 노지심은 훌륭한 음식을 대접 받고 도적을 기다렸다.

이윽고 밤이 되자, 노지심은 새색시의 방에 들어가 불을 끄고 앉았다.

얼마 후 도적들이 들이닥쳤다. 도적 떼를 이끌고 온 우두머리는 곧바로 새색시를 찾았다.

"저 방에서 신랑을 기다리고 있습니다."

주인의 말에 도적의 우두머리는 기분이 매우 흡족해졌다. 그는 술 한 잔을 들이켜고 방으로 들어갔다.

"자, 내가 왔다. 귀여운 신부는 어디에 있느냐?"

도적의 우두머리는 어두운 방을 더듬거리며 신부를 찾았다. 그 순간, 노지심은 도적의 얼굴에 쇠망치 같은 주먹을 날렸다. 도적은 단 한 방에 비명을 지르며 고꾸라졌다. 그 비명 소리를 듣고 밖에 있던 부하들이 한꺼번에 달려들었다.

그러나 노지심은 부하들까지 단숨에 때려눕혔다. 도적의 무리들은 도저히 노지심을 당할 수 없게 되자 산으로 도망쳐 버렸다. 정신을 잃었던 도적의 우두머리도 잠시 후 허겁지겁 도망쳐 버렸다.

"아이고, 이제 우리 집은 큰일났습니다."

기뻐할 줄 알았던 주인은 뜻밖에도 울상을 지었다.

"왜 그러시오?"

노지심이 못마땅한 표정으로 물었다.

"도적들이 이대로 가만 있겠습니까? 스님이야 떠나시면 그뿐이지만,

우리는 더 큰 화를 입게 될 겁니다."

"누가 떠난다고 했소? 내가 끝까지 따님을 지켜 드리리다."

"그래도 마찬가지지요. 도화산의 도적 떼들이 한꺼번에 쳐들어오면 스님 혼자서 어떻게 당해 낼 수 있겠소?"

"허, 아직도 이 노지심을 모르는군."

노지심은 주인이 보는 앞에서 하인들에게 자신이 갖고 다니는 지팡이를 들어 보도록 했다. 하인 중에 누구도 지팡이를 들지 못했다. 노지심은 빙그레 웃으며 그 지팡이를 손에 쥐고는 자유 자재로 휘둘러 보였다. 과연 그는 엄청난 힘을 가진 장사였다.

"이래도 나를 못 믿겠소?"

주인은 그제야 조금 안심하는 눈치였다.

바로 그 다음날, 주인이 예상했던 대로 도화산의 도적들이 떼로 몰려왔다. 노지심은 혼자 지팡이 하나만을 들고 대문 앞을 막아 섰다.

"내 동생을 혼낸 놈이 누구냐? 어서 내 칼을 받아라."

부하들을 이끌고 온 두목이 노지심을 향해 소리를 질렀다.

"그래, 이 산적 놈들아! 기다리고 있었다."

노지심도 지지 않고 큰 소리로 대꾸했다.

"가만, 목소리가 어디서 들어 본 듯한데, 넌 누구냐?"

고개를 갸웃거리며 도적의 두목이 말했다.

"너 같은 산적 놈이 어떻게 나를 안단 말이냐? 나는 경략 상공 밑에서 제할(하급 군관)로 있던 노달이라고 한다. 어떠냐, 들어 본 이름이더냐?"

노지심의 말이 끝나자 갑자기 말 위의 두목이 한바탕 크게 웃었다.

"과연 우리 둘째 두목이 당할 만하구려. 노달 형님, 그 동안 어디 계시었소?"

두목은 훌쩍 말에서 내려 가까이 다가왔다. 노달은 어리둥절하여 두목의 얼굴을 살폈다. 자세히 보니 그는 바로 위주에서 약을 팔던 이충이었다.

"허, 자네야말로 여기에 웬일인가? 어쩌다가 도적의 두목이 되어 있는가?"

"형님은 어쩌다 중이 되었소? 정말 볼 만하구려."

그들은 곧 주인이 내온 술을 마시며 그간의 이야기를 나누었다.

이충은 이리저리 떠돌다가 도화산의 도적을 만나 두목을 때려눕힌 이야기를 해 주었다. 옛날의 그 두목이 지금의 둘째 우두머리인 주통이라는 말도 덧붙였다.

"저는 그 후에 이 도화산 산적들의 두목 노릇을 하게 되었지요."

이충의 말을 듣고 난 노지심은 자신이 중이 된 사연을 말해 주었다. 그러고 나서 이충에게 말했다.

"자네 둘째 두목에게 이 집 딸을 포기하라고 하게나."

"당연히 그래야지요."

노지심은 이충을 따라 도화산 산채로 올라갔다. 노지심은 산채에서 며칠 동안 잘 지냈다.

그러던 어느 날, 노지심은 이충과 주통이 도적질을 하러 내려간 틈을 타 금은 그릇들을 훔쳐 가지고 산을 내려갔다. 갈수록 자신에 대한 대접이 소홀해지자 화가 났던 것이다.

도화산에서 내려온 노지심은 며칠 뒤 어느 산을 지나게 되었다. 그 산에서 노지심은 뜻밖의 사람을 만나게 되었는데, 바로 구문룡 사진이었다.

사진은 여전히 왕진을 찾아 떠돌고 있었다. 그의 몰골은 산적과 마찬가지로 지저분하기 짝이 없었다.

"자네의 행색을 보고 누가 예전의 구문룡이라 하겠는가?"

"그건 노달 형님도 마찬가지로군요."

두 사람은 서로의 처지를 위로했다. 그러나 마음만 그러했지, 서로 아무런 도움도 줄 수 없는 형편이었다. 두 사람은 잠시 회포를 풀고는 후

일을 기약하며 헤어졌다.

사진은 왕진을 찾는 일을 포기하고 소화산으로 발길을 돌렸고, 노지심은 동경의 대상국사로 향했다.

음모에 휘말리는 임충

동경의 어느 한적한 길을, 훤칠한 사내가 그의 아내와 몸종을 데리고 걷고 있었다. 사내는 표범처럼 험상궂은 얼굴에 어깨가 딱 벌어져 있었다. 그 사내는 아내와 함께 오악루로 제사 지내러 가는 길이었다.

사내는 근처에서 날카로운 기합 소리가 들리자, 걸음을 멈추었다.

"너는 마님을 모시고 먼저 가거라."

사내는 몸종에게 그렇게 이르고는 소리가 나는 쪽으로 가 보았다. 거기엔 웬 스님이 기다란 지팡이로 무술 연습을 하고 있었다. 스님의 솜씨는 믿을 수 없을 만큼 날렵했다.

"허, 참으로 훌륭한 솜씨로군."

사내는 자신도 모르게 감탄사를 던졌다. 그러자 스님이 지팡이를 세우며 말을 건넸다.

"댁은 뉘시오?"

"나는 금군의 창봉 교두인 임충이라 하오만, 스님은 누구신지요?"

"임충이라면 예전에 제할로 계셨던 분의 자제분이 아니시오? 반갑소이다. 나는 노지심이라 하오. 나도 예전에는 위주성에서 제할로 있었으나, 지금은 중 신세로 이 곳에 머무르고 있지요."

스님은 바로 노지심이었다. 노지심은 대상국사에 들렀다가 이 곳 채

소밭을 지키는 임무를 맡게 되었다. 노지심을 절 안에 두는 것을 꺼려한 주지가 적당한 일을 맡겨 절 밖에 거주하게 했던 것이다.

무술을 좋아하는 임충은 첫눈에 노지심에게 호감을 느꼈다. 노지심도 임충이 평범한 사람이 아니란 것을 한눈에 알아보았다. 두 사람은 곧 술자리를 마련하여 술을 한 잔씩 마셨다.

그 때 몸종인 금아가 허겁지겁 임충에게 달려왔다.

"나리, 큰일났습니다. 웬 젊은이가 지금 마님을 희롱하고 있사옵니다."

임충은 그 말을 듣자마자 몸을 벌떡 일으켰다.

"그럼, 다음에 또 만나기로 합시다."

임충은 채소밭의 담장을 훌쩍 뛰어넘어 금아가 가리킨 곳으로 달려갔다. 거기엔 웬 젊은이가 임충의 아내 앞을 막고 추근거리고 있었다.

"네 이놈!"

임충은 단숨에 요절이라도 낼 듯 소리를 질렀다. 그러자 젊은이가 기겁을 하며 돌아다 보았다. 젊은이의 얼굴을 본 임충은 깜짝 놀랐다. 그 젊은이는 바로 고 태위의 아들 고아내였기 때문이다.

고 태위는 공 차는 재간 하나로 태위의 벼슬을 얻었고, 벼슬을 얻은 뒤 왕진을 괴롭히기도 했던 자로서, 지금은 세력이 매우 커져 있었다. 임충은 차마 그의 아들인 고아내를 어찌할 수가 없어 머뭇거렸다. 그러자 오히려 고아내가 큰소리를 질렀다.

"금군의 교두면 교두지, 네놈이 남의 일에 웬 간섭을 하고 나서냐?"

그러자 고아내의 곁에 있던 하인이 얼른 달려와 귓속말을 했다. 앞에서 있는 여자가 임충의 아내라는 걸 알려 준 것이다.

고아내는 민망한 얼굴로 후닥닥 돌아섰다. 고아내도 여자가 임충의 아내라는 말에는 더 할말이 없었던 것이다.

임충으로서는 고아내가 때려죽이고 싶도록 미웠지만, 그가 고 태위의 아들이고 보니 참을 수밖에 없었다.

고아내는 집으로 돌아와서도 임충의 아내를 잊지 못했다. 그렇다고 남의 아내를 함부로 건드릴 수도 없어 끙끙 앓기만 했다. 그것을 본 졸개 하나가 꾀를 생각해 내 고아내에게 귀띔을 해 주었다.

"좋다!"

고아내는 졸개의 꾀를 받아들였다. 고아내의 입가에 야비한 웃음이 가득 번졌다.

며칠 후, 임충의 집으로 친구 육겸이 찾아왔다. 육겸은 술이나 한 잔 하자며 임충을 불러냈다. 임충은 별 생각 없이 육겸을 따라 나섰다. 육겸은 한 술집으로 임충을 데리고 갔다.

육겸과 함께 거나하게 취해 있던 임충은 잠시 바람을 쐬기 위해 밖으로 나왔다. 그 때 저 앞에서 임충의 하인이 바람처럼 달려왔다.

"나리, 여기 계셨군요. 한참 찾았습니다."

하인은 숨을 헐떡거리며 반가워했다.

"무슨 일이냐?"

"나리께서 나가시고 얼마 안 되어 육겸 나리 댁에서 전갈이 왔습니다. 나리께서 술을 드시다가 갑자기 쓰러지셨다고 말입니다. 그래서 마님을 모시고 황급히 그리로 달려갔는데, 나리는 안 계시고 고아내가 기다리고 있지 않겠습니까? 그 작자가 술상까지 준비해 놓고는 마님께 수작을 부리려고 했습니다. 그 길로 저는 얼른 달려 나와 지금껏 나리를 찾아다녔습니다."

듣고 있자니 참으로 기가 막혔다. 임충은 황급히 육겸의 집으로 달려갔다. 달려가며 생각하니, 이 모든 일이 고아내와 육겸이 짜고 한 일인 게 분명했다.

"부인, 어디 있소? 나 임충이 왔소!"

임충은 육겸의 집 대문으로 들어서자마자 크게 외치며 아내를 찾았다. 그 소리를 들은 고아내는 재빨리 뒷문으로 도망치고 말았다. 임충은 아내를 찾아서 집으로 돌아왔다. 다행히 아내에게는 별일이 없었다.

임충은 도저히 고아내를 용서할 수가 없었다. 그러나 고 태위를 생각하면 당장 어떻게 할 수는 없었다. 임충은 우선 육겸을 벌하기로 마음먹었다.

임충은 칼을 가지고 육겸을 찾아갔다. 하지만 육겸은 이미 달아나고 없었다. 임충은 울화가 치밀어 며칠 동안 술만 마시며 지냈다.

한편, 육겸의 집에서 달아난 고아내는 근심에 휩싸였다. 아무래도 임충이 자기를 가만두지 않을 것 같았기 때문이다. 그래서 고아내는 아버지의 힘을 빌리기로 작정하고 모든 사실을 고백했다.

"그것 참, 난감한 일이로구나. 어째서 그런 일을 저질렀단 말이냐?"

고 태위는 아들을 나무랐다.

임충은 뛰어난 무장이었지만, 고 태위에게는 역시 임충보다는 아들이 우선이었다. 고 태위는 아들을 구하기 위해 계략을 생각해 냈다. 임충에게 누명을 씌워 귀양을 보내고자 했던 것이다.

고 태위의 음모는 쉽게 성공했다. 고 태위는 임충이 가지고 있는 보검을 구경하고 싶다면서 자신의 집으로 불러들였다. 그러고는 칼을 들고 자신을 죽이려 했다는 죄목으로 체포해 버렸다.

"저놈을 당장 관가로 끌고 가도록 하라! 가서 부윤에게 저 죄인을 엄히 다스리라고 전해라."

임충은 꼼짝없이 관가로 끌려갔다. 그러나 다행히 부윤이 임충의 하소연을 들어 주었다. 부윤은 임충에게 죄가 없음을 눈치 챘지만, 고 태위의 명령을 무시할 수는 없었다.

임충은 큰 칼을 목에 건 채 귀양을 가게 되었다. 그의 얼굴에는 죄인임을 표시하는 먹자가 새겨졌다.

임충은 호송 관리 두 명에게 이끌려 창주 감옥을 향해 먼길을 떠났다. 호송을 맡은 관리는 동초와 설패라는 자였다.

호송인이 마을을 떠나기 직전이었다. 술집 주인이 두 사람에게 다가와 누가 찾는다고 전했다. 그들이 주인을 따라 술집의 한 방으로 들어가니, 낯선 사람이 기다리고 있었다.

"나는 고 태위를 모시고 있는 육겸이란 사람이오."

사내가 이렇게 말문을 열자 두 사람은 긴장했다. 고 태위를 모시는 사람이라면, 보통 직분이 넘는다는 생각이 들었기 때문이다.

"나는 고 태위의 은밀한 명을 받고 왔소. 저 임충이란 자는 고 태위를 죽이려 했던 자로서, 살려 두면 매우 위험한 인물이오. 그러니 창주로 가는 도중에 제거해 주면 고맙겠소. 이는 고 태위의 부탁이나 다름없소."

육겸은 말을 끝내면서 은자 열 냥을 꺼냈다. 두 호송인은 각각 은자 닷 냥씩을 챙겨 넣고 방을 나왔다.

귀양 가는 사람을 도중에 죽여 버리는 일은 가끔 있는 일이었다. 죄인에게 원한이 있거나, 아니면 후환이 두려운 자들이 그런 짓을 저지르곤 했다. 그럴 경우에는 당연히 호송인을 매수해야만 했다.

동초와 설패 두 사람은 귀양길에 들어서자마자 본색을 드러내고 임충을 괴롭히기 시작했다. 실수인 척하고 끓는 물에 발을 담그게 하여 임충의 발에 화상을 입히기도 했고, 거칠게 끌고 가서 온몸의 힘을 빼기도 했다. 죽일 때 쉽게 일을 처리하기 위해서였다.

마침내 그들 일행은 어느 우거진 숲 속을 지나가게 되었다. 그 곳은 은밀하게 사람을 죽이기에 알맞은 곳이었다.

"우리는 여기서 잠시 눈을 붙여야겠다. 네놈이 도망갈지도 모르니까 나무에 묶어 놓아야겠다."

설패는 다짜고짜 임충을 나무에 묶기 시작했다. 임충은 잠자코 그들에게 몸을 맡겼다. 그런데 임충을 다 묶고 나자 두 사람의 눈빛이 음험하게 바뀌었다. 임충도 무언가 이상하다는 것을 느꼈다.

그 때 설패가 임충을 노려보며 차가운 목소리로 입을 열었다.

"임충, 너는 여기서 죽어 줘야겠다. 우리를 원망하지 마라. 우리는 고 태위님의 분부를 받아 행동할 뿐이다."

설패와 동초는 근처에서 굵은 나무 몽둥이를 주워 왔다. 임충은 아찔해졌다. 나무에 묶인 데다 몸이 지칠 대로 지쳐 있어서 대항할 엄두조차 낼 수 없었기 때문이다.

'아아, 내 인생이 이토록 허망하게 끝나다니⋯⋯.'

임충은 속으로 깊은 한숨을 내쉬었다. 설패는 임충의 앞에서 몽둥이를 쳐들었다. 단번에 임충의 머리를 부숴 버릴 것 같은 기세였다.

바로 그 순간, 바람을 가르는 소리와 함께 어디선가 쇠 지팡이가 날아왔다. 철 지팡이가 대번에 설패를 고꾸라뜨렸다. 이어서 우레와 같은 고함 소리가 들리더니, 우람하게 생긴 중이 숲 속에서 뛰쳐나왔다.

"네 이놈들! 내가 여기서 네놈들을 기다렸다."

그 중은 바로 노지심이었다. 노지심은 설패와 동초를 각각 한 손으로 들어 올렸다. 당장이라도 때려죽일 듯 험악한 기세였다. 두 호송인의 얼굴은 대번에 사색으로 변했다.

"스님, 잠깐 기다리세요. 그들을 죽이지 마십시오."

임충이 오히려 노지심을 만류했다.

"저들은 명령을 받은 졸개들일 뿐입니다. 어차피 나를 창주까지 데려가야 하니 죽이지는 마십시오."

노지심은 잡아먹을 듯한 눈빛으로 두 호송인을 노려보더니 획 밀쳐 버렸다. 설패와 동초는 장작개비처럼 저만치 나가떨어졌다.

"임충 어른의 간곡한 부탁이 있어서 네놈들을 살려 준다. 이 씹어 먹어도 시원찮을 놈들아."

노지심이 으르렁거리며 이렇게 말하자, 설패와 동초는 부들부들 떨기만 할 뿐 꼼짝도 하지 못했다.

노지심은 곧 임충을 풀어 주었다.

"고맙습니다, 스님. 그런데 어떻게 알고 여기를?"

"내 생각에 아무래도 이런 일이 생길 것 같았소. 그래서 내가 먼저 와서 기다리고 있었던 거요. 사람을 죽이기엔 이 곳만큼 마땅한 데가 없으니까 말이오."

노지심은 껄껄 웃었다. 그러더니 갑자기 도끼눈을 뜨며 홱 돌아섰다.

"이놈들, 잘 들어라. 나는 창주까지 따라갈 것이다. 너희들은 지금부터 임충 어른을 업어서 모셔라. 네놈들 때문에 발을 다쳤으니, 단 한 줌의 흙도 발에 닿지 않도록 하거라. 알겠느냐?"

두 호송인은 겁먹은 얼굴로 연신 굽실거렸다. 두 사람은 노지심의 얼굴만 보아도 가슴이 떨려 견딜 수가 없었다.

그 후로 임충은 편안하게 길을 갈 수 있었다. 설패와 동초는 행여나 노지심이 화내지 않을까 하여, 정성을 다해 임충을 모셨다.

소선풍 시진과의 만남

임충 일행은 창주에서 가까운 어느 마을로 들어섰다. 노지심은 거기에서 발을 멈추고 임충에게 말했다.

"자, 난 이쯤에서 돌아가겠습니다. 여기서 창주까지는 한적한 곳이 없으니, 이놈들이 흉악한 짓을 하지는 못할 겁니다."

노지심은 그러고 나서 두 호송인을 노려보았다. 그러더니 쇠 지팡이를 높이 쳐들어 옆에 있던 소나무 둥치를 힘껏 내리쳤다. 그러자 천둥치는 듯한 소리가 들리면서 소나무의 아랫부분이 두 동강나고 말았다.

"잘 보았느냐? 네놈들이 조금이라도 딴마음을 품는다면 저 소나무처럼 될 것이다."

호송인들은 사시나무 떨 듯하며 아무 대꾸도 하지 못했다. 노지심은 그렇게 겁을 주고는 훌쩍 오던 길로 돌아갔다.

노지심이 떠나고 난 후 세 사람은 어느 주막으로 들어갔다. 그런데 주인은 임충 일행을 보고도 주문 받을 생각을 하지 않았다. 한참을 기다려도 끝내 아는 체를 하지 않았다.

"여보시오, 주인장. 내가 죄수라고 해서 음식조차 안 팔겠다는 거요?"

임충은 불쾌한 표정으로 소리쳤다. 그러자 주인이 얼른 달려와 말했다.

"그게 아닙니다. 저는 손님을 다른 곳으로 모시려던 중이었습니다."

"다른 곳이라니, 그게 무슨 말이오?"

"실은 이 마을에는 시진이라는 부호가 계시지요. 별호는 소선풍이라 합니다. 그분께서 귀양 가는 죄인을 보면, 그분의 집으로 모시고 오라고 제게 단단히 일러 놓으셨습니다. 죄인 중에는 호걸이 많으므로 자신이 직접 대접하겠다면서 말입니다."

"그랬었군. 소선풍 시진이라면 나도 들어 본 적이 있는 사람이오. 그래, 그분 댁이 어디요? 우리가 직접 찾아가리다."

주인은 임충에게 시진의 집을 가르쳐 주었다. 임충과 두 호송인은 주막을 나와 시진의 집으로 향했다.

얼마 후 울창한 숲을 뒤에 둔 커다란 집이 눈앞에 나타났다. 담을 따라 수양버들이 늘어서 있어 시원한 기분이 드는 집이었다.

집 앞에는 서너 명의 장정들이 모여 바람을 쐬고 있었다. 임충은 그들에게 다가가 말을 붙였다.

"시진 대관인을 만나 볼 수 있겠는지요?"

"운이 없는가 보오. 대관인께서는 지금 외출 중이라오."

장정 하나가 임충을 아래위로 훑어보며 대답했다.

임충은 아쉬운 마음으로 돌아섰다. 얼마쯤 가다 보니, 멀지 않은 곳에서 한 떼의 사람들이 다가오는 게 보였다. 그들 가운데에는 말을 탄 사람이 있었는데, 얼굴이 수려하고 풍채 또한 당당했다. 말을 탄 사람이 곁에 있는 하인에게 무언가를 지시하자, 하인이 다가와 임충에게 말을 걸었다.

"댁은 뉘시오? 우리 대관인께서 알아보라 하셨소."

"나는 동경의 금군 교두로 있던 임충이라 하오. 고 태위의 미움을 받아 귀양을 가는 길이외다."

하인이 말을 전하자, 말을 타고 있던 사나이는 얼른 달려와 말에서 내렸다.

"임 교두의 명성은 오래 전부터 들었소. 하마터면 못 만날 뻔했습니다."

"저야 소인에 불과하지만 시 대관인의 큰 이름은 듣고 있었습니다. 이렇게 만나 뵙게 되어 영광입니다."

두 사람은 서로 정중하게 예를 차렸다.

시진은 임충을 정성껏 대접했다. 두 사람이 한창 술을 마시고 있을 때 홍 교두라는 사람이 찾아왔다.

시진은 그 사람을 합석시켜 임충과 서로 인사하게 했다. 임충이 정중하게 상석을 양보하며 예를 차렸으나, 홍 교두는 제대로 자기 소개도 하지 않았다. 홍 교두는 임충 쪽은 보지도 않고 시진에게 말했다.

"귀양 가는 죄인에게 무슨 대접이 이리도 후합니까?"

"이분은 80만 금군의 창봉 교두였던 임충이라는 분입니다. 보통 죄인과는 다르지요."

그러자 홍 교두는 가볍게 코웃음치며 말했다.

"대관인께서 호걸을 좋아하시니, 이렇듯 온갖 사람들이 호걸입네 하고 찾아 드는군요."

아까부터 참고 있던 임충은 이 말만은 정말 참기 어려웠다. 하지만 시진이 홍 교두에게 공손한지라 꾹 눌러 참았다.

"허허, 홍 교두님. 이분은 그렇게 함부로 말할 분이 아닙니다."

시진도 조금 언짢은 기색이 되었다. 그러나 홍 교두는 여전히 거만하게 말했다.

"나는 못 믿겠습니다. 나와 겨루어 본다면 진짜 창봉 교두인지 아닌지 알겠지요."

시진이 임충을 돌아보았다. 임충은 몇 번 사양하다가 그 제의를 받아들였다.

잠시 후, 두 사람은 마당 한가운데에 마주 섰다. 서로 짧은 봉을 하나씩 들고 있었다.

홍 교두가 기합을 넣으며 먼저 공격했다. 임충은 몇 차례 몸을 뒤로 빼다가 가볍게 공중으로 뛰어올랐다. 임충이 땅에 내려섰을 때, 홍 교두는 이미 목을 감싸 쥐고 바닥에 쓰러져 있었다.

간단히 끝난 승부였다. 한참 후에야 정신을 차린 홍 교두는 얼굴이 벌개진 채로 도망가듯 마당을 빠져 나갔다.

임충은 여러 날이나 시진의 집에서 후한 대접을 받으며 지냈다. 드디어 떠나는 날이 되자, 시진은 커다란 금덩이와 편지 한 통을 내밀었다.

"약소하지만 여비로 쓰십시오. 창주의 부윤이나 간수장은 모두 저와 가까운 사이입니다. 이 편지를 그들에게 보이면 임 교두를 함부로 대하지는 않을 것입니다."

임충은 시진의 호의에 감격했다. 시진은 몹시 아쉬운 눈빛으로 임충을 떠나 보냈다.

임충은 그 날 오후 창주 관내에 이르렀다. 두 호송인은 동경으로 돌아가고, 임충은 감방에 갇혔다.

감방 안에 있던 죄수들이 다가와 임충에게 충고해 주었다.

"이 곳 간수들은 모두 돈을 밝히지요. 돈을 내놓지 않으면 혹독한 대우를 받게 된다오."

얼마 후 죄인을 점검하러 온 간수장은 대뜸 큰 소리를 질러 임충의 기를 죽이려 했다.

"네가 오늘 들어온 놈이냐? 이놈, 여기서 고생 좀 해야 되겠구나."

그러면서 간수장은 험상궂게 눈알을 굴렸다.

임충은 이미 들은 바가 있었으므로, 품에서 은자 열닷 냥을 꺼냈다.

"약소하지만 이 닷 냥을 받아 주십시오. 그리고 옥장 어르신께도 열 냥을 전해 주시기 바랍니다."

그제야 차발의 입가에 웃음이 돌았다. 그것을 본 임충은 비로소 시진의 편지를 꺼내 보여 주었다.

"허, 시진 어른의 편지까지 지니고 있군. 자네는 이제부터 마음 편히 지내도록 하게나. 내가 모든 걸 잘 봐 주겠네."

간수장은 흡족하게 웃으며 돌아갔다. 임충은 허리를 숙이고 감사를 표했다. 그러나 속으로는 한숨이 절로 나왔다. 돈이 없으면 없는 죄도 만들어지고, 돈이 있으면 감방에서도 편히 지낼 수 있다는 걸 실감했기 때문이다.

간수장에게 준 뇌물이 통하여 임충은 감방을 벗어나 천왕당지기라는 편한 일을 얻게 되었다. 그 일은 아침 저녁으로 향불을 피우고 마당이나 쓸면 되는 일이었다.

그렇게 몇 달이 지난 어느 겨울날이었다.

임충은 천왕당 마당을 거닐다가 생각지도 않았던 사람을 만났다. 그는 예전에 동경에서 알았던 이소이라는 젊은이였다.

이소이는 남의 집 하인으로 있던 자로서, 언젠가 술집 주인의 돈을 훔쳤다는 죄로 끌려왔는데, 임충이 대신 돈을 물어 주고 석방시킨 적이 있었다.

이소이는 천왕당 근처에서 술집을 하고 있었다. 이소이는 은인이었던 임충을 위해 여러 가지 도움을 베풀었다. 임충은 자주 이소이의 술집에 들러 술이나 차를 대접 받았다.

겨울이 깊어 가던 어느 날, 이소이의 술집에 낯선 사람들이 찾아왔다.

그 중 한 사람이 감방의 간수장을 불러내어 같이 술을 마셨다. 그들은 무언가 비밀스럽게 이야기를 주고받았다. 이소이는 그들의 대화 중에 고 태위와 임충의 이름이 오가는 것을 들었다.

'이것은 필시 임충 어른을 해하려는 음모이다.'

그렇게 생각한 이소이는 곧장 천왕당의 임충에게 달려갔다. 이소이는 자신이 보고 들은 사실을 그대로 전했다.

이소이로부터 그 남자의 용모를 전해 들은 임충은 간수장을 만났다는 사내가 육겸이란 걸 알 수 있었다. 임충의 귀양살이가 끝나기 전에 아예 없애 버리려고 작정한 것이 틀림없었다.

며칠 후 임충에게 천왕당지기가 아닌 다른 일이 맡겨졌다. 그것은 군마 사료장에서 말에게 먹일 풀을 관리하는 일이었다. 임충은 조금 의심스러웠지만 그대로 따를 수밖에 없었다. 어쨌거나 그 일도 천왕당지기처럼 쉬운 일이었다.

임충은 곧 짐을 꾸려 사료장으로 떠났다. 사료장은 한적한 들녘에 있어 인적이 뜸했다.

임충은 사료장을 지키던 노인과 교대를 하여 자리를 잡고 앉았다. 사료장은 벽이 허술하여 찬 바람이 숭숭 들어왔다.

'이 곳에서 겨울을 나려면 고생 좀 하겠구나.'

임충은 숯불을 피우고 몸을 웅크리고 앉아 여러 가지 생각에 잠겼다. 아무래도 천왕당지기를 할 때가 좋았다는 생각이 들었다. 거기엔 자신을 돌봐 주는 이소이도 있었기 때문이다.

저녁이 가까워지면서 바람이 더욱 차가워졌다. 임충은 술이라도 마셔 몸을 데울 생각으로 사료장을 나왔다. 마을로 내려가니 조그만 주막이 하나 있었다. 임충은 그 곳에서 밥과 술을 시켜 먹었다.

임충은 적당히 어두워졌을 때 주막을 나왔다. 임충은 사료장으로 가다가 발길을 돌렸다. 아무래도 사료장에서 자다가는 얼어죽을 것 같았기 때문이다.

임충은 언덕 위에 있는 서낭당으로 들어갔다. 온기는 없었지만 오히려 그 곳이 따뜻했다.

'오늘 밤은 여기서 지내고 내일은 사료장 벽을 발라야겠다.'

임충은 그런 생각을 하며 자리를 만들어 누웠다. 얼마나 잤을까. 임충은 갑자기 눈앞이 환해지는 느낌이 들어 눈을 떴다. 바깥이 불을 밝힌 듯 환했다.

임충이 자리에서 일어나 서낭당 문을 막 열려고 할 때였다. 문 밖에서 웬 사람들의 말소리가 들렸다.

"이제야말로 임충 녀석도 저승길로 갔겠군."

"그럼요. 제 계략이 어떻습니까? 이만하면 모든 게 완벽하지 않습니까?"

"훌륭합니다. 동경으로 돌아가면 고 태위님께 당신의 충성스러운 행동을 말씀 드리겠습니다. 고아내님도 무척 기뻐하실 겁니다."

"사료장이 불탔으니 제놈이 혹시 살아난다 할지라도 큰 벌을 면할 수는 없을 겁니다."

임충은 대번에 그들이 누군지 알 수 있었다. 육겸과 간수장이 분명했다. 바깥이 환한 건 놈들이 사료장에 불을 질렀기 때문이란 것도 알 수 있었다.

임충은 가슴에 불이 붙는 듯했다. 더 이상 생각할 것도 없이 임충은 창을 들고 바깥으로 뛰쳐나갔다.

"네 이놈들! 내 창을 받아라."

갑자기 나타난 임충을 보고 육겸과 간수장은 사색이 되었다. 간수장은 재빨리 언덕 아래로 도망쳤으나, 몇 발짝 못 가 임충의 창에 찔리고 말았다. 임충은 다시 육겸을 향해 창을 겨누었다.

"살려 주게. 모두가 다 고 태위의 농간이라네. 나도 어쩔 수 없었다네."

육겸은 무릎을 꿇고 빌었다.

"네놈이 나와 무슨 원한이 있길래 이리도 끈질기게 나를 죽이려 든단 말이냐? 친구가 아니었다면 차라리 살려 줄 수도 있다. 그러나 의리를 배신한 너를 더 이상 용서할 수는 없다."

임충은 육겸의 목 깊숙이 창을 꽂았다. 육겸은 피를 토하며 죽어 갔다.

두 사람이 죽고 나자 임충은 막막해졌다. 이제는 사람을 죽인 무거운 죄인이 되고 만 것이다.

임충은 창 하나만 달랑 들고 그 곳을 떠났다. 어디로 가야 할지 아득하기만 했다.

어둠을 헤치고 한참을 걷던 임충은 불빛을 보고 어느 초가집으로 들어갔다. 거기엔 여러 명의 장정들이 옹기종기 모여앉아 모닥불을 쬐고 있었다.

임충은 허락을 구하고 그들 곁에 앉았다. 가만히 보니, 옆에는 술동이도 있었다. 추위에 얼어 있던 임충은 몹시 반가웠다.

"이 술 조금만 얻어먹읍시다."

임충이 부탁했으나 그들은 거들떠보지도 않았다.

"내게는 돈도 있소. 조금만 파시오."

그러자 한 사내가 시큰둥하게 대꾸했다.

"우리 먹을 것도 모자라니 불이나 쬐다 꺼지시오."

그 소리에 기분이 몹시 상한 임충은 자리에서 벌떡 일어났다. 그러고는 창을 휘둘러 장정들을 쫓아냈다. 장정들은 임충의 창 솜씨를 보고는 우르르 도망가 버렸다.

임충은 순식간에 술 한 동이를 다 비우고는 도망가기 위해 일어섰다. 그러나 허기가 진 데다 술이 들어가자 흠뻑 취해 제대로 걸을 수가 없었다. 임충은 얼마 가지 못하고 푹 고꾸라지고 말았다.

그 때 아까 임충에게 쫓겨났던 장정들이 사람들을 몰고 왔다. 그들은 임충을 꽁꽁 묶어 어느 집으로 데리고 갔다.

다음날 눈을 떴을 때에야 비로소 임충은 자신이 붙잡혀 왔다는 사실을 알게 되었다. 마당에서는 어제의 장정들이 누군가를 기다리고 있었다.

"어르신이 오시면 네놈은 큰 벌을 받게 될 거다."

얼마 후 그들이 기다리던 주인이 마당으로 나왔다.

그런데 놀랍게도 그 사람은 시진이었다. 시진도 임충을 보고는 깜짝 놀랐다.

"아니, 임 교두께서 이게 웬일이오?"

"이런 꼴을 보여 죄송합니다. 차차 말씀 드리겠습니다."

시진은 얼른 임충을 풀어 주게 했다. 임충은 시진을 따라 방으로 들어 갔다. 임충은 시진에게 그간에 있었던 일을 이야기했다.

"참으로 고생이 많았소. 여기는 내 별장이니 마음 놓고 쉬도록 하십 시오."

임충은 시진의 별장에서 며칠간 편히 지냈다. 하지만 언제까지나 그 곳에 머물 수는 없는 일이었다.

임충은 어느 날 시진에게 부탁했다.

"저는 쫓기는 몸이라 계속 이 곳에 머무를 수는 없습니다. 염치없는 말이지만 제가 가 있을 만한 적당한 곳을 마련해 주십시오. 그것이 시 대관인께도 좋을 것입니다."

"임 교두의 생각이 정 그러하다면 한 군데 적당한 곳이 있기는 있소 만……."

"그게 어딥니까? 어서 말씀해 보시지요."

"산동 땅에 있는 양산박이란 곳입니다. 그 곳은 둘레가 800리나 되는 험준한 산인데, 세 명의 호걸이 거기에 산채를 두고 있습니다. 최고 두 령은 백의수사 왕륜이라 하고, 그 아래에 두천과 송만이라는 두 두령이 있지요. 그들은 모두 나와 잘 아는 사이랍니다. 그러니 내 편지를 갖고 가면 반갑게 맞을 것입니다."

임충은 시진의 제안을 받아들였다. 어차피 쫓기는 몸인지라 그 길밖 에는 없어 보였다.

시진은 임충에게 좋은 옷 한 벌과 여비를 주었다. 그리고 칼도 마련해 주었다.

"시 대관인의 은혜는 결코 잊지 않겠습니다."

임충은 시진과 작별하고 서둘러 양산박을 향해 길을 떠났다.

양산박으로 가다

온 산하를 하얗게 수놓으며 눈발이 날리고 있었다. 임충은 홀로 눈길에 발자국을 찍으며 앞으로 나아갔다. 마음 속에는 양산박이라는 세 글자만 가득했다.

임충은 여러 날을 걸어 어느 마을에 도착했다. 마을 입구에 주막이 보이자, 임충은 부리나케 그 쪽으로 향했다. 따뜻한 실내에서 술 한 잔을 시켜 마시자 얼었던 몸이 스르르 풀어졌다.

임충이 언 몸을 녹이며 앉아 쉬고 있는데 누군가 주인에게 말을 걸었다.

"저기 술 마시는 자가 누구요?"

임충을 가리키고 묻는 말이었다. 임충이 흘끗 돌아다 보니 털모자에 짐승 가죽옷을 입은 사내였다. 제법 강단이 있어 보이는 사내였다.

임충은 모른 체하고 이번에는 자신이 주인에게 물었다.

"주인장, 여기서 양산박까지는 얼마나 됩니까?"

"그리 멀진 않으나 물길로밖에는 갈 수가 없습니다."

"그렇다면 배를 한 척 구해 주시겠소?"

"이렇게 험한 날씨엔 배를 구할 수 없습니다."

임충이 돈을 넉넉히 준다고 해 보았지만, 주인은 안 된다고 했다.

임충은 갑자기 처량한 생각이 들었다. 임충은 주인에게 먹과 붓을 가져오라 하여 자신의 심정을 벽에 써 넣었다.

오직 의리에 사는 나 임충
순박하고 충실하게 지내 왔노라.
한때 강호에 이름 날렸으나
이제는 길가의 잡초가 되었도다.
언젠가 기회가 돌아온다면
숨은 뜻 크게 펼치리라.

임충은 다시 술을 마시기 시작했다. 그 때 옆에 앉아 있던 가죽옷을 입은 사내가 임충에게 다가왔다.
"네놈은 창주 감방에 있던 죄인이렷다? 겁도 없구나. 이렇게 함부로 돌아다니며 이름을 밝히다니……."
임충은 '아차' 하는 기분이 들었다.
"그래서 어쩔 셈이오? 나를 관가에 고발할 작정이오?"
임충은 온몸에 힘을 끌어 모으며 차갑게 사내를 노려보았다.
"그냥 술이나 한 잔 하자는 얘기였소."
의외로 사내는 부드럽게 나왔다. 사내는 빙긋 웃으면서 임충의 옆에 앉았다.
"아까 들으니 양산박으로 가려는 모양인데, 거기는 왜 가려 하오?"
사내는 은근하게 물어 왔다.
"알다시피 나는 쫓기는 몸이오. 듣기로 양산박에는 호걸들이 있다길래 찾아가는 길이외다."
"양산박 이야기는 누구에게 들었소?"
"소선풍 시진이란 분이 소개장을 써 주었지요"
임충이 보기에 사내는 양산박과 연결되어 있는 듯했다. 그래서 숨김

없이 다 말해 주었다.

"나는 양산박의 왕륜 두령을 모시고 있는 주귀라 하오. 이 곳에 주막을 얻어 놓고 산채에 정보를 보내는 일을 하지요. 혼자 오가는 길손은 잡아다가 돈을 빼앗고 죽여 버린다오. 그러고는 만두 속의 고기로 쓰지요."

사내는 역시 양산박의 도적이었다. 주귀는 임충에게 술 대접을 하고 깨끗한 방에서 재워 주었다.

다음날 아침, 임충은 주귀와 함께 배를 타고 양산박으로 떠났다. 과연 양산박의 산채는 천연의 요새였다. 외부에서 침입하기가 쉽지 않아 보였다.

임충은 마침내 양산박의 왕륜 두령을 만났다. 졸개들을 좌우로 거느린 채, 화려한 의자에 앉아 있는 왕륜의 모습은 매우 근엄했다.

"임 교두의 명성은 익히 들었소이다."

왕륜은 임충을 위해 잔치를 베풀어 주었다. 임충은 잘 찾아왔다는 생각이 들었다.

그런데 잔치가 한창 무르익을 무렵, 왕륜이 뜻밖의 말을 했다. 왕륜은 부하들에게 비단 몇 필과 은자를 가져오게 하더니 임충에게 말했다.

"사실 이 곳은 양식도 넉넉하지 않고 여러 가지로 보잘것이 없습니다. 임 교두 같은 호걸이 있기에는 좁은 곳이지요. 여기 약간의 노자를 마련했으니 좀더 적당한 곳을 찾아보십시오."

임충으로서는 아찔한 말이었다. 당장 이 곳이 아니면 딱히 갈 데가 없었기 때문이다.

"저는 노자나 얻어 가려고 찾아온 것이 아닙니다. 저를 받아 주신다면 충성을 다하겠으니, 이 곳에 있도록 허락해 주십시오."

임충은 간절히 부탁했다. 그러나 왕륜은 어렵다는 말만 계속했다. 왕륜은 속으로 임충을 두려워하고 있었다. 자신의 무예 솜씨가 대단하지 않으므로, 임충이 자기 자리를 빼앗을까 봐 걱정이 되었던 것이다.

그 때 임충을 데려온 주귀가 말했다.

"두령님, 시 대관인의 얼굴을 봐서라도 이 사람을 받아 주시지요."

임충은 그 말에 힘을 얻어 다시 부탁을 했다. 그러자 왕륜은 어쩔 수 없다는 표정으로 말했다.

"그렇다면 투명장을 가져오시오."

임충은 그 말에 따라 글을 쓸 준비를 했다. 그러자 주귀가 웃으면서 말했다.

"산채에서 말하는 투명장이란 사람의 목을 말합니다. 산 아래로 가서 아무나 한 놈을 죽여 그 목을 가져오면 되는 것이오."

"그거야 어려울 것 없지요."

임충은 쉽게 대답했다. 그러자 왕륜이 다짐을 주었다.

"앞으로 딱 사흘이오. 그 안에 투명장을 가져오지 못하면 당신을 받아 줄 수 없으니 그리 아시오."

임충은 다음날 일찍 산채에서 내려왔다. 임충은 산 중턱에 난 길 옆에 몸을 숨기고 사람이 지나가기를 기다렸다. 죄 없는 사람을 무조건 죽여야 한다는 게 마음에 걸렸지만 어쩔 수가 없었다.

그런데 이 날은 하루 종일 지나가는 사람을 볼 수 없었다. 임충은 포기하고 다시 산채로 돌아갔다. 다음날 임충은 같은 자리에서 또 사람을 기다렸다. 드디어 이 날 늦게 젊은 사내 하나가 산을 올라오는 게 보였다. 사내는 제법 건장했다.

임충은 사내가 가까이 오기를 기다렸다가 큰 소리를 지르며 앞을 가로막았다.

"게 섰거라!"

산을 올라오던 사내는 깜짝 놀라면서 걸음을 멈추었다.

"네 목을 내놓아야겠다!"

임충은 다짜고짜 그렇게 말했다. 하지만 사내 역시 보통은 아니었다.

"내 목을 원한다면 와서 가져가거라!"

사내는 등에 메고 있던 칼을 잡으며 말했다. 마음이 다급한 임충은 칼을 들고 사내에게 덤벼들었다.

드디어 싸움이 벌어졌다. 웬만한 사람이라면 임충의 첫 공격에 쓰러졌겠지만, 사내는 만만치가 않았다. 두 사람은 좀처럼 승부를 내지 못하고 오래도록 싸웠다.

"멈추시오!"

그 때 어디선가 이렇게 외치는 소리가 들렸다.

임충이 돌아보니 왕륜이 부하들과 함께 다가오고 있었다.

"두 사람의 무예가 참으로 훌륭하군요. 이 쪽은 우리의 동지인 표자두 임충이오만, 댁은 누구시오?"

왕륜이 사내를 향하여 물었다.

"나는 양지라고 한다. 그러는 너는 누구냐?"

사내는 칼을 내리지 않은 채 대답했다.

"나는 이 곳 산채의 두령인 왕륜이오. 그런데 당신의 이름이 양지라면 혹시 별호가 청면수 아닙니까?"

"그렇소. 그런데 무슨 일로 그러시오?"

사내는 왕륜이 자기를 알아보자, 말투를 바꾸어 공손하게 대했다.

"양 대협의 이름은 오래 전부터 듣고 있었소. 같이 산채로 가서 술이라도 나누고 싶소이다. 거절하지 말고 부탁을 들어 주십시오."

양지는 왕륜이 정중하게 나오자 칼을 내렸다. 그리고 왕륜을 따라 산채로 올라갔다.

왕륜은 양지를 위해 술자리를 마련했다. 왕륜은 나름대로 계산을 하고 있었다. 임충을 받아들이는 대신 양지를 산채에 머물게 함으로써 견제를 하려는 것이었다. 술자리가 끝나 갈 때쯤 왕륜은 넌지시 양지에게 권했다.

"양 대협, 이 곳에서 우리와 함께 지냅시다."

그러나 양지는 단호하게 거절했다. 양지는 오랫동안 고향을 떠나 있었기 때문에, 어서 고향으로 돌아가고 싶은 마음뿐이었다. 양지가 단호하게 거절하자, 왕륜도 더 이상 어쩔 수 없었다.

양지는 산채에서 하룻밤을 묵고 산을 내려갔다. 어쨌거나 이로써 임충도 양산박에 머물게 되었다. 그리하여 임충은 왕륜, 두천, 송만 다음으로 양산박의 네 번째 두령이 되었다.

조개와 호걸들

운성현의 동계촌에 조개라는 이름의 부호가 살고 있었다.

조개는 배짱과 의리가 있고 인심도 후하여 사람들이 잘 따랐다. 조개는 특히 창봉술을 좋아하여 호걸들과 사귀기를 즐겼다.

어느 날, 조개의 집에 그 지역 보병 장교인 뇌횡이 졸개들과 함께 들렀다. 뇌횡은 근처에서 도적을 잡아 가는 길에 술이나 얻어먹으려고 잠시 들른 거였다.

조개는 반갑게 맞아들여 술을 대접했다. 그러고는 어떤 도적이 잡혔는지 궁금하여 도적을 묶어 놓은 뒤뜰로 가 보았다. 거기에는 수염이 텁수룩하고 체구가 좋은 사내가 발가벗겨진 채 묶여 있었다.

"너는 무슨 도적질을 하였느냐?"

조개가 묻자 묶인 사내는 황급히 고개를 저었다.

"저는 도적이 아니라 나그네일 뿐입니다. 이 마을에 산다는 조개라는 분을 만나 뵈러 왔다가 도적으로 몰렸습니다."

"조개를 찾는다고? 그 사람은 왜 찾지?"

"그분이 호걸이란 말을 들었지요. 나는 그분에게 큰 돈을 벌게 해 주려고……"

조개는 은근히 호기심이 생겼다.

"내가 바로 그 조개라는 사람이다. 내가 너를 구해 주마. 이따가 뇌횡이 나갈 때 나를 보거든 무조건 외삼촌이라고 부르거라."

조개는 뇌횡이 있는 곳으로 돌아왔다.

잠시 후, 뇌횡은 인사를 하며 일어섰다. 조개는 뇌횡을 배웅하기 위해 따라 나섰다.

뇌횡이 뒤뜰에서 도적을 풀어 주고 있을 때 도적이 소리쳤다.

"외삼촌! 저예요, 저 좀 살려 주세요."

"아니, 너는 왕소삼이 아니냐?"

조개는 깜짝 놀라는 표정을 지으며 달려갔다.

"이 사람이 조개 어른의 조카란 말씀입니까?"

뇌횡은 놀라서 물었다.

"그렇습니다. 오래 전에 이 마을을 떠났던 조카지요. 그런데 어쩌다 도적으로 몰렸나 모르겠군요."

"사실 도적인지 아닌지는 잘 모릅니다. 대낮에 사당에 들어가 잠을 자고 있길래 조사해 보려고 끌고 가는 중이었지요."

뇌횡은 얼른 사내를 풀어 주었다. 조개는 고맙다며 뇌횡의 품에 은자를 찔러 넣어 주었다.

조개는 사내를 사랑방으로 데리고 갔다.

"감사합니다, 조개 어른. 정식으로 인사를 드리지요. 제 이름은 유당이라 하옵니다."

"그래, 큰돈 버는 일이란 무엇이오?"

"이번에 북경의 양중서가 동경의 장인에게 선물하려고 금 10만 관을 보낸다 합니다. 그 돈이야말로 양민을 약탈해서 얻은 부정한 재물이니 빼앗아도 괜찮을 것입니다."

조개는 유당의 말에 구미가 당겼다. 유당의 말처럼 양중서의 돈을 가로채는 건 전혀 죄가 안 된다고 생각되었다. 하지만 워낙 큰일이라 당장 어떻게 해야 좋을지는 선뜻 결정이 안 됐다.

그 때 하인이 달려와 오용 선생이 왔다고 전했다. 오용은 병법을 비롯하여 여러 학문에 조예가 있는 선비로서, 조개와 매우 절친한 사이였다.

"어서 이리로 모시거라."

조개는 오용이 들어오자 유당과 인사를 나누도록 했다. 그러고는 유당의 말을 전하고 의견을 구했다.

오용은 깊이 생각하고 난 후 천천히 입을 열었다.

"해 볼 만한 일이군요. 한데 사람이 더 있어야겠군요."

"그렇습니다. 누구 추천할 만한 사람 없습니까?"

"그야 있지요. 양산박 근처의 석갈촌에 원씨 성을 가진 3형제가 있습니다. 모두 무예가 뛰어나고 호탕한 젊은이랍니다. 내가 그들을 찾아가 보겠습니다."

오용은 즉시 자리에서 일어났다. 오용은 신중하면서도 결단력이 있는 사람이었다.

원씨 형제는 마침 집에 있었다. 맏형 원소이는 오용을 보자 반갑게 인사를 하며 방으로 모셨다. 곧 두 아우인 원소오와 원소칠도 들어왔다.

"어쩐 일로 여기까지 오셨는지요?"

"요즘 고기는 잘 잡히는가?"

"웬걸요. 양산박에 도적이 생기고부터는 물가에 얼씬도 못 합니다."

"그럼 자네들이 그들을 몰아 내면 될 게 아닌가? 천하의 원씨 형제가 무엇이 그리 두려운가?"

"그랬다간 천하의 호걸들이 저희를 욕할 겁니다."

오용은 원씨 형제의 마음을 알 수 있었다. 그래서 은근히 한 번 더 떠보았다.

"그렇다면 아예 그리로 들어가든지?"

"그럴까도 생각해 보았는데, 듣자 하니 그 곳의 두령인 왕륜이라는 사람이 소인배라고 합니다."

오용은 그쯤에서 슬슬 속마음을 말하기 시작했다.

"혹시 동계촌에 사는 조개라는 분의 이름을 들어 보았는가?"

"들었지요. 의리와 인정이 있는 분이라고 하더군요."

"내가 실은 그분과 함께 하려는 일이 있네. 그래서 자네들의 도움을 받고자 찾아온 거라네."

"저희가 힘이 된다면 기꺼이 돕겠습니다."

원씨 형제는 반가운 표정을 지었다.

"내 그럴 줄 알았지. 자, 지체할 게 뭐 있겠나? 즉시 여장을 꾸리게 나."

오용은 원씨 3형제를 데리고 동계촌으로 돌아왔다.

조개는 세 사람을 반갑게 맞이하여 큰 잔치를 베풀어 주었다. 그런데 잔치가 한창 무르익을 때였다. 하인이 달려와서는 밖에 도사 차림의 손님이 찾아왔다고 전했다.

"지금은 바쁘니 돈이나 좀 주어 보내거라."

조개가 그렇게 말해 돌려 보내려 했지만, 잠시 후 하인이 또다시 달려 왔다.

"그 도사가 가지 않겠다고 계속 뻗대고 있습니다. 지금 세 사람이나 때려눕혔습니다."

조개는 그 말을 듣고 대문으로 가 보았다. 거기엔 큰 키에 위풍 당당 해 보이는 도사가 하인들에게 호령을 하고 있었다.

"도사께서는 누구를 찾으시오?"

조개는 예를 갖추며 물었다.

"조개 어른을 뵙고 싶어 왔소이다."

"내가 조개올시다. 무슨 일이신지요?"

"긴히 드릴 말씀이 있습니다."

조개는 이 낯선 도사가 마음에 들었다. 그래서 조개는 도사를 안으로 모셨다.

"그래 무슨 일입니까?"

"저는 공손승이라 합니다. 제가 제법 여러 재주를 가지고 있어서 사람들은 나를 입룡운 도사라고 부르지요. 우선 제가 조개 어른께 선물을 드릴까 하는데 받아 주시겠습니까?"

"선물이라니요?"

"조개 어른께 10만 관의 금을 드릴까 합니다."

조개는 공손승이 무슨 말을 하는지 금세 알아차렸다.

"10만 관의 금이라면 북경에서 온다는 그 예물을 말하는 것입니까?"

"허허, 이미 알고 계시는군요."

이 때 오용이 두 사람이 있는 곳으로 왔다.

"입룡운 공손승이라면 오래 전부터 이름을 들어 왔습니다. 저는 오용이라고 합니다."

"저 또한 귀가 있어서 선생의 이름을 일찍부터 들었습니다. 과연 조개 어른 주위에는 호걸들이 많군요."

공손승은 곧 잔치에 끼여들어 다른 사람들과 인사를 나누었다. 일곱 호걸들은 이미 10만 관의 금을 차지한 듯 호쾌하게 웃으며 술을 마셨다.

오용은 잔치가 끝난 후 금을 빼앗기 위한 계획을 이야기했다. 모두들 그 의견에 찬성했다. 일곱 호걸들은 각자 맡은 일을 준비하기 위해 흩어졌다.

한편, 북경 대명부의 양중서는 장인에게 보낼 예물을 꾸려 놓았다. 그런데 한 가지 고민이 있었다. 그것은 혹시 도적들에게 예물을 빼앗기지나 않을까 하는 것이었다. 작년에도 도적들에게 예물을 빼앗긴 적이 있었기 때문이다.

깊이 생각하던 양중서는 무술 장교인 양지를 불렀다. 곧 씩씩한 체격의 양지가 불려 왔다.

양지는 언젠가 양산박에서 임충과 싸운 바로 그 사람이었다. 양지는 그 후 고향으로 돌아갔으나, 우연히 사람을 죽이게 되어 이 곳 북경으로 귀양을 왔던 것이다.

양지는 비록 귀양 온 죄인이었지만, 무예가 뛰어나 양중서의 총애를 받았다. 그러다 무술 장교로 발탁되어 양중서에게 충성을 바치고 있었다.

"부르셨습니까?"

"내가 이번에 너에게 중대한 일을 맡기려 하는데……."

"말씀만 하십시오. 목숨을 바쳐 일하겠습니다."

양중서는 믿음직스런 눈빛으로 양지를 보았다. 이어서 양중서는 10만 관의 금을 동경으로 보낼 계획이라는 말을 해 주었다.

"중간에 이를 노리는 자들이 많이 있을 것이다. 그러니 조심하지 않으면 안 된다. 군사들을 충분히 붙여 주도록 하겠다."

"많은 군사는 필요 없습니다. 그로 인해 오히려 도적들의 눈에 쉽게 띌 뿐입니다."

"일리가 있는 말이다. 아무튼 너에게 모든 걸 맡기겠으니 알아서 하거라."

양지는 곧 열 명의 힘센 군사를 모았다. 그들을 짐꾼으로 변장시키고, 10만 관의 금을 봇짐에 나누어 담았다. 보통의 짐꾼들처럼 보이게 함으로써 도적들의 눈을 피하고자 하는 것이었다.

며칠 후 양지는 북경을 떠났다.

무척 더운 날씨였으므로 이동은 빠르지 않았다. 짐꾼들로 변장한 호위병들은 햇볕이 쨍쨍한 오후에는 자주 짐을 내려놓고 쉬곤 했다.

양지는 쉴 때나 걸을 때나 항상 주위를 두리번거렸다. 온 신경이 봇짐에만 가 있어서 호위병들이 조금이라도 오래 쉬려고 하면, 빨리 일어나라고 닦달을 하곤 했다.

양지 일행이 북경을 떠난 지도 어느덧 열흘이 지났다. 동경이 가까워지고 있었다.

양지 일행은 어느 산길을 지나가게 되었다. 호위병들은 험한 산길을 오르느라 몹시 힘들어했다. 그러나 양지는 잠시도 쉬지 않고 걸었다.

"후유, 힘들어. 저놈의 양지가 우리를 아예 죽이려고 작정을 했나 보군."

"글쎄 말이야. 우리가 군사지, 짐꾼이야?"

호위병들은 슬슬 불평하기 시작했다. 양지도 군사들의 불만을 알고 있었으나 모른 체했다. 양지에게는 어서 빨리 임무를 완수하는 것이 중요했다.

"저 언덕 꼭대기까지만 가면 쉬게 해 주겠다."

양지는 큰소리로 호위병들을 재촉했다. 드디어 일행은 언덕 꼭대기에 도착했다. 호위병들은 저마다 봇짐을 내려놓고 주저앉았다.

양지는 혹시 도적이라도 나타나지 않을까 걱정되어 근처를 살펴보았다. 그 때 가까운 곳에서 사람들의 목소리가 들려 왔다. 양지는 후닥닥 그 쪽으로 달려갔다. 거기엔 일곱 명의 사내들이 저마다 웃통을 벗고 누워 있었다.

"당신들은 누구요?"

양지는 조심스럽게 물었다.

"우리는 대추 장수들인데 동경에 가는 길이오. 하도 더워서 잠시 쉬고 있지요. 한데 그러는 당신은 누구요?"

"우리는 봇짐 장수요."

"그래요? 도적인 줄 알고 깜짝 놀랐네."

대추 장수들은 고개를 돌리고 다시 누웠다. 양지도 짐이 있는 곳으로 돌아왔다.

얼마 후 산 아래쪽에서 술통을 멘 사내가 올라왔다. 사내는 호위병들에게 다가와 술을 사 마시지 않겠느냐고 물었다. 호위병들이 그 술을 마시려 하자 양지가 막았다.

"여기엔 독이 들어 있을지도 모른다."

술통을 멘 사내는 기분이 상해 다른 곳으로 갔다. 옆에 있던 대추 장수들이 그 사내에게 술을 사서 마셨다. 대추 장수들은 기분 좋게 술 한

통을 다 비웠다.

"저것 봐요. 아무 일도 없잖아요."

호위병들이 양지를 향해 노골적인 불평을 늘어놓았다. 그 때 대추 장수 중 한 사람이 슬그머니 다가와 술통에서 몰래 한 사발을 훔쳐 마셨다.

"저런 나쁜 놈!"

술 장수는 소리치면서 그 사내를 쫓아갔다.

"우리도 사 마십시다."

호위병들이 다시 양지에게 졸랐다.

양지는 자신의 눈으로 직접 술에 이상이 없음을 보았고, 다른 통에 들어 있는 것도 괜찮은 걸 보았으므로 허락하고 말았다.

호위병들은 우르르 나머지 한 통으로 달려들었다. 양지도 몇 모금 마셨다.

잠시 후, 호위병들이 하나둘씩 쓰러지기 시작했다. 양지도 머리가 어지러웠다. 속았다는 생각이 들었지만 이미 늦었다.

양지는 대추 장수들이 금 10만 관이 든 봇짐을 가져가는 것을 속절없이 바라보고만 있었다. 술을 많이 마시지 않아 정신은 깨어 있었지만, 도저히 몸을 움직일 수가 없었던 것이다.

대추 장수들은 유유히 산을 내려갔다. 이 일곱 사람은 바로 조개 일당이었다. 그들은 두 번째 술통의 술을 훔쳐 마시는 척하면서 그 속에 마취약을 넣었던 것이다.

양지는 조개 일당이 떠나고 나서도 한참 후에야 일어날 수 있었다. 쓰러져 있는 호위병들을 보고 있자니 한심한 기분이 들었다.

'그렇게 애를 썼건만 결국 임무를 완수하지 못했구나.'

양지는 죽고 싶은 기분이었다. 이대로 돌아가면 호된 벌을 받을 것이 틀림없었다. 양지는 터덜터덜 산길을 내려가기 시작했다.

호위병들은 양지가 산을 내려가고 나서 한참 후에야 눈을 떴다. 그들은 양지의 말을 듣지 않아서 도적들에게 당한 것을 알았다.

"모든 걸 양지에게 덮어씌우자."

호위병 가운데 한 명이 음험한 표정으로 말했다. 양지가 없어진 것을 알고 그런 생각을 한 것이다.

호위병들은 북경으로 돌아가 양지가 도적들과 짜고 자신들을 마취시켜 놓고 금을 훔쳐 갔다고 보고했다. 양중서는 불같이 화를 냈다. 그러고는 당장 양지를 잡아들이라는 명령을 내렸다.

도망자 신세가 된 양지는 무작정 걸었다. 꼬박 하루를 굶은 양지는 어느 주막에 이르렀다.

"여기 고기와 술 좀 내오시오."

가진 돈이라곤 한 푼도 없었지만, 배가 너무나 고팠기 때문에 무조건 주문을 했다. 실컷 배를 채우고 나니 그제야 걱정이 되었다.

'에라, 모르겠다.'

양지는 그대로 일어나 밖으로 나왔다.

"손님, 값을 안 치르셨는데요."

주인이 그렇게 말했지만, 양지는 못 들은 체 그냥 걸었다. 그러자 주인이 몽둥이를 들고 달려왔다.

"이 도적놈아, 어딜 도망가느냐?"

주인은 몽둥이를 마구 휘둘렀다. 양지는 칼을 빼들어 주인을 쫓았다. 그러자 또 한 사내가 몽둥이를 들고 쫓아왔다. 그 사내는 제법 싸움을 잘했다. 하지만 양지는 곧 그 사내도 눌러 버렸다.

"대체 당신은 누구요?"

사내는 뒤로 물러서며 물었다.

"나는 청면수 양지다. 돈은 나중에 주마."

양지는 될 대로 되라는 기분으로 자기 이름을 말해 주었다.

"그러셨군요. 저는 한때 임충 교두의 밑에 있었던 조정이라는 사람입니다. 하온데 어쩌다 이렇게 되셨습니까?"

양지는 그간의 일을 간략하게 들려 주었다.

"정말 안되셨습니다. 그럼 어디로 가시는지요?"

"양산박으로나 들어가 볼까 하오."

"그러면 차라리 이룡산으로 가 보시지요. 양산박의 왕륜은 속이 좁은 사람이라는 소문이 있습니다. 이룡산은 이 곳에서 가까운데, 거기에도 도적들의 산채가 있지요. 아예 그들을 쳐부수고 거기에 자리를 잡으시는 게 좋을 겁니다."

양지는 사내의 말에 따르기로 했다. 양지는 곧바로 이룡산으로 향했다. 날이 어두워질 때쯤 양지는 이룡산 근처의 숲에 이르렀다.

'오늘은 여기서 자고 내일 아침에 산으로 들어가야겠다.'

양지는 나무 밑에 벌렁 누웠다.

그 때 근처에서 무슨 소리가 들렸다. 양지는 얼른 일어나 칼을 뽑았다.

잠시 후, 스님 한 사람이 숲에서 나왔다. 그 스님은 머리만 깎았을 뿐, 산적이나 마찬가지로 험상궂어 보였다.

"네놈은 누구냐?"

스님이 쇠 지팡이를 겨누며 다가왔다.

"스님은 누구시오?"

양지는 칼을 내리며 공손하게 물었다. 그러나 스님은 대답도 없이 다짜고짜 쇠 지팡이를 휘두르며 덤벼들었다. 양지도 칼을 들고 맞붙었다.

두 사람은 실력이 너무 비슷하여 좀처럼 승부를 낼 수 없었다. 어느 한 순간, 스님이 뒤로 물러서며 크게 소리쳤다.

"잠깐! 도대체 네놈은 누구냐?"

스님은 양지의 무예 솜씨에 놀란 모양이었다. 양지 또한 스님의 실력이 감탄스럽기는 마찬가지였다.

"나는 양지라고 한다."

양지는 순순히 이름을 밝혔다. 그러자 스님의 말투가 바뀌었다.

"그렇다면, 동경에서 사람을 죽였다는 사람이 바로 당신이오?"

양지는 상대가 자기 이름을 알고 있자 공손한 투로 되물었다.

"그렇소만, 당신은 누구요?"

"나는 경략 상공 밑에서 제할로 있던 노달이라는 사람이오. 그 후 오대산에서 중이 되어 지심이라는 법명을 얻었지요."

"아하, 노지심 어른이었군요. 그런데 제가 듣기로는 대상국사에서 채소밭을 지키고 있다 하던데, 여기는 어쩐 일이십니까?"

"한때는 그랬었소. 그런데 귀양 가는 임충을 도와 주는 바람에 고 태위의 미움을 사서 그리로도 돌아가지 못하는 신세가 되었소. 어제는 이룡산에나 들어가려고 하다가 거기서도 쫓겨났지요. 그래서 지금은 다시 거렁뱅이 신세가 되었소이다."

노지심은 이런저런 신세 한탄을 늘어놓았다. 그러자 양지도 노지심에게 자신의 처지를 상세하게 들려 주었다.

두 사람은 비슷한 처지여서 마음이 통했다. 서로 스스럼없이 이야기를 나누다 보니 금세 친해졌다.

"그런데 이룡산에는 어떻게 가게 되었습니까?"

"얼마 전에 한 주막에서 장청과 손이랑이라는 부부를 만났다오. 그 부부는 둘 다 호걸로 나와 의형제를 맺었는데, 그들이 이룡산을 알려 주더군요. 그래서 몸이나 숨길까 하고 찾아갔는데, 글쎄 놈들이 나를 박대하지 않겠소. 그래서 싸움이 벌어졌는데 워낙 숫자가 많아서 이겨 낼 수가 있어야지요."

"그래요? 그렇다면 잘 됐군요. 저도 마침 이룡산으로 가던 길이었는데, 저와 같이 가서 놈들을 몰아내도록 합시다."

"그거 좋은 생각이오."

두 사람은 곧 이룡산 산채로 올라갔다.

노지심에게 한 번 당한 적이 있는 그 곳 두령은 화를 내며 달려들었다. 노지심과 양지는 단번에 두령을 죽여 버렸다. 그것을 본 졸개들은 싸워 볼 엄두도 내지 못하고 항복해 왔다.

이렇게 해서 노지심과 양지는 이룡산 도적들의 두령이 되어 산적 노릇을 하게 되었다.

양산박으로 가는 호걸들

　　제주의 부윤은 양중서로부터 예물 도적들을 잡아들이라는 명을 받고 있었다. 그 명은 다시 하도라는 무관에게 떨어졌다.

　　하도는 부하들을 풀어 도적들을 찾아보았지만, 아무런 단서도 얻을 수가 없었다. 도적들의 행방은 묘연하기만 했다. 날이 갈수록 부윤의 꾸지람이 심해져서 하도는 견딜 수가 없었다.

　　그러던 어느 날 생각지도 않았던 곳에서 도적들의 소식을 들을 수 있었다. 정보를 제공한 사람은 바로 동생인 하청이었다. 그야말로 '등잔 밑이 어둡다.'는 격이었다.

　　"일곱 명의 대추 장수라면 제가 잘 알고 있지요."

　　하청은 우쭐거리며 형에게 말했다.

　　"어서 자세히 말해 보거라. 이 일만 잘 되면 네게도 후한 상금이 내릴 거다."

　　"얼마 전 주막에서 잠을 자다가 그 일곱 명을 보았지요. 그 중에는 제가 아는 사람도 있었는데, 동계촌의 부호인 조개라는 사람입니다. 그들이 모두 대추 장수로 변장하고 있어서 이상하다고 생각했지요. 주막 주인인 백승이라는 자는 무언가 알고 있는 눈치였습니다."

　　동생의 말을 들은 하도는 정신이 번쩍 들었다.

하도는 그 즉시 부하들을 데리고 백승의 주막으로 갔다. 백승은 곧바로 관가로 끌려왔다.

"저는 아무것도 모릅니다. 그들은 지나가는 손님이었을 뿐입니다."

백승은 입을 열지 않고 버텼다.

하도는 그에게 호된 매질을 했다. 엉덩이 살이 종이 조각처럼 찢어지고 피가 났다. 백승은 눈이 뒤집히고 입에서는 거품이 나왔다.

"자, 이제는 기억이 나느냐? 이놈, 죽기 싫으면 어서 말하렷다!"

백승은 그제야 조개를 비롯한 일곱 명이 예물을 훔친 사실을 털어놓았다.

이 사실은 즉시 부윤에게 보고되었다. 증인이 생겼으므로 조개를 잡아들이기만 하면 되었다.

부윤은 즉시 하도에게 명령했다.

"너는 즉시 운성현으로 가 조개를 잡아 오거라."

하도는 명을 받자마자 운성현으로 떠났다.

그런데 마침 운성현의 군수는 오전 업무를 마치고 외출 중이었다.

하도는 근처의 찻집에 들어가 기다리기로 했다. 하도는 거기에서 현청의 단직을 서고 있는 압사(지방의 하급 관리)를 만날 수 있었다. 그는 바로 송강이었다.

송강은 비록 하급 관리이기는 하나, 명망이 대단한 사람이었다. 송강은 인정이 많아 남의 어려운 일을 결코 모르는 체하지 않았으며, 친구간의 의리나 부모님에 대한 효성 또한 보통이 아니었다. 게다가 무예 실력도 상당하고 학식도 높았다.

그래서 하북 사람들은 그를 일컬어 '급시우'라고 불렀다. 필요할 때 내리는 비라는 뜻이었다.

하도는 송강에게 자신의 임무를 밝히고 가지고 온 공문을 보이려 했다.

"공문은 군수님께 직접 보여 드리시지요. 저 같은 하급 관리가 볼 수는 없습니다."

"군수님께서는 언제 돌아오십니까?"

"곧 오실 겁니다. 제가 찾아보고 올 테니 여기서 기다리십시오."

송강은 하도를 기다리게 하고 밖으로 나왔다. 그러고는 즉시 말을 타고 조개의 집으로 달려갔다.

송강은 조개를 구해 주고 싶었다. 송강과 조개는 형 아우처럼 지내는 사이였다. 게다가 조개의 인물됨을 잘 알고 있는 송강으로서는 그가 체포되는 걸 그대로 보고 있을 수가 없었다.

송강이 왔다는 말을 전해 들은 조개는 부리나케 달려나와 송강을 맞이했다.

"무슨 일인가, 아우님?"

"형님께서 양중서의 예물을 훔치셨다면서요? 그 일이 탄로난 것 같습니다. 지금 제주에서 관리가 와 있으니 어서 피하십시오."

송강의 말을 들은 조개는 얼굴색이 바뀌었다.

"정말 고맙네, 아우님. 아우님은 빨리 돌아가시게."

송강은 올 때처럼 급히 말을 타고 돌아갔다. 송강이 돌아가자마자 조개는 사람들을 불렀다. 이미 집으로 돌아간 원씨 3형제를 뺀 세 사람이었다.

"지금 왔다 간 사람이 누구인지 알겠소?"

"누구입니까?"

"그가 바로 급시우라 불리는 송강이오. 이 지방의 압사 직책을 맡고 있지요."

"그분이라면 익히 명성을 들었습니다."

사람들은 모두 반가운 목소리로 말했다.

"그런데 그분이 왜 왔다 가셨습니까?"

"그 사람이 아니었으면 우리 목숨이 달아날 뻔했소. 우리 일이 탄로 났다고 알려 주었소."

조개의 말을 들은 세 사람은 깜짝 놀랐다. 서로 바라보는 얼굴에 긴장이 서렸다.

"자, 그러니 어찌하면 좋겠소?"

조개가 세 사람을 둘러보며 의견을 구했다. 오용이 나서며 말했다.

"생각할 게 뭐 있겠습니까? 서른여섯 가지의 계략 중에서도 가장 좋은 건 줄행랑이라고 했습니다. 어서 도망가야지요."

"하긴 그 방법밖에 없겠지. 오용 선생은 유당과 함께 완씨 형제에게 가시오. 나와 공손 선생은 이 곳의 일을 정리하고 곧 뒤따라가겠소이다."

오용과 유당이 떠나자, 조개는 하인들을 시켜 중요한 짐들을 급히 꾸리게 했다.

한편, 송강은 바람처럼 말을 몰아 서둘러 찻집으로 돌아갔다.

"기다리시게 해서 죄송합니다. 여기저기 둘러보고 오느라고……."

"군수께서는 아직 안 오셨나요?"

"오셨을 겁니다. 같이 가시지요."

군수는 돌아와 있었다. 하도는 공문을 보여 주고 자신의 임무를 말했다. 공문을 읽은 군수는 무척 놀랐다. 군수는 즉시 주동과 뇌횡을 불러 조개를 잡아 오도록 명했다.

날이 어두워질 무렵이 되어 주동과 뇌횡은 졸개들을 데리고 조개의 집으로 갔다. 조개는 그 때까지도 짐을 꾸리느라 남아 있었다.

주동과 뇌횡은 각기 앞문과 뒷문을 맡아 조개의 집을 덮쳤다. 그런데 이 두 사람은 사실 조개를 잡고 싶지 않았다. 조개와 오랫동안 사귀어 오면서 정도 들었고, 또 조개의 인물됨에 호감을 갖고 있었기 때문이다.

그래서 부하들을 강하게 몰아붙이지 않고 그저 소리만 크게 지르면서 오히려 도망갈 틈을 만들어 주었다.

조개는 공손승과 함께 뒷문으로 달렸다. 짐을 든 하인들이 그 뒤를 따랐다. 그 때 어디선가 주동이 나타나 조개에게 말했다.

"조개 어른, 어서 이 쪽으로 빠져 나가십시오."

"고맙소. 이 은혜는 결코 잊지 않으리다."

조개는 주동이 가리키는 쪽으로 달려갔다. 주동은 소리를 지르면서 부하들을 다른 쪽으로 몰고 갔다.

주동과 뇌횡이 바람잡이 노릇을 하는 덕택에 조개 일행은 무사히 집을 빠져 나올 수 있었다. 조개는 집을 벗어나자 석갈촌의 원씨 형제 집으로 향했다.

주동과 뇌횡의 보고를 들은 군수는 실망이 이만저만이 아니었다. 군수는 두 장교를 몹시 꾸짖었다. 그러면서도 두 사람이 일부러 놓아 주었으리라고는 꿈에도 생각하지 못했다.

조개를 놓쳤다는 보고를 받은 제주 부윤은 백승을 다시 끌어 내어 닦달하기 시작했다. 백승은 마침내 원씨 형제에 대해서도 실토했다.

"들었느냐? 당장 석갈촌으로 가 놈들을 잡아들여라."

하도는 다시 군사들을 이끌고 석갈촌으로 떠났다. 하지만 그 곳에서도 조개를 잡을 수는 없었다. 물길을 훤히 아는 원씨 형제가 군사들을 강으로 유인하여 격파해 버렸기 때문이다.

하도는 부하들을 다 잃고 겨우 자기 한 몸만 구하여 돌아갔다.

추격해 온 군사들을 물리친 조개 일행은 양산박을 향해 길을 떠났다. 쫓기는 신세가 되고 보니 그 곳밖에는 갈 데가 없었다.

양산박의 두령인 왕륜은 산채 밖에까지 나와 이들 일행을 맞았다.

"조개 어른의 이름은 오래 전부터 듣고 있었습니다. 보잘것없는 산채를 찾아 주시니 영광입니다."

왕륜은 깍듯하게 예를 차렸다. 조개 역시 정중하게 예를 차렸다.

"이 조개는 한낱 시골의 평민일 뿐입니다. 왕륜 두령께 도움을 받고자 찾아왔으니 부디 거두어 주시면 감사하겠습니다."

한껏 정중하게 인사를 교환한 두 사람은 이윽고 산채로 올라갔다. 나머지 사람들도 그 뒤를 따랐다.

양산박의 새 주인

왕륜은 조개 일행을 위해 소와 돼지를 잡아 큰 잔치를 벌였다.

그러나 조개는 은근히 걱정이 되었다. 왕륜이 반갑게 맞아 주고는 있으나, 어쩐지 거리감이 느껴졌기 때문이다. 조개 일행을 대하는 태도가 그저 손님에게 하는 예의로만 생각되었다. 양산박 산채의 일원이 되고자 찾아온 조개로서는 당연히 마음이 무거웠다.

잔치가 끝나고 조개 일행은 숙소로 돌아왔다.

"왕륜 두령이 이처럼 크게 환대하니 이 곳에 오길 잘했습니다."

조개는 일행을 돌아보며 흡족한 표정으로 말했다. 거기에는 일행의 마음을 알고자 하는 의도가 있었다.

그 때 오용이 시무룩한 표정으로 조개를 보았다. 조개는 그 표정을 놓치지 않고 물었다.

"오용 선생은 무슨 불만이라도 있소?"

오용은 잠시 머뭇거렸으나 곧 더 이상 못 참겠다는 표정으로 입을 열었다.

"왕륜의 태도에는 진심이 없어 보입니다. 우리를 받아 줄 마음이 있다면 오늘 잔치에서 서열부터 정했어야 합니다. 서열을 정하고 서로 약조를 맺어야 한 형제가 되는 것 아니겠습니까? 그런데 왕륜의 태도는 우리를 지나가는 손님으로만 대하는 것이었습니다. 그러니 어찌 마음이 편하겠습니까?"

조개는 아무 말도 할 수 없었다. 일행을 둘러보니 대개 다 비슷한 생각인 듯했다. 조개 일행은 무거운 마음으로 잠자리에 들었다.

다음날 아침이 되었다. 임충이 조개 일행을 찾아왔다.

"어젯밤에는 대접이 소홀했습니다."

임충은 진심으로 부끄러운 낯이 되어 말했다. 이를 본 오용은 임충만은 믿을 수 있겠다는 생각이 들었다. 그래서 넌지시 한마디 물어 보았다.

"왕륜 두령은 어떤 분이십니까? 왠지 우리를 꺼려 하는 듯이 보이더군요."

그 말을 들은 임충은 얼굴색이 더욱 붉어졌다.

"부끄럽습니다. 왕륜은 정말 속이 좁은 사내입니다. 제가 여러분을 찾아온 것도 그래서입니다. 만약 오늘 또다시 왕륜이 예의에 어긋난 짓을 한다면 이 임충이 가만 있지 않을 것입니다."

"그게 무슨 뜻인지요?"

오용은 임충의 뜻을 짐작할 수 있었다. 그러나 신중한 오용은 한 번 더 확인하고픈 마음에서 물었다.

"모든 걸 저에게 맡기십시오."

임충은 그렇게만 말하고 돌아갔다. 오용은 흐뭇한 표정으로 임충의 뒷모습을 바라보았다.

임충이 돌아간 후 조개는 오용을 돌아보았다.

"오용 선생, 일이 어찌 될 것 같소?"

"잘됐습니다. 임충은 진실한 사내입니다. 저희는 지켜 보기만 하면 될 것입니다. 다만 저희는 만약을 위해 무기를 준비하는 게 좋겠습니다."

지혜로운 오용의 말인지라 사람들은 그 말에 따랐다. 각자 무기 하나씩을 품안에 감추었다.

이 날 오후 왕륜은 다시 술자리를 만들었다. 조개 일행은 모두 그 자리에 참석했다. 왕륜은 전날처럼 부드러운 표정으로 조개 일행을 대했다. 술자리의 음식도 푸짐했다.

술자리가 어느 정도 무르익었을 때였다. 왕륜이 졸개를 시켜 커다란 은덩이 다섯 개를 내오게 했다. 그러고는 조개 일행을 향해 입을 열었다.

"호걸들께서 저희 산채에 들고 싶다 하시니 저로서는 대단한 기쁨입니다. 그런데 보다시피 이 곳은 그리 대단한 곳이 아닙니다. 여러 호걸들이 계시기에는 턱없이 옹색할 뿐입니다. 여기 작으나마 제 성의를 마련했으니, 호걸들께서는 좀더 좋은 곳을 찾아 보시지요."

조개의 얼굴빛이 굳어졌다. 왕륜의 말투는 여전히 부드러웠지만, 이는 어서 나가 달라는 말이나 다름없었다. 일행의 눈길이 모두 조개에게 쏠렸다. 조개는 담담한 표정으로 자리에서 일어났다.

"저희에게도 약간의 재물은 있습니다. 노자를 얻어야 할 만큼 궁색하지는 않습니다. 두령께서 저희를 마다하시니 이만 떠나는 게 예의일 듯합니다. 그간의 호의에 감사드립니다."

조개가 그렇게 말하고 났을 때였다.

왕륜 가까이에 서 있던 임충이 쩌렁쩌렁한 목소리로 왕륜을 향해 소리쳤다.

"왕륜, 네 이놈! 네가 나를 받아들일 때도 온갖 수모를 다 주더니, 이제 저런 호걸들을 앞에 두고도 그 따위 수작을 부리고 있느냐? 어디 이게 두령으로서 할 짓이란 말이냐?"

왕륜의 얼굴이 대번에 사색이 되었다. 왕륜은 어안이 벙벙하여 한참이나 아무 말도 못 하다가 겨우 정신을 차렸다.

"임충, 네놈이 나에게 대들다니……. 너는 두령도 몰라본단 말이냐?"

"나는 단 한 번도 너를 두령이라 생각해 본 적이 없다. 너 같은 소인배를 어찌 두령이라 할 수 있겠느냐?"

"뭐라고? 불쌍하여 받아 주었더니 은혜도 모르고 이렇게 나오다니……."

왕륜의 말이 채 끝나기도 전에 임충의 손이 그의 목을 움켜쥐었다. 임충은 캑캑거리는 왕륜의 목을 단숨에 베어 버렸다. 왕륜의 졸개들이 달려들려고 하였으나, 조개 일행에게 제지당했다.

오용의 신호에 따라 조개 일행 모두가 무기를 뽑아 들었다. 임충은 그 사이에 왕륜의 시체를 바닥에 던지며 소리쳤다.

"자, 왕륜에게 충성할 사람이 있다면 나서거라. 이제 더 이상 왕륜은 두령이 아니다."

그러자 둘째, 셋째 두령인 송만과 두천이 무릎을 꿇었다.

"저희들은 임 교두님께 충성하겠습니다."

두령들이 이렇게 나오니 다른 졸개들은 말할 것도 없었다. 졸개들은 무기를 내려놓고 살려 달라고 애원했다.

그 때 오용이 앞에 나서면서 큰 소리로 말했다.

"이제 산채의 주인이 바뀌었소. 여기 임 교두께서 양산박의 새 두령이오!"

그러나 임충은 황급히 오용의 말을 막았다.

"아닙니다. 내가 왕륜을 죽인 것은 두령이 되고자 함이 아니었습니다. 내 비록 약간의 무예가 있다 하나, 두령의 재목은 아닙니다. 나는 조개 어른을 추천하고자 합니다. 조개 어른은 지혜와 용맹을 두루 갖추신 분으로, 세상의 호걸들이 존경하는 분입니다."

임충이 이렇게 나오자, 이번엔 조개가 손을 내저으며 사양했다. 하지만 임충은 물러서지 않고 두 번 세 번 계속해서 조개에게 청했다.

다른 사람들까지 나서서 권하자, 조개는 할 수 없이 두령의 자리를 받아들였다.

임충은 둘째, 셋째 두령의 자리도 사양했다. 둘째 두령의 자리는 오용에게, 셋째 두령의 자리는 공손승에게 돌아갔다.

임충은 넷째 두령의 자리에 올랐고, 뒤를 이어 유당, 원소이 3형제,

두천, 송만, 주귀 등으로 서열이 잡혔다. 양산박은 비로소 능력과 재주에 따라 서열이 정해진 것이다.

조개는 두령으로서의 첫 명령을 내렸다.

"나 조개는 오늘 여러분의 뜻에 따라 이 양산박 산채의 새 두령이 되었소. 앞으로 오용 선생과 공손 선생은 병권을 맡아 군사를 다스려 주고, 임 교두는 산채의 모든 일을 관리해 주기 바랍니다. 앞으로 우리는 보잘것없는 도적의 무리가 아니라, 형제의 의를 나누는 동지가 되어 하늘의 뜻에 따라 움직일 것이오."

부드러우면서도 위엄 있는 목소리였다. 졸개들은 새 두령의 말을 들으며 왕륜이라는 이름은 이미 까마득하게 잊고 있었다.

조개는 가지고 온 재산을 풀어 졸개들에게 나누어 주었다. 그리고 여러 날 동안 잔치를 벌여 졸개들을 즐겁게 해 주었다. 그러는 한편, 아래 두령들을 중심으로 산채의 질서를 바로 세우고 경비를 강화했다.

양산박은 이제 완전히 새로운 곳으로 탈바꿈하기 시작했다.

살인자가 된 송강

어느 날 송강이 관청의 일을 마치고 집으로 가는 길이었다.

"압사 나리!"

뒤에서 누군가 부르는 소리에 돌아보니 왕씨 할멈이었다. 왕씨는 다른 노파 한 사람과 같이 있었다.

"웬일이오?"

"나리, 실은 제 옆에 있는 이 염씨가 하도 가엾어서 나리를 찾아왔습니다. 염씨는 병든 남편과 함께 딸 하나를 데리고 어렵게 살아 왔답니다. 딱하게도 얼마 전에 남편이 죽었습지요. 그런데 워낙 궁색하다 보니 장례를 치를 형편도 못 된답니다. 그래서 압사 나리께 도움을 청해 보려고 여기서 기다렸습니다."

듣고 보니 퍽 딱한 사정이었다. 송강은 즉시 주머니에서 은자 몇 냥을 꺼냈다.

"자, 얼마 안 되지만 이것으로 장례를 치르시오."

염씨는 고개를 조아리며 은자를 받았다.

"이 은혜는 결코 잊지 않겠다."

"생각해 보니 장례를 치른다고 될 일이 아니구려. 당장 먹고 살 일도 막막한 형편이 아니오? 옜소, 이것으로 우선 살림에 보태도록 하시오."

송강은 주머니에서 은자 닷 냥을 더 꺼내 주었다. 염씨는 수없이 고개를 조아렸다. 염씨를 데리고 왔던 왕씨 할멈은 그것 보라는 표정으로 흐뭇해했다.

그로부터 며칠 후 염씨가 송강의 집으로 찾아왔다. 장례를 다 치르고 감사의 인사를 하러 온 것이었다. 송강은 다시 몇 푼의 은자를 내밀었다.

"정말 감사합니다. 그런데 나리께선 아직 장가를 안 드셨군요?"

"그렇소. 나같이 못생긴 사내에게 시집을 여자가 있어야지요."

사실 송강은 시커멓고 못생긴 용모였다. 그래서 여자들의 관심을 끌지 못했다.

"송강 어른처럼 덕망이 높으신 분이 혼자 사신다니 보기에 안쓰럽습니다."

염씨는 그렇게 위로를 하고는 돌아갔다.

며칠 후였다. 왕씨 할멈이 송강을 찾아와서는 조용히 할말이 있다고 했다. 송강은 왕씨 할멈과 단둘이 마주 앉았다.

"다름이 아니오라 염씨가 제 딸년을 압사 나리께 보내고 싶다 합니다. 압사 나리의 의향이 어떠신지 저에게 알아봐 달라고 해서……."

왕씨 할멈은 말끝을 흐리며 송강의 표정을 살폈다.

"나는 혼자 사는 데 익숙해 있소이다."

송강은 즉시 거절했다. 약간의 도움을 주었다고 해서 딸을 데려온다면 돈으로 여자를 산 꼴이 되기 때문이었다.

그러나 왕씨 할멈은 집요하게 송강을 설득했다. 염씨와 그 딸도 간절히 원한다고 했다.

마침내 송강은 왕씨 할멈의 말에 따르기로 했다. 송강은 왕씨 할멈의 편에 돈을 보내 염씨 모녀가 있을 집을 구해 주었다.

이렇게 해서 정식 혼인은 아니지만 송강은 여자를 얻게 되었다.

막상 여자를 얻고 보니 송강은 기분이 좋았다. 송강은 자주 염씨의 딸인 염파석을 찾아갔다. 염씨 모녀 또한 송강이 도와 주는 덕분에 살림이 좀 폈다.

어느 날 송강이 집으로 가는 길이었다. 누군가 계속해서 송강을 따라오는 것 같았다.

"당신 누구요?"

송강은 뒤돌아서서 사내를 붙잡았다. 사내는 별로 놀라지도 않고 목소리를 낮추어 말했다.

"저는 유당이라 합니다. 전에 조개 어른 댁에서 한 번 뵌 적이 있습지요."

가만히 기억을 더듬어 보니 분명 낯익은 얼굴이었다.

"한데 여긴 웬일이오?"

송강이 묻자, 유당은 주변을 살피더니 나지막이 말했다.

"저는 지금 조개 두령과 함께 양산박에 있습니다. 조개 두령께서 송 압사의 은혜를 잊지 못해 금덩이 몇 개를 보냈습니다. 여기 편지도 들어 있습니다."

유당은 그러면서 조그만 보퉁이 하나를 내밀었다.

"편지는 받겠소만 금덩이는 도로 들고 가시오. 대단한 도움을 드린 것도 아닌데, 금덩이를 받을 수는 없소."

송강이 여러 차례 사양하자 유당도 어쩔 수 없다는 듯 금덩이를 거두었다. 송강은 편지만 받아 품속에 넣었다.

"조개 어른께 안부나 전해 주시구려."

송강은 유당과 헤어졌다. 송강은 집으로 갈까, 염파석을 찾아갈까 하다가 그냥 집으로 갔다.

그 무렵 송강과 염파석의 사이가 멀어지고 있었다. 송강이 원래 여자에게만 빠져서 지내는 성격이 아닌 데다, 염파석의 성질이 매우 고약한 편이었기 때문이다.

염파석의 나쁜 성질을 알게 된 송강은 전처럼 자주 염파석을 찾아가지 않았다. 염파석이 다른 사내와 바람을 피운다는 소문도 있었다. 그래도 송강은 모르는 척했다.

'이게 내 운명이다. 나에게는 어차피 여복이 없으리라.'

송강은 그렇게 체념하고 있었다.

그런데 그 날 오후에 염파석의 어머니인 염씨가 송강의 집으로 찾아왔다.

"나리, 요즘은 왜 저희 집에 오시지 않습니까? 딸년이 이제나저제나 압사 나리를 기다리고 있답니다."

"일이 좀 바빴소이다."

송강은 귀찮은 마음이 들어 아무렇게나 대답했다.

"그래도 시간을 내어 들러 주셔야지요. 딸년이 몹시 섭섭해하고 있습니다."

염씨의 말은 모두 거짓이었다. 염파석은 송강에게 관심도 없었다. 염파석은 소문 그대로 다른 남자와 바람을 피우고 있었다. 염씨도 물론 그것을 알고 있었다.

염씨는 다만 송강이 보내 주는 돈이 끊기는 것이 아쉬웠을 따름이다.

"알겠소. 내일쯤 들르겠소."

송강도 염씨의 말이 진심이라고는 느껴지지 않았다. 그러나 염씨가 하도 간청을 하길래 건성으로 대답해 버렸다.

다음날 송강은 염파석을 찾아갔다. 건성으로 말했다고 해도 자신이 직접 한 말에 대해서는 책임을 다하는 송강이었다.

염파석은 다른 때와 달리 갖은 아양을 떨며 송강을 맞았다. 염파석도 돈이 궁했던 것이다. 송강은 염파석이 잘 대해 주자 그런 대로 기분이 풀어졌다.

송강은 몇 잔의 술을 마시고 잠이 들었다. 염파석은 송강이 잠든 것을 보고는 옷을 뒤졌다. 송강의 주머니에서 잡히는 대로 은자를 꺼내던 염파석은 편지 한 장을 발견했다. 그것은 양산박의 유당이 전해 준 편지였다.

염파석은 편지를 읽어 보고, 그것이 양산박에서 온 편지라는 걸 알고는 편지를 품속에 감추었다. 그러고는 송강을 깨웠다.

"흥, 당신 이제 보니 양산박의 도적과 내통하고 있었군요? 압사 나리께서 그래도 되는 건가요?"

송강은 깜짝 놀라서 편지를 찾았으나 보이지 않았다. 염파석은 냉소를 띄운 채 지켜 보고만 있었다.

"어서 편지를 내놓아라."

"무슨 편지요?"

"어허, 장난하지 말고 어서 내놓거라. 그건 중요한 편지란 말이다."

"물론 중요하겠지요. 잃어버렸다간 큰일날 테니까요."

염파석은 독살스런 표정으로 빈정거렸다. 송강이 화를 내도 전혀 겁내지 않았다.

"편지를 돌려 받고 싶거든 얌전하게 굴어요. 당신이 화를 내면 낼수록 손해라는 걸 알아야지요."

염파석은 의기 양양했다. 누가 칼자루를 쥐고 있는지 똑똑히 알라는 태도였다.

송강은 불같이 화가 끓어올랐으나 다른 도리가 없었다. 일단은 염파석의 비위를 맞춰 주어야겠다고 생각했다.

"그래, 네가 원하는 게 뭐냐?"

"진작 그렇게 나오실 일이지. 우선 앞으로 내 일에 간섭 안 하겠다는 각서를 써 줘요. 내가 누구와 살든 더 이상 당신 여자가 아니니 상관하지 말란 말이에요."

"좋다. 그렇게 하마."

송강은 주저 없이 승낙했다.

"다음, 당신이 내게 선물한 패물과 이 집도 돌려 달라고 하지 않겠다고 서약하세요. 물론 문서를 만들어 보증해야만 돼요."

"좋다."

"다음, 양산박에서 받은 금덩이를 나에게 주세요."

"뭐라고?"

송강은 벌떡 일어났다. 보자 보자 하니 괘씸하기 짝이 없었던 것이다. 하지만 염파석은 눈 하나 깜짝하지 않고 송강을 노려보았다.

"왜, 그건 아까운가요?"

"나는 금덩이를 받지 않았다. 그것은 돌려 주었다."

"돌려 주었는지 어쨌는지 나는 몰라요. 하여간 편지에 적혀 있는 그 금덩이를 내게 주기만 하면 돼요. 그러지 않으면……."

"그러지 않으면?"

"관가에 고발할 수밖에요."

송강은 더 이상 참을 수가 없었다. 자신에게 은혜를 입고도 약점을 이용해서 돈을 뜯어내려고 수작이나 부리는 염파석이 사람 같지가 않았다.

"이 요망한 것 같으니라고! 네가 도대체 나를 뭘로 보는 것이냐?"

"도적으로 보지, 뭘로 봐요?"

송강은 칼을 뽑았다. 그리고 단칼에 염파석을 베어 버렸다. 염파석은 비명 한 번 못 지르고 숨이 끊어졌다. 송강은 염파석의 주머니를 뒤져 편지를 찾아 냈다.

송강은 그제야 걱정이 되기 시작했다. 이제 꼼짝없이 살인범이 되고 만 것이다. 송강은 물끄러미 죽은 염파석을 내려다보다가 밖으로 나왔다.

그 때 염씨가 집으로 오다가 송강과 마주쳤다. 염씨는 송강이 허겁지겁 나가는 것을 보고는 이상한 눈초리로 바라보았다. 송강은 잠시 망설이다가 솔직하게 말했다.

"내가 당신 딸을 죽였소."

염씨는 믿지 못하겠다는 표정으로 멀뚱히 서 있었다. 그러더니 곧 후닥닥 집 안으로 달려들어갔다. 송강도 따라 들어갔다.

죽은 딸을 본 염씨는 의외로 침착했다.

"내 딸이 워낙 못되게 굴었으니 죽을 만도 했지요. 이제 어떻게 하실 겁니까?"

"글쎄, 어찌하면 좋겠소?"

"우선 관부터 사서 시체를 치워야지요. 송 압사께서 도와 주세요."

송강은 염씨와 함께 거리로 나갔다. 그런데 두 사람이 관가 근처에 이르렀을 때였다. 염씨가 갑자기 큰 소리로 사람들에게 외쳤다.

"이놈이 내 딸을 죽였다! 어서 송강을 잡아들이시오. 이놈은 살인자요!"

송강은 염씨의 행동에 깜짝 놀랐다. 송강은 염씨의 손을 뿌리치고 얼른 도망갔다. 다른 생각을 할 틈이 없었다.

송강이 살인을 저질렀다는 사실은 곧 관가에 알려졌다. 보고를 받은 군수는 주동을 시켜 송강을 잡아 오게 했다. 주동은 부하들을 이끌고 송강의 집으로 갔다. 하지만 송강은 보이지 않았다.

주동은 다시 송강의 아버지가 사는 집으로 갔다.

"송 압사를 내놓으시오. 틀림없이 이리로 왔을 거요."

"송강이 이리로 오다니요? 그 애를 본 지도 벌써 여러 해가 되었는데요."

송강의 아버지는 아무것도 모른다고 했다. 주동은 부하들에게 집 안을 수색하게 했다.

"아무 데도 보이지 않습니다."

부하의 보고를 받은 주동은 직접 안으로 들어갔다. 그러고는 대뜸 불당이 있는 마루 한 짝을 들어 올렸다. 그러자 숨어 있던 송강의 얼굴이 보였다.

주동은 체념의 기색을 보이는 송강에게 말했다.

"역시 여기 숨어 있었군요. 언젠가 형님이 불당 마루 밑에 은신처가 있다고 하지 않았습니까? 그래서 한번 열어 보았지요. 제가 비록 형님을 잡으러 오긴 했지만 어찌 잡아갈 수 있겠습니까? 이대로 돌아갈 테니, 어서 안전한 곳으로 도망 가십시오."

주동은 그렇게 말하고는 돌아갔다. 송강은 주동이 돌아가자마자 동생인 송청을 데리고 집을 나와 마을을 벗어났다.

주동으로부터 송강을 못 찾았다는 말을 들은 군수는 위 관청에다 보고만 하고 사건을 마무리했다. 군수도 송강의 인품을 아는지라 사건을 확대시키고 싶지 않았던 것이다.

그러나 어쨌든 송강은 도망자의 입장이 돼 버렸다. 송강은 동생과 함께 정처 없이 길을 떠났다.

"형님, 어디로 가실 겁니까?"

"글쎄다. 아무래도 창주 쪽이 어떨까 싶다. 그 곳에 시진이라는 사람이 있는데 의리가 있는 호걸이라더구나."

송강은 여러 날을 걸어 창주 땅에 들어섰다. 마을 어귀에서 시진의 이름을 대자 선뜻 가르쳐 주었다. 송강은 그 집으로 가 주인을 찾았다.

하인은 송강을 한 정자로 안내하고는 안으로 들어갔다. 잠시 후, 풍채와 혈색이 좋은 사내가 부리나케 정자로 올라왔다. 바로 소선풍 시진이었다.

시진은 정자에 오르자마자 허리를 굽혀 절을 하였다. 송강도 급히 맞절을 하였다.

"드디어 송 압사님을 뵙게 되는군요. 아침에 까치가 울더니 이렇게 귀한 손님이 오시려고 그랬나 봅니다."

"저야말로 오래 전부터 시 대관인을 존경하고 있었습니다. 이렇게 반갑게 맞아 주시니 실로 몸둘 바를 모르겠습니다."

송강은 시진이 진심으로 자신을 반기자 마음이 놓였다.

시진은 하인을 시켜 송강 형제에게 좋은 옷을 내주었다. 그러고는 훌륭한 음식으로 술자리를 마련하게 하여 정성껏 대접했다.

시진의 간청에 의해 송강은 상석에 앉게 되었다.

송강은 술자리에서 자신이 처한 입장을 털어놓았다. 시진은 귀를 기울여 송강의 말을 듣고는 말했다.

"걱정 마십시오. 송 압사께서 설령 나랏님의 재물을 털었다 할지라도 이 시진은 상관치 않습니다. 마음 푹 놓으시고 이 곳에 숨어 계십시오."

송강은 시진의 넓은 마음에 진심으로 고마워했다. 이어서 두 사람은 홍금을 털어놓고 여러 가지 이야기를 나누었다. 서로 존경하는 사이인지라 금세 분위기가 따뜻하게 무르익었다.

시진은 얼마 후 낯선 사내 한 사람을 송강에게 소개했다. 무척 우람한 몸집의 사내였다.

"이분이 누구신지 알겠나?"

시진이 사내에게 묻자 사내는 유심히 송강을 바라보았다.

"내가 알게 뭐요. 누구입니까?"

사내는 무뚝뚝하게 되물었다. 시진이 빙그레 웃으며 말했다.

"이분이 바로 송강 선생일세."

"네? 급시우 송강 어른이란 말입니까?"

"그렇다네."

사내는 벌떡 일어나더니 송강을 향해 절을 했다.

"오래 전부터 뵙고 싶었습니다. 정말 영광입니다."

송강 또한 황급히 맞절을 했다.

"제 이름을 아신다니 저로서도 영광입니다. 형의 존함은 어떻게 되시는지요?"

"저는 무송이라 합니다."

"아, 무송 형이셨군요. 저도 장사의 이름은 듣고 있었습니다."

송강은 무송에게 술을 권했다. 무송은 감격스런 표정으로 그 술잔을 받았다.

시진과 무송, 송강 형제의 술자리는 밤이 깊도록 계속되었다. 무송은 무척이나 송강을 어려워하며 존경하는 듯이 보였다. 송강도 무송의 늠름한 기상이 마음에 들었다.

송강은 시진의 집에서 여러 날 동안 편히 지냈다. 시진의 대접이 극진하여 집에 있을 때보다 더 잘 지낼 수 있었다. 무송과도 마음이 통하여 서로 형제의 의를 맺기도 했다.

그러던 어느 날 무송이 작별 인사를 하러 왔다. 형이 있는 고향으로 돌아가겠다는 것이었다. 송강은 아쉬운 마음으로 무송을 배웅했다.

"그만 들어가시지요."

무송이 만류했지만, 송강은 마을을 다 벗어날 때까지 따라갔다.

마을 끝의 주막 앞에 이르렀을 때 송강이 말했다.

"아우님을 보내려니 정말 아쉽네. 우리 여기서 술이나 나누고 헤어지세."

송강과 무송은 주막에서 아쉬운 작별의 술잔을 나누었다. 송강은 직접 술값을 치렀다. 그러고는 품에서 은자를 꺼내 무송에게 쥐어 주었다. 무송이 계속 사양하자 간청을 하다시피 하여 무송의 품에 찔러 넣었다.

이윽고 헤어질 시간이 되자 무송은 눈물을 글썽거렸다. 송강은 무송의 모습이 보이지 않을 때까지 바라보고 서 있었다.

혼자 걷게 된 무송은 속으로 생각했다.

'과연 이름이 헛되이 생기는 게 아니로구나. 저 송강 어른과 의형제를 맺게 되었으니 참으로 행운이다.'

호랑이를 때려잡는 무송

　며칠 후 무송은 양곡현에 이르렀다. 이제 산 하나만 넘으면 고향 땅이었다. 무송은 허기가 느껴져 산 아래에 있는 주막으로 들어갔다.

　주막 앞에 깃발 하나가 세워져 있었는데, 거기에는 '세 사발을 마시면 산을 넘지 못한다.'라고 씌어 있었다. 무송은 별 이상한 말도 다 있다고 생각하며 안으로 들어갔다.

　무송은 술과 고기를 시켰다. 목이 말랐던 무송은 금세 석 잔이나 비웠다. 무송이 한 잔을 더 시키자 주인이 말했다.

　"밖에 붙어 있는 글 못 보셨습니까? 이 술은 사람의 정신을 잃게 할 만큼 독해서 많이 드시면 안 됩니다."

　무송은 가소롭다는 표정으로 웃었다.

　"걱정 마시오. 세 잔이 아니라 서른 잔을 마셔도 나는 끄떡없소."

　무송은 그 후로도 여러 잔을 더 마셨다. 주인은 무송이 거칠게 나오자 할 수 없이 술을 팔았다.

　무송은 마음껏 배를 채운 뒤에야 일어섰다. 주막을 나온 무송이 산 쪽으로 걸음을 옮기자 주인이 깜짝 놀라 달려 나왔다.

　"이 산에는 호랑이가 있습니다. 술까지 마시고 혼자 넘으면 위험합니다."

무송은 주인의 말을 한쪽 귀로 흘려 버리고 그대로 걸었다. 술에 취한 무송은 걸음이 느렸다. 무송은 한참 만에야 산 중턱에 오를 수 있었다.

무송은 잠시 쉬기 위해 바위 위에 걸터앉았다. 앉고 나니 스르르 졸음이 밀려왔다. 드디어 온몸에 술기운이 퍼져 깜박 잠이 들고 말았다.

얼마 후 무송은 뭔가 섬뜩한 느낌으로 눈을 번쩍 떴다. 어디선가 날카롭고 차가운 소리가 들려 왔다. 급히 고개를 돌려 보니 바위 덩어리만한 호랑이가 자신을 노려보고 있었다.

"이런 세상에……."

무송은 사색이 되어 중얼거렸다. 등에서 식은땀이 흐르기 시작했다. 무송이 뒷걸음치자 호랑이가 큰 소리로 울부짖으며 덤벼들었다. 무송은 얼른 몸을 피했다.

호랑이는 계속 무송을 공격했다. 무송은 재빨리 몽둥이를 찾아 호랑이의 머리를 때렸다. 호랑이는 잠시 주춤하더니 더욱 큰 소리를 지르며 달려들었다. 무송은 호랑이와 함께 뒹굴었다.

무송은 온 힘을 다해 호랑이의 목을 졸랐다. 그야말로 젖 먹던 힘까지 다했다.

으르렁거리며 날뛰던 호랑이는 워낙 무송의 힘이 세자 조금씩 기세가 꺾였다. 무송은 마지막 힘을 다하여 호랑이의 목 뼈를 분질러 버렸다.

마침내 호랑이는 축 늘어졌다. 무송은 호랑이를 밀쳐 내며 몸을 일으켰다. 온몸이 땀에 젖어 있었다. 무송은 잠시 바위에 기대어 땀을 식혔다.

얼마 후, 무송이 몸을 일으켰을 때였다. 또다시 어디선가 무슨 소리가 들렸다. 무송이 소리나는 쪽으로 고개를 돌려 보니, 이번엔 호랑이 두 마리가 무송을 향해 걸어오고 있었다.

'이젠 꼼짝없이 죽었구나.'

무송은 기겁을 하고 주저앉았다. 그런데 자세히 보니, 그것은 호랑이가 아니라 호랑이 가죽을 뒤집어쓴 사람이었다. 그들은 무송을 보자 호랑이 가죽을 벗었다.

"당신들은 누구요?"

"우리는 장사꾼인데, 이 산에 호랑이가 많다길래 이렇게 호랑이 가죽으로 변장을 했지요. 그런데 당신이야말로 누구요?"

"나는 무송이라 하오. 그리고 호랑이라면 걱정 마시오. 내가 방금 때려눕혔으니까."

"아니, 그게 정말이오?"

장사꾼들은 믿지 못하겠다는 표정이었다.

"이걸 보면 될 게 아니오."

무송은 죽은 호랑이를 가리켰다. 장사꾼들은 가까이 다가와 축 늘어져 있는 호랑이를 보았다.

"정말이군요. 허, 대단한 솜씨입니다."

장사꾼들은 벌린 입을 다물지 못했다.

얼마 후 무송은 장사꾼들의 도움을 받아 호랑이를 산 아래로 끌고 내려갔다.

산 아래는 양곡현이었다. 호랑이를 본 마을 사람들은 모두 깜짝 놀랐다. 무송이 호랑이를 때려 잡았다는 소문이 양곡현 군수의 귀에도 들어갔다.

군수는 무송을 초대하여 성대한 잔치를 베풀어 주었다. 그 지방의 커다란 근심거리를 무송이 없애 준 것에 대한 대가였다. 군수는 또한 무송에게 보병 장교의 직책을 맡기고자 했다. 무송은 여러 번 사양하다가 그 직책을 받아들였다.

이제 양곡현에서 무송의 이름을 모르는 사람은 없었다. 무송은 장교의 직책을 충실히 수행하며 편하게 지냈다.

그러던 어느 날 무송은 거리에서 우연히 자신의 형을 보게 되었다.

"아니, 형님이 여기 웬일이십니까?"

"오오, 무송아! 드디어 너를 보게 되었구나."

형 무대는 동생을 보자마자 눈물을 글썽거렸다.

"형님은 청하현에 사시지 않습니까? 그런데 어떻게 여기까지……."

"나는 얼마 전에 이 곳으로 이사를 왔단다. 그리고 네가 호랑이를 때려 잡았다는 소식도 들었지. 그래서 너를 찾아가는 길이었다."

"죄송합니다. 제가 먼저 찾아가 뵈야 하는데……."

형제는 간단히 그간의 이야기를 나누었다. 무송은 무대가 장가를 갔다는 사실을 알게 되었다. 무대가 이 곳으로 이사를 오게 된 것도 바로 그 여자 때문이었다. 무대는 동생인 무송과는 다르게 체구가 빈약했다. 거기다 얼굴도 형편없이 못생겨서 어릴 때부터 주변의 놀림을 받곤 했다.

그런데 그런 무대가 얼마 전에 반금련이라는 미인과 혼인을 했다. 원래 반금련은 어느 부잣집의 종이었다. 그 집의 주인은 반금련의 미모에 반해 여러 차례 추근거렸다. 그런데 반금련이 응하지 않자, 화가 나서 강제로 무대에게 시집보냈던 것이다.

반금련은 볼품없는 무대를 남편으로 대접하지 않았다. 거기다 마을 사람들까지 무대를 놀리기 일쑤였다.

"이봐 무대, 미인을 거느리고 사니까 기분 좋아? 그런데 그 미인께서 맨날 구박만 한다면서?"

무대는 견디다 못해 양곡현으로 옮겨 왔던 것이다. 그리고 이 곳에서 떡을 팔며 살고 있었다.

"형님, 같은 마을에 산다니 한번 가 봅시다. 형수님도 보고 싶군요."

무대는 동생을 데리고 집으로 갔다. 반금련은 남편을 보자 대뜸 화부터 냈다.

"장사는 안 하고 왜 이리 일찍 들어오는 거예요?"

"여보, 내 동생이 왔소. 호랑이를 때려 잡았다는 바로 그 동생이오."

반금련은 그제야 흘낏 무송을 보았다. 동생이 왔다니까 약간은 공손한 태도로 바뀌었다.

'한 형제인데 어쩌면 이처럼 다를 수가 있을까?'

반금련은 무송의 늠름한 모습에 속으로 감탄했다. 원래부터 남자에게 관심이 많았던 반금련은 시동생인 무송에게마저 호감을 느꼈다.

무송은 그 날부터 형의 집에서 살게 되었다.

무송이 여러 가지로 도움을 주자 반금련도 무송에게 잘 대해 주었다. 그리고 남편인 무대를 심하게 구박하지도 않았다. 하지만 그녀의 태도에는 어쩐지 진심이 없어 보였다.

무송은 며칠 후, 군수로부터 동경에 다녀오라는 명령을 받았다. 군수가 동경의 친척에게 보내는 재물을 호송하라는 것이었다.

'내가 떠나 있는 동안 형수님이 형을 구박하지나 않을까 걱정이군.'

무송은 그것이 제일 마음에 걸렸다. 하지만 군수의 명에 따를 수밖에 없었다.

무송은 집을 떠나는 날 형수에게 부탁했다.

"우리 형님을 잘 보살펴 주십시오."

"내가 언제는 형님을 보살피지 않았나요? 저 양반이야 나 없으면 못 살지요."

형수는 새침한 표정으로 말했다. 무송은 그 정도로 만족하고 돌아섰다.

그러나 무송이 떠나자마자 반금련은 제 본색을 드러냈다. 반금련은 걸핏하면 무대에게 욕설을 하며 대들었다. 무대가 병이 나서 집에서 쉬려고 해도 밖으로만 내쫓았다.

"아니, 떡을 팔아야 먹고 살 거 아니에요?"

무대는 아내의 등쌀에 견디다 못해 아픈 몸을 이끌고 거리로 나가야만 했다.

그런데 얼마 후 이상한 소문이 돌기 시작했다. 반금련이 마을에서 부자로 소문난 서문경이라는 사내와 바람이 났다는 것이었다. 무대는 차마 아내에게 직접 물어 보지는 못하고 속만 끓였다.

'저놈이 눈치를 챘구나.'

반금련은 무대의 태도가 이상해지자 슬며시 걱정이 되었다. 소문 그대로 서문경과 바람을 피우고 있었기 때문이다. 반금련은 서문경과 의논을 했다.

"죽여 버립시다."

서문경은 별것 아니라는 투로 말했다. 반금련은 주저 없이 그 말에 따랐다. 반금련은 독약을 준비하여 무대의 국에 넣었다. 그리하여 무대는 밥을 먹다 말고 숨이 끊어졌다.

서문경은 얼른 장례를 치르게 했다. 서문경은 이어서 관청의 검시관인 하구숙을 돈으로 매수했다. 독약을 먹고 죽은 시체는 시커멓게 변한 표시가 나기 때문이었다.

하구숙은 돈을 받기는 했지만 마음이 편하지 않았다. 동생인 무송이 알면 큰일이라는 생각이 들었던 것이다. 하구숙은 무대의 화장터에서 몰래 뼈 한 조각을 숨겨 놓았다.

드디어 무송이 동경에서 돌아왔다. 형이 죽었다는 소식을 들은 무송은 눈물을 흘리며 집으로 달려왔다.

"멀쩡하던 형님이 갑자기 무슨 일입니까?"

무송은 반금련을 보자마자 다그치듯 물었다.

"그 양반이 원래부터 몸이 약했잖아요. 갑자기 죽은 이유야 낸들 어떻게 알겠어요?"

반금련은 눈물을 흘리며 말했다.

무송은 그 말을 믿을 수 없었지만 다른 증거가 없었으므로 어쩔 수가 없었다.

무송은 밤새도록 술을 마시며 통곡했다. 너무 어처구니가 없었다.

'틀림없이 무슨 음모가 있을 것이다.'

무송은 곰곰이 생각해 보았다. 그러다 문득 시체를 검시하는 하구숙을 떠올렸다.

무송은 날이 밝자마자 하구숙을 찾아갔다.

"하구숙, 방에 있는가?"

무송의 목소리를 들은 하구숙은 가슴이 덜컥 내려앉았다. 하구숙은 얼른 뼈를 감추어 두었던 보자기를 꺼냈다.

"물어 볼 말이 있어서 왔소."

방으로 들어온 무송은 대뜸 그렇게 말을 꺼냈다. 하구숙은 그런 무송에게 얼른 보자기를 펼쳐 보이며 말했다.

"이것은 형님의 뼈입니다. 보다시피 시커멓게 변해 있지요? 분명 독약을 먹였음에 틀림없습니다. 저는 당신에게 보이려고 이 뼈를 숨겨 두고 있었습니다. 그리고 이것은 서문경이 제게 준 돈입니다."

하구숙은 서문경에게서 받은 돈 열 냥도 보여 주었다. 검은 뼈를 내려다보는 무송의 눈에서 불꽃이 튀었다.

"내 이럴 줄 알았다."

무송은 자리를 박차고 일어났다. 무송은 즉시 형의 집으로 달려갔다.

반금련은 변명 한 마디 못 하고 무송의 칼을 맞았다. 무송은 이어서 서문경의 집으로 갔다. 서문경도 외마디 비명과 함께 무송의 칼 아래에 쓰러졌다.

무송은 순식간에 사람을 둘이나 죽인 살인자가 되었다. 무송은 곧 관청으로 가 자수를 했다.

무송을 아끼고 있던 군수는 비교적 가벼운 처벌을 내렸다. 무송은 곤장을 맞고 귀양을 떠나게 되었다.

무송의 귀양길

무송은 호송 관리 두 사람과 함께 맹주 감옥으로 향했다. 호송인들도 무송을 잘 아는지라 귀양길은 불편하지 않았다.

무송은 고마워서 쉴 곳이 나타날 때마다 호송인들에게 술과 고기를 대접했다.

며칠이 지난 어느 날, 세 사람은 소나무가 울창한 곳을 지나가게 되었다. 몹시 더운 날이어서 잠시 쉬고 있는데 가까운 곳에 주막이 보였다. 무송은 곧 호송인들과 함께 그 쪽으로 갔다.

"여기 술과 고기 좀 내오시오."

무송은 큰 소리로 주문을 했다. 잠시 후에 고기가 나왔는데 어쩐지 맛이 이상했다.

"이거 개 고기요, 사람 고기요?"

"뭐요? 아니, 당신은 쇠고기도 안 먹어 봤소?"

주인 여자가 앙칼지게 대꾸했다.

무송이 느끼기에는 아무래도 보통 주막이 아닌 것 같았다.

무송은 술을 마시는 척하다가 주인이 눈치채지 못하도록 바닥에 버렸다. 얼마 후, 술을 마신 두 호송인이 정신을 잃고 바닥에 쓰러졌다. 무송도 그들을 따라 쓰러지는 시늉을 했다.

"드디어 갔군. 슬슬 시작해 볼까……"

주인 여자가 유쾌하게 혼잣말을 하며 무송에게 다가왔다. 그 순간 무송은 여자를 바닥에 쓰러뜨리고 발로 눌러 버렸다. 여자가 발버둥쳤지만 무송의 힘을 당할 수는 없었다.

그 때 밖에서 여자의 남편이 들어왔다. 남편은 여자가 깔려 있는 것을 보자 깜짝 놀랐다.

"장사 어른은 누구십니까?"

"나는 무송이라고 한다. 네놈들은 누구냐?"

"아, 호랑이를 잡았다는 바로 그분이시로군요. 정말 잘못했습니다. 저희 부부를 용서해 주십시오. 저는 장청이고, 아내는 손이랑이라 합니다."

사내는 무릎을 꿇고 무송에게 빌었다. 무송의 이름을 들은 여자는 고개를 숙인 채 처분만 기다리고 있었다.

사내가 다시 입을 열었다.

"저희는 이 곳에서 어리숙한 나그네를 털어먹고 산답니다. 비록 강도짓을 한다고는 하나, 호걸들께는 그래 본 적이 없습니다. 오늘은 눈이 어두워 장사 어른을 몰라뵈었습니다. 부디 용서해 주십시오."

"호걸이라면 어디 아는 사람 이름을 대 보거라."

"얼마 전에는 노지심과 양지라는 분이 지나가기도 했습니다. 그 두 분은 지금 이룡산에 계신데, 저희들과는 가까운 사이랍니다."

"그 두 사람이라면 나도 이름을 들은 적이 있다."

무송은 어느 정도 마음이 누그러지자 손이랑을 일으켜 주었다. 그러자 손이랑은 쓰러진 호송인들에게 해독약을 먹였다. 호송인들은 곧 의식을 되찾았다.

장청과 손이랑은 새로 술상을 마련하여 무송을 극진히 대접했다. 서로 호걸을 알아보는 사이였으므로, 무송과 장청 부부는 금방 가까워졌다.

무송과 장청 부부는 의형제를 맺었다. 장청이 무송보다 나이가 많았으므로 형이 되었다. 무송은 하룻밤을 묵고 다시 길을 떠났다.

며칠 후, 무송은 맹주 감옥에 도착했다. 호송인은 돌아가고 무송은 감옥에 갇혔다.

"네가 호랑이를 잡았다는 무송이냐? 내가 보기엔 고양이도 못 잡을 것 같은데."

간수장은 처음부터 무송에게 거칠게 나왔다. 돈을 받아 내려는 수작이었다. 하지만 무송은 돈을 바치지 않았다.

"그러다간 매맞아 죽게 될 거요. 간수장의 비위를 맞추어야 합니다."

같은 방의 죄수들이 충고를 했지만, 무송으로서는 간수장에게 굴복하고 싶지 않았다.

이튿날 무송은 곤장을 맞기 위해 밖으로 끌려갔다. 귀양 온 죄수는 곤장을 맞아야만 했다. 게다가 무송은 간수장에게 뇌물을 바치지 않았으므로, 곤장이 백 대로 정해졌다.

"어디 네놈이 곤장 백 대를 맞을 수 있는지 보자."

무송에게 돈을 받지 못한 간수장은 음흉하게 웃으며 말했다.

"마음대로 하시오. 내가 백 대를 맞는 중에 한 번이라도 신음 소리를 내면 이름을 갈겠소."

무송의 당찬 대꾸에 간수장은 어이없는 표정을 지었다. 지켜 보던 사람들도 모두 감탄했다.

그 때 옥장의 뒤에 서 있던 젊은이가 옥장의 귀에 대고 뭐라고 속삭였다. 그러자 곤장이 곧 중지되어 무송은 곤장을 한 대도 맞지 않고 감방으로 돌아올 수 있었다.

감방으로 돌아온 무송은 다른 방으로 옮겨졌다. 그 곳은 무척 깨끗했다. 무송에게 지급되는 음식도 죄수들이 먹는 게 아닌 훌륭한 음식이었다.

'도대체 무슨 까닭이지?'

무송은 자신에 대한 대우가 달라진 게 의아하기만 했다. 그 이유는 그 날 저녁에 알 수 있었다.

옥장의 아들인 시은이라는 젊은이가 무송을 불렀다. 시은은 옥장에게 귓속말을 하여 곤장을 멈추게 한 그 사람이었다.

"내가 솔직하게 말하리다."

시은은 정중한 태도로 입을 열었다.

"마을 아래쪽에 쾌활림이라는 장터가 있습니다. 그 곳에는 술집을 비롯해서 여러 장사꾼들이 있지요. 그래서 항상 힘깨나 쓰는 건달들이 노는 곳이기도 합니다. 나는 무술에 약간 조예가 있어서 그 곳 건달들을 제압하여 장터를 장악했지요. 그런데 얼마 전에 장단련이라는 자가 자기 부하인 장충을 시켜 나에게 도전했지요. 장충은 씨름판에서 한 번도 져 본 적이 없는 장사랍니다. 나는 흠씬 두들겨 맞고 장터도 빼앗기고 말았습니다. 그러던 차에 무송 장사님을 뵙게 되었습니다. 그래서 장사님의 실력이라면 능히 제 복수를 해 주실 수 있을 거라고 생각했습니다."

시은의 말투에는 기백이 있었고, 무송을 대하는 태도에도 진실성이 느껴졌다.

"알겠습니다. 나 무송은 사소한 은혜라도 갚지 않으면 못 견디는 사람이올시다."

무송은 시원스럽게 시은의 청을 받아들였다. 두 사람은 그 날 밤 의형제를 맺었다.

무송은 날이 밝자 곧 시은과 함께 쾌활림으로 갔다. 시은이 가리키는 요리집에 들어가 장충을 찾으니 어깨가 딱 벌어진 사내가 나왔다. 과연 천하 장사의 몸집이었다.

"너는 뭐 하는 놈이냐?"

장충은 대뜸 반말로 나왔다.

"네가 이 장터에서 까불고 다닌다는 장충이란 놈이냐?"

무송도 거칠게 내뱉었다. 장충의 눈꼬리가 치켜 올라갔다. 두 사람은 더 말을 나눌 것도 없이 서로에게 달려들었다.

장충의 힘은 과연 보통이 아니었다. 그러나 상대가 무송이고 보니 그 힘도 별수 없었다. 무송은 가볍게 장충을 들어 땅바닥에 메어꽂았다. 시은은 그 날로 당장 쾌활림을 되찾았다. 그 후로 무송은 시은의 극진한 대접을 받아 가며 편하게 지낼 수 있었다.

그러나 무송의 좋은 세월도 그리 오래 가지는 않았다. 무송은 어느 날 맹주성의 경비 대장인 장몽방의 집에 불려 갔다가 도적 누명을 쓰게 되었다. 장충이 자신의 친척인 장몽방에게 뇌물을 주고 음모를 꾸민 것이다. 무송은 시은의 도움으로 곤장 몇 대를 맞고 풀려날 수 있었다. 이 일로 무송은 자신을 모함한 장씨 일가에게 원한을 품게 되었다.

곤장을 맞은 무송은 칼을 품고 장 대장의 집을 찾아갔다. 마침 그 곳에는 장 대장과 단련, 장충이 모두 모여 있었다.

무송은 단칼에 그들 세 사람을 베어 버렸다.

다시 살인자가 된 무송은 그 길로 맹주성을 벗어났다. 밤새도록 산길을 헤매던 무송은 지칠 대로 지쳤다. 무송은 가까스로 낡은 사당을 찾아 그 곳에 몸을 눕혔다. 눕자마자 금세 깊은 잠에 빠져 들었다.

무송은 누군가의 목소리에 눈을 떴다.

"어제 잡았다는 놈은 어디 있어?"

무송은 몸이 꽁꽁 묶여 있었다. 자신이 있는 곳도 어젯밤의 사당이 아니라 어느 낯선 광이었다.

잠시 후 사내 두 명이 광 문을 열고 들어왔다.

"아니, 무송 아우님 아닌가?"

"장청 형님!"

두 사내 중 한 사람은 바로 장청이었다.

"대체 어찌 된 일인가?"

장청은 놀라워하면서 무송의 결박을 풀어 주었다. 무송은 장청을 따라 광에서 나와 방으로 들어갔다. 거기엔 손이랑도 있었다. 그 곳은 바로 장청의 집이었던 것이다.

"그렇다면 여기엔 오래 있을 수가 없겠군. 내가 전에 말했던 이룡산으로 가 보게나."

무송으로부터 그간의 사정 이야기를 들은 장청이 말했다.

무송은 장청에게 여비를 받아 이룡산을 향해 서둘러 길을 떠났다.

마을 곳곳에는 무송을 잡으려는 방이 붙어 있었다. 무송은 사람들의 눈을 피하기 위해 중으로 변장했다. 그러자 아무도 무송을 눈여겨보지 않았다.

무송은 주로 산길을 이용하여 걸었다. 그러다 보니 하루만 걸어도 온몸이 파김치처럼 풀어지곤 했다.

그렇게 하루 종일 이룡산을 향해 걸은 것도 여러 날째였다. 그 날도 온종일 걸어 지친 무송은 어느 주막으로 들어가 자리를 잡기도 전에 큰 소리로 음식을 주문했다.

"국밥부터 한 그릇 내오고, 술과 고기도 좀 주시오."

"마침 고기가 모두 떨어졌습니다."

주인은 국밥 한 그릇만 내오며 그렇게 말했다. 무송은 할 수 없이 국밥만으로 허기를 때웠다. 그런데 얼마 후였다. 옷을 잘 차려 입은 젊은이가 들어오더니 주인을 불러 말했다.

"고기는 잘 요리해 놓았소?"

그러자 주인은 허리를 굽신거리며 젊은이를 모셨다. 이윽고 젊은이의 상에는 양념이 잘 된 고기가 듬뿍 올라왔다.

그것을 본 무송은 화가 치밀어 올랐다.

"이놈, 없다던 고기가 어디서 나왔느냐? 누구 입은 입이 아니더냐!"

"저 고기는 손님께서 맡겨 둔 것이랍니다."

주인이 그렇게 변명했지만, 무송의 귀에는 들어오지 않았다. 무송은 젊은이의 상으로 가서 고기를 마음대로 집어먹었다.

"네 이놈!"

젊은 손님이 소리를 질렀다. 무송은 기다렸다는 듯이 젊은이에게 주먹을 날렸다. 그러자 주인은 감히 다가오지도 못했다. 무송은 상 위의 고기를 다 먹고 나서야 주막을 나왔다.

주막에서 멀지 않은 강가에 이른 무송은 잠깐 풀밭에 앉았다. 앉고 나니 스르르 졸음이 밀려왔다. 무송은 강물을 내려다보다가 깜박 잠이 들었다. 얼마 후 한 무리의 사내들이 무송에게 다가왔다.

"도련님의 음식을 뺏어 먹었다는 놈이 바로 이놈이군."

사내들은 무송을 밧줄로 묶어 버렸다. 무송은 묶인 채로 어느 집으로 끌려갔다. 무송은 그 때까지도 잠이 들어 있었다.

무송은 심한 통증을 느끼면서 잠에서 깨어났다. 눈을 뜨니 웬 사내 둘이서 몽둥이로 자신을 패고 있었다. 무송은 꼼짝없이 한참 동안 두들겨 맞았다.

그 때 안채에서 어떤 사내가 다가왔다.

"대체 무슨 일인데 그리 사람을 패고 있는 거요?"

사내는 말을 하면서 무송의 얼굴을 내려다보았다.

"아니, 자넨 무송이 아닌가?"

사내는 질겁하며 큰 소리로 말했다. 무송도 상대의 얼굴을 쳐다보고는 깜짝 놀랐다. 사내는 바로 창주에서 헤어졌던 송강이었다.

송강은 무송을 풀어 주게 하고는 방으로 데리고 들어갔다. 무송은 그간의 일들을 송강에게 말했다.

"아우님, 참으로 고생을 많이 했네."

송강은 안쓰러운 얼굴로 무송을 바라보았다. 이어서 송강은 자신의 일도 들려 주었다.

"나는 시 대관인 댁에서 머물다가 얼마 전에 이리로 왔다네. 여기는 공 태공 어른의 집인데, 그분이 나를 초대했지. 자네가 음식을 뺏어 먹은 사람은 공 태공 어른의 둘째 아드님이라네."

송강과 무송은 밤늦도록 이야기를 나누었다.

다음날 송강과 무송은 공 태공으로부터 약간의 여비를 받고 집을 나왔다.

"자네는 바로 이룡산으로 갈 건가?"

"네, 형님께서는?"

"나는 청풍성으로 간다네. 그 곳 부군수인 화영이라는 사람이 오래 전에 나를 초대했거든."

두 사람은 서룡진이라는 마을에서 헤어져야 했다. 서룡진은 청풍성과 이룡산의 갈림길이었다.

두 사람은 헤어지기가 아쉬워 주막에서 오래도록 술잔을 나누었다. 드디어 작별의 시간이 되자, 두 사람 모두 뜨거운 눈물을 흘렸다.

정처 없는 송강의 운명

송강은 무송과 헤어진 며칠 후 청풍성이 저만치 바라보이는 어느 숲에 이르렀다. 날은 이미 어두워져 있었다.

'아무래도 이 근처에서 하룻밤 묵고 가야겠구나.'

송강은 부지런히 민가를 찾아보았다. 그러나 아무리 둘러보아도 민가는 보이지 않았다. 그 사이에 날은 더욱 어두워졌다.

허겁지겁 발걸음을 옮기던 송강은 그만 산적들이 설치해 둔 그물에 걸리고 말았다.

"어이쿠!"

송강은 순식간에 그물에 걸려 나무에 대롱대롱 매달리게 되었다. 조금 있자 산적 무리들이 다가와 송강을 끌어내려 산채로 끌고 갔다.

산채의 두령은 연순이라는 자였다. 연순은 날카로운 눈빛으로 송강을 쏘아보았다. 금방이라도 송강을 죽여 버리라는 명령을 내릴 것만 같았다.

"아아, 송강의 운명도 이렇게 끝나는구나……"

탄식이 저절로 나왔다. 그 때 두령인 연순이 의아한 표정으로 송강에게 물었다.

"방금 뭐라고 했느냐? 송강이 어쩌고저쩌고 한 것 같은데, 네가 송강을 안단 말이냐?"

"내가 송강이오."

그러자 연순은 크게 놀라며 되물었다.

"뭐라고? 당신이 운성현의 송 압사 그분이라고?"

"그렇소이다."

연순은 이제 얼굴색마저 파랗게 질렸다. 잠시 멍청하게 서 있던 연순은 얼른 칼을 뽑아서 송강을 묶고 있는 밧줄을 끊었다. 그러고는 허리를 굽혀 송강에게 사죄했다.

"눈이 있어도 보지 못하는 이놈을 용서해 주십시오. 송강 어른의 이름은 오래 전부터 들어 왔습니다. 까딱 잘못했으면 천하 호걸들의 비난을 받을 뻔했습니다. 어서 이리로 오르십시오."

연순은 송강을 두령의 자리에 앉혔다. 송강이 사양했지만 연순은 기어코 송강을 상석에 앉히고 말았다. 이어서 잘 차린 음식상을 내오게 하여 극진한 대접을 하였다.

송강이 산채에 머문 지 여러 날이 되었다. 어느 날 연순은 졸개들을 이끌고 산 아래로 내려갔다. 얼마 후 연순은 여인이 탄 가마 하나를 끌고 올라왔다.

"오늘은 큰 횡재를 했습니다. 청풍성 군수의 부인을 잡아 왔지요."

연순은 기뻐하며 말했다. 연순의 말을 들은 송강은 깜짝 놀랐다.

"그냥 돌려보내시지요. 청풍성이라면 내가 찾아가려는 고을인데 행여 오해가 있을까 봐서요."

송강의 간곡한 부탁을 들은 연순은 가마를 돌려보냈다. 며칠 후 송강은 연순과 작별하고 산채를 떠났다. 송강은 그 날로 청풍성으로 들어갔다. 송강을 맞이한 부군수 화영은 극진하게 대접했다. 송강이 술자리에서 군수의 부인을 살려 준 이야기를 하자, 화영은 기뻐하는 눈치가 아니었다.

"그대로 죽여 버리지 그랬습니까? 이 곳 군수인 유고라는 놈은 자기 욕심만 차리는 놈입니다. 저야 무관의 입장이라 그의 부하 노릇을 하고는 있지만, 참으로 눈 뜨고 보기 어렵습니다. 게다가 그 아내 되는 여자도 고약스럽기 짝이 없지요. 늘 거짓 모함으로 백성을 괴롭히고, 뇌물을 받아 먹는답니다."

송강은 오히려 화영을 위로해야 했다.

화영의 가족은 송강을 피붙이 이상으로 대접했다. 며칠 동안 잔치가 끊이지 않았다.

어느덧 해가 바뀌어 원소절(음력 정월 보름의 명절)이 가까워졌다. 집집마다 문 앞에 등을 세워 놓고 거리에서는 연일 놀이판이 벌어졌다.

송강은 어느 날 화영이 딸려 준 하인과 함께 거리로 나갔다. 이곳 저곳에 구경거리가 많았다. 송강은 광대놀이가 한창인 곳으로 갔다. 키가 작은 송강은 좀더 잘 보기 위해 사람들을 제치고 앞으로 나갔다.

그런데 마침 그 곳에 와 있던 유고의 부인이 송강을 알아보았다.

"바로 저놈이에요. 저놈이 바로 지난번에 나를 납치한 산적 두목이랍니다."

유고의 부인이 남편의 귀에 대고 그렇게 속삭였다. 군수인 유고는 당장 송강을 잡아들이라는 명령을 내렸다. 송강은 도망갔으나, 곧 군사들에게 잡히고 말았다.

송강을 모시고 나갔던 하인이 화영에게 달려가 이 사실을 알렸다. 화영은 유고에게 편지를 보냈다. 편지에는 송강은 자신의 친척으로서 아무 죄도 없다고 쓰여 있었다.

"이 화영이란 놈도 도적들과 내통하는구나. 감히 나에게 편지를 보내 죄인을 놓아 주라 마라 하고 있으니 건방지기 짝이 없도다."

화영의 편지는 오히려 유고를 화나게 만들었다.

이 소식을 들은 화영은 군사를 동원하여 유고의 집으로 갔다.

화영의 위에 있기는 하나, 화영이 군사를 이끌고 오자 유고는 겁을 먹고 숨어 버렸다.

화영은 송강을 구해서 집으로 돌아왔다.

유고는 아랫사람인 화영에게 송강을 빼앗기게 되자, 그 모욕을 참을 수가 없었다. 그러나 병권을 장악하고 있는 화영에게 직접 대들 수도 없는 일이었다.

유고는 청주부의 병마도감인 황신에게 도움을 요청했다. 황신은 유고의 말만 듣고 군사를 풀었다. 그리하여 송강과 화영은 감옥에 갇히고 말았다.

이렇게 해서 송강과 화영은 귀양을 가게 되었다. 유고는 직접 귀양 행렬을 지휘하며 따라 나섰다.

귀양 행렬이 숲에 이르렀을 때였다. 숲 속에서 우레와 같은 고함이 들리더니 수백 명의 산적들이 몰려나왔다. 그들은 바로 연순 두령과 그 졸개들이었다.

귀양 행렬의 호송 대장은 칼을 뽑아 산적과 맞섰다. 그러나 전혀 상대가 되지 못하였다. 호송 대장은 곧 칼을 버리고 멀리 달아나 버렸다.

연순은 송강과 화영을 구해 내고 유고를 포로로 잡았다. 연순이 유고의 옷을 벗겨 송강에게 입히니, 유고는 대번에 벌거숭이가 되었다.

연순 일행이 산채로 돌아온 지 얼마 지나지 않았을 때 졸개 하나가 급히 달려왔다.

"지금 관군이 이 곳으로 쳐들어오고 있다."

연순이 산 아래를 살펴보니, 과연 수많은 군사들이 올라오고 있었다. 호송 대장의 보고를 받은 청주부에서 군사를 보낸 것이었다. 청주부의 군사를 이끄는 자는 진명이라는 무관이었다.

"연순 두령, 이번엔 내게 맡기시오."

화영은 앞장 서서 청주부의 군사를 맞았다. 곧 화영과 진명의 일 대 일 싸움이 벌어졌다. 두 사람의 실력은 모두 뛰어났다.

한참 동안이나 승부가 가려지지 않자 화영은 계략을 생각해 냈다. 화영은 도망가는 체하며 진명을 함정이 있는 곳으로 유인했다. 고함을 치며 따라오던 진명은 말과 함께 함정에 빠졌다. 그 순간 연순의 졸개들이 달려들어 진명을 묶었다.

대장인 진명이 사로잡히는 것을 본 군사들은 우르르 후퇴하고 말았다.

"어서 나를 죽이거라!"

진명은 당당하게 말했다. 진명의 대범한 자세를 본 송강은 그가 마음에 들었다. 화영도 마찬가지 심정이었다.

"자, 우선 인사나 하시지요. 이분은 급시우 송강 어른이십니다."

화영이 진명에게 송강을 소개했다. 그러자 진명의 얼굴빛이 달라졌다.

"정말 송강 어른이란 말입니까?"

"그렇소, 내가 송강이외다."

"실로 뜻하지 않은 곳에서 어른을 뵙습니다."

진명은 공손한 말투로 송강에게 고개를 숙였다.

송강은 억울하게 귀양길에 오르게 된 사연을 진명에게 이야기했다. 진명은 다소곳하게 들으며 고개를 끄덕였다.

"나쁜 놈은 따로 있었군요."

"그건 그렇고, 진명 대장께서도 이 곳에 함께 계시는 게 어떻겠습니까?"

화영이 나서서 진명을 설득했다. 진명은 그 말을 듣고 깊이 생각해 보았다.

'이미 나는 무관으로서의 명예를 잃었다. 돌아간다 할지라도 벌을 면하지 못할 것이다.'

진명은 마침내 화영의 제의를 받아들였다. 송강과 화영은 기쁜 마음으로 잔치를 벌였다.

산채에는 새로운 활기가 돌았다. 그러던 어느 날 청주에서 산적을 토벌하기 위한 대병력이 이동해 왔다. 진명마저 산적의 일원이 된 것을 안 청주부사가 크게 노했던 것이다.

연순 두령은 급히 송강을 비롯한 사람들을 모아 놓고 의견을 구했다.

그 때 화영이 나서서 말했다.

"이 곳에서는 청주부의 군사를 막아 내기 어렵습니다. 우리가 어차피 산적 노릇을 할 거면 양산박으로 가는 게 어떨는지요. 그 곳은 산세가 험하고 사방에 강물이 있어 천연의 요새라고 합니다."

"하지만 그 곳에서 우리를 받아 주겠습니까?"

연순이 근심이 가득한 얼굴로 말했다. 그러자 송강이 좌우를 둘러보며 입을 열었다.

"양산박의 두령인 조개 어른과 저는 잘 아는 사이지요. 전부터 서로 믿음이 있는 사이인 데다가 제가 약간의 도움을 드린 적도 있어 우리를 받아 주실 겁니다."

"허, 그렇다면 정말 다행입니다. 역시 송강 어른의 명성은 이르지 않은 데가 없군요."

듣고 있던 사람들 모두가 기뻐했다. 화영과 송강의 말로 결론은 간단히 내려졌다. 사람들은 즉시 양산박으로 떠날 채비를 했다.

그리하여 송강 일행은 산채를 버리고 양산박으로 출발했다. 수백 명의 인원이 이동하려면 남의 눈을 피할 수가 없었다. 그래서 연순은 아예 당당히 깃발을 꽂고 큰길을 지나갔다. 깃발에는 '산적 토벌대'라고 써서 관군인 것처럼 위장했다.

송강 일행은 대영산을 지나 어느 마을에 이르렀다. 송강은 뒤에 처진 일행을 기다리기 위해 잠시 주막으로 들어갔다.

주막은 몹시 좁아서 앉을 자리가 없었다. 의자를 찾던 화영은 한 사내가 혼자서 의자를 두 개씩이나 차지하고 있는 걸 보았다. 화영은 사내에게로 가 의자 하나를 양보하라고 했다.

"이건 둘 다 내 의자요. 의자가 없으면 바닥에 앉으면 될 게 아니오!"

사내는 귀찮다는 듯 툭 쏘았다. 사내는 제법 체격이 건장하고 우락부락하게 생긴 얼굴이었다.

"의자를 놔 두고 바닥에 앉으란 말이오?"

화영이 어처구니없어하며 의자를 빼려 했다. 그러자 사내가 벌떡 일어났다.

"지금 나한테 시비 거는 거냐? 그래, 어디 한번 덤벼봐라. 나는 세상에서 두 사람만 빼고는 아무도 두려워하지 않는다."

사내는 당장이라도 주먹을 날릴 기세였다.

"호, 그래? 그 두 사람이 대체 누구냐?"

화영이 호기심 어린 표정으로 물었다.

"소선풍 시진님과 급시우 송강 어른이시다."

사내는 너희 같은 놈들이 이런 이름을 들어 보기나 했겠느냐는 듯한 표정이었다. 화영은 송강을 돌아보며 빙그레 웃었다. 송강도 쑥스러워하며 가볍게 웃었다.

"그렇게 존경하는 분을 앞에 두고도 모른단 말이오?"

화영이 여전히 웃으면서 사내에게 말했다.

"앞에 두다니, 그게 무슨 말이냐?"

"이분이 바로 송강 어른이오."

사내는 멀뚱한 눈으로 송강을 바라보았다.

"제가 송강이외다. 제 이름은 어디서 들으셨는지요?"

송강이 겸손한 태도로 물었다. 그 말을 들은 사내는 바닥에 넓죽 엎드려 절을 했다.

"큰 실수를 할 뻔했습니다. 저는 석용이라 합니다. 힘깨나 쓴다고 해서 남들은 저를 보고 석 장군이라고 합니다. 어쩌다 노름판에서 사람을 죽여 한동안 시진 어른 댁에서 묵은 적이 있습니다. 그 때 송강님의 고명하신 이름을 들었습니다. 참, 여기 아우님의 편지가 있습니다. 운성현에 들렀을 때 혹시 송강 어른을 만나거든 전해 달라고 한 편지입니다."

송강은 뜻밖의 말에 놀라며 얼른 편지를 받아 보았다. 한참 편지를 읽어 가던 송강은 울음을 터뜨리며 주저앉았다. 곁에 서 있던 화영이 송강을 부축했다.

화영은 송강이 읽던 편지를 훑어보았다. 그것은 송강의 아버지가 돌아가셨다는 내용이었다.

송강은 일행과 작별하고 고향으로 향했다. 아버지가 죽었다는 소식을 듣고 돌아가지 않을 수는 없었다. 나머지 일행은 계속 양산박으로 향했다.

송강은 조개에게 편지를 써서 화영에게 전했다. 화영은 송강이 동행하지 못하는 것이 섭섭했으나, 편지만으로 만족해야 했다. 하지만 송강의 편지만으로도 그들은 조개의 반가운 환영을 받을 수 있었다.

조개 두령은 화영 일행을 양산박의 식구로 받아들였다. 화영과 진명은 임충 다음 서열의 두령이 되었다. 연순은 원씨 3형제 다음 가는 두령이 되었다.

송강은 쉬지 않고 바삐 걸었다. 그런데 집에 도착한 송강은 깜짝 놀라고 말았다. 죽었다던 아버지가 멀쩡히 살아 있었기 때문이다.

"대체 어떻게 된 일입니까?"

송강이 눈을 휘둥그렇게 뜨고 물었다. 그러자 아버지는 빙그레 웃으면서 입을 열었다.

"너를 보고 싶어서 내가 꾸민 일이다. 그 편지 때문에 이렇게 너를 만나게 되었구나."

그러나 부자가 상봉의 기쁨을 나누기도 전에 집 밖에서 벽력 같은 호통이 들려 왔다.

"송강은 어서 나와서 포승을 받거라."

송강이 밖을 내다보니 수많은 군사들이 집을 에워싸고 있었다. 송강의 아버지는 얼굴이 파랗게 질렸다.

"아아, 모두가 내 잘못이다. 내가 너를 잡히게 만들었구나."

아버지는 금방이라도 울음을 터뜨릴 듯했다.

"걱정 마세요. 모두 운명일 뿐입니다. 어차피 죄를 지었으니 벌을 받아야 합니다."

오히려 송강은 아버지를 위로했다. 그러고는 밖으로 나가 순순히 포승을 받았다.

송강은 곧 군수 앞으로 끌려갔다. 그러나 전부터 송강을 좋게 보고 있던 군수는 그를 심하게 닦달하지 않았다. 그리고 얼마 후, 송강을 강주 감옥으로 귀양 보낸다는 가벼운 벌을 내렸다.

송강은 강청과 이만이라는 두 호위병과 함께 강주로 떠나게 되었다. 송강의 아우 송청은 호위병들에게 음식을 대접하며 송강을 부탁했다.

송강의 아버지는 따로 송강을 불러 당부했다.

"강주로 가려면 양산박을 지나야 한다. 내 생각에 그 곳 산적들이 너를 유혹하여 산채로 데리고 갈 것만 같구나. 제발 그들의 꼬임에 말려들어 더 큰 죄인이 되지 않도록 해라."

"걱정 마십시오. 아버님 말씀에 따르겠습니다."

효자인 송강은 아버지를 안심시켰다.

송강의 아버지는 두 호위병에게 돈을 주며 송강을 잘 보살펴 달라고 부탁했다. 그리고 송강에게도 여비를 두둑하게 주었다. 송강은 양산박 근처에 이르자 호위병들에게 말했다.

"우리는 곧 양산박을 지나게 될 것입니다. 그런데 양산박에는 저와 잘 아는 호걸들이 많이 있습니다. 그들은 틀림없이 저를 빼내려 할 것입니다. 그러니 다른 길로 돌아서 가도록 합시다."

호위병들은 송강의 말이 맞다는 생각이 들어 길을 바꾸었다. 세 사람은 양산박에서 멀리 떨어진 좁은 길로 접어들었다.

그 길로 한참 가고 있을 때였다. 한 떼의 군마가 앞쪽에서 달려오고 있었다. 그들은 곧 송강 일행을 막아 섰다.

"아니, 자넨 유당이 아닌가?"

군마를 이끌고 온 대장은 양산박의 유당이었다.

"우리가 이 길로 가는 걸 대체 어떻게 알았는가?"

"오용 선생이 짐작한 대로군요. 송강 형님께서 양산박을 비켜 갈 것이라고 말씀하셨지요."

호위병들은 송강의 눈치만 살피며 두려워했다. 송강은 안타까운 심정으로 유당에게 말했다.

"나는 이미 아버님께 약속을 했다네. 지금 양산박으로 갈 수는 없으니 그냥 돌아가게나."

하지만 유당도 물러서지 않았다. 조개 두령으로부터 꼭 모시고 오라는 명령을 받았다고 했다. 송강은 할 수 없이 유당을 따라 나섰다. 호위병들도 송강의 뒤를 따랐다.

송강이 산채에 들어서자 모든 두령들이 나와서 그를 맞았다. 송강은 일일이 인사를 나누고 나서 전체를 향해 말했다.

"여러분들의 호의는 고맙지만 저는 여기에 있을 수가 없습니다. 아버님과 이미 약속을 했습니다. 아버님과의 약속을 어기느니 차라리 죽을 것입니다. 그러니 오늘은 저를 그냥 떠나게 해 주십시오."

송강이 간곡하게 부탁하자 다른 사람들도 어쩔 수가 없었다.

송강은 산채에서 하룻밤을 묵고 떠났다. 떠나기 전에 오용이 다가와 편지 한 장을 내밀었다.

"강주 감옥에는 대종이라는 사람이 있습니다. 저와 잘 아는 사이이니 도움이 될 것입니다."

양산박을 떠난 송강 일행은 보름 후 계량령이라는 큰 고개 앞에 이르렀다.

"저 고개를 넘으면 심양강이 나오고 그 다음이 바로 강주지요."

호위병 중 하나가 말했다. 세 사람은 계량령을 넘어 어느 주막에 들어갔다.

송강과 호위병들은 술과 고기를 시켜 배불리 먹었다. 그런데 잠시 후, 세 사람은 그 자리에 쓰러지고 말았다. 술에 독이 들어 있었던 것이다.

송강은 한참 만에야 깨어났다. 눈을 뜨니 웬 낯선 사내가 주인과 함께 자신을 내려다보고 있었다.

"댁은 누구시오? 우리를 어쩌자는 겁니까?"

그러자 사내는 허리를 조아리며 공손하게 말했다.

"저는 이준이라고 합니다. 한때 양자강에서 뱃사공을 했었지요. 송강 어른께서 강주로 귀양 간다는 이야기를 듣고 한번 만나 뵙고자 이 곳에서 기다렸습니다. 그런데 제 친구인 이 주막 주인이 송강 어른을 몰라보고 약을 먹였더군요."

이준의 말이 끝나자 주막 주인은 민망한 표정으로 굽실거리며 말했다.

"저는 이립이라고 합니다. 어른을 몰라보고 큰 실수를 했습니다."

이립은 말을 끝내자마자 호위병들에게도 해독약을 먹였다. 호위병들은 곧 깨어났다.

송강은 이준의 집으로 가서 술을 대접 받았다. 송강은 이준과 의형제를 맺고 헤어졌다.

그 날 오후 송강과 호위병들은 강주와 가까운 어느 큰 마을에 들어갔다. 세 사람은 잠시 약장수의 봉술 놀이를 구경했다. 무예라면 언제나 관심이 있는 송강이었다.

봉술을 보여 주고 난 약장수는 약을 팔기 시작했다. 그런데 구경은 잘하던 사람들이 약은 하나도 사지 않았다.

송강은 약장수가 안됐다는 생각이 들어 몇 푼의 돈을 주었다. 그러자 약장수가 꾸벅 절을 하며 사람들에게 말했다.

"지나가는 사람이 돈을 주셨으니 이 돈이야말로 이 마을 사람들이 주는 돈보다 몇 배나 값어치가 있는 돈입니다."

그 때 마을 사람들 틈에서 한 사내가 씩씩거리며 앞으로 나섰다.

"너는 기껏 귀양이나 가는 놈이 어디서 돈 자랑이냐? 네놈 때문에 우리 마을 사람들이 망신을 당했다."

사내는 그러면서 송강을 때리려고 했다. 하지만 그 전에 약장수가 달려들어 사내를 메어꽂았다. 사내는 두고 보자면서 사람들을 부르러 갔다.

송강 일행은 약장수와 함께 그 곳을 벗어나 부리나케 심양강으로 걸음을 옮겼다. 송강 일행이 강가에 거의 다 왔을 때 뒤에서 사람들이 달려오는 게 보였다.

"게 섰거라!"

소리치는 사람은 아까 송강을 욕하던 그 사내였다. 네 사람은 생각할 겨를도 없이 강기슭에 있던 배에 훌쩍 올라탔다.

"사공, 어서 갑시다!"

약장수가 다급하게 소리쳤다. 사공은 느긋하게 웃으면서 노를 젓기 시작했다.

잠시 후 반대쪽에서 다른 배 한 척이 다가왔다.

"장횡 아우, 오늘 한 건 하신 모양이구려?"

저쪽 배를 젓는 사내가 그렇게 물었다. 그러자 이쪽 뱃사공이 느물거리는 목소리로 대답했다.

"그래요, 돈이 두둑해 보이는 놈들을 실었습니다."

송강이 듣고 있자니 정말 기가 막힌 일이었다. 이들은 평범한 뱃사공이 아닌 강도임에 분명했다.

그런데 저쪽에서 다가온 뱃사공이 송강을 보고는 깜짝 놀라는 표정을 지었다.

"아니, 송강 형님이 아니십니까?"

자세히 보니 그는 바로 어젯밤에 의형제를 맺은 이준이었다.

"그래, 송강일세. 그런데 자넨 여기 웬일인가?"

두 사람이 주고받는 말을 들은 이쪽 뱃사공은 깜짝 놀라며 송강을 향해 허리를 굽혔다.

"세상에, 송강 어른이었다니 제가 죽을 죄를 지었습니다. 저는 이준 형님과 형 아우하며 지내는 장횡이라고 합니다."

장횡과 이준은 배를 강기슭으로 몰아 송강을 내려 주었다. 거기서 세 사람이 이야기를 나누고 있는데, 아까 송강을 쫓던 무리가 배를 몰고 따라왔다.

"아니, 서로 아는 사이입니까?"

사내는 세 사람이 모여 있는 것을 보고 이준에게 물었다.

"어서 인사나 드리게. 이분은 송강 어른이라네."

이준의 말에 사내는 깜짝 놀라 엎드렸다.

"죽을 죄를 지었습니다. 저는 목홍이라 하고, 이쪽은 제 아우인 목춘입니다."

목홍은 사죄하는 뜻으로 음식을 대접하겠다고 했다. 송강은 그 날 밤 목홍의 집으로 가 묵었다. 밤이 늦도록 술자리가 계속되었다.

송강은 이튿날 아침 강주로 떠났다. 이준, 장횡, 목홍 형제는 멀리까지 나와 송강 일행을 배웅했다.

이규와의 만남

송강은 마침내 강주에 도착했다. 감옥에 들어간 송강은 간수장에게 돈을 주어 편히 지낼 수 있었다. 그러나 송강은 감옥장에게는 뇌물을 바치지 않았다.

어느 날 감옥장이 송강을 불렀다.

"네 이놈, 네가 얼마나 나를 무시하길래 성의 표시를 하지 않느냐!"

감옥장은 노골적으로 돈을 요구했다. 송강은 사람들이 물러간 후 조용히 입을 열었다.

"양산박의 도적에게 무슨 돈을 바친단 말이오?"

"뭐라고?"

감옥장은 얼굴빛이 변했다. 송강은 그것을 보고는 품속에서 편지 한 장을 꺼내 건넸다. 그것은 오용이 강주 감옥장인 대종에게 보내는 편지였다.

대종은 편지를 다 읽고는 얼른 자리에서 일어나 송강에게 절을 했다.

"진작 말씀하시지요. 하마터면 제가 큰 실수를 할 뻔했습니다."

송강은 금세 대종과 가까워졌다. 대종은 술을 대접하겠다면서 송강을 밖으로 데리고 나갔다.

두 사람이 어느 술집에서 술을 마시고 있는데, 술집의 일꾼이 헐레벌떡 달려왔다.

"옥장 나리, 지금 이규가 소란을 피우고 있습니다. 제발 좀 말려 주십시오."

이규는 강주 감옥의 옥졸로 있는 자였다. 어찌나 성미가 괄괄한지 대종 외에는 아무도 그를 말리지 못했다.

일꾼을 따라 나간 대종은 곧 이규를 데리고 들어왔다. 송강이 이규를 보니 생김새가 꼭 짐승 같았다. 머리도 부스스하고 얼굴에는 온통 시커먼 털이 나 있었다.

"형님, 이 검둥인 누구요?"

이규는 대뜸 턱으로 송강을 가리키며 대종에게 물었다. 참으로 방자한 행동이었다.

"허, 이놈 봐라. 이분은 내가 늘 얘기하던 송강 어른이시다. 어서 공손하게 인사를 올리거라."

이규는 그제야 송강을 향해 넙죽 절을 했다. 송강도 맞절로써 인사에 답했다.

"그런데 무슨 일로 주인과 다투었습니까?"

송강이 이규에게 물었다.

"주인에게 돈을 좀 빌리려 했지요. 한데 그 노랑이가 빌려 주질 않지 뭡니까?"

"얼마나 필요한데요?"

"한 열 냥 정도 빌리려고 했지요."

이규의 말을 들은 송강은 품에서 열 냥을 꺼내 건네 주었다. 이규는 사양 한 번 하지 않고 돈을 받아 챙겼다. 그러고는 빚을 갚아야 할 곳이 있다면서 훌쩍 나가 버렸다.

그것을 본 대종은 혀를 차며 송강을 돌아보았다.

"돈을 안 주시는 게 좋았을 텐데요. 저놈은 지금 노름판으로 달려갔을 것입니다. 하여간 말썽만 부리는 놈이지요. 성질만 났다 하면 아무나 두들겨 패는 통에 다루기가 여간 힘든 게 아니랍니다."

"그래도 심지가 곧아 보이던데요."

"하기야 약한 자에게는 행패를 부리지 않습니다. 언제나 저보다 강해 뵈는 자에게만 시비를 걸지요."

한편 밖으로 나간 이규는 대종의 말처럼 역시 노름판으로 갔다.

'송강이라는 분이 마음이 넓기는 넓구나. 처음 본 사이에 이렇게 선뜻 돈을 주시다니. 어쨌거나 이 돈으로 한판 벌여서 돈이나 좀 따야겠다. 그러고 나면 송강 어른의 돈도 갚을 수 있겠지.'

이규는 그런 생각을 하고 있었다. 그러나 이규는 얼마 지나지 않아 가진 돈을 모두 털리고 말았다. 그러자 이규는 버럭 소리를 질렀다.

"야, 이놈들아! 이게 누구 돈인 줄 아느냐?"

"헛소리하고 있군. 노름판에서 누구 돈이건 그게 무슨 상관이란 말이냐?"

돈을 딴 사람이 빈정거렸다. 그러자 이규의 주먹이 그 사내에게로 날아갔다. 이규는 말리는 사람들까지도 모두 때려눕혔다.

사람들이 모두 쓰러지자, 이규는 방 안에 흩어진 돈을 챙겨 가지고 후닥닥 밖으로 뛰어나갔다. 그러고는 냅다 달리기 시작했다.

"이 강도 같은 놈아. 어디로 도망가느냐?"

이규가 한참 달리고 있는데, 누군가 그렇게 호통을 쳤다. 돌아보니 거기에는 대종과 송강이 서 있었다. 이규는 머쓱해져서 걸음을 멈추었다.

"미안합니다, 형님. 놈들이 째째하게 나오길래 손 좀 봐 주었지요."

이규는 부끄러운 듯 송강의 눈치를 살폈다. 그러자 송강이 부드러운 어조로 말했다.

"돈이 필요하면 나에게 말하시지요."

이규는 송강이 그렇게 나오자 더욱 몸둘 바를 몰랐다. 송강은 이규로부터 돈을 받아 노름꾼들에게 돌려 주었다. 그러고는 이규를 돌아보며 말했다.

"자, 이 형과 함께 술 한 잔 하고 싶소이다. 다 털어 버리고 술이나 마십시다."

그러자 대종이 웃으면서 말했다.

"근처에 비파정이라는 술집이 있는데, 거기 가서 한 잔 합시다. 비파정에서 바라보이는 심양강 경치가 아주 그만이지요."

세 사람은 비파정에서 흥겨운 술판을 벌였다. 이규는 송강이 호탕하면서도 부드러운 사내라는 것을 알고는 그를 점점 좋아하게 되었다.

세 사람은 생선탕을 주문하여 먹었다. 그런데 탕이 별로 맛이 없었다. 이규는 맛 따위는 상관하지 않고 마구 먹어 치웠지만, 송강은 입에 대지도 않았다.

"이놈들이 오래 된 생선을 쓴 모양입니다. 내가 직접 팔팔한 생선을 구해 오겠습니다."

이규는 그렇게 말하면서 훌쩍 일어나더니, 밖으로 나가 그리 멀지 않은 아래쪽 강가로 내려갔다.

이규는 어부들에게 다가가 물고기 몇 마리만 달라고 청했다.

"우린 배 임자가 아니오. 이따가 다시 와 보시오."

어부가 말하자 성질 급한 이규가 대뜸 큰소리를 질렀다.

"잔소리 말고 물고기 내놔!"

"이 사람이 어디서 행패야?"

"뭐가 어째?"

이규는 다짜고짜 어부를 두들겨 팼다. 그러자 어부들은 우르르 도망가 버렸다.

잠시 후 한 사내가 이규를 향해 뛰어왔다. 키가 크고 잘생긴 젊은이였다.

"네놈이 누군데, 내 물건을 함부로 만지느냐?"

이규는 사내의 말에 아무 대꾸도 없이 주먹을 휘둘렀다. 사내는 이규의 쇠망치 같은 주먹을 맞고 비틀거렸다. 사내는 뒤로 물러서더니 갑자기 배 위로 올라가 소리쳤다.

"이 무식한 놈아, 이리 와서 한번 붙어 보자."

"좋다, 거기서 기다려라."

이규는 단숨에 배 위로 뛰어올랐다. 그러자 사내는 재빨리 삿대를 저어 배를 강으로 몰았다. 그러고는 이규에게 달려들어 강에 빠뜨렸다.

두 사람은 물 속에서 주먹을 휘두르기 시작했다. 그러나 물 속에서는 이규도 사내를 당할 수 없었다.

그 때 대종이 강가로 가더니 사내를 불렀다.

"어이, 장 형. 그만 나오시오."

장 형이라 불린 사내는 이규를 끌고 뭍으로 올라왔다. 이규는 온몸이 물에 젖은 채 축 늘어졌다.

"이 사람은 누구입니까?"

송강이 대종에게 물었다.

"장순이라는 어부인데 물에서는 귀신이지요."

"장순이라면 장횡의 동생이 아니오?"

"맞습니다. 어떻게 제 형을 아십니까?"

장순이 송강을 돌아보며 물었다. 송강은 강주에 도착하기 전에 장횡을 만났던 일을 들려 주었다.

이렇게 해서 술자리는 네 사람으로 늘어났다. 이규와 장순도 화해를 했다.

송강, 양산박으로 가다

송강은 대종의 보살핌 속에서 편안히 잘 지냈다. 그러던 어느 날, 송강은 홀로 심양류라는 술집을 찾아갔다. 혼자 술을 마시고 있자니 고향 생각이 나서 기분이 울적해졌다.

'내 어쩌다 죄인이 돼 이렇게 불효를 하고 있단 말인가?'

송강은 강물을 내려다보며 탄식을 했다. 그리고는 마음을 달래려고 옆의 벽에다 시 한 수를 적었다.

어릴 때부터 학문을 좋아했고
커 가면서는 충명하다는 말을 들었으나
지금은 거친 숲 속의 호랑이처럼
발톱과 이빨을 감추고 있노라.
내 지금 강주 땅에 귀양 온 처지이나
때가 오면 원수를 갚으리니
그 때는 심양강이 피로 물들리라.

송강은 시 끝에다 '송강 쓰다.'라고 적어 놓았다. 송강은 한참이나 술을 마시고는 감옥으로 돌아갔다.

그런데 어느 날 무위군에 사는 황문병이라는 사람이 이 시를 보았다. 황문병은 속이 좁고 남에게 아첨하기를 좋아하는 자였다. 그는 수시로 강주의 군수인 채구를 찾아다니며 벼슬을 구걸하고 있었다.

황문병은 그 날도 채구를 찾아가 뇌물을 바쳤다. 그러고는 이런저런 이야기를 나누다가 불쑥 송강의 시에 대해 말했다.

"참으로 위험한 시가 아닙니까? 요즘 반역배들이 들끓고 있다는데, 이 시를 쓴 자도 그런 인물일 것입니다."

채구는 곧 송강을 잡아들였다.

송강은 위기를 벗어나 보고자 미친 사람 흉내를 냈다. 웃다가 울기도 하고, 갑자기 버럭 소리를 지르기도 했다. 처음엔 채구도 속는 듯했다.

그러나 채구는 곧 심한 고문을 하도록 지시했다. 송강은 고문을 견디다 못 해 결국 양산박 사람들의 이름을 대고 말았다.

"과연 도적과 내통하는 놈이 틀림없구나."

채구는 송강을 처형하라는 명을 내렸다. 감옥장이었던 대종도 송강과 함께 옥에 갇혔다.

마침내 송강을 처형하는 날이 되었다. 형장에는 죄인을 앉힐 멍석이 깔렸고, 거기에는 '참' 이라는 글자가 쓰인 종이가 놓여졌다. 목을 벤다는 뜻이었다.

처형 시간이 가까워 오자 구경꾼들이 구름처럼 몰려들었다. 송강과 대종은 머리를 뒤로 늘어뜨린 채 도끼를 휘두르는 망나니 앞에 꿇어 앉혀졌다.

그 때 한 무리의 광대들이 형장 가까이 다가왔다. 잠시 후에는 약장수 떼가 몰려 왔다.

형장을 지키는 관군들은 구경꾼들이 가까이 오지 못하도록 막아 섰다. 그러나 광대 무리와 약장수들은 자꾸만 안쪽으로 밀고 들어왔다. 조금 있으니 봇짐 장수들도 우르르 몰려왔다.

"시작하거라!"

채구의 명령이 떨어졌다. 망나니가 크고 날카로운 칼을 들고 두 죄인의 주변을 돌았다.

그 때 어디선가 징 소리가 들렸다. 광대 중의 한 사람이 작은 징을 울렸던 것이다. 징 소리가 들리자 이제까지 둘러서 있던 약장수, 봇짐 장수들이 한꺼번에 형장 안으로 밀려들어 왔다.

형장은 순식간에 아수라장이 되었다. 봇짐 장수의 짐에서 칼이 나오고, 약장수의 보따리에서 도끼가 나왔다.

그들은 우선 망나니의 목을 베어 넘어뜨렸다. 이어서 형장을 지키고 있던 관군들과 싸움이 벌어졌다. 그 사이에 몇 명은 송강과 대종을 구출하여 형장에서 멀리 벗어나고 있었다.

이들은 바로 양산박의 호걸들이었다. 조개 두령을 비롯하여 열 일곱 명의 양산박 두령들이 송강을 구하기 위해 내려왔던 것이다. 이들 외에도 송강을 구해 내려고 미친 듯이 도끼를 휘두르는 자가 있었다. 그는 바로 호랑이처럼 생긴 이규였다. 관군들은 이규의 도끼에 맞아 가을날의 낙엽처럼 쓰러져 갔다.

송강은 그들의 도움으로 무사히 몸을 피했다. 장횡 형제와 목홍 형제, 이준 등도 송강을 구하기 위해 배를 준비해 왔다. 그리하여 양산박의 두령들과 송강 일행은 양산박으로 향했다.

그런데 일행이 황문산을 지날 때였다. 갑자기 산 속에서 징 소리가 나더니, 한 떼의 군마가 앞을 가로막았다. 이규는 도끼를 들고 그들을 막아 섰다.

그들은 산적들인 것 같았다. 무리의 맨 앞에는 네 명의 건장한 두령들이 눈빛을 빛내면서 송강 일행을 쏘아보고 있었다.

잠시 후 대장인 듯한 자가 입을 열었다.

"네놈들이 강주를 시끄럽게 한 도적들인 줄 다 알고 있다. 어서 송강을 우리에게 내놓거라."

송강 일행이 모두 어이없어하고 있을 때 송강이 천천히 앞으로 나갔다.

"내가 송강이오. 모함에 걸렸다가 형제들의 도움으로 겨우 목숨을 구했소이다. 우리의 길을 막지 말아 주시기 바랍니다."

송강이 말을 끝내자 네 명의 장수가 동시에 무릎을 꿇었다.

"저희들은 오래 전부터 급시우 송강 어른을 만나 뵙고자 했습니다. 그런데 이번에 당주 사건을 전해 듣고는 틀림없이 이 곳을 지나가시리라 생각되어 여기서 지키고 있었습니다. 정말 송강 어른이 계신지 아닌지 알아보려고 꾀를 부렸습니다. 용서해 주십시오."

송강은 크게 기뻐하며 네 사람을 일으켜 주고는 서로 인사를 나누었다.

도적의 두령은 구붕이라는 사람으로 옛날에 경비 군졸로 있던 자였다. 그와 의형제를 맺고 있는 장경, 마린, 호한 등은 모두 무예가 뛰어난 사람들로서, 제각기 험한 과거를 갖고 도적이 된 자들이었다.

"여러분들도 우리와 함께 양산박으로 가시지요."

송강이 제의를 하자, 네 명의 호걸은 모두 기쁨을 감추지 못했다. 네 사람은 자신들이 이끌던 수백 명의 졸개들을 이끌고 송강 일행과 함께 양산박으로 향했다.

송강 일행은 며칠 후 무사히 양산박에 당도했다. 양산박에 남아 있던 두령들이 모두 나와 송강 일행을 맞았다.

이 날 밤 산채에서는 성대한 잔치가 벌어졌다.

"송강 형께서 이 곳의 두령을 맡아 주시오."

조개는 송강에게 두령 자리를 양보하려 했다. 그러나 송강은 극구 사양했다.

"저는 아직 부족합니다. 이 곳 산채의 터를 잡아 놓은 분이 조개 형님인데, 제가 어떻게 감히 그 자리에 오르겠습니까?"

송강은 자기보다 나이가 훨씬 많은 조개를 두고 두령이 될 마음은 없었다. 송강이 끝내 사양하자 조개는 더 이상 권하지 않았다.

호걸들의 효심

조개는 새로 온 호걸들을 위해 집을 짓도록 했다. 호걸들이 이끌고 온 가족들을 위해서도 좋은 집을 마련해 주었다. 양산박은 이제 산적들만의 소굴이 아닌 당당한 성이 되어 가고 있었다.

생활이 안정되어 가자 송강은 고향의 가족들이 더욱 걱정되었다.

"아무래도 집에 한번 다녀와야겠습니다. 강주 일 때문에 가족들이 고초를 당하지나 않을까 걱정됩니다. 이번에 가서 아예 부모 형제를 이리로 모시고 와야겠습니다."

송강은 사람들에게 자기 의견을 밝혔다. 모두 송강의 말에 고개를 끄덕였다.

"그렇다면 졸개들을 데리고 가십시오. 혼자서는 위험합니다."

다른 두령들이 그렇게 말했으나, 송강은 혼자 다녀오겠다고 우겼다.

송강은 칼 한 자루만 품고 산을 내려갔다. 마음이 급한 송강은 먹고 자는 시간 외에는 잠시도 쉬지 않고 걸었다. 그리하여 며칠 만에 고향 마을에 들어설 수 있었다.

송강은 마을 근처의 숲에서 밤이 되기를 기다렸다. 이윽고 밤이 되자, 송강은 인적이 뜸한 길을 골라 집으로 갔다. 송강을 맞은 사람은 동생인 송청이었다. 송청은 미처 반가운 인사를 나눌 새도 없이 주변을 살펴보았다.

"겁도 없으시군요. 지금 이 곳에는 수백 명의 군사들이 깔려 있습니다. 어서 돌아가십시오."

송강은 별수 없이 대문 앞에서 돌아서고 말았다. 그런데 집에서 얼마 벗어나지 못했을 때였다.

"송강은 게 섰거라!"

뒤에서 벽력 같은 외침이 들려 왔다. 송강이 돌아보니 수많은 횃불들이 자신을 향해 다가오고 있었다. 송강은 부리나케 숲 속으로 달려갔다.

횃불은 계속해서 송강을 쫓아왔다. 송강은 온 힘을 다해 칠흑 같은 어둠 속을 달려갔다. 다른 두령들의 말을 듣지 않고 혼자서 온 것이 후회되었다.

날이 밝아 올 무렵, 송강은 어느 사당 앞에 다다랐다. 더 이상 도망갈 힘도 없는 송강은 생각할 겨를도 없이 그 사당으로 뛰어들었다. 그리고 마루 널빤지 한 장을 뜯어 내고 그 아래에 몸을 숨겼다.

잠시 후 사당 밖에 사람들이 몰려왔다.

"샅샅이 뒤져라. 분명히 저 사당 안에 있을 것이다!"

군사들을 이끄는 대장인 듯한 자의 목소리가 들렸다. 송강은 가슴을 조이며 밖의 움직임에 귀를 기울였다.

갑자기 밖에서 창과 칼이 부딪치는 소리가 들리기 시작했다. 사람들의 비명 소리도 들렸다. 그렇게 얼마의 시간이 지나자 이윽고 사방이 조용해졌다.

그리고 누군가의 목소리가 들렸다.

"그런데 송강 형님은 대체 어디에 계신 거지?"

그것은 바로 이규의 목소리였다. 송강은 후닥닥 마루 밑에서 올라왔다. 긴장되었던 마음이 눈 녹듯 풀어지고 있었다.

"나, 여기 있네."

송강이 사당에서 나오자 여러 명의 두령들이 우르르 달려왔다. 이규,

유당, 석용 등이 졸개들을 이끌고 있었다.

"무사하셨군요."

"그래, 그런데 어떻게 여기까지 왔는가?"

"형님이 내려가신 후 조개 두령이 우리를 보냈습니다. 혼자 내려가신 형님이 계속 마음에 걸렸던 것이지요. 형님 집으로 갔다가 관군들에게 쫓기고 있다는 얘기를 들었습니다. 그리고 즉시 이 곳으로 달려왔지요."

"정말 고맙네. 그나저나 남은 가족들이 걱정이로군."

송강의 얼굴빛이 흐려졌다. 그러자 뒤에 서 있던 유당이 말했다.

"걱정 마십시오. 가족들은 이미 산채로 모셨습니다."

그 말을 들은 송강은 비로소 굳은 표정이 풀어졌다. 송강은 동료들과 함께 양산박으로 돌아왔다. 산채에서는 과연 아버지와 동생이 기다리고 있었다.

"아버님, 불효 자식을 용서하십시오. 저 때문에 너무 많은 고생을 하시는군요."

"나는 괜찮다. 네가 무사하니 그것으로 됐다."

아버지는 진심으로 기뻐하며 밝게 웃었다.

조개 두령은 송강 가족의 거처를 마련해 주고 잔치도 벌였다. 송강은 비로소 아무 걱정 없이 산채 생활을 할 수 있었다.

송강이 가족들과 만나는 것을 본 공손승은 고향의 어머니가 생각났다. 공손승은 어머니를 뵈러 가겠다면서 산채를 내려갔다.

그러자 이규도 고향에 다녀오겠다고 했다. 조개 두령은 쾌히 허락을 했지만 송강이 나서서 막았다.

"이규는 성격이 너무 거칠어서 조용히 다녀올 것 같지가 않습니다. 누구를 딸려 보낸다 해도 역시 이규를 막을 수는 없을 겁니다. 그러니 괜히 내려가서 사고를 내지 않도록 당분간은 이 곳에 머무르게 합시다."

그러자 이규가 씩씩거리며 송강에게 말했다.

"형님은 형님 욕심만 채우는군요. 형님은 부모님을 모셔 와 놓고, 저는 왜 안 된다는 겁니까?"

이규가 그렇게까지 나오자 송강도 할 수 없이 허락해 주었다. 그 대신 송강은 이규에게 몇 가지 다짐을 받아 냈다.

그 다짐이란 동행 없이 혼자서만 조용히 다녀올 것과, 고향까지 가는 동안 절대 술을 마시지 말 것과, 도끼 두 자루를 꼭 챙겨 가지고 가야 한다는 것이었다.

송강은 성미 급한 이규가 술을 마시고 일을 그르칠까 봐 걱정되었던 것이다. 그리고 만약의 경우에 대비해서 이규의 무기인 도끼를 지니게 했다.

이규는 송강에게 약속한 대로 술을 입에 대지 않았다. 그래서 며칠 만에 무사히 고향인 기수현에 당도할 수 있었다.

이규는 성문 앞에 사람들이 많이 모여 있는 것을 보고는 그쪽으로 가 보았다.

사람들은 성문에 걸린 방문(榜文)을 쳐다보고 있었다. 글을 모르는 이규는 멀뚱히 사람들의 얼굴만 바라보았다. 그 때 누군가 이규의 허리를 잡았다. 돌아보니 양산박의 연락꾼인 주귀였다.

주귀는 이규를 데리고 어느 술집으로 갔다. 그 곳의 주인은 주귀의 동생 주부였다.

"그게 무슨 방문이었는지 아십니까? 바로 형님을 잡으라는 글입니다."

이규는 그제야 자기 실수를 깨달았다.

"그렇다면 큰 길로 갈 수는 없겠구나. 숲 속의 샛길로 돌아서 가야겠다."

"그쪽은 더 위험합니다. 숲 속에는 도적들이 들끓고 있고, 또 호랑이도 나온답니다."

주부가 말렸지만, 이규는 끝내 숲길을 이용하기로 했다.

이규가 숲길의 중간쯤을 지나가고 있을 때 웬 사내 하나가 길을 막아

섰다. 사내는 얼굴에 시커먼 먹을 칠하고 있었으며 손에는 두 자루의 도끼를 들고 있었다.

사내가 커랑커랑한 목소리로 냅다 호통을 쳤다.

"네 이놈, 이 길을 지나가려면 통행세를 내고 가거라."

"웬놈인데, 함부로 강도짓을 하려고 드느냐? 내 옷을 벗겨 갈 작정이라면 포기하는 게 좋을 것이다."

이규도 사내의 말을 맞받아 큰소리를 쳤다. 그러자 사내는 가소롭다는 듯이 껄껄 웃었다.

"네놈이 세상 물정을 모르는구나. 내가 바로 저 유명한 흑선풍 이규라는 분이시다. 네놈도 귀가 있다면 그 무서운 이름을 들었으렸다. 살고 싶거든 어서 통행세를 내라."

사내의 말을 들은 이규는 기가 막혔다.

"제법 사람을 웃길 줄 아는구나. 내 이름도 좀 들어 보겠느냐? 내가 바로 진짜 이규님이시다."

이규는 도끼를 휘두르며 사내에게 덤볐다. 가짜 이규는 금세 이규의 발 아래에 깔리고 말았다.

"아이고, 제발 살려 주십시오."

"이놈, 내 이름에 먹칠을 해 놓고도 살기를 바라느냐?"

"제발 살려 주십시오. 저는 이귀라고 하는데, 늙으신 어머님을 모시느라 할 수 없이 어르신의 이름을 빌렸습니다. 사람들이 어르신의 이름만 대면 돈을 내놓곤 하기 때문에……"

이규는 늙으신 어머니가 있다는 말에 도끼를 쳐들었던 손을 슬그머니 내렸다.

원래 인정 사정이 없는 이규였으나, 지금은 사정이 달랐다. 자기도 지금 어머니를 만나러 가는 처지이다보니 사내의 말에 동정심이 생겼던 것이다.

"다시는 내 이름을 팔지 말거라."

이규는 사내를 놓아 주며 말했다. 이규는 사내에게 열 냥의 돈을 쥐어 주기까지 했다.

사내는 연신 허리를 굽혀 인사를 하고는 숲 속으로 사라졌다. 이규는 사내의 뒷모습을 오랫동안 바라보다가 길을 떠났다.

이규는 한참 후에 어느 외딴집을 지나가게 되었다. 몹시 배가 고팠던 이규는 그 집의 문을 두드렸다. 그러자 젊은 여자가 나왔다.

"지나가는 길손인데 잠시만 쉬어 갑시다."

여자는 이규를 방으로 안내했다. 잠시 후 이규는 소변을 보려고 밖으로 나갔다. 그런데 아까 보았던 가짜 이규가 오고 있는 것이 보였다.

이규는 이상한 예감이 들어 몸을 숨기고 이귀와 여자가 하는 대화를 엿들었다.

"오늘 진짜 이규한테 걸려서 죽을 뻔했어. 다행히 어머니가 있다는 핑계를 대고 간신히 살아날 수 있었지."

"그래요? 조금 전에 어떤 시커먼 놈이 들어왔는데, 그놈이 틀림없이 당신이 말하는 이규라는 놈 같아요. 내가 밥에다 마취약을 타서 먹이도록 할게요. 놈이 정신을 잃으면 돈을 뺏고 죽입시다."

이규는 슬그머니 뒷마당으로 들어갔다. 그리고 그쪽으로 걸어오는 이귀를 잡아 단칼에 베어 버렸다.

그 사이에 여자는 어디론가 도망가 버리고 말았다. 이규는 그 집을 나와 고향 집으로 향했다.

"어머니, 제가 돌아왔습니다."

"오오, 네가 정말 내 아들이냐? 네가 살아 있었구나."

어머니는 눈물을 글썽이며 아들을 끌어안았다.

"이번에 어머니를 좋은 곳으로 모셔 가려고 왔습니다."

"좋은 곳이라니, 어디로 간단 말이냐? 대체 그 동안 어디서 뭘 하며 살았느냐?"

이규는 어머니에게 거짓말을 했다.

"작은 벼슬을 하나 하고 있는데, 이번에 멀리 떠나게 되었습니다. 그래서 어머니를 모시고 가려고 이렇게 온 것입니다."

어머니는 기뻐하면서 아들을 따라 나섰다. 얼마 후, 이규는 어머니를 등에 업고 다시 숲길로 들어섰다. 오솔길을 지나 깊은 산길로 접어들었을 때 어머니가 목이 마르다고 했다. 이규는 어머니를 길에 내려놓았다.

"잠깐만 기다리세요. 제가 금방 물을 구해 올게요."

이규는 근처를 샅샅이 뒤진 끝에 작은 암자를 발견했다. 거기서 향로 하나를 훔쳐 물을 담아 가지고 급히 돌아왔다.

그런데 어머니가 보이질 않았다. 향로를 내려놓고 어머니를 찾아 이리저리 뛰어다니던 이규는 어느 나무 아래에서 핏자국을 발견했다. 이규는 등골이 오싹해지는 기분이었다. 헐레벌떡 그 핏자국을 따라 뛰어간 이규는 핏자국이 끝나는 곳에서 새끼 호랑이 두 마리를 발견했다.

새끼 호랑이들은 사람의 다리를 물어뜯고 있었다.

'아아, 저건 어머니가 틀림없다!'

이규는 우레와 같은 소리를 지르며 새끼 호랑이에게 달려들었다. 새끼 호랑이 두 마리는 순식간에 이규의 도끼에 맞아 죽고 말았다.

이규가 어머니의 시신을 찾고 있을 때 다시 호랑이 두 마리가 나타났다. 새끼들의 어미임이 분명했다. 이규는 살기 등등하게 도끼를 휘두르며 호랑이에게 다가갔다. 호랑이는 바람처럼 빠르게 덮쳐 왔다. 하지만 이규의 도끼가 먼저 호랑이의 가슴팍에 꽂혔다. 두 마리의 호랑이가 차례차례 이규의 도끼를 맞고 쓰러졌다.

이규는 눈물을 뚝뚝 흘리며 어머니의 시신을 찾아 작은 무덤을 만들어 주었다.

이규가 산등성이를 넘어가고 있을 때 사냥꾼 두 사람이 나타났다. 그들은 피로 흥건히 젖은 이규의 옷자락을 보고는 깜짝 놀랐다.

"저 뒤에 호랑이 네 마리가 있소. 내가 다 죽이고 오는 길이오."

사냥꾼들은 이규의 말을 듣고 그쪽으로 달려갔다. 그리고 그것이 사실임을 알고는 크게 놀랐다.

이 소문은 곧 산 아래 마을로 퍼졌다. 아랫마을의 이장은 호랑이를 잡은 이규를 초청하여 정성껏 술을 대접했다. 그 자리에는 온 마을 사람들이 다 모였다.

그들 속에는 이귀의 아내도 있었다. 이귀의 아내는 남편의 복수를 하기 위해 이장에게 가 이규가 현상 수배된 죄인이라는 걸 알려 주었다.

이장은 이규의 목에 3천 냥이 걸려 있다는 얘기를 듣고는 뛸 듯이 기뻐했다.

이장은 술에 마취약을 타서 이규에게 주었다. 이규는 아무것도 모른 채 넙죽넙죽 술을 받아 마셨다. 그러고는 어느 순간 픽 쓰러져 버렸다.

이장은 즉시 마을 장교인 이운에게 연락을 했다. 이운은 군사를 데리고 와 이규를 잡아갔다.

이규가 잡혔다는 소식을 들은 주귀는 당황했다. 그는 양산박 두령들로부터 이규를 보호하라는 명을 받았던 것이다. 주귀는 동생 주부에게 이 일을 의논했다.

"좋은 생각이 있습니다. 이운 장교는 제 무술 스승이었습니다. 제가 이운에게 접근하여 술과 고기를 대접할 테니, 음식에 미리 마취약을 넣어 둡시다."

며칠 후 이운은 이규를 상급 관청으로 호송하게 되었다. 주부는 호송 행렬에 접근하여 이운에게 인사를 올렸다.

"큰 공을 세우신 것을 축하드립니다. 제가 작은 성의로 약간의 음식을 준비했습니다."

이운은 주부의 성의에 감동하여 음식을 먹었다. 군사들도 술과 고기를 맘껏 먹었다. 얼마 후, 이운과 군사들은 하나 둘씩 쓰러지기 시작했다.

주귀 형제는 재빨리 이규를 풀어 주었다. 예상 외로 간단하게 끝난 구출 작전이었다.

주귀는 동생인 주부에게 말했다.

"너도 이제는 나와 함께 양산박으로 가자. 어차피 여기서 술장사를 하기는 틀린 것이 아니냐?"

주부는 형의 말을 따르기로 했다. 주부는 떠나기 전에 형에게 말했다.

"형님, 이운 장교는 저 때문에 자기 임무를 다하지 못했습니다. 그도 어차피 벌을 받을 형편이니 같이 양산박으로 데리고 가지요"

주귀는 그 말을 듣고 이운이 깨어나기를 기다렸다. 마취에서 깨어난 이운은 주부를 향해 불같이 화를 냈다. 그러나 이미 엎질러진 물이었다.

이운은 결국 주귀 형제를 따라 양산박으로 향했다. 네 사람은 여러 날 후 무사히 양산박에 당도하여 여러 두령들로부터 열렬한 환영을 받았다.

축가장에서의 싸움

양산박에서 그리 멀지 않은 독룡산 앞마을에 큰 세력을 가진 세 가문이 있었다. 마을 중앙에 위치한 축가장, 서쪽의 호가장, 동쪽의 이가장이었다.

그 세 가문 중 가장 세력이 큰 가문은 축가장이었다. 그 집안의 어른은 축조봉으로 그 밑에 아들 셋이 있는데 한결같이 무예가 뛰어났다. 이집에는 거느리는 졸개들만도 1천여 명이나 되었다.

어느 날 양산박을 찾아가던 양웅, 석수, 시천이라는 세 사람이 축가장을 지나게 되었다.

그들은 닭 한 마리를 훔쳐 먹은 일로 해서 축가장 사람들과 싸움을 벌였다. 시천은 축가장 사람들에게 사로잡히고, 양웅과 석수만 양산박으로 올라가게 되었다.

양산박의 두령들은 이들을 반갑게 맞아들였다. 석수가 양산박 두령 중 한 사람인 대종의 소개장을 가지고 있었기 때문이다. 양웅과 석수는 자기들이 축가장에서 겪은 일을 말해 주었다.

그런데 뜻밖에도 이들의 이야기를 들은 조개가 버럭 화를 냈다.

"당장 이놈들의 목을 베거라. 함부로 양산박의 이름을 팔아 도적질을 했으니 그 벌을 받아야 하리라."

그러자 옆에 있던 두령들이 급히 말렸다.

"형님, 그렇다고 일부러 찾아온 사람들을 죽일 수 있겠습니까? 사실 축가장 놈들은 전부터 우리에게 대항할 준비를 하고 있다고 합니다. 이번에 아예 그놈들을 없애 버립시다."

"그게 좋겠다. 마침 산채에는 양식도 떨어져 가고 있는데, 축가장을 공격하여 양식을 얻도록 합시다."

다른 두령들이 그렇게 나오자 조개도 마음을 바꾸었다. 두령들은 곧 축가장을 공격할 계획을 세웠다.

송강과 임충이 각기 3천 명의 졸개들을 이끌고 축가장으로 출동하게 되었다. 그런데 독룡산 주변은 어찌나 길이 복잡한지 군사의 이동이 쉽지 않았다.

"자네가 이 곳을 지나 온 적이 있으니 내려가서 정탐을 하고 오게나."

송강은 석수를 미리 내려 보냈다. 석수는 장사꾼으로 변장하여 마을의 한 집으로 들어갔다. 그 집에는 노인이 한 사람 있었다.

"지나가는 장사꾼인데 그만 길을 잃고 말았습니다. 길을 좀 가르쳐 주십시오."

"지금 이 곳에서는 큰 싸움이 벌어지려는 참이오. 길을 잘못 들었다간 죽고 말 것이오."

"그럼 대체 어떻게 해야 합니까? 길이 워낙 복잡해서 마을을 빠져 나갈 수가 없으니 말입니다."

석수는 짐짓 걱정이 된다는 표정으로 물었다.

"이 마을을 빠져 나가려면 백양나무를 잘 살펴야만 하오. 백양나무가 보이면 무조건 길을 꺾어야 합니다. 그러지 않으면 땅 밑에 설치된 쇠꼬챙이 때문에 발을 다치게 될 거요."

석수는 노인에게 감사의 인사를 한 뒤, 그 집에서 나와 계속 마을의 분위기를 정탐했다.

한편, 송강은 석수가 빨리 돌아오지 않자 군사들을 출동시켰다. 송강의 군사들은 어두워질 무렵 축가장 앞에 당도했다.

"자, 앞으로 진격!"

송강의 명령에 따라 이규가 제일 먼저 달려나갔다. 그러나 축가장에서는 아무런 반응이 없었다.

양산박의 군사들이 축조봉의 집 앞에 거의 이르렀을 때였다. 갑자기 축가장 안에서 화살이 비 오듯 쏟아졌다. 군사들은 황급히 몸을 돌려 후퇴했다. 그러나 마을 여기저기에 축가장 군사들이 숨어 있다가 공격을 해 왔다.

송강은 다급히 군사들을 이끌고 물러났다. 군사들은 여기저기에 설치된 땅 밑의 쇠꼬챙이에 발을 찔려 심한 부상을 입었다. 그리하여 첫번째 공격은 큰 실패로 끝나고 말았다.

송강은 임충이 이끄는 군사와 합세하여 두 번째 공격을 감행했다. 축가장에도 동맹을 맺고 있던 호가장의 군사들이 도우러 왔다. 호가장 군사를 이끄는 사람은 일장청이라는 여장부였다.

싸움은 팽팽하게 전개되었다. 축가장의 큰아들 축룡은 날렵한 솜씨로 양산박 군사들을 제압하고 있었다. 진명이 나아가 그 축룡과 맞붙었다.

진명이 축룡을 누르는 듯하자, 축가장의 무술 사범인 난정옥이 달려 나왔다. 난정옥은 진명과 몇 번 부딪치다가 허둥지둥 말을 돌려 달아났다. 진명은 빠르게 그 뒤를 쫓았다.

그런데 그것은 난정옥의 계략이었다. 진명은 난정옥을 쫓다가 숨어 있던 군사들에게 잡히고 말았다. 진명을 구하려던 등비도 포로가 되었다.

임충은 구붕이 일장청에게 밀리는 것을 보고는 그쪽으로 말을 몰았다. 일장청의 무예가 뛰어나긴 했지만, 임충에게 당할 수는 없었다. 임충은 일장청을 포로로 잡아 왔다.

양산박과 축가장의 싸움은 이렇듯 우열을 가릴 수 없이 계속되었다. 송강은 차츰 조바심이 나기 시작했다. 그 때 산채에서 오용이 상황을 알아보고자 내려왔다.

"쉽지가 않습니다. 진명과 등비가 놈들에게 잡혔고, 부상당한 군사들도 많습니다."

송강은 근심스런 얼굴로 상황을 설명했다.

"너무 걱정하지 마십시오. 내가 좋은 계략을 가지고 왔습니다."

오용은 빙그레 웃으며 송강을 위로했다. 오용은 산채에 새로 들어온 사람들에 대해 얘기해 주었다.

"손립이라는 사람이 형제와 조카들을 데리고 산채로 들어왔습니다. 그들은 동주성 사람들인데, 이장인 모태공의 모함으로 죽을 뻔했었답니다. 가까스로 모 태공을 죽이고 우리 산채로 도망 왔다고 합니다. 그런데 그 손립이라는 사람이 축가장의 난정옥과 아는 사이랍니다. 예전에 함께 무술을 배웠다고 합니다. 그러니 손립을 축가장으로 들여보내 일을 꾸미면 될 것입니다."

다음날 산채에서 내려온 손립 형제는 오용의 계략을 듣고는 축가장을 찾아갔다. 난정옥은 아무 의심 없이 손립을 반갑게 맞아들였다.

얼마 후 양산박 군사들이 일제히 축가장을 공격했다. 양쪽은 여전히 밀고 밀리는 싸움을 거듭했다. 송강과 임충이 사력을 다해 밀고 들어오자, 축가장 사람들도 온 힘을 다해 버텼다.

그 때 축가장 안에서는 손립이 포로로 잡힌 양산박 사람들을 풀어 주었다.

"나는 양산박에서 내려온 손립이라는 사람입니다. 어서 무기를 갖고 싸울 준비를 하십시오."

진명은 풀려나자마자 축가장의 주인인 축조봉을 죽였다. 그리고는 집 안에 남아 있던 졸개들도 은밀하게 처치해 버렸다.

손립 형제는 축가장에 불을 질렀다. 불은 삽시간에 축가장 전체로 번졌다. 밖에서 이 광경을 본 축가장 형제들은 크게 놀랐다.

"아니, 저게 웬 불이냐? 어서 군사를 돌려라."

그들이 허겁지겁 군사를 돌리자, 송강과 임충이 거세게 따라붙었다. 동시에 축가장에서 나온 손립과 진명이 이들을 맞았다.

양쪽에서 적을 맞이한 축가장 사람들은 정신을 차릴 수가 없었다. 임충의 칼과 이규의 도끼가 사방에서 번쩍거렸다. 진명, 화영, 왕영 등도 수없이 많은 사람을 쓰러뜨렸다.

날이 저물어 갈 무렵이 되어서야 싸움이 끝났다. 포로로 잡은 축가장 사람들만도 수백 명이었다.

송강은 축가장 창고에 있던 양식들을 수레에 싣도록 했다. 그것은 양산박 사람들이 몇 달은 너끈히 먹을 수 있을 만큼 많았다. 축가장의 가축들도 모두 끌고 가도록 했다.

양산박에 남아 있던 두령들은 멀리까지 나와 이들의 승리를 축하해 주었다. 양산박에서는 며칠간이나 잔치가 계속되었다. 더욱 기쁜 일은 호가장의 일장청이 왕영과 혼인하게 된 일이었다.

뇌횡과 주동

어느 날 송강이 술을 마시고 있는데, 졸개 하나가 급히 달려왔다.

"지금 산 아래에 두령을 안다고 하는 사람이 와 있습니다. 길목에서 통행세를 받으려다 시비가 붙었는데 보통 놈이 아닙니다. 한번 내려가 보시지요."

송강은 즉시 산을 내려갔다. 뜻밖에도 거기엔 옛날에 자기를 도망시켰던 뇌횡이 있었다.

"뇌횡 형이 아니오? 참으로 반갑습니다. 그러지 않아도 늘 소식이 궁금했었습니다."

"반갑습니다, 형님. 이 곳에 계신다는 소식은 듣고 있었습니다."

두 사람은 얼싸안으며 기뻐했다. 뇌횡은 주동이 감옥장으로 있다는 소식도 알려 주었다. 주동에게도 은혜를 입은 적이 있는 송강은 소식을 듣는 것만으로도 무척 반가웠다.

"그래, 지금은 어디 가는 길이오?"

"군수의 명령으로 다른 고장에 다녀오는 길입니다."

"뇌횡 형, 이 곳에서 푹 쉬다 가도록 하오. 내 정성껏 대접하리다."

송강은 뇌횡을 산채로 데리고 가 여러 날 잔치를 베풀어 주었다. 뇌횡이 돌아가는 날 송강은 은근한 표정으로 말했다.

"뇌횡 형께서도 여기로 들어오지 않겠소?"

"저도 생각은 있습니다만 아직은 그럴 처지가 아닙니다. 집에 늙으신 어머니가 계십니다. 나중에 어머니가 돌아가시면 그 땐 제가 먼저 찾아 오겠습니다."

뇌횡은 양산박 두령들로부터 금과 비단을 선물로 받고 고향으로 떠났다. 운성현으로 돌아온 뇌횡은 군수에게 출장 보고를 하고는 자기 일로 돌아갔다.

며칠이 지난 어느 날 뇌횡이 한가한 걸음걸이로 동네를 걸어가고 있는데, 이소라는 자가 다가오더니 동네에 예쁜 떠돌이 소리꾼이 왔다고 일러 주었다.

"이름은 백수영이라고 하는데, 보통 잘 노는 게 아닙니다. 틀림없이 흥이 날 테니 언제 한번 구경 가시지요."

뇌횡은 마침 한가하던 참이라, 그 길로 떠돌이 소리꾼이 공연한다는 곳으로 가 보았다.

촌극 한 마당이 끝나자 백수영이 무대에 나타났다. 과연 예쁜 얼굴이었다. 백수영이 노래 한 곡을 부르자 여기저기서 박수가 터져 나왔다.

그 때 백수영의 아버지가 나와 손님들에게 말했다.

"본격적으로 노래에 들어가기 전에 우선 여러분의 성의를 구하고자 합니다. 딸이 쟁반을 들고 여러분 앞을 돌 것이니 아낌없는 은혜를 바랍니다."

노인이 말을 끝내자 백수영이 무대에서 내려와 손님들 앞을 돌기 시작했다. 마침 뇌횡은 제일 앞자리에 앉아 있었기 때문에, 백수영이 뇌횡에게로 가장 먼저 다가왔다.

뇌횡은 돈을 꺼내려고 주머니를 뒤졌으나 아무것도 나오지 않았다. 그 날따라 주머니가 비어 있었다. 뇌횡은 조금 멋쩍은 표정이 되어 말했다.

"오늘은 마침 주머니가 비었구나. 내일 와서 오늘 몫까지 주마."

그러나 백수영은 그냥 지나가지 않고 뇌횡을 향해 말했다.

"처음에 친 식초가 시지 않으면 그 음식이 맛있을 리가 없습니다. 어찌 상석에 앉으신 분이 그냥 지나가라 하십니까?"

백수영의 말에 뇌횡은 얼굴이 벌개졌다.

"미안하구나. 하지만 오늘은 정말 돈이 없다. 내가 내일은 꼭 주마."

뇌횡이 미안한 표정을 지으며 이렇게 말했으나 이번에도 백수영은 야무지게 대꾸했다.

"내일은 내일이고 어서 품안에 있는 돈을 내놓으시지요. 오늘 한 푼도 없다면 어찌 내일은 돈이 있겠소?"

뇌횡이 쩔쩔매고 있으려니 백수영의 아버지 백옥교가 한 마디 더 거들었다.

"노래를 알 만한 사람에게 돈을 청해야지, 저런 촌사람이 무슨 노래를 알겠느냐? 다른 분에게나 청하거라."

그건 뇌횡을 모욕하는 말이었다.

"뭐라고? 지금 나더러 촌놈이라 했소?"

"이놈이 나를 놀리는구나!"

"놀리긴 누가 놀린단 말이오? 촌사람을 보고 촌사람이라 하는데."

뇌횡은 분을 참지 못하고 벌떡 일어났다. 그러고는 주먹으로 백옥교의 얼굴을 세게 쳤다. 백옥교는 입술이 터지고 이가 부러졌다.

백수영은 당장 관가에 뇌횡을 고발했다. 군수는 즉시 뇌횡을 잡아들이라는 명을 내렸다.

뇌횡의 어머니는 군수의 처사가 너무 심하다고 생각되었다. 그래서 이웃 사람들에게 하소연을 했더니, 한 사람이 딱하다는 듯 말했다.

"군수와 백수영은 보통 사이가 아니래요. 아드님이 그걸 모르고 일을 저질렀군요."

뇌횡의 어머니는 비로소 군수와 백수영의 관계를 알았다. 그러자 더욱 억울한 생각이 들었다.

뇌횡의 어머니는 바로 백수영을 찾아가 따졌다.

"네 이년! 네가 군수를 믿고 그렇게 함부로 굴었구나. 이 여우 같은 년아!"

백수영은 화가 머리끝까지 치밀었다. 백수영은 앙칼지게 소리를 지르며 뇌횡 어머니의 뺨을 때렸다.

어머니가 백수영에게 맞았다는 이야기를 들은 뇌횡은 분노했다. 뇌횡은 즉시 백수영을 찾아갔다. 백수영은 뇌횡을 보고 차갑게 비웃을 뿐이었다.

"네 이년!"

뇌횡은 고함을 지르며 백수영을 몽둥이로 두들겼다. 백수영은 그 자리에서 죽고 말았다. 뇌횡은 곧 관가로 가 사실을 알리고 자수했다.

크게 노한 군수는 뇌횡을 제주로 귀양 가도록 조치하고, 그것으로도 모자라 뇌횡이 제주에 도착하는 대로 처형하라는 공문을 만들었다.

이를 안 주동은 직접 뇌횡을 호송하겠다고 나섰다. 주동은 부하 여러 명과 함께 뇌횡을 호송하여 운성현을 떠났다.

운성현에서 멀리 벗어난 어느 마을에 이르렀을 때였다. 주동은 주막에 들러 술과 고기를 시킨 다음, 부하들에게 말했다.

"자, 여기서 좀 쉬었다 가도록 하자. 돈은 내가 낼 테니 마음껏 마시도록 해라."

주동은 이어서 뇌횡을 이끌고 한적한 곳으로 갔다. 주동은 뇌횡의 목에 채운 칼을 풀어 주며 말했다.

"어서 도망가시오. 어머니를 모시고 되도록이면 멀리 달아나는 게 좋을 것이오."

뇌횡은 고마워서 어쩔 줄 몰라 하면서도 주동이 걱정되어 머뭇거렸다.

"그럼 주동 형은 어찌하겠소?"

"내 일은 내가 알아서 하겠소. 당신은 제주로 가면 사형당합니다. 하지만 설마 나야 죽이기야 하겠소?"

뇌횡은 거듭 고맙다는 말을 하고는 급히 운성현으로 돌아갔다. 뇌횡은 은밀하게 집으로 가서 어머니를 모시고 집을 빠져 나왔다.

이제 뇌횡이 갈 곳은 한 곳밖에 없었다. 뇌횡은 어머니와 함께 송강이 있는 양산박으로 향했다.

송강은 반갑게 뇌횡을 맞아 주었다. 다른 두령들도 모두 뇌횡을 환영했다.

뇌횡이 양산박에서 새 삶을 시작하고 있을 때 주동은 창주 감옥에 가 있었다. 뇌횡을 놓쳤다는 죄로 군수가 귀양을 보낸 것이다.

창주 감옥의 옥장은 주동을 좋게 보았다. 그래서 감옥에서 빼내 가까이 두고 자기 일을 거들게 했다. 주동은 옥장의 배려로 힘들지 않게 귀양 생활을 할 수 있었다.

주동은 어느 날, 옥장의 어린 아들을 데리고 지장사로 등불놀이 구경을 갔다. 거기서 한창 아이와 놀아 주고 있는데, 누군가 뒤에서 주동을 불렀다.

"드디어 여기서 만나는군요."

그는 바로 주동이 풀어 주었던 뇌횡이었다. 두 사람은 자리를 옮겨 그간의 이야기를 나누었다.

"주동 형도 양산박으로 갑시다. 여기서 기껏 아이나 돌보고 있다니, 사내 대장부로서 할 일이 아닙니다."

뇌횡은 자기 이야기를 끝내고 그렇게 권했다.

"나는 잘 지내고 있습니다. 다음에 기회가 있겠지요."

주동은 사양하고 뇌횡과 헤어졌다. 그런데 아까의 자리로 와 보니 아이가 보이지 않았다. 주동이 허겁지겁 아이를 찾고 있는데, 뇌횡이 다시 나타났다.

"형께서 양산박으로 가지 않겠다고 하여 졸개들이 아이를 데려갔다고 합니다."

주동은 아이를 찾기 위해 뇌횡을 따라 나섰다. 두 사람이 어느 숲에 이르렀을 때 이규가 나타났다. 뇌횡은 이규를 주동에게 소개하고, 아이가 어디에 있는지를 물었다.

"저쪽에 누워 있습니다."

이규는 손으로 숲 속을 가리켰다. 주동은 얼른 이규가 가리킨 쪽으로 달려갔다. 그런데 아이는 누운 채 꼼짝도 하지 않았다. 자세히 살펴보니 이미 숨이 끊어져 있었다.

주동은 눈물을 흘리며 일어났다. 이규가 죽인 게 틀림없다고 생각한 주동은 칼을 뽑아 들고 이규를 향해 달려갔다. 이규는 그런 주동을 보자 마구 달아나기 시작했다.

이규는 한참을 도망치다가 어느 큰 집으로 들어갔다. 주동도 그 집으로 뛰어들었다.

주동이 집 안으로 들어가 이규를 찾고 있는데, 한 사내가 주동에게 다가왔다. 사내는 당당한 풍채에 좋은 옷을 입고 있었다.

"누구를 찾으십니까? 저는 이 집 주인으로 시진이라 합니다."

시진의 이름을 들은 주동은 허리를 굽혀 깍듯이 예를 차렸다.

"시진 어른의 높은 이름은 듣고 있었습니다. 저는 운성현의 감옥장으로 있던 주동이라 하는데, 지금 이규라는 자를 쫓고 있습니다. 이규를 아시는지요?"

"물론 알고 있지요. 송강 두령께서 뇌횡과 이규를 보내 주동 형을 모셔 오도록 일을 만들었다고 합니다."

시진이 거기까지 말했을 때 담 뒤에서 오용과 뇌횡이 나타났다. 두 사람은 주동 앞에 무릎을 꿇고 말했다.

"주동 형께서는 부디 용서하십시오. 형을 꼭 양산박으로 모셔 가고자 그런 일을 저지르고 말았습니다."

주동은 어처구니없는 표정으로 두 사람을 내려다보았다. 참으로 기가 막힌 일이었지만, 이미 엎질러진 물이었다.

주동이 화가 가라앉는 것을 보고는 뒤에 숨어 있던 이규도 앞으로 나왔다. 주동은 이규를 보자 다시 칼을 뽑아 들며 달려들려고 했다. 그런 주동을 오용과 시진이 겨우 달랬다.

그러나 주동은 끝내 이규를 용서하지 않았다.

"내 대신 저놈을 죽이면 양산박으로 가겠소."

오용과 시진은 다시 주동을 설득했다. 오갈 데 없게 된 주동으로서는 고집만 부릴 수도 없었다. 결국 주동은 뇌횡을 따라 양산박으로 올라가게 되었다.

하지만 이규는 시진의 집에 그대로 남았다. 주동이 이규의 얼굴을 보고 싶어하지 않으므로 당분간 떨어져 있게 한 것이다.

또 한 번의 싸움

시진은 어느 날 고당주 땅의 숙부로부터 편지를 받았다. 편지를 읽고 난 시진의 얼굴이 창백하게 변했다. 옆에서 그 모습을 바라보던 이규가 놀라서 그 까닭을 물었다.

"내 숙부이신 시황성 어른께서 집을 빼앗길 처지가 되었다 하는구려. 그 곳의 신임 군수인 고렴이라는 자는 궁중의 세도가인 고구와 사촌간인데 거만하고 예의가 없는 자랍니다. 게다가 고렴의 처남인 은천석이라는 자는 그 고렴을 믿고 행패가 이만저만 아니지요. 이번에 그 은천석이라는 놈이 강제로 숙부의 집을 빼앗으려 하는 모양입니다."

시진은 이규와 함께 고당주 땅으로 떠났다. 시황성은 울화병이 나서 자리에 누워 있었다.

시진이 숙부와 이야기를 나누고 있는데, 마침 은천석이 찾아왔다. 은천석은 대낮부터 술에 잔뜩 취해 있었다. 시진이 나가서 은천석과 상대했다.

"네놈은 누구냐?"

은천석은 대뜸 반말로 지껄이며 함부로 굴었다. 시진은 일단 점잖게 대꾸했다.

"나는 시황성 어른의 조카 되는 사람으로 시진이라 합니다."

"그래? 조카든 뭐든 나하고는 상관없고, 너희 놈들은 왜 아직도 집을 비우지 않고 있는 거냐?"

시진이 조용하게 나오자, 은천석은 더욱 기고 만장해졌다.

"우리 가문은 천자께서 직접 내려 주신 붉은 문서가 있는 집안이오. 함부로 남의 집을 빼앗지 마시오."

붉은 문서란 시진의 가문이 송나라 때 큰 공을 세웠다 하여 천자가 친필로 내린 문서를 말하는 것이다. 그 문서가 있는 집안에는 설혹 죄인이 들어가도 함부로 잡아갈 수 없게 되어 있었다.

"붉은 문서를 보여 봐라."

"지금 여기에는 없고 우리 집에 보관되어 있소."

시진이 또박또박 말을 받아 내자 은천석은 화가 치밀었다.

"애들아, 더 이상 볼 것 없다. 저자를 두들겨 패라."

은천석은 데리고 온 졸개들을 시켜 시진을 두들겨 패도록 했다. 은천석의 졸개들이 달려들어 시진을 땅바닥에 메어꽂았다. 이 광경을 본 이규가 도끼를 휘두르며 앞으로 달려나갔다.

"이 천하에 나쁜 놈들!"

이규의 도끼가 한 번 바람을 가르고 나자, 어느새 은천석의 목이 땅에 떨어지고 말았다. 은천석의 졸개들은 기겁을 하며 도망쳐 버렸다.

이규는 그 길로 양산박으로 돌아갔다. 이규가 떠난 지 얼마 되지 않아 고렴의 군사들이 들이닥쳐 시진을 잡아갔다.

그 무렵 양산박에서는 출동 준비가 한창이었다. 시진에게 여러 번 도움을 받은 두령들이 가만 있을 리 없었다. 임충은 화영, 진명, 이준, 여방, 손립 등과 함께 기병과 보병 5천 명을 이끌었고, 송강은 오용, 주동, 뇌횡, 대종 등과 함께 기병과 보병 3천 명을 지휘했다.

그 때쯤 고렴 군수도 군사를 이끌고 방어 태세를 갖추기 시작했다.

"내 언젠가는 양산박의 도적놈들을 소탕할 생각이었다. 이제 제 발로 찾아온다니 하늘이 주신 기회다."

고렴은 성 안의 모든 군사들을 끌어 모았다. 결코 얕잡아 볼 수 없는 양산박 호걸들이었기에 철저히 준비했다.

드디어 양산박의 무리들이 성 앞에 이르렀고, 곧 치열한 싸움이 벌어졌다. 전세는 양산박에 유리하게 진행되었다. 고렴이 내보낸 두 명의 장수가 임충과 진명의 칼에 간단히 쓰러졌다.

그러자 일찍이 도술을 배운 바 있는 고렴은 주문을 외우기 시작했다.

고렴이 주문을 외우자 갑자기 검은 구름이 일면서 회오리바람이 몰아쳤다. 이어서 흙과 돌멩이들이 하늘과 땅을 가득 메우며 양산박 진영 쪽으로 날아가기 시작했다. 양산박 군사들은 혼비백산하여 뒤로 물러섰다.

송강은 오용을 불러 의견을 구했다.

"고렴의 도술을 막을 방법이 없겠소?"

"도술은 도술로 막아야지요. 고향으로 떠난 공손승을 불러오는 수밖엔 없습니다."

"아, 그렇군요."

공손승은 비와 바람을 움직이는 도술을 배운 사람이었다. 송강은 공손승을 기억하자 안심이 되었다.

송강은 대종과 이규를 불러 공손승의 고향으로 보냈다. 두 사람은 어렵지 않게 공손승을 찾아낼 수 있었다.

대종은 먼저 돌아가고, 이규는 공손승이 남은 일을 정리할 때까지 기다렸다가 나중에 떠나게 되었다.

떠난 지 사흘째 되는 날, 이규와 공손승은 어느 마을을 지나가게 되었다. 두 사람은 사람들이 모여 있는 것을 보고는 그쪽으로 발길을 옮겼다.

거기엔 기골이 장대한 사내가 쇠망치를 들고 힘 자랑을 하고 있었다. 그의 힘은 대단해서 쇠망치를 내리칠 때마다 커다란 돌이 가루가 되고는 했다. 구경꾼들은 연신 감탄을 토하고 있었다.

"별로 대단치도 않은 솜씨군. 쇠망치를 그 정도밖에는 못 다루나?"

이규가 빈정거리면서 앞으로 나섰다. 그러자 사내는 이규를 노려보며 씨근덕거렸다.

"좋다. 그렇다면 어디 네 솜씨를 보자. 나만큼 힘을 보이지 못하면 내 손에 죽을 각오를 해라."

이규는 씨익 웃으며 쇠망치를 건네 받았다. 이규는 가볍게 쇠망치를 들어 올리더니 춤이라도 추듯 자유 자재로 쇠망치를 돌렸다. 사방에 바람이 획획 일었다. 둘러서 있던 사람들이 우레와 같은 박수를 보냈다.

이규는 그제야 동작을 멈추고 쇠망치를 내려놓았다. 이규는 아무 일도 없었다는 듯 조금도 숨찬 모습이 아니었다.

"눈이 어두워 몰라뵈었습니다."

갑자기 사내가 이규 앞에 무릎을 꿇었다. 사내는 이규와 공손승을 자기 집으로 데리고 갔다.

사내의 집 안에는 커다란 화로 주변에 각종 쇠뭉치들이 널려 있었다.

'대장장이로군. 우리 산채에 데리고 가면 쓸 만하겠군.'

그렇게 생각한 이규는 사내에게 자기 신분을 밝혔다. 사내는 이규의 말을 듣자 기쁜 표정을 지었다.

"저는 탕융이라고 합니다. 노름빚 때문에 고향을 떠난 후로 지금은 대장장이 일을 해서 근근이 먹고 삽니다. 양산박으로 데려 가 주신다면 열심히 일하겠습니다."

탕융은 바로 짐을 꾸려 이규를 따라 나섰다. 그리하여 세 사람은 함께 길을 떠나게 되었다.

고당주에 도착한 공손승은 송강으로부터 그간의 상황을 전해 들었다. 싸움은 여전히 우열을 가릴 수 없는 상황이었다.

"다행히 그 동안은 고렴이 화살에 맞은 상처를 치료하느라 우리 쪽의 피해가 적었습니다. 하지만 지금쯤은 다 나았을 것이니 이제부터가 걱정입니다."

송강은 걱정스러운 표정으로 공손승을 바라보았다.

"걱정 마십시오. 모든 걸 제게 맡기시고 내일 총공격을 하십시오."

송강은 그제야 겨우 안심하는 표정이 되었다.

이튿날 아침, 양산박 군사들은 전열을 가다듬어 성으로 진격했다. 고렴도 군사를 이끌고 맞섰다.

먼저 양산박의 화영과 고렴 측의 설원휘가 맞붙었다. 화영은 몇 차례 칼을 휘두르다 도망가는 체하며 말머리를 돌렸다. 설원휘는 소리를 지르며 화영을 추격했다. 화영은 적당한 곳에서 갑자기 몸을 돌려 활을 쏘았다. 화살은 정확히 설원휘의 몸에 명중되었다. 설원휘가 말에서 떨어짐과 동시에, 양산박 진영에서 함성이 솟구쳤다.

사기가 오른 양산박 군사들은 일제히 앞으로 진격했다. 위기를 느낀 고렴이 다시 도술을 부렸다.

고렴은 칼을 들어 자기 방패를 세 번 내리쳤다. 그러자 사방이 컴컴해지면서 모래 바람이 일었다. 잠시 후에는 호랑이, 늑대, 지네 등 온갖 짐승들이 공중에서 쏟아져 내렸다.

양산박 군사들이 진격을 멈추고 당황하고 있을 때, 공손승이 무언가 주문을 외우기 시작했다. 주문을 마치자 공손승의 칼에서 빛이 나오더니 앞으로 쭉 뻗어 나갔다. 그와 동시에 하늘에서 쏟아지던 짐승들이 사라져 버렸다. 알고 보니 그것들은 모두 종이 조각에 불과했다. 양산박 군사들이 다시 큰 함성을 지르며 칼을 높이 쳐들고 공격하기 시작했다.

이에 겁을 먹은 고렴의 군사들은 허겁지겁 성 안으로 도망가 버렸다. 양산박 군사들은 쉽게 성을 포위할 수 있었다. 성으로 피신한 고렴은 자신의 도술이 먹혀 들지 않자 초조해졌다. 그래서 군사 한 사람을 시켜 원군을 요청하도록 했다. 오용은 성에서 군사가 나오는 것을 보고도 그냥 놔 두게 했다.

"원군을 부르러 가는 모양입니다. 잡아야 하지 않겠습니까?"

송강이 말했지만 오용은 빙그레 웃기만 했다.

"그것을 오히려 이용할 방법이 있다."

오용은 자신의 계략을 설명했다. 송강은 오용의 말에 따라 군사를 반으로 나누었다. 그리고 그 중 한 부대를 은밀하게 성 뒤쪽으로 이동시켰다.

며칠 후 고렴은 부하로부터 원군이 왔다는 보고를 받았다. 고렴이 반가운 마음으로 성 위에 올라가 보니, 과연 송강의 군사들이 누군가에게 쫓기고 있었다.

"됐다. 우리도 어서 나가서 저들을 공격해라."

고렴은 군사들을 성 밖으로 나가게 했다. 고렴의 군사들이 공격을 시작하자, 양산박 군사들은 재빨리 도망가 버렸다. 그런데 이상하게도 원군은 보이지 않았다.

'아까는 분명 저들을 공격하던 무리들이 있었는데, 대체 어디로 간 것일까?'

고렴은 불길한 생각이 들었다.

그 때였다. 갑자기 뒤쪽의 성 안에서 큰 함성이 들려 왔다. 고렴이 황급히 돌아보니 양산박 군사들이 어느새 성에 들어와 있었다.

"속았구나!"

그제야 사태를 짐작한 고렴은 싸워 볼 생각도 못하고 도망치기 시작했다. 고렴의 군사들도 뿔뿔이 흩어지기에 바빴다.

고렴은 정신 없이 말을 몰아 어느 숲 속으로 들어갔다. 그런데 얼마 가지 못했을 때 누군가 고렴의 앞길을 가로막았다.

"너를 기다리고 있었다."

그는 손립이었다. 고렴이 칼을 뽑았으나 손립의 적수가 되지는 못했다. 손립은 가볍게 고렴의 목을 베어 버렸다. 송강은 갇혀 있던 시진을 구하고 고렴 성의 양식을 빼앗았다. 20대의 수레를 가득 채운 양식은 곧 양산박 산채로 옮겨졌다.

조개 두령은 시진의 가족을 위해 집을 지어 주었다. 산채에서는 성대한 잔치가 벌어졌다.

토벌대와 맞서다

고렴의 성이 양산박 도적들에게 무너졌다는 소식은 궁중에까지 알려졌다. 천자는 깜짝 놀라 호위 대장인 고 태위를 불렀다.

"어찌하면 좋겠소?"

"양산박의 도적들은 그 세력이 보통이 아닙니다. 이대로 두었다간 점점 더 나라를 어지럽힐 것입니다. 더 커지기 전에 완전히 소탕해야 할 것입니다."

"누가 그 일에 적당하겠는지 추천해 보시오."

고 태위는 호연작이라는 장군을 천자에게 추천했다. 천자는 호연작을 토벌 대장으로 임명했다. 그리고 자신이 아끼던 명마까지 하사했다.

호연작은 토벌대의 선봉장으로 한도와 팽기를 임명했다. 두 사람 모두 뛰어난 무장들이었다.

토벌대가 양산박으로 오고 있다는 소식을 들은 산채에서는 회의를 열었다. 산채의 군사 참모인 오용이 일동에게 말했다.

"호연작은 호락호락한 인물이 아닙니다. 그가 거느리고 있는 장수들 또한 뛰어난 무장이지요. 정면 승부만으로는 그들을 격파하기가 쉽지 않을 것이니 기회를 보아서 계략을 꾸미도록 하겠습니다."

며칠 후 드디어 토벌대가 산 아래에 도착했다. 송강도 군사들을 이끌고 산을 내려갔다.

"선봉은 진명이 맡도록 하시오. 그 뒤를 임충이 맡고, 화영은 제3진, 호삼랑은 제4진, 손립은 제5진을 맡으시오. 다섯 진은 계속 돌아가면서 적의 선봉과 싸우도록 하시오. 나는 다른 열 명의 두령들과 함께 후방을 지키겠소. 그리고 물에 능한 이준, 장횡 형제, 완소이 형제는 배를 타고 싸움에 참여하고, 양림과 이규는 보병을 데리고 은밀하게 잠복하도록 하시오."

송강의 명이 떨어지자, 진명은 선봉이 되어 토벌대의 진 앞으로 나아 갔다.

먼저 진명이 토벌대의 선봉장인 한도와 실력을 겨루었다. 수십여 차례 부딪치고 나자 한도가 뒤로 물러섰다. 그러자 호연작이 명마를 타고 나는 듯이 달려와 싸움을 거들었다.

이쪽에서는 임충이 나아가 호연작과 맞붙었다. 두 장수의 싸움은 반나절이 넘도록 계속되었다. 과연 명장들인지라 그 싸움이 볼 만하였다.

임충이 슬그머니 뒤로 빠진 후에는 호삼랑과 팽기가 겨루게 되었다. 호삼랑은 20여 차례 겨루다가 말을 돌려 뒤로 도망가는 척했다. 팽기는 사기가 충천하여 그 뒤를 쫓았다.

호삼랑은 팽기가 쫓아오는 것을 보고는 갑자기 몸을 돌려 밧줄을 던졌다. 팽기는 피할 새도 없이 밧줄에 묶여 말에서 굴러 떨어지고 말았다. 졸개들이 달려가 팽기를 묶었다.

선봉 장수를 잃은 토벌대는 총공격을 시작했다. 양산박 진영에서도 전 군사들을 내보냈다. 송강은 후방 병력까지 이동시켜 토벌대와 맞섰 다.

사기가 오른 양산박 군사들이었지만, 토벌대를 쉽게 물리칠 수는 없 었다. 토벌대의 관군은 철갑옷을 입은 군사들을 주변에 배치하고 있었 으므로, 공격하기가 어려웠다. 이 철갑 기병들은 사람도 말도 모두 눈만 빼고는 철갑을 두르고 있었다.

싸움은 잠시 잠잠해졌다. 하루 이틀에 끝날 싸움이 아니었다. 양진영은 서로 조금씩 물러나서 새롭게 진을 구성했다.

송강은 그 날 밤 팽기를 불러 자기 편이 되어 달라고 설득했다. 송강의 진심어린 말투에 팽기의 마음도 흔들렸다.

"저는 이미 죽은 몸입니다. 두령께서 이토록 저를 환대하시니, 저 또한 목숨을 바쳐 두령께 충성할 것을 맹세합니다."

송강은 크게 기뻐하며 같이 술을 나누었다.

토벌대는 그 날의 싸움을 분석하며 다음날의 계획을 짜느라 바빴다. 호연작은 자신들의 철갑 기병을 최대한 이용하기로 마음먹었다.

다음날, 아침이 밝자 토벌대가 먼저 공격을 하기 시작했다.

호연작은 철갑 기병들을 30명씩 쇠줄로 연결하여 앞세우고, 그 뒤에 보병을 세워 활을 쏘며 공격해 왔다.

30명의 철갑 기병들이 한 조를 이루며 한꺼번에 돌진해 오자 양산박 군사측에서는 막을 길이 없었다.

양산박 군사들은 그들의 위세에 눌려 제대로 싸워 보지도 못했다. 송강을 비롯하여 다른 두령들도 기병들을 피해 다니기에 바빴다.

이 날의 싸움은 토벌대의 대승리였다. 양산박의 많은 군사들이 죽었고, 두령들도 여러 명이나 다쳤다.

호연작으로부터 전세 보고를 받은 궁중에서는 술과 비단을 내려 보내 관군을 격려했다. 고 태위도 10만 관의 돈을 보냈다.

호연작은 천자의 사신을 맞은 자리에서 포수를 보내 달라는 부탁을 했다.

"양산박은 사방이 물로 막혀 있어서 공격하기가 쉽지 않습니다. 저들을 완전히 섬멸하려면 대포를 쏘는 방법밖에는 없습니다. 듣기로 능진이라는 포수가 멀리까지 날아가는 대포를 만들었다고 하던데, 그 능진이라는 사람과 대포를 보내 주셨으면 합니다."

호연작의 요청은 즉시 받아들여져, 능진은 천자의 명을 받고 자신이

만든 대포와 군사들을 이끌고 양산박으로 향했다.

능진이 오고 있다는 소식은 양산박에도 알려졌다.

"그가 온다면 문제가 커집니다. 대포로 직접 포탄을 산에 쏘아대면 당할 길이 없을 것입니다. 중간에서 그들을 잡아 버려야 합니다."

오용이 두령들에게 말했다. 산채에서는 오용의 지시에 따라 날랜 군사들을 매복시켰다. 능진은 포로로 잡히고 말았다.

송강은 능진을 묶어 데려온 군사들에게 짐짓 호통을 치며 나무랐다.

"예의를 갖추어 정중히 모셔 오라 했거늘 이게 무슨 짓들이냐? 어서 풀어 드리지 못할까?"

군사들이 능진을 풀어 주자, 송강은 부드러운 표정으로 능진에게 다가갔다.

"참으로 고생이 많으셨습니다. 전부터 능진 형을 만나보고 싶었습니다."

능진은 죽은 목숨으로 포기하고 있다가 따뜻한 대접을 받자 무척 감격스러워했다. 그리하여 큰절을 올리며 감사를 표했다.

"팽기 장군도 이 곳에 계시니, 같이 인사나 나누시지요."

송강은 팽기를 불러 술자리를 마련했다. 세 사람이 같이 술을 나누게 되자, 능진은 완전히 마음을 놓고 산채 사람이 되었다.

이로써 능진의 대포는 피할 수 있게 되었으나, 여전히 철갑 기병이 문제였다. 두령들은 철갑 기병에 대항할 방법을 의논하기 위해 회의를 열었다.

아무도 좋은 생각을 내놓지 못하고 있는데, 탕융이 일어나 입을 열었다.

"딱 한 가지 방법이 있기는 있습니다. 혹시 구겸창이라고 들어 보셨습니까? 끝을 고리처럼 구부린 긴 창인데, 이 창을 쓰면 철갑 기병을 막을 수 있습니다. 저희 집은 대대로 대장장이를 해 왔기 때문에 그것을 만들 수가 있습니다. 하지만 구겸창을 제대로 사용하는 사람은 저희 사촌 형님밖에 없습니다."

탕융의 말이 끝나자 임충이 물었다.

"사촌 형님이 혹시 궁중의 창술 교관으로 계시는 서녕이 아니시오?"

"맞습니다. 그분을 아십니까?"

"이름만 들었지요. 나도 그분이 구겸창을 다루는 솜씨가 매우 뛰어나다는 말을 들었습니다. 한데 그분을 어떻게 모셔 오지요?"

"저에게 꾀가 하나 있습니다. 사촌 형님에게는 집안 대대로 내려오는 황금 갑옷이 있습니다. 서녕 형님은 그 갑옷을 무척이나 아끼고 있어 아무에게도 보여 주지 않을 정도입니다. 갑옷은 언제나 상자 속에 넣어져 방에 보관되어 있지요. 우리가 그 갑옷을 훔쳐 낸다면 서녕 형님도 갑옷을 찾기 위해 이리로 올 수밖에 없을 것입니다."

탕융의 말을 들은 송강은 시천을 돌아보며 말했다.

"그런 일이라면 적당한 사람이 하나 있지요. 시천, 자네가 움직여야겠군."

시천은 그 말에 빙그레 웃었다. 시천은 원래 도적질이 전문인 사내였다.

송강의 명에 따라 시천은 탕융, 대종과 함께 서녕이 있는 동경으로 떠났다. 시천은 동경에 도착하자마자 서녕의 집을 세심하게 살폈다. 시천은 오래지 않아 갑옷 상자가 있는 곳을 알아 냈다.

시천은 서녕이 외출하는 날을 잡아 집 안으로 숨어 들어가 어렵지 않게 갑옷 상자를 들고 나왔다. 대종은 시천에게 갑옷을 건네 받고는 바로 양산박으로 떠났다. 외출했다 돌아온 서녕은 갑옷이 없어진 것을 알고는 크게 놀랐다.

'아아, 집안 대대로 내려오는 보물을 잃었으니 어찌하면 좋단 말인가.'

서녕은 하늘이 꺼지도록 한숨을 쉬었다. 서녕은 밤새도록 한숨도 자지 못하고 애를 태웠다.

서녕이 뜬눈으로 밤을 새우고 난 이튿날 아침, 탕융이 서녕의 집을 방문했다.

"형님, 무슨 걱정이라도 있으신가요? 어째 얼굴이 말이 아니로군요."

"말도 말게. 우리 집에 큰일이 생겼다네."

"도대체 무슨 일인데요?"

"자네도 알겠지만 우리 집에는 가보라 할 수 있는 황금 갑옷이 있지 않은가? 그것을 늘 가죽 상자 속에 넣어 소중히 보관해 왔는데, 어제 그것을 상자째 도둑 맞고 말았다네. 도대체 누가 훔쳐 갔는지 전혀 알 수가 없네. 조상님들께 큰 죄를 짓게 되었으니 이를 어쩌면 좋단 말인가?"

서녕은 길게 한숨을 내쉬었다.

"가죽 상자라고요? 혹시 상자에 흰 실로 수가 놓여져 있고, 가운데에는 사자가 공을 굴리는 그림이 있지 않습니까?"

"아니, 자네가 그걸 어떻게 아는가?"

서녕은 깜짝 놀라 탕융의 얼굴을 보았다.

"어젯밤 여기서 멀지 않은 어느 주막에 들렀는데, 한 사내가 그런 모양의 상자를 가지고 있더군요. 눈에 확 띄는 모양이어서 유심히 보았지요."

탕융이 기억을 더듬는 척하면서 조심스럽게 말하자, 서녕의 얼굴에 기쁜 빛이 떠올랐다.

"여보게, 당장 나와 함께 그 주막으로 가세."

서녕은 말을 끝내기가 무섭게 자리에서 일어났다. 초조함과 안도감이 동시에 서녕의 얼굴을 스쳐 갔다.

탕융은 서녕과 함께 집을 나와 마을을 벗어났다. 서녕이 주막에 당도했을 때에는 탕융이 말한 사내는 보이지 않았다. 서녕은 주막 주인을 불렀다.

"혹시 어젯밤 이 곳에 머물던 사람 중에, 가죽 상자를 가지고 있던 사람을 보지 못했소?"

"그 사람은 아침에 일찍 떠났습니다. 한쪽 다리를 절고 있었으니 아직 멀리 가지는 못했을 겁니다."

주인은 사내가 떠난 방향을 일러 주었다. 서녕과 탕융은 그쪽 방향으로 길을 잡고 빠르게 걸었다.

그렇게 이틀을 따라갔지만, 가죽 상자를 훔친 사내는 볼 수 없었다. 그러나 주막마다 그 사내를 보았다는 말은 들을 수 있었다.

"거의 다 쫓아왔을 겁니다. 조금만 더 힘을 냅시다."

탕융은 짐짓 걱정스런 표정으로 서녕을 위로했다.

두 사람은 날이 저물어 갈 무렵, 어느 사당을 지나가게 되었다. 그런데 그 사당 앞에 한 사내가 가죽 상자를 내려놓고 앉아 있는 게 보였다. 물론 그 사내는 시천이었다. 서녕은 한달음에 시천에게 달려가 멱살을 움켜쥐었다.

"이 나쁜 놈 같으니라고!"

서녕은 더 이상 말하지 않고 얼른 상자부터 열어 보았다. 그러나 상자는 깨끗이 비어 있었다.

"이놈! 내 갑옷은 어디 있느냐? 사실대로 말하지 않으면 죽여 버리겠다."

시천은 씩 웃고 나서 천천히 입을 열었다.

"실은 내 친구하고 같이 그 갑옷을 훔쳤지요. 그런데 재수 없게도 내가 이렇게 발을 다치고 말았지요. 그래서 친구만 갑옷을 갖고 먼저 떠났습니다. 당신들이 나를 관가에 고발하지 않겠다면, 내가 그 갑옷을 찾게 해 주겠소."

"형님, 이놈을 데리고 친구라는 작자를 찾아갑시다."

탕융이 서녕에게 말했다. 서녕도 고개를 끄덕이고는 시천을 따라 나섰다.

세 사람이 한참 길을 가고 있을 때 뒤에서 빈 마차가 다가왔다.

"아니, 탕융 아닌가?"

"어이구, 자네가 여기는 웬일인가?"

마차를 몰던 사람과 탕융은 서로 아는 체를 했다.

"이분은 내 사촌 형님인데, 지금 함께 먼길을 가는 중이라네. 우리를 그 마차에 좀 태워 주지 않겠나?"

"그거야 어렵지 않지."

이렇게 해서 세 사람은 마차에 올라탔다. 세 사람은 마차의 주인과 인사를 나누고 음식을 나누어 먹었다. 마차 주인은 술도 내주며 서녕을 대접했다.

서녕은 그 술을 받아 먹고 깊은 잠에 빠졌다. 술에 마취약이 들어 있었던 것이다.

서녕이 마취에서 깨어났을 때, 마차는 이미 양산박 산채에 도착해 있었다. 서녕이 눈을 뜨자 송강과 여러 두령들이 무릎을 끓고 사죄를 했다.

"선생을 모셔 오느라 얕은꾀를 쓰고 말았습니다. 부디 저희를 도와 주시기 바랍니다."

사태를 파악한 서녕은 탕융의 뺨을 때리며 크게 꾸짖었다. 탕융은 무릎을 끓고 잘못을 빌었다. 송강도 다시 나서서 서녕을 설득했다.

"우리 군사들에게 구겸창 쓰는 법을 알려 주시면 후한 대우를 하겠습니다. 이 곳에서도 어느 곳 못지않게 잘 지내실 수 있을 것입니다."

"나야 그렇다지만 가족들은 어떻게 합니까? 내가 이 곳에 있는 것이 알려지면, 가족들이 관가에 끌려가 고초를 당할 게 분명한데요."

"걱정 마십시오. 가족들도 곧 이리로 모셔 오겠습니다."

서녕은 더 이상 어쩔 수가 없었다. 서녕은 그 날부터 바로 구겸창 쓰는 법을 교육하기 시작했다. 교육 대상은 두령들과 특별히 선발된 정예 군사들이었다.

서녕은 일단 마음을 정하고 나자 온 정성을 다해 군사를 교육시켰다. 군사들도 눈을 빛내며 배운 덕택에 얼마 지나지 않아 모두 구겸창을 잘 사용하게 되었다.

토벌대를 섬멸하다

구겸창을 능숙하게 다룰 줄 알게 되자, 송강은 토벌대를 공격하라는 명령을 내렸다. 충분한 휴식을 취하고 새로운 무예를 닦은 군사들은 사기가 매우 높았다.

호연작은 오랫동안 싸움을 피하던 양산박 군사들이 공격을 해 오자 왠지 불길한 예감이 들었다.

"무언가 계략이 있을 것 같구나."

호연작이 그렇게 말하자, 부하 장수들은 걱정할 것 없다며 큰소리를 쳤다.

"그 동안 도술을 배운 것도 아닐 텐데, 그렇게 걱정하실 필요 없습니다. 이번에는 아주 크게 혼을 내주어야만 합니다."

망설이던 호연작은 부하들의 사기가 높은 것을 보고는 불길한 생각을 거두었다.

"좋다! 어서 철갑 기병을 앞세우고 공격을 시작하라."

호연작은 우렁찬 목소리로 공격 명령을 내렸다. 명령만 기다리고 있던 군사들은 일제히 앞으로 달려나갔다. 그들의 기세는 산이라도 허물 듯했다.

그 때 양산박으로부터 포탄이 날아오기 시작했다. 포탄은 관군들의 앞뒤로 사정없이 쏟아져 내렸다.

토벌대 군사들은 생각지도 않았던 대포 공격에 우왕좌왕하며 어쩔 줄 몰라 했다.

"능진의 대포가 우리를 공격할 줄이야……."

호연작은 어처구니가 없었다. 군사들이 뿔뿔이 흩어지는 것을 본 호연작은 스스로 말을 몰아 앞으로 달려나갔다.

호연작이 나서자 송강은 재빨리 군사를 돌려 도망쳤다.

"어서 나와 내 칼을 받아라!"

호연작은 호통을 치면서 송강을 뒤쫓았다. 송강의 군사는 갈대가 무성한 숲 속으로 도망가고 있었다.

곧 이어 호연작도 군사들을 이끌고 갈대 숲에 들어섰다.

그 때였다. 갑자기 갈대 사이에서 구겸창이 뻗쳐와 철갑 기병들을 쓰러뜨리기 시작했다.

"속임수다! 어서 말을 돌려라."

호연작은 급히 군사를 돌려 갈대 숲을 빠져 나왔다. 그러나 다른 곳에서도 사정은 마찬가지였다. 구겸창을 앞세운 양산박 군사들이 철갑 기병들을 서로 연결한 쇠사슬을 교묘하게 잡아당기는 바람에, 호연작이 이끄는 군사들은 제대로 싸울 수가 없었다.

관군들은 싸움은커녕 제 한 몸 구하기에도 바빴다. 여기저기서 숨가쁜 비명이 터져 나왔다.

얼마 후, 토벌대는 양산박 군사들에게 완전히 섬멸당해 버렸다. 호연작은 간신히 싸움터를 벗어나 정신 없이 말을 몰았다.

호연작은 갈증과 배고픔 속에서도 계속 말을 달려, 밤이 이슥해질 무렵에야 겨우 어느 주막을 찾아 들어갈 수 있었다.

"어서 식사를 내오너라."

호연작은 주막에 들어서기 무섭게 소리쳤다. 호연작은 허겁지겁 밥을 먹고는 곧 깊은 잠에 빠졌다.

세상 모르고 자고 있던 호연작은 누군가 소리치는 바람에 벌떡 일어났다.

"무슨 일이오?"

"나리, 큰일났습니다. 누군가 나리의 말을 훔쳐 갔습니다. 아무래도 도화산의 도적들 짓인 것 같습니다."

호연작은 그 자리에 털썩 주저앉았다.

'아아, 처자께서 내려 주신 명마까지 잃고 말다니…….'

호연작은 밤새 한잠도 자지 못하고 고민했다.

이튿날 아침이 밝자마자 호연작은 청주의 모용 군수를 찾아갔다. 모용 군수는 전부터 호연작과 잘 아는 사이였다.

"아니, 토벌대는 어떻게 되었습니까?"

호연작은 놀라서 묻는 군수에게 모든 사실을 이야기하고는, 군사를 빌려 달라며 도움을 청했다.

"일단 도화산의 도적들을 소탕할까 합니다. 그것으로 작은 공이라도 세운 후에, 천자께 군사를 보내 달라고 요청할 생각입니다."

모용 군수는 기꺼이 자신의 군사를 빌려 주었다. 호연작은 그 길로 도화산 도적들을 토벌하러 나섰다.

양산박에 비하면 도화산의 도적들은 어린 아이에 불과했다. 호연작은 양산박에서 당한 분풀이라도 하듯 맹렬하게 공격하여 그들을 혼내 주었다.

도화산의 두령인 주통은 호연작에게 크게 당하고 산채 안으로 들어가 버렸다. 도저히 호연작을 당할 수 없다고 느낀 주통은 이룡산의 노지심에게 구원을 요청했다.

그 때 이룡산에는 세 명의 두령이 수백 명의 졸개를 거느리고 있었다. 그들은 바로 노지심과 양지와 무송이었다.

노지심은 주통의 구원 요청을 받아들였다. 노지심이 양지와 함께 도화산으로 가 보니, 이충이 한창 호연작에게 몰리고 있었다.

호연작은 새로 나타난 원군을 보고는 말머리를 돌렸다. 이어서 호연작과 노지심이 서로 맞붙어 싸우게 되었다.

두 사람은 수십 차례 부딪쳤으나 좀처럼 승부가 나지를 않았다.

'이 중은 누군데, 이렇게 솜씨가 대단하지?'

호연작은 속으로 감탄했다.

잠시 후 노지심이 조금 물러서면서 양진영은 잠시 휴식을 취했다.

휴식이 끝나자 호연작이 먼저 노지심에게 싸움을 걸어 왔다. 그러나 이번엔 양지가 나가서 호연작을 상대했다. 이 두 사람의 싸움도 오랫동안 승부를 가리지 못했다.

'이놈은 또 누구란 말인가?'

호연작은 양지의 무술 실력을 보고 그가 보통 인물이 아니란 것을 알았다.

도화산 도적들을 쉽게 토벌할 줄 알았던 호연작은 조바심이 났다. 호연작은 자신이 운이 없다고 생각했다. 가는 곳마다 만만치 않은 상대가 버티고 있었기 때문이다.

그 때 마침 청주성에서 전령이 와 급히 성으로 와 달라는 군수의 말을 전했다.

"지금 공명과 공량이라는 자가 성을 공격하고 있으니, 어서 오셔서 그들을 무찔러 달라고 합니다."

호연작은 전령의 말을 듣자마자 군사를 돌렸다. 호연작이 청주성에 당도해 보니, 한바탕 싸움이 벌어지고 있었다.

성을 공격하는 자의 우두머리는 공명과 공량이라는 형제로, 백호산을 근거지로 삼고 활동하는 산적이었다. 그들의 숙부인 공빈이 청주 감옥에 갇히자, 그를 구하러 온 것이었다.

"자, 내가 왔소. 저 무리들을 한 놈도 남김없이 쓸어 버립시다."

호연작은 직접 선두에 나서서 그들을 공격했다. 호연작이 돌아온 것을 본 모용의 군사들도 사기가 충천하여 거세게 밀어붙였다. 공명과 공량은 양쪽에서 공격을 받게 되자 당할 수가 없었다. 결국 그들은 얼마 버티지 못하고 후퇴하기 시작했다. 호연작은 그들을 추격하여 많은 군사를 포로로 잡았다.

공명과 공량은 남은 졸개들을 데리고 도망 가던 중 한 떼의 군사들과 마주쳤다. 그들은 무송이 이끄는 군사였다.

"아니, 무송 형이 아닙니까?"

"이게 누구요, 공명 형께서 어쩐 일이시오?"

공명, 공량 형제는 무송과 반갑게 인사를 나누었다. 잠시 후에는 노지심과 양지도 나타났다. 공명 형제로부터 이야기를 들은 노지심은 즉시 청주성을 공격하자고 했다.

그러나 신중한 양지가 나서서 말렸다.

"호연작은 만만한 인물이 아닙니다. 더욱이 지금은 그가 직접 성 안을 지키고 있으니 쉽게 이길 수 없습니다 저들을 이기려면 아무래도 양산박 군사들의 도움을 받아야만 할 겁니다."

노지심도 양지의 말에 일리가 있다고 생각했다.

"그렇다면 우리가 여기서 시간을 벌고 있을 테니, 당신들은 양산박으로 가서 구원을 요청하시오"

공명 형제는 곧 양산박으로 떠났다.

양산박에서는 공명 형제를 반갑게 맞아 주었다. 공명 형제에게 도움을 받은 적이 있는 송강은 더욱 기쁜 마음으로 그들을 맞았다.

공명 형제는 송강을 보자 눈물을 흘리며 구원을 요청했다. 송강은 조개 두령에게 말하여 구원병을 보내도 좋다는 허락을 받아 냈다. 양산박의 군사들은 다섯 개의 부대로 나누어져 청주로 떠났다.

송강은 군사를 이끌고 청주에 도착하여 무송과 노지심 등을 만났다. 무송은 양지, 이충, 주통 등을 송강에게 소개했다.

"그래, 지금 사정은 어떻소?"

송강이 묻자 양지가 대답했다.

"여러 차례 놈들과 맞붙었으나 승부를 가릴 수 없었습니다. 저쪽의 호연작이라는 장수가 워낙 강합니다. 그자만 잡으면 쉽게 이길 수 있을 것 같은데……."

양지는 이어서 자기가 생각해 둔 계략을 송강에게 말했다.

"그거 아주 좋은 생각이오."

송강은 양지의 계략대로 시도해 보기로 했다.

다음날 새벽, 호연작이 막 눈을 떴을 때 한 병사가 달려와 보고를 했다.

"지금 북문 앞에 도적들의 기마병 몇 명이 정찰을 하고 있습니다. 그 중 한 명은 화영이 분명한데, 다른 놈들은 낯선 얼굴들입니다. 한 명은 빨간 저고리에 백마를 타고 있었고, 도사 차림을 한 자도 있었습니다."

호연작은 병사의 말을 듣고 눈을 빛냈다.

"그 빨간 저고리를 입은 자는 송강이 틀림없다. 도사 차림의 사내는 오용일 것이다. 어서 군사를 준비시켜라. 놈들을 잡으러 나가야겠다."

호연작은 얼른 갑옷으로 갈아입고는 백여 명의 군사들과 함께 북문으로 향했다.

북문이 열리자마자 호연작은 쏜살같이 앞으로 내달렸다. 정찰하던 자들은 호연작이 다가갈 때까지도 움직이지 않다가, 바로 눈앞에까지 가자 비로소 말을 돌려 달아나기 시작했다.

호연작은 달아나는 송강을 잡겠다는 생각만으로 군사들이 뒤처져 있다는 사실도 잊고 계속 말을 몰았다.

호연작이 바로 뒤까지 추격했을 때였다. 갑자기 말이 푹 고꾸라지며 밑으로 빠지고 말았다. 함정이 설치되어 있었던 것이다.

호연작이 정신을 차렸을 때는 이미 화영을 비롯한 양산박 군사들이 자신을 묶고 있었다. 호연작은 밧줄에 묶인 채 송강 앞으로 끌려 나갔다.

"어서 밧줄을 풀어 드려라."

송강이 말하자 졸개 하나가 달려와 밧줄을 풀어 주었다. 송강은 다가 가서 호연작을 일으켜 세웠다.

"어서 오십시오, 장군. 졸개들이 무례하게 모셔서 죄송합니다."

송강은 호연작을 편안한 자리로 데리고 가서는 매우 정중하게 대해 주었다. 송강은 다른 두령들을 소개해 주면서 호연작에게 동지가 될 것을 권유했다.

"장군의 용맹을 존경하고 있었습니다. 우리는 양민을 괴롭히는 도적이 아닙니다. 모두 억울한 사정이 있어 고향을 떠나 이 곳에 자리를 잡았을 뿐, 우리는 나름대로 의리와 충성심으로 뭉쳐 있습니다. 당신이 우리의 동지가 된다면 모두 기뻐할 것입니다."

"나는 포로일 뿐이오. 어서 죽이기나 하시오"

"죽이는 것이야 어렵지 않습니다. 사실 당신은 이미 죽은 목숨입니다. 하지만 우리는 당신의 기개가 아까워 함께 지내고자 하는 것입니다."

송강은 물러서지 않고 호연작을 설득했다. 송강이 진심으로 말하고 있음을 알게 된 호연작은 차츰 그에게 호감을 느껴, 결국 송강의 청을 받아들였다.

이렇게 하여 호연작마저 양산박의 일원이 되었다.

오용은 호연작의 도움을 받아 공빈을 구출하자고 제안했다. 이미 마음을 돌린 호연작은 기꺼이 그 말에 따랐다.

날이 어두워지자 호연작은 몇 명의 군사들을 데리고 성으로 향했다. 화영, 손립, 연순, 왕영, 진명, 여방, 곽성 등 양산박의 두령들이 군사로 변장한 것이었다.

호연작은 성문 앞에 이르러 큰 소리로 외쳤다.

"어서 문 열어라!"

호연작이 무사히 돌아온 것을 본 성 안의 군사들은 황급히 문을 열었다.

성문이 열리자마자 변장했던 두령들은 성 안으로 달려들어가 군사들을 베기 시작했다. 그리고 곳곳에 불을 질러 성을 혼란에 빠뜨렸다.

마침내 모용 군수도 진명의 칼에 쓰러졌다. 화영은 얼른 성벽 위로 올라가 밖에 있는 군사들에게 신호를 보냈다. 그러자 신호를 기다리고 있던 송강이 군사를 이끌고 물밀듯이 성 안으로 몰려들어 왔다.

오래지 않아 청주성은 송강의 군사들에게 함락되었다. 옥에 갇혀 있던 공빈도 무사히 구출되었다.

싸움이 끝나자 노지심, 양지, 이충, 무송 등 도화산과 이룡산의 두령들은 모두 양산박의 동지가 되었다. 양산박에서는 큰 잔치를 베풀어 이들을 환영했다. 이로써 양산박에는 열두 명의 두령이 새로 생겨났다.

화주성을 치다

어느 날 노지심이 송강에게 말했다.

"나와 절친한 사이인 구문룡 사진이라는 사람이 지금 소화산에 있습니다. 거기에는 또한 주무, 진달, 양춘 등 호걸들이 여럿 있지요. 그들의 안부가 궁금하기도 하고, 또 가능하면 우리 쪽으로 데리고 올까 해서 좀 다녀오려고 합니다."

"구문룡 사진이라면 나도 들어 보았습니다. 그 사람이 산채에 들어온다면 더없이 반가운 일이지요. 어서 다녀오십시오."

송강은 노지심에게 무송을 붙여 주며 흔쾌히 허락했다.

노지심과 무송은 중의 차림으로 산채를 내려왔다. 두 사람이 소화산에 도착하니, 주무와 양춘이 산 아래까지 마중 나와 있었다.

"어째 사진은 보이질 않소?"

노지심이 묻자, 주무가 어두운 얼굴로 대답했다.

"사진 어른께서는 지금 감옥에 갇혀 있습니다. 사진 어른은 얼마 전에 왕의라는 그림쟁이와 사귀었는데, 그 왕의에게는 아름다운 딸이 하나 있었습니다. 그런데 이 곳 화주의 태수가 그 딸에게 반해 강제로 첩으로 들이고는 왕의를 귀양 보냈습니다. 그 사정을 알게 된 사진 어른께서 왕의를 구출하고는, 그 길로 하 태수를 찾아갔지요. 그런데 하 태수는 죽이지 못하고 오히려 잡히고 말았습니다."

"그런 나쁜 놈이 있나! 내 당장 화주성으로 가 사진을 구해야겠소"

노지심은 당장이라도 달려갈 듯한 기세로 씩씩거렸다. 그러자 주무가 말리며 황급히 말했다.

"화주성은 그렇게 호락호락한 곳이 아닙니다. 양산박의 군사와 함께 공격하지 않으면 오히려 화를 당할 것입니다."

"하지만 양산박으로 가는 도중에 사진이 처형돼 버리면 어떡합니까?"

노지심은 마음이 급하여 주무나 무송의 만류도 듣지 않고 곧장 산을 내려갔다.

노지심이 화주성 안으로 막 들어가 어느 다리에 이르렀을 때, 마침 태수의 행렬이 지나가고 있었다.

'잘됐다. 이놈, 여기서 죽어 봐라.'

노지심은 선장을 굳게 잡고 행렬을 기다렸다. 그런데 행렬의 앞뒤에는 20여 명이나 되는 군사들이 호위를 하고 있어서 쉽게 덤벼들 수가 없었다.

노지심은 하 태수에게 덤빌까말까 망설였다. 가마 위의 하 태수는 이러한 노지심을 눈여겨보았다. 노지심의 눈빛에 살기가 서려 있는 것을 보았다. 행렬은 무사히 관아로 들어갔다.

관아로 들어간 태수는 군사들에게 노지심을 찾아오라고 명했다. 아무래도 노지심의 눈빛이 심상치 않아 미리 불러들여 알아볼 생각이었던 것이다.

노지심은 이번 기회에 태수를 죽여야겠다고 생각하여 선뜻 군사들을 따라 나섰다.

"선장은 여기에 놓고 가시지요."

관아에 들어서자 군사 하나가 노지심에게 말했다.

"이것은 내가 항상 지니고 다니는 지팡이오."

"그래도 무기가 될 수 있는 것을 가지고 태수님을 뵐 수는 없습니다."

군사는 강력하게 말하며 선장을 빼앗으려 했다. 하 태수가 미리 그렇게 시켰던 것이다.

"좋소. 선장을 보관하고 있으시오."

노지심은 선장을 맡기고 안으로 들어갔다. 맨주먹만으로도 태수 하나쯤 죽이는 건 어렵지 않다고 생각했던 것이다.

그런데 노지심이 태수의 앞에 이르자마자, 양쪽 방에서 30여 명의 군사들이 우르르 몰려나왔다. 그들은 모두 칼과 창을 들고 있었다. 노지심은 감히 대항해 보지도 못한 채 사로잡히고 말았다.

태수를 죽이려던 자가 잡혔다는 소문은 곧 성 전체에 퍼졌다. 소화산에서 조초하게 기다리고 있던 무송도 그 소문을 들었다.

무송은 부리나케 양산박으로 돌아갔다. 무송으로부터 이야기를 전해 들은 송강은 크게 놀랐다.

"노지심과 사진을 구해야만 한다."

송강은 산채의 군사를 세 부대로 나누어 출병 준비를 시켰다. 임충, 화양, 양지, 진명, 호연작 등이 선두를 맡아 기병 1천 명과 보병 2천 명을 이끌었다. 그 뒤에는 송강이 오용, 주동, 서녕, 해진, 해보 등과 함께 보병 2천 명을 데리고 나섰다. 그리고 부대의 마지막은 주로 보급을 담당하게 될 군사들로서 이응, 양웅, 석수, 이준, 장순 등이 이끌었다.

그리하여 총 7천여 명의 양산박 군사들은 잠시도 쉬지 않고 화주성으로 달려갔다. 소화산에서는 자신들을 도우러 오는 양산박 군사들을 맞이하기 위해 소와 돼지를 잡느라 바빴다.

드디어 군사들이 산 아래에 도착하자 주무, 진달, 양춘이 나가서 맞이하였다. 그리고 두령들을 산채로 데리고 가 그간의 사정을 간단히 설명했다.

"태수는 언제 노지심과 사진 어른을 처형할지 모릅니다. 오늘 내일 하는 상황이지요. 하루빨리 구해 내야만 합니다."

"화주성의 방비는 어떻소?"

송강이 물었다.

"화주는 매우 큰 곳입니다. 더욱이 지금은 두 사람을 구하러 올 것이라는 예상도 하고 있을 테니 방비 태세가 보통이 아닐 것입니다. 신중하게 잘 생각하여 공격해야만 합니다."

"일단 내일 산채를 내려가 성의 방비 태세를 살펴보도록 합시다."

다음날 아침 송강이 산채를 내려가려 하자, 오용이 말렸다.

"지금은 경비가 삼엄할 테니, 어두워지면 내려가는 게 좋을 듯합니다."

날이 어두워지자 송강은 오용과 그 밖의 몇몇 두령들과 함께 산채를 내려갔다.

송강 일행은 성 가까이에 이르러 성이 내려다보이는 높은 곳으로 올라갔다. 과연 성의 경비는 삼엄했다. 성벽도 높았으며 그 주변에 만들어 놓은 방어호도 깊었다. 이곳 저곳을 자세히 살핀 일행은 다시 산채로 돌아왔다.

"생각했던 대로 방비 태세가 완벽하군요. 이대로 공격했다간 실패하기 십상입니다."

"그렇군요. 조급하게 들이닥칠 게 아니라 좀더 자세한 상황을 알아봐야 하겠습니다."

송강과 오용은 신중하게 의견을 나누었다.

송강은 일단 몇 명의 졸개들을 성 안에 침투시켜서 무언가 조금이라도 변화가 있으면 보고하라고 일렀다.

이틀 후, 성에 숨어들어 갔던 졸개 중 하나가 급히 산채로 돌아왔다.

"무슨 특별한 소식이라도 있느냐?"

"이번에 조정에서 예번 대신인 숙 태위가 온다고 합니다. 그는 천자의 명에 따라 서악 화산으로 제사 지내러 가는 거랍니다."

그 말을 들은 오용의 얼굴이 대번에 환하게 빛났다. 오용은 싱글거리며 말했다.

"참으로 하늘이 우리를 돕고 있군요!"

오용은 의아해하며 바라보는 두령들에게 자신의 계략을 이야기했다. 두령들은 모두 고개를 끄덕이며 찬성했다.

"그것 참 좋은 계획이오."

송강도 표정이 밝아졌다.

다음날 아침, 송강은 두령들을 데리고 산을 내려가, 태위가 지나갈 길목인 도선장으로 갔다. 그 곳에는 이미 송강의 명에 따라 군사들이 매복하고 있었다.

해가 기울어 갈 때쯤 드디어 숙 태위 일행이 탄 배가 도선장에 도착했다.

송강은 배가 완전히 정박할 때까지 기다렸다가 조심스럽게 모습을 드러냈다.

송강을 본 호위 장교는 눈살을 찌푸리며 날카로운 목소리로 호통을 쳤다.

"너희들은 누구냐?"

"우리는 양산박에 사는 사람들입니다."

"그런데 무슨 일로 우리의 앞길을 막는 것이냐? 여기 어느 어른이 계신 줄 알고 있느냐?"

"물론 알고 있습니다. 저희는 태위님을 저희가 있는 곳으로 모셔 가려고 이렇게 찾아왔습니다."

송강은 정중하게 예의를 차리며 말했다.

"무엄하구나. 감히 태위님을 모셔 가려 하다니. 태위님께서는 지금 천자의 명을 받들어 화산에 가시는 길이다. 어서 길을 비켜라."

호위 장교의 목소리가 카랑카랑하게 높아졌다.

"오래 붙잡지는 않을 것입니다. 저희를 따라가시지요."

예의 바르게 말하고 있었으나 송강의 목소리에는 은근한 위협이 깔려 있었다.

"네 이놈들!"

마침내 호위 장교가 버럭 호통을 쳤다.

바깥이 소란해지자 숙 태위가 밖으로 나왔다. 송강은 얼른 숙 태위에게 다가갔다.

"대체 무슨 일이냐?"

"저희가 잠시만 태위님을 모실까 합니다."

"나는 지금 천자의 명을 받들고 있으므로 그럴 시간이 없다."

"그래도 시간을 내주셔야 할 것입니다."

송강은 그렇게 말하고 나서 한쪽 손을 번쩍 쳐들었다. 그러자 근처에 매복해 있던 군사들이 일제히 일어났다. 그들은 모두 횃불을 들고 있었다.

사방에서 군사들의 함성이 들려 오고 횃불이 타올랐다. 그러자 호위 장교와 숙 태위의 얼굴이 대번에 사색이 되었다.

"무슨 일이 생길지 모르니 조용히 저희들을 따라가시지요."

송강은 은근한 위협을 담아 숙 태위에게 말했다. 숙 태위는 할 수 없이 송강을 따라 나섰다.

송강은 숙 태위 일행을 소화산 산채로 데리고 갔다. 수많은 군사들이 송강의 뒤를 따르는 것을 본 숙 태위는 잔뜩 겁을 먹고 있었다.

산채에 이르자 송강은 숙 태위에게 말했다.

"지금 우리 식구 두 사람이 억울하게 화주성에 갇혀 있습니다. 그들을 구하기 위해 잠시 태위님을 이용할 것입니다. 일이 끝나는 대로 무사히 돌려보내 드릴 것이니 안심하십시오."

숙 태위는 묵묵히 듣기만 했다. 이미 자신이 송강을 막을 수 없는 처지가 됐다는 것을 알고 있었기 때문이다.

송강은 숙 태위와 그 일행의 옷을 벗겼다. 그러고는 졸개들에게 그 옷을 입게 했다. 그 중에서도 숙 태위와 몸집이 비슷하고 살결이 비교적 흰 졸개에게는 숙 태위의 옷을 입도록 했다.

송강 자신은 호위 장교로 변장했다. 오용과 양웅, 석수, 해진, 해보 등도 호위 군사로 변장했다.

임충, 호연작, 진명 등은 군사를 이끌고 미리 서악 화산으로 출발했다. 송강의 명에 따라 그 주변을 철저히 지키기 위해서였다. 그리고 화산의 사당 뒤에는 무송을 매복시켜 놓았다.

다음날 일찍 송강은 가짜 태위 행렬을 이끌고 화산으로 길을 재촉했다. 행렬이 사당에 이르자, 그 곳을 경비하는 군관이 부하들을 이끌고 마중을 나왔다.

"태위께서는 지금 몸이 편찮으시니 어서 가마를 준비하거라."

송강은 가마가 준비되자 얼른 가짜 태위를 가마 안에 모셨다. 군관이 가까이에서 보거나 말을 나누게 되면 탄로날 것이므로 접촉하지 못하게 한 것이다.

송강은 급히 가마를 호위하여 사당으로 올라갔다. 사당에 도착한 송강은 군관을 돌아보며 물었다.

"천자의 명을 받고 태위님께서 오셨는데, 어찌 이 곳 태수는 나와 보지도 않는단 말이냐?"

송강의 날카로운 말에 군관은 움찔하면서 황급히 고개를 조아렸다.

"연락이 늦어 아직 당도하지 못했습니다. 얼마 안 있으면 도착할 것입니다."

그 때 오용이 향백 주머니에서 은사의 금령조개를 꺼냈다. 금령조개의 눈부신 광채와 정교한 장식은 참으로 아름다웠다. 또한 거기엔 천자의 위엄이 서려 있었다.

오용의 의도는 금령조개를 보여 줌으로써 이 곳 관리들의 마음을 긴장시키고자 하는 것이었다. 아직 아무도 의심하는 자는 없었지만, 만사를 확실하게 해야 했기 때문이다. 과연 금령조개를 바라보는 군관과 관리인들의 얼굴엔 존경과 감탄의 표정이 역력했다.

얼마 후 하 태수가 수십 명의 군사들과 함께 올라오는 것을 보고는 그 앞에 나가 입을 열었다.

"이 곳에는 조정의 귀하신 분이 와 계시오. 태위님께서 보자고 하시니, 태수께서는 군사들을 놓아 두고 혼자서 올라가도록 하시오."

하 태수는 그 말에 따라 혼자서 가마가 있는 곳으로 갔다. 그러고는 가마 앞에 무릎을 꿇었다.

그 때 오용이 다시 말했다.

"태위님께서는 벌써 도착하셨는데, 태수께서는 어찌 이리 마중이 늦단 말이오?"

"연락이 늦게 와서 지금에야 부리나케 달려오는 길입니다. 용서하십시오."

하 태수는 머리를 조아렸다. 그러나 오용은 더욱 큰 소리로 하태수를 꾸짖었다.

"연락이 늦다니, 그 무슨 말도 되지 않는 변명이란 말이오?"

"드릴 말씀이 없습니다."

하 태수의 얼굴이 긴장감으로 벌개졌다. 그 때 오용이 큰 소리로 명령했다.

"여봐라, 어서 저놈을 묶어라. 감히 태위님을 마중하지 않은 죄를 물어야만 하겠다."

오용의 말이 떨어지자, 태위 일행으로 변장하고 있던 군사들이 얼른 하 태수를 묶었다.

하 태수가 묶이자 이번엔 해진과 해보가 달려들어 눈깜짝할 사이에 하 태수의 목을 베었다. 그리하여 하 태수는 무슨 일인지도 모른 채 죽고 말았다.

이어서 송강의 신호에 따라 숨어 있던 군사들이 모두 나와 관군들을 포위했다. 그들은 제대로 싸워 보지도 못하고 전멸당했다. 가까스로 도망친 자들도 산 아래 매복해 있던 군사들에게 목숨을 잃었다.

이렇게 하 태수를 죽이고 난 송강 일행은 곧 화주성으로 향했다.

화주성에서의 싸움은 아주 쉽게 끝났다. 태수를 잃은 화주성 군사들은 감히 대항할 생각도 못하고, 살아 남기 위해 허둥댔다.

양산박 두령들은 손쉽게 관군들을 무찌르고 성을 점령하여 노지심과 사진을 구출하였다.

송강은 성의 창고를 털어 곡식을 수레에 싣게 하고, 성을 불태워 버리고는 산채로 돌아갔다.

송강은 숙 태위에게서 빌린 옷을 고이 돌려 주었다. 태위는 송강의 전송을 받으며 무사히 산채를 떠날 수 있었다.

얼마 후 화주성에 들어간 태위는 성이 모두 불타 버리고 하 태수와 관군들이 모두 죽은 것을 보고는 깜짝 놀랐다.

태위는 즉시 궁중으로 돌아가 천자에게 보고했다. 그것은 양산박의 도적인 송강이라는 자가 강제로 자신들의 옷을 빼앗아 일을 저질렀다는 내용이었다.

한편, 송강은 소화산의 군사들을 데리고 양산박으로 갔다. 사진이 스스로 요청한 일이었다.

사진과 주무, 양춘, 진달 등의 새 두령을 맞이하게 된 양산박에서는 큰 잔치가 벌어졌다. 많은 식량도 얻었으므로 이 날의 잔치는 매우 풍성했다.

며칠 후 총두령인 조개는 중요한 이야기가 있다며 두령들을 불러 모았다.

"어제, 아래 주막을 지키는 주귀로부터 이런 보고를 받았소. 망탕산에 번서라는 자가 3천 명의 졸개를 거느리고 두령 노릇을 하고 있답니다. 이 번서라는 자는 바람을 부르고 비를 뿌리는 도술을 지니고 있는데, 그 밑의 작은 두령인 항충과 이곤이라는 자도 그에 못지 않은 대단한 무예를 지니고 있다더군요. 그런데 그놈들이 우리 양산박을 무시하면서 언제고 여기를 먹어 치우겠다고 큰소리를 치고 있답니다.

조개는 무척이나 화가 나는지 말을 하면서 계속 얼굴을 찌푸렸다. 조개의 말이 끝나자, 이번엔 다른 두령들의 얼굴이 험악해졌다.

"하룻강아지 범 무서운 줄 모른다더니, 이런 못된 놈들을 봤나……."

가장 먼저 이렇게 말한 사람은 구문룡 사진이었다.

"우리는 양산박의 큰 도움을 받아 이 곳에 오기는 했지만 아직 큰 공이 없습니다. 부디 우리에게 공을 세울 기회를 주시기 바랍니다. 기필코 그 못된 놈을 잡아 오겠습니다."

사진이 말하는 우리란 물론 소화산의 두령들이었던 주무, 진달, 양춘 등이다.

조개와 송강은 흔쾌히 그 말을 들어 주었다. 송강은 사진에게 군사들을 붙여 주었다.

사진은 주무, 진달, 양춘 등과 함께 군사들을 이끌고 망탕산으로 떠났다. 그들은 사흘만에 망탕산 어귀에 도착했다. 산 아래쪽에서 쉬고 있자니, 갑자기 산 위에서 함성이 들려 왔다.

정찰병의 보고를 받은 망탕산에서 군사를 내려 보낸 것이다. 항충과 이곤이 선두에 서서 군사를 이끌고 있었다. 사진은 곧 싸울 태세를 갖추고 그들과 맞섰다. 곧 치열한 싸움이 시작되었다.

적의 기세는 보통이 아니었다. 사진은 그들을 제압하기는커녕 있는 자리를 지키는 것조차 어려웠다. 돌아보니 부대의 뒤쪽을 지키고 있던 주무도 차츰차츰 밀리고 있었다.

사진은 얼른 군사를 돌려 멀찍이 물러나고 말았다.

"놈들이 허풍쟁이만은 아니군. 아무래도 우리 힘만으로는 놈들을 이길 수가 없겠소."

"제 생각도 그렇습니다. 양산박에 구원을 청해야 할 것 같습니다."

사진과 주무는 일단 그렇게 의견을 나누었다.

하지만 자신 있게 말하고 떠나 올 때를 생각하니, 구원병을 청한다는 게 선뜻 내키지 않았다. 사진은 풀이 죽어서 생각에 잠겼다.

그 때 밖에서 정찰병이 뛰어들어와 한 떼의 군사가 몰려오고 있다고 전했다. 사진 등은 급히 밖으로 나가 보았다. 과연 흙먼지를 날리며 한 떼의 군마가 이쪽을 향해 오고 있었다.

먼지가 걷히면서 드러난 깃발을 보니, 양산박의 깃발이었다. 사진은 얼른 그들을 맞이하러 나갔다.

군사를 이끌고 온 사람은 화영이었다.

"당신들만 보낸 게 마음에 걸린다며 송강 두령이 우리를 보냈습니다."

사진은 너무 기뻐 말문이 막혔다.

그런데 다음날이 되자 또 한 떼의 군마가 들이닥쳤다. 이번에는 송강의 지휘하에 호연작, 시진, 손립, 여방, 황신, 곽성, 주동, 그리고 공손승까지 왔다.

사진은 송강에게 자세한 사정을 들려 주었다.

"놈들이 그렇게 세단 말이오?"

송강은 군사들에게 명하여 진지를 구축하게 했다.

얼마 지나지 않아 튼튼한 진지가 만들어졌다.

저녁이 되어 작전 회의가 열리자, 공손승이 먼저 입을 열었다.

"저들에겐 도술을 부리는 자가 있습니다. 우리도 작전을 세워 놈들을 공격해야 합니다. 내일 저들이 몰려오면 일단 후퇴를 하십시오. 그리고 그 다음은 저에게 맡기십시오."

다음날이 되자 망탕산의 군사가 먼저 공격을 시작했다. 적군의 한가운데에는 번서가 화려한 갑옷을 입고 서 있었다.

송강은 공손승의 말에 따라 군사를 후퇴시켰다. 그 때였다. 번서가 손을 들자 바람이 거세게 일기 시작했다. 그와 동시에 그들의 공격 대형이 변하면서 산이라도 허물 듯한 기세로 공격해 왔다.

송강의 군사가 후퇴하는 것을 본 그들은 더욱 맹렬히 추격해 왔다.

"저들은 진법과 도술을 교묘하게 이용하고 있습니다. 저 진법에 허점이 생길 때까지 기다려야 합니다."

유심히 그들의 공격 대형을 지켜 보던 공손승이 침착하게 말했다.

양산박의 군사들이 아주 멀리 후퇴하고 난 다음 드디어 공손승이 주문을 외우기 시작했다. 그러자 바람의 방향이 바뀌면서 적진에 혼란이 일어나기 시작했다.

"자, 지금입니다. 저 왼쪽 진영으로 공격하십시오."

송강은 공손승이 가리킨 방향으로 군사를 몰았다. 그 곳에서는 항충과 이곤이 우왕좌왕하고 있었다.

싸움이 시작된 지 얼마 지나지 않아 항충과 이곤은 송강의 포로가 되었다. 번서만이 약간의 부하들을 데리고 허겁지겁 산으로 도망갔다.

송강은 사로잡힌 항충과 이곤에게 술을 권했다.

"우리는 당신들의 용맹함에 감탄했습니다. 이제 우리와 손을 잡는 게 어떻겠습니까? 서로 뜻만 맞으면 적이 친구가 될 수도 있는 것 아닙니까?"

항충과 이곤은 송강의 말에 고개를 숙였다.

"급시우 송강 어른의 명성은 일찍부터 들어 왔습니다. 우리의 헛된 자만을 용서해 주신다면 기꺼이 어른을 따르겠습니다."

"고맙소. 그렇다면 우선 번서를 설득해 주시오."

항충과 이곤은 그러겠다고 약속하고 산채로 돌아갔다. 두 사람은 번서를 만나 자신들의 생각을 전했다. 번서는 한참을 고민한 끝에 입을 열었다.

"양산박이 저토록 강대하니, 어차피 나로서는 혼자서는 어찌할 수가 없겠소."

번서는 남은 군사들을 이끌고 송강에게 투항했다. 송강은 기쁜 마음으로 그를 받아들였다.

조개의 죽음

송강이 군사를 이끌고 양산박으로 돌아오는 길이었다. 주귀가 지키고 있는 주막에 당도하자, 몸집이 우람한 사내가 송강에게 달려 나오더니 무릎을 꿇었다.

"송강 어른께 인사 올립니다."

"그대는 뉘시오?"

송강은 말에서 내려 사내에게 물었다.

"저는 단경주라고 하는데, 북쪽 국경을 오가며 말을 훔치며 살아가고 있었습니다. 그런데 얼마 전에 참으로 기가 막힌 말 한 필을 얻었습니다. 털빛이 그야말로 순백과 같아서 잡털이라곤 하나도 없고, 전신에 늠름한 기가 흐르는 말이었습니다. 저는 그 말을 송강 어른께 바치고 양산박의 일원이 되고 싶었습니다. 그런데 여기로 오는 도중에 증가오호라고 불리는 놈들에게 그 말을 빼앗기고 말았습니다. 송강 어른의 말이라고 해도, 놈들은 코웃음만 칠 뿐이었습니다. 그래서 이렇게 몸 하나만 살아나와 송강 어른을 찾아왔습니다."

송강은 단경주라는 사내를 자세히 내려다보았다. 사내는 몸집이 좋고 힘도 무척 세어 보였다.

"우선 산채로 올라가 얘기를 나눕시다. 우리를 따르도록 하시오."

송강은 산채에 도착하여 조개 두령에게 그 동안의 일을 보고했다. 그리고 망탕산의 두령들이었던 번서, 항충, 이곤 등을 소개했다. 조개는 기쁜 마음으로 그들을 맞이했다.

환영의 술자리가 벌어졌을 때 단경주라는 사내가 또 입을 열었다.

"증두시에는 증장자라고 하는 사람이 있는데, 그에게는 아들 다섯이 있습니다. 그놈들이 아까 제가 말씀드렸던 증가오호라 불리는 자들입니다. 맏아들이 증도이고, 그 밑으로 증밀, 증삭, 증괴, 증승이지요. 그 밖에도 무술 사범인 사문공과 소정이라는 자들이 그 집에 머물고 있습니다. 놈들은 항상 어느 때건 양산박을 치겠다고 큰소리를 쳐 왔는데, 얼마 전에는 동네의 어린 아이들에게 말도 안 되는 노래를 만들어 부르게 했답니다. 한번 들어 보시겠습니까?"

방울 소리 딸랑딸랑 소리를 내면
귀신조차 무서워 벌벌 떤다네.
무쇠 수레 몰고 무쇠 사슬로
양산박의 조개 송강 다 잡아들여
우리 증가오호의 높은 이름을
온 세상에 크게 높이리.

단경주의 노래를 다 듣고 난 조개는 얼굴이 시뻘개졌다.

"이런 나쁜 놈들이 있나! 내 당장 그놈들을 요절내고야 말겠다."

조개는 말을 끝내자마자 자리에서 벌떡 일어났다.

"조개 두령, 참으십시오. 그놈들은 우리가 가서 박살을 내겠습니다."

송강이 말하자 오용도 나서서 한마디 했다.

"그렇습니다. 조개 두령은 이 곳의 주인이니 명령만 내리십시오. 송강 두령께서 그들을 잡아 올 것입니다."

송강과 오용은 당장이라도 산을 내려갈 듯한 조개를 진정시키려 했다.

그러나 조개는 고개를 저었다.

"아니오, 당신들은 그 동안 너무 고생이 많았소. 지난번에도 큰 싸움을 치르지 않았습니까? 이번에야말로 내가 직접 가서 양산박의 무서움을 천하에 알리겠소."

몇 사람이 더 나서서 말려 보았지만 조개는 끝내 듣지 않았다.

잔치가 끝난 다음날, 조개는 아침 일찍 일어나 직접 군사들을 점검했다. 그리고 곧 스무 명의 두령과 군사 5천에게 출전 준비를 시켰다.

스무 명의 두령은 임충, 호연작, 서녕, 목홍, 양웅, 석수, 손립, 장횡, 황신, 연순, 등비, 구붕, 양림, 유당, 원소이 삼형제, 백승, 두천, 송만이었다. 이들 두령들은 각기 부하들을 이끌고 조개를 따라 나섰다.

그런데 조개가 막 산채를 떠나려 할 때였다. 갑자기 거센 바람이 불어오더니 출전 부대의 깃발을 뚝 부러뜨리고 말았다. 그것은 조개의 출전을 위해 새로 만든 깃발이었다. 깃발이 부러지는 것을 본 두령들은 얼굴빛이 변했다.

"조개 두령, 출전에 앞서 깃발이 부러지는 건 좋지 않은 징조입니다. 아무래도 이번 출전은 연기하는 게 좋을 듯합니다."

그렇게 말하고 나선 사람은 송강이었다. 사실 그것은 송강뿐 아니라 모든 두령의 일치된 마음이었다.

그러나 조개는 씩 웃으며 호기롭게 말했다.

"조개가 이 정도를 가지고 두려워할 위인은 아니오. 두령들은 아무 걱정 하지 마시오."

조개가 그렇게 나오자 더 이상 말릴 수도 없었다.

조개는 산채에 남은 사람들에게 손을 흔들며 산을 내려갔다. 스무 명의 두령들과 5천의 군사가 그 뒤를 따랐다.

조개가 증두시에 당도해 보니 쉽게 공략할 만한 곳은 아니었다. 조개는 우선 부대를 멈추고 진을 구축하도록 했다.

얼마 지나지 않아 증가의 군사가 먼저 공격을 해 왔다. 증가의 넷째

아들인 증괴가 수백 명의 군사들을 이끌고 버드나무 숲에서 몰려왔다.

그것을 본 임충이 고함을 지르며 달려나갔다. 임충과 증괴는 10여 차례 부딪쳤다. 증괴는 임충을 당할 수 없자 말을 돌려 달아났다.

다음날은 양산박의 군사가 먼저 공격을 했다. 증가 쪽에서는 4형제 모두가 맞섰다. 그리고 무술 사범인 사문공과 소정도 합류했다.

이 날의 싸움은 치열했다. 특히 임충과 호연작은 바람을 가르듯 이리저리 치고 달리며 적을 압도했다. 그러나 방비를 튼튼히 하고 있는 증가의 부대를 완전히 섬멸할 수는 없었다. 증가의 군사들은 지형의 유리한 점을 이용하여 교묘하게 피해 다니기만 할 뿐, 본격적인 싸움을 하려 하지 않았다.

조개는 마음이 조급하여 계속 공격을 시도했다. 그러나 번번이 실패하자 조금씩 짜증이 났다.

"너무 조급해하지 마십시오."

두령들은 조개를 위로했다.

싸움이 시작된 지 나흘째 되는 날이었다. 웬 낯선 승려 두 사람이 양산박의 진지로 찾아왔다.

"우리는 증두시의 동쪽에 있는 법화사의 중들입니다. 증가오호가 자기들의 세력만 믿고 절에 와 행패를 부리는 통에 그 동안 어려움이 많았습니다. 이번에 양산박에서 그들을 치러 오셨다니 저희로서는 얼마나 기쁜지 모릅니다. 그래서 저희가 작으나마 도움을 드리려고 이렇게 찾아왔습니다."

조개는 그 말을 듣고 몹시 기뻐했다.

"그래, 어떻게 우리를 도울 작정이오?"

"네, 우리는 이 곳의 지리를 잘 알고 있습니다. 은밀하게 적의 진지를 급습할 수 있는 곳을 가르쳐 드리겠습니다."

조개는 흐뭇한 마음이 되어 승려들에게 좋은 음식을 대접했다.

조개는 곧 군사를 반으로 나누어 그 중 한 부대를 인솔했다. 임충이 다른 한 부대의 지휘자가 되어 진지에 남고, 조개는 승려들을 따라 법화사로 향했다.

어두운 숲으로 들어가 법화사에 이르렀으나 이상하게도 거기엔 아무도 없었다.

"아니, 절에 왜 사람이 하나도 없소?"

조개가 승려에게 물었다.

"모두 증가오호의 행패 때문입니다. 중들은 모두 그들을 피해 외진 곳에 숨어 지낸답니다."

조개는 알 만하다는 듯 고개를 끄덕였다.

승려들은 계속 길을 안내하면서 좀더 깊은 숲 속으로 들어갔다. 주위는 칠흑 같은 어둠뿐이었다. 그런데 얼마쯤 가다 보니 안내를 하던 승려들이 보이지 않았다.

"누가 중들을 못 보았느냐?"

조개가 군사들에게 물었지만 아무도 알지 못했다. 군사들은 당황하기 시작했다. 아무리 둘러보아도 자신들이 어디쯤에 있는지조차 알 수 없었기 때문이다.

"계속 앞으로 나가라."

조개는 일단 진군하도록 지시했다. 군사들은 어둠을 헤치면서 더듬더듬 앞으로 나아갔다.

그렇게 얼마쯤 갔을 때였다. 사방에서 우레와 같은 함성이 들려 오더니 곧 화살이 비 오듯 쏟아지기 시작했다. 어디서 날아오는지도 알 수가 없었다.

양산박 군사들은 정신 없이 허둥대기만 할 뿐, 전혀 대항할 엄두도 내지 못했다. 여기저기서 고함과 비명 소리만 엇갈렸다.

어둠 속에서 날카로운 화살 하나가 조개에게 날아왔다. 조개는 미처 피할 틈도 없이 얼굴에 그 화살을 맞고 말았다.

조개가 쓰러지는 것을 본 두령들은 필사적으로 길을 만들기 시작했다.

그들은 많은 군사들을 잃고 난 다음에야 겨우 숲을 벗어날 수 있었다.

두령들은 부상당한 조개를 데리고 급히 진지로 돌아왔다. 이 싸움으로 인해 군사의 반 이상이 목숨을 잃고 말았다.

임충은 조개의 얼굴에서 화살을 뽑아 냈다. 화살에는 사문공이라는 글자가 새겨져 있었다. 화살을 뽑기는 했지만, 조개의 상처는 회복되지 않았다. 그것은 독화살이었던 것이다.

조개의 생명이 위급하다고 판단한 임충은 급히 군사를 돌려 양산박으로 향했다. 후퇴하면서도 싸움은 계속 되었지만 별일 없이 양산박으로 돌아올 수 있었다.

조개의 병세는 전혀 나아지지 않았다. 양산박으로 돌아온 다음날 조개는 희미한 의식 속에서 마지막 말을 남겼다.

"내가 죽거든 내 원수를 갚는 자에게 이 곳의 두령을 맡기시오"

유언을 한 지 얼마 되지 않아 조개는 세상을 떠났다. 두령들은 가까운 용화산의 주지를 불러 장례를 치렀다.

장례가 끝나자 두령들의 회의가 열렸다.

"주인 없는 집이란 있을 수 없다. 더욱이 우리 양산박에서는 하루라도 두령 자리를 비워 둘 수 없다. 조개 두령이 가셨으니, 우리로서는 무엇보다도 먼저 새로운 두령을 뽑아야 할 것입니다."

이런 제안을 꺼낸 사람은 오용이었다. 오용은 이어서 다음과 같이 말했다.

"저는 이제까지 서열 2위로 계시던 송강 두령을 우리의 총두령으로 모셨으면 합니다."

다른 두령들도 모두 오용의 말에 찬성했다. 그러나 송강은 손을 들어 사양했다.

"모두들 조개 두령의 유언을 들었을 것입니다. 자신의 원수를 갚는 자에게 두령 자리를 맡기라는 게 그분의 부탁이었습니다."

"물론 우리도 그 유언을 들었습니다. 하지만 지금 당장 사문공을 잡을 수는 없지 않습니까? 그 때까지 두령의 자리를 비워 둘 수는 없습니다."

다시 오용이 나서서 말했다.

"그렇습니다. 일단 송강 두령께서 맡아 주십시오."

몇 차례 더 사양했지만, 모든 사람들이 송강을 두령으로 받들고자 했다. 송강은 할 수 없이 두령의 자리를 맡았다.

"여러분의 뜻이 정히 그러하다면 사문공을 잡을 때까지만 두령 자리를 맡겠습니다. 이제는 증가를 쳐부술 의논을 합시다. 조개 두령의 복수도 복수지만, 많은 군사들의 원한을 갚기 위해서라도 하루빨리 그들을 쳐야 할 것입니다."

두령들은 일단 산채를 정리한 다음 증가를 치기로 결정했다. 군사들의 사기가 많이 떨어져 있었기 때문이다.

그 다음날이었다. 장례를 주도한 용화산의 주지와 송강은 작별 인사를 나누기 위해 만났다. 차를 마치던 용화산의 주지가 송강에게 넌지시 말을 건넸다.

"이 곳에는 이름난 호걸들이 많이 계신데, 여기에 꼭 있을 만한 분이 보이질 않는군요."

"그게 누구입니까?"

"북경의 노준의라는 분을 아십니까? 별명은 옥기린이지요. 하북의 삼절로 알려진 분으로, 봉술에 있어서는 천하 제일이라 할 수 있습니다."

주지의 말을 들은 송강은 무릎을 탁 쳤다.

"왜 모르겠습니까? 그분의 이름은 저도 많이 들었습니다. 과연 그분이야말로 우리에게 필요한 분입니다."

송강은 주지가 돌아간 다음 두령들을 불러 모았다. 그리고 노준의를 데리고 올 수 있다면 좋겠다고 생각을 밝혔다.

"그런데 그 사람은 북경의 제일 가는 부자로서 스스로 이 곳에 들어올 사람이 아니니, 그것이 걱정입니다."

송강이 어두운 표정이 되어 그렇게 말하자, 오용이 빙그레 웃으며 입을 열었다.

"스스로 오지 않으면 계획을 꾸며야지요."

"좋은 생각이 있소?"

"제 짧은 혀를 믿으신다면 저를 북경으로 보내 주십시오. 다만 누구 한 사람이 더 있어야겠습니다. 힘이 세고 당당한 사람일수록 좋지요."

그러자 옆에 있던 흑선풍 이규가 벌떡 일어났다.

"그런 사람이라면 나밖에 더 있겠소?"

"자네는 안 돼. 늘 말썽만 일으키고 다니는데, 어찌 믿고 보내겠는가?"

이렇게 핀잔을 준 사람은 송강이었다.

이규는 송강이 하는 말이라 감히 화는 내지 못했지만, 입을 씰룩거리며 불평을 늘어놓았다.

"나도 마음먹고 하는 일은 잘하는 사람입니다. 너무 무시하지 마십시오."

이규의 불평을 들은 오용이 웃음 띤 얼굴로 입을 열었다.

"허허, 일만 저지르지 않는다면 누가 자네를 무시하겠나? 만약 내가 말하는 세 가지를 지키겠다고 약속하면 기꺼이 자네를 데리고 가겠네."

"그 세 가지가 뭡니까? 말씀만 하십시오."

"첫째, 술을 마시지 말 것. 둘째, 내 하인으로 변장하여 여기를 나서는 순간부터 절대 복종을 하며 따라다닐 것. 셋째, 벙어리가 될 것. 다시 말하면 내가 시키지 않는 한 한 마디도 해서는 안 되네. 어때, 지킬 수 있겠는가?"

"다른 건 괜찮은데 벙어리 노릇이 조금……. 좋습니다, 뭐 아예 입에다 동전을 하나 넣고 다니지요."

이렇게 해서 오용과 이규는 북경으로 떠났다.

오용의 계략

오용은 흰색의 비단 도포에다 검은 두건을 써서 점쟁이로 보이게 했다. 그리고 이규는 거친 무명옷을 입고 머리를 길게 늘어뜨려 하인처럼 꾸몄다. 이규는 큰 지팡이 하나를 들었는데, 거기에는 '점'이라고 쓰여 있었다.

닷새 만에 북경에 도착한 오용은 점쟁이 흉내를 내며 성 안을 돌아다녔다.

"죽고 사는 것은 하늘의 뜻이오. 그러나 미리 알면 비켜 갈 수는 있다오. 자, 자신의 운명을 알고 싶거든 나를 따라오시오. 한 냥만 내시면 운세를 봐 드립니다."

오용이 이렇게 큰 소리로 외치며 돌아다니자, 많은 사람들이 재미있다는 듯 바라보았다. 아이들은 히히덕거리며 뒤를 졸졸 따라다녔다. 오용 말고도 이규의 험상궂은 모습이 사람들의 눈길을 끌었다.

"하인 놈은 꼭 소도둑놈같이 생겼군."

사람들은 저희들끼리 그렇게 쑥덕거렸다. 이규의 얼굴이 일그러졌다. 오용은 그 때마다 이규에게 눈치를 주어 대꾸하지 못하게 했다.

오용은 드디어 노준의가 운영하는 전당포 쪽으로 길을 잡았다. 가게에는 많은 사람들이 드나들고 있었다. 오용은 좀더 큰 목소리로 사람들을 불러 모으기 시작했다.

오용의 뒤를 따라다니는 아이들의 수가 아까보다 훨씬 늘어났다.

가게 안에 있던 노준의는 밖이 소란스럽자 점원에게 물었다.

"대체 무슨 일이냐?"

"네, 점쟁인가 본데 많은 사람들이 따라다녀서 소란스러운 것입니다."

점원의 말을 듣고 난 노준의는 잠시 생각에 잠긴 듯하더니 다시 점원을 불렀다.

"사람들이 많이 따른다면 보통 사람이 아닌가 보구나. 가서 좀 보자고 전해라."

점원은 오용에게 가서 노준의의 말을 전했다. 그러자 오용은 속으로 회심의 미소를 지으며 점원을 따라 노준의의 가게로 갔다.

오용이 정중하게 인사를 하자, 노준의는 차를 권하면서 오용의 신분을 물었다.

"저는 산동 사람으로 장용이라 합니다. 약간의 운명점을 배운 적이 있어서 세상을 떠돌아다니며 점을 치고 있지요. 복채로는 한 냥을 받고 있습니다."

노준의가 점원을 시켜 한 냥의 돈을 건넸다.

"제 운수는 어떻습니까?"

오용은 노준의로부터 생년월일시를 들은 다음 점치는 산대를 꺼내 들었다. 산대를 이리저리 흔들던 오용은 갑자기 심각한 표정을 지었다.

"무슨 점괘가 나왔습니까?"

노준의가 궁금해하며 물었다.

"말씀 드리기가 죄송하군요. 별로 좋지가 않습니다."

노준의가 답답하다는 듯 대답을 재촉했다.

"무슨 뜻인지? 어서 말씀해 주십시오."

오용은 잠시 뜸을 들이고 나서 입을 열었다.

"점괘에 의하면 어른께서는 한 달 이내에 재앙을 당하시게 돼 있습니다. 남에게 목숨을 잃을 수입니다."

오용의 말을 들은 노준의는 껄껄 웃었다.

"허허 말도 안 되는 소립니다. 나는 이제껏 북경에서 남에게 해 한 번 안 끼치고 살아 왔습니다. 법을 어긴 적도 없고 이웃과도 친하게 지냈는데, 누구에게 목숨을 잃는단 말입니까?"

"제가 어찌 알겠습니까? 다만 점괘가 그렇다는 걸 말씀 드렸을 뿐이지요. 어쨌거나 믿고 안 믿고는 당사자의 마음입니다. 그럼 이만 물러가겠습니다."

오용은 자리에서 일어나려 했다. 그러자 노준의가 황급히 오용을 잡았다.

"좀더 자세히 말씀해 보시오. 재앙이 있다는 말만 툭 던져 놓고 그냥 가면 어떡하오?"

오용은 마지못한 듯 다시 앉았다.

"주인께서는 동남쪽으로 천 리를 가야 합니다. 그래야만 재앙을 없앨 수 있습니다."

오용은 거기까지 말하고 나서 일어났다. 가게를 나온 오용은 이규와 함께 북경성을 떠났다.

오용이 가고 난 후 노준의는 깊은 생각에 잠겼다. 점괘를 그대로 믿지는 않았지만 아무래도 기분이 좋지 않았다.

오랜 생각 끝에 노준의는 가족들과 점원들을 불러 모았다.

"아까 점을 보았는데, 점괘가 몹시 나쁘게 나왔소. 동남쪽으로 천 리를 가야만 목숨을 건질 수 있다는구려. 그래서 잠시 동남쪽으로 여행을 떠날까 하오. 그리고 이고는 나와 동행할 준비를 하시오."

그러자 가게의 지배인인 이고가 말했다.

"누군지도 모르는 사람의 점괘를 믿고 가게를 비우시는 건 좋지 않습니다. 그냥 흘려 버리시지요."

이고에 이어 연청도 노준의를 말렸다. 이고와 연청은 모두 노준의가 각별히 신임하는 사람들이었다.

그러나 노준의의 마음은 이미 굳어져 있었다. 이고는 어쩔 수 없이 노준의를 따라 여행을 떠나게 되었다. 전당포는 노준의가 돌아올 때까지 연청이 관리하도록 해 놓았다.

노준의는 큰 수레에 음식과 옷가지들을 잔뜩 싣고, 여러 명의 인부들을 데리고 떠났다.

동남쪽으로 방향을 잡고 여행을 떠난 노준의는 며칠 만에 어느 주막에서 하룻밤을 묵게 되었다. 그런데 다음날, 노준의가 길을 떠나려는데 주막 주인이 주의를 주었다.

"그쪽 길로 가다 보면 양산박이라는 곳이 나오는데, 그 곳에는 도적들이 많으니 조심해야만 합니다."

그 말을 들은 수레 인부들이 겁을 먹고 노준의의 눈치를 살폈다. 노준의는 빙그레 웃기만 할 뿐이었다.

"걱정 마시오. 도적 따위를 두려워할 내가 아니오."

노준의는 별일 아니라는 투로 가볍게 말했다. '산적이 나오면 모두 잡아 버리면 되지.' 하는 게 노준의의 생각이었다. 그만큼 자신의 무예에 자신감이 있는 노준의였다.

며칠 후, 노준의는 마침내 양산박을 지나가게 되었다. 노준의 일행이 나무가 빽빽한 산 중턱에 올랐을 때였다. 어디선가 둥둥 북 소리가 나기 시작했다. 그 소리를 들은 인부들은 얼굴색이 변하면서 잔뜩 겁을 먹었다.

얼마 후, 창칼로 무장한 수십 명의 도적 무리가 나타났다. 그것을 본 인부들은 벌벌 떨며 모두 수레 밑으로 기어들어갔다.

쌍도끼를 들고 도적 무리의 맨 앞에 서 있던 사내가 노준의를 노려보며 소리쳤다.

"여보시오, 노준의 어른! 내 얼굴이 생각나지 않소?"

그는 바로 오용의 하인으로 변장했던 이규였다.

"아니, 네놈은? 네놈이 나를 놀렸구나. 어서 덤벼라. 네놈을 관가로 끌고 가야겠다."

노준의는 칼을 뽑아 들고 이규에게 달려들었다. 이규는 몇 번 도끼를 휘두르다 숲 속으로 도망갔다. 뒤에 서 있던 도적들도 같이 달아났다.

"별것도 아닌 솜씨로 내 길을 막다니."

노준의는 이규를 쫓아 숲 속으로 들어갔다. 얼마쯤 쫓아 들어가니 이번엔 승려 차림의 거한이 나타났다. 화화상 노지심이었다.

"어서 오시오, 노준의 어른. 우리 산채로 가서 두령을 맡아 주시지 않겠소?"

노지심이 비아냥거리며 말했다.

"네 이놈, 너도 한패렷다! 허튼 수작 말고 내 칼을 받아라."

노준의는 노지심을 향해 칼을 뻗었다. 노지심은 몇 합 겨루는 체하더니 얼른 몸을 돌려 사라졌다.

노준의가 노지심을 쫓아가고 있자니, 이번엔 무송이 나타났다.

"나는 무송이라 하오. 어서 오시오, 노 두령님."

무송의 말이 끝나기도 전에 노준의가 달려들었다. 무송도 약만 올리며 빙빙 돌다가 숲 속으로 사라져 버렸다.

"이 산에는 전부 겁쟁이들만 살고 있구나. 어디에 숨었느냐? 모두 나오너라."

노준의는 숲 속을 향해 크게 외쳤다. 그 때 뒤쪽에서 누군가의 비웃음 섞인 웃음소리가 들려 왔다.

"하하하, 아직도 함정에 빠진 걸 모르겠소? 자, 그만 우리와 함께 산채로 올라갑시다."

노준의가 돌아보니 당당한 체구의 한 남자가 서 있었다. 그는 유당이었다. 유당도 그렇게 말하고는 얼른 숲 속으로 도망쳤다.

노준의는 이상한 생각이 들어 처음의 자리로 돌아가 보았다. 그런데 거기엔 수레도 인부들도 없었다. 깜짝 놀라 사방을 살펴보니 저 위쪽 언덕길에 이고를 비롯하여 인부들이 도적들에게 잡혀 가는 게 보였다.

노준의는 재빨리 그쪽으로 달려갔다. 거의 다 쫓아갔다고 생각할 때쯤, 갑자기 왼쪽 숲 속에서 한 무리의 사람들이 나타났다. 그들은 송강, 오용, 공손승 등이었다.

"노준의 선생, 어서 오십시오. 불초 송강이 아까부터 기다리고 있었습니다."

노준의는 송강의 말을 듣지도 않고 칼부터 뽑았다. 그 때 송강의 뒤에서 화영이 나타나 활을 쏘았다. 화영이 쏜 화살은 정확하게 노준의의 갓을 뚫었다.

노준의는 화영의 활 솜씨에 간담이 서늘해졌다. 일단 도망치자고 생각한 노준의는 있는 힘을 다해 산 아래쪽으로 달렸다.

노준의가 강기슭에 이르니, 사공 한 사람이 한가롭게 노를 젓고 있었다. 노준의는 재빨리 그 배에 올라탔다. 그러자 배는 빠른 속도로 강 한가운데로 들어갔다. 배가 강 한가운데에 이르렀을 때였다. 사공이 배를 세우더니 노준의를 돌아보며 말했다.

"이제는 항복하시지요. 당신은 갈 곳이 없습니다."

그는 바로 이준이었다. 이준도 도적과 한패라는 것을 안 노준의는 칼을 뽑아 그에게 겨누었다. 그러나 이준은 상대하지 않고 얼른 물 속으로 뛰어들었다.

'큰일났구나. 나는 헤엄을 칠 줄 모르는데······.'

노준의가 이렇게 걱정하고 있을 때, 물 속에서 또 다른 사람이 얼굴을 내밀었다.

"나는 물귀신 장순이다."

장순은 뱃전을 잡아당겨 배를 뒤집어 버렸다. 그 바람에 노준의는 칼을 놓치며 물에 풍덩 빠졌다.

땅에서는 무서울 게 없는 노준의였지만, 물 속에서는 힘을 쓸 수가 없었다. 노준의는 장순과 이준에게 잡혀 밧줄에 묶인 채 산채로 끌려 올라갔다. 산채에 도착하자 송강이 나타나 노준의를 맞이하였다.

"어서 풀어 드리고 새 옷을 갖다 드려라."

송강의 명에 따라 졸개들이 노준의를 풀어 주었다. 그리고 새 옷을 가져다 입혔다.

송강은 노준의를 상석에 오르게 하고는 정중하게 절을 올렸다. 노준의도 일단 맞절로 받았다.

"부하들의 무례를 용서하십시오. 어른을 모시고 싶은 마음에 할 수 없이 그런 짓을 저질렀습니다."

송강에 이어서 옆에 있던 오용도 조심스럽게 입을 열었다.

"점쟁이 노릇을 하며 어른을 속인 것도 다 노 대협을 모시고자 하는 마음에서였습니다. 이제 여기까지 오셨으니 이 곳의 주인이 되어 주시기 바랍니다."

상대방이 모두 정중하게 나오자, 노준의는 화를 풀었다. 그러나 쉽게 마음을 돌리지는 않았다.

"나를 죽이려면 죽이시오. 이 곳에서 도적 노릇을 할 마음은 추호도 없소."

송강은 더 이상 말하지 않고 나중으로 기회를 밀었다. 그 대신 노준의를 환영하는 잔치를 벌였다.

성대한 잔치가 시작되었다. 그러나 노준의는 계속 우울한 얼굴이었다.

노준의가 좀처럼 마음을 돌리지 않자, 다른 사람들을 먼저 돌려보내기로 했다. 그리하여 다음날 일찍 이고와 인부들은 무사히 산채를 떠나게 되었다.

오용은 이고를 배웅해 주면서 다음과 같이 말했다.

"자네 주인인 노준의 어른은 우리와 함께 하기로 했다네. 그러니 돌아가서 가족들에게도 그렇게 전하게나."

그 날도 송강을 비롯한 두령들이 아침부터 노준의를 설득했다. 그러나 노준의의 마음은 조금도 흔들리지 않았다.

"우리 가문은 대대로 나라에 충성을 해 왔소. 나는 약간의 재산도 있고, 그런 대로 행복하게 살고 있소이다. 그러니 이 곳에서 도적이 될 이유가 하나도 없소."

송강은 노준의를 잡을 수 없음을 알았다. 그래도 아쉬움이 남아 노준의를 금방 돌려보내지는 않았다. 그래서 노준의는 한 달이나 산채에 머물며 후한 대접을 받았다.

한 달이 되었을 때 노준의는 집으로 돌아가도 좋다는 말을 들었다. 노준의는 두령들의 작별 인사를 받으며 북경으로 향했다.

그러나 기쁨에 들뜬 노준의를 기다리고 있는 것은 생각지도 않았던 배신이었다.

노준의는 가게 근처에서 연청을 만났다. 연청은 거지와 같은 초라한 차림으로 길거리를 헤매고 있었다. 연청은 노준의를 보자 펑펑 울면서 하소연을 했다.

"어르신, 왜 이제야 오십니까? 지금 어른의 가게와 집은 이고의 수중에 넘어가 있습니다. 그 나쁜 놈이 어르신이 양산박과 한패가 되었다고 관가에 고자질을 하는 바람에 관가에서는 나리를 잡으려 하고 있습니다. 이고는 마님마저 자기의 부인으로 만들어 버리고, 가게를 독차지했습니다. 저도 이 꼴로 내쫓기고 말았습니다. 그 때부터 이제나저제나 나리 소식만 기다리고 있었습니다."

노준의는 그 말을 믿을 수가 없었다. 그래서 연청이 팔을 잡는 것도 뿌리치고 가게로 들어갔다.

노준의가 가게로 들어가니, 이고가 나와 반갑게 맞이하였다. 아내도 웃으면서 노준의에게 매달렸다.

그러나 노준의가 안심하고 식사를 하고 있는 사이에, 이고는 감쪽같이 사라져 버렸다. 그리고 잠시 후, 수많은 관군들이 몰려와 노준의를 체포했다. 노준의는 양산박의 도적이라는 죄명으로 옥에 갇히고 말았다.

또한 이고는 뇌물을 써서 노준의가 빨리 처형당하도록 했다. 노준의는 옥에 갇히고 나서야 연청의 말이 사실이란 것을 알았지만, 이미 아무 것도 돌이킬 수가 없는 형편이었다. 기다릴 것은 오직 자신의 처형 날짜 뿐이었다.

　연청은 노준의를 구할 수 있는 것은 양산박 호걸들뿐이라고 생각했다. 그래서 쉬지 않고 양산박으로 달려가 구원을 요청했다.

북경성을 공격하다

연청에게서 노준의의 소식을 들은 양산박에서는 긴급 회의가 열렸다.

"노준의는 우리 때문에 죽게 되었소. 그를 구해 내야 합니다."

송강의 말에 반대하는 사람은 아무도 없었다. 양산박에서는 북경성으로 갈 준비를 하기 시작했다.

때는 늦가을이었다. 오랫동안 싸움이 없었기 때문에 기마에 쓰일 말들은 충분한 휴식으로 건강했다. 또한 군사들의 사기도 높았다. 무엇보다도 노준의를 구하겠다는 두령들의 마음이 굳건했으므로, 싸움 준비가 철저했다.

적의 지형이나 형편을 살피는 척후병 임무를 담당할 제1대는 흑선풍 이규가 지휘하는 500명의 군사로 정해졌다. 제2대는 해진, 해보, 공명, 공량 등이 각기 1천 명의 군사를 이끌었으며, 제3대는 각각 손이랑, 고대수의 지휘를 받는 1천 명씩의 군사들, 제4대는 각각 이응, 사진, 손신 등의 지휘를 받는 1천 명씩의 군사들로 편성되었다.

부대의 후위를 담당할 종군에는 송강, 오용, 여방, 곽성, 손립, 황신 등의 두령들이 지휘자가 되었다. 전군의 두령에는 진명, 백승, 팽기 등이 있었고, 후군의 두령에는 임충, 마린 등이 있었다.

다시 이들 부대의 우군으로는 호연작, 화영 등이 이끄는 부대가 있었으며, 좌군은 능진, 진달, 양춘 등이 지휘를 맡았다.

이러한 대군이 북경성으로 몰려들게 되자, 태수 양중서는 방비를 굳건히 했다. 양중서는 대장군 문달, 이성, 색초로 하여금 제1선을 맡도록 했다. 이들은 모두 뛰어난 명장들이었다.

북경성 앞까지 나는 듯이 달려온 양산박 군사들은 자신들을 기다리고 있는 부대가 만만치 않음을 금세 알아보았다. 그러나 결코 기죽을 군사들이 아니었다. 특히 선봉을 맡은 이규는 아무것도 두려워하지 않았다.

"흑선풍 이규란 이름을 들어 보았느냐?"

이규는 호탕한 고함 소리와 함께 쌍도끼를 들고 적진으로 달려나갔다. 이에 관군 쪽에서는 왕정이란 장수가 기병 100명을 거느리고 달려 나왔다.

이규는 한참 도끼를 휘두르다가 뒤로 물러섰다. 아무리 천하의 이규라 할지라도 기병들과 맞서기에는 힘이 부쳤다.

이규의 뒤를 이어 나온 장수는 일장청, 고대수, 손이랑, 호삼랑 등의 여걸이었다.

"양산박의 호걸들이란 게 맨 저 따위뿐이란 말이냐?"

기병 대장인 이성은 혀를 끌끌 찼다.

호삼랑을 맞은 관군의 장수는 색초였다.

호삼랑은 색초와 맞서 한참을 싸웠다. 그러다 갑자기 밀리는 척하며 말머리를 돌려 달아났다. 색초는 군사를 이끌고 그 뒤를 쫓았다.

관군들이 어느 산기슭까지 따라갔을 때였다. 갑자기 한 무리의 군사들이 좌우에서 쏟아져 나왔다. 그들은 공량과 공명이 이끄는 군사들이었다. 색초는 기겁을 하여 말을 돌렸다. 그러자 호삼랑은 재빨리 색초의 본진으로 들어가 무차별하게 칼을 휘둘렀다.

첫날의 싸움은 양산박의 대승리였다. 첫 패배를 맛본 관군은 이튿날 문달의 지휘하에 대군을 몰고 공격해 왔다.

관군에서는 전날 패배를 당한 색초가 먼저 앞으로 나섰다. 양산박의 장수 진명이 나가 색초를 맞아 싸웠다. 그런데 두 장수의 싸움은 한참이 지나도록 승부가 가려지질 않았다. 그 때 양산박의 진영에서 화살이 날아가 색초의 어깨를 뚫었다. 색초는 부상을 입고 도망쳤다.

이어서 양산박 군사들이 일제히 공격을 시작하자, 관군들은 가랑잎처럼 흩어져 버렸다. 이 날의 승리도 양산박의 것이었다.

계속 당하기만 하자, 북경성의 양중서는 마음이 조급해졌다. 이대로 가다가는 얼마 못 가 북경성을 빼앗기고 말 것 같았다. 양중서는 급히 조정에 구원병을 요청했다.

양중서의 장인인 채 태수는 곧 조정의 대신들을 모아 회의를 열었다. 조정에서 마땅한 인재를 찾을 수 없어 고민하고 있을 때 선찬이 한 장수를 추천했다.

"저와 가까운 사람 중에 관우의 후손인 관승이란 사람이 있습니다. 그의 무예와 용맹성은 선대의 관우 장군 못지 않다고 합니다. 그를 대장으로 임명한다면 틀림없이 도적들을 무찌를 수 있을 것입니다."

"그러한 인재가 있다면 어서 만나 봅시다."

선찬은 급히 관승을 입궐하게 하여 채 태수에게 보였다. 과연 관승의 모습은 늠름하기 그지없었다.

채 태수는 관승을 구원병의 대장으로 임명하여 선찬과 함께 떠나게 했다. 관승은 자신의 의형제인 학사문을 부대장으로 임명하여 기병 수만을 거느리게 했다.

관승은 양산박 아래에 이르러 진을 치고 공격 준비를 갖추었다.

양산박에 남아 있던 장횡과 장순 형제는 관군이 왔다는 보고를 듣고 서로 의견을 나누었다.

"우리가 공을 세울 기회다. 적을 기습하도록 하자."

장횡은 조금도 두려울 것 없다는 표정으로 말했다.

"북경에 전령을 보냈으니 송강 두령이 돌아올 겁니다. 그 때까지 기다리지요."

장순은 신중하게 행동하자고 말렸다.

그러나 장횡은 장순의 말을 듣지 않고 군사를 출병시켰다. 장횡은 50척의 배에 군사들을 나누어 싣고, 관군의 진영으로 출발했다.

관승은 양산박의 군사가 오고 있다는 보고를 받았다. 관승은 조금도 놀라지 않고 은밀하게 싸울 태세를 갖췄다.

장횡은 갈대 숲 사이로 배를 몰아 관승의 막사 가까이까지 접근했다. 장횡은 혼자 조심스럽게 상륙하여 막사의 동태를 살폈다. 거기에서는 관승이 아무것도 모르는 채, 혼자 책을 읽고 있었다. 주위에는 아무도 없었다.

장횡은 미소를 머금으며 칼을 뽑았다. 그리고 비호처럼 관승의 막사로 뛰어들었다.

그런데 장횡이 막사로 뛰어들자마자 사방에서 큰 함성이 들려 왔다. 순식간에 수백 명의 관군이 장횡을 에워쌌다. 장횡은 칼 한 번 휘둘러 보지 못하고 포로가 되었다.

이 소식을 듣자 강기슭에 남아 있던 부하들은 재빨리 배를 돌려 양산박으로 돌아갔다.

장횡이 사로잡혔다는 소식을 들은 장순은 급히 원씨 삼형제와 함께 공격을 개시했다. 백여 척의 배에 군사를 태우고 일제히 관군의 진영으로 몰려갔다.

관군의 진영을 덮치고 보니, 아무도 보이지 않았다.

'아차, 계략에 걸린 것 같다.'

장순은 얼른 군사를 돌리려 하였다.

그러나 명령을 내릴 사이도 없이 관군이 밀어닥쳤다. 양산박 군사들은 제대로 싸워 보지도 못한 채 후퇴해야만 했다. 그 와중에 원소칠이 포로가 되었다.

송강이 돌아온 것은 그 이튿날이었다. 송강은 급히 진을 갖추고 관군에 맞섰다.

먼저 선찬과 화영이 실력을 겨루었다. 화영은 10여 합을 겨루다가 힘이 빠진 시늉을 하며 말머리를 돌렸다. 그러자 선찬이 기세 좋게 화영을 추격해 왔다.

화영은 재빨리 돌아서며 활을 쏘았다. 선찬은 황급히 칼을 휘둘러 화살을 막았다. 화영이 두 번째로 쏜 화살이 선찬의 가슴으로 날아갔다. 이번에도 선찬은 몸을 굽혀 화살을 피했다.

화영의 활 솜씨가 보통이 아닌 것을 안 선찬은 말을 돌려 자기 진영으로 돌아갔다.

다음에는 관승이 직접 나섰다. 관승의 풍모는 늠름하기 그지없어 송강조차도 감탄을 토했다.

"과연 호걸의 모습이로다!"

이에 은근히 질투를 느낀 진명이 관승과 대적하고자 자리를 박차고 일어나 말을 달려 앞으로 나갔다. 그러자 진명에게 공을 빼앗기기 싫은 임충도 그 뒤를 따라 나가 관승을 공격했다.

관승과 임충, 진명 세 장수의 싸움이 벌어졌다. 저마다 내로라 하는 장수들의 격전인지라 볼 만한 장면이었다. 고함과 흙먼지와 칼 부딪치는 소리가 천지를 진동시켰다.

관승의 무예가 출중하다고는 하나 임충과 진명 또한 남에게 뒤지는 실력이 아니었다. 그렇기 때문에 관승이 두 사람을 동시에 상대하기는 무리였다.

시간이 흐를수록 관승이 몰리고 있었다.

그것을 본 송강은 북 소리를 신호로 싸움을 중지하게 했다. 관승의 무예를 아깝게 생각한 송강은 그를 다치게 하고 싶지 않았다. 신호를 들은 임충과 진명은 싸움을 거두고 돌아왔다.

"이길 수 있는 싸움이었는데 왜 중지시켰습니까?"

진명이 송강에게 투덜거렸다.

"아까운 인물이오. 기회를 보아 우리 편으로 끌어들이도록 합시다."

송강이 웃으면서 진명의 등을 두드려 주었다.

한편 관승은 막사로 돌아오며 생각했다.

'조금만 더 싸웠더라면 내가 패할 게 뻔한 싸움이었다. 송강도 그것을 알았을 텐데 왜 싸움을 중지시켰을까? 속셈이 뭐지?'

막사로 돌아온 관승은 원소칠과 장횡을 불렀다.

"송강은 한낱 하급 관리에 지나지 않는 사람이다. 그런데 너희는 어째서 그토록 송강을 따르는 것이냐?"

그러자 원소칠이 차갑게 웃으며 입을 열었다.

"우리 송강 형님은 산동 하북에서는 모르는 사람이 없을 만큼 유명한 분이시다. 그분의 덕망과 의리를 너 같은 소인배가 어찌 알겠느냐?"

관승은 더 이상 물어 보지 않고 장횡과 원소칠을 돌려보냈다.

그 날 밤 관승은 늦도록 잠을 이루지 못했다. 양산박 호걸들이 두령을 중심으로 똘똘 뭉쳐 있어 군사들의 사기가 대단한 데다 호걸들의 무예 또한 한결같이 뛰어나 쉽게 이길 수 있을 것 같지 않았다.

관승이 혼자 이러한 깊은 생각에 잠겨 있을 때 보초병이 들어왔다.

"지금 밖에 양산박의 두령 한 사람이 와 있습니다. 무기도 없이 혼자 와서는 장군님을 만나고 싶다 합니다."

"그래? 들여보내거라."

보초병은 잠시 후에 수염이 부스스한 사내 한 사람을 데리고 들어왔다. 그의 얼굴은 어딘지 낯이 익었다. 사내는 보초병이 나가자 조심스레 입을 열었다.

"저는 호연작이라 합니다. 전에는 관군의 토벌 대장이기도 했지요. 어쩌다 양산박에 포로가 된 이후로 오도 가도 못하는 처지로 지내 왔습니다. 그러다 이번에 장군께서 양산박을 치러 왔다는 얘기를 듣고 이렇게 찾아왔습니다. 제 말대로만 한다면 적의 두령들을 잡을 수 있을 것입니다. 저는 이번에 공을 세워서 그간의 잘못을 빌고 조정에 들어가고자 합니다."

관승은 호연작의 말에 크게 기뻐했다. 생각지 않았던 곳으로부터 행운이 굴러 들어왔던 것이다.

이튿날 밤, 관승은 500명의 기병을 이끌고 호연작을 따라 나섰다. 호연작은 부대의 맨 앞에서 산길을 안내했다. 으슥한 산굽이를 몇 개 지나고 나니 저만치 앞에 희미한 불빛이 보였다.

"저 곳이 양산박 군사들의 진영입니다. 우리가 뒤쪽에서 기습을 하면 큰 승리를 거둘 것입니다."

관승은 군사들을 재촉하여 불빛이 보이는 쪽으로 나아가게 했다. 기병들이 불빛에 가까이 다가갔을 때였다. 어디선가 북과 징 소리가 들렸다. 이어서 사방에서 횃불이 솟아올랐다.

'함정이다!'

관승은 얼른 호연작을 찾았지만, 그는 어느새 사라지고 보이지 않았다.

숲 속에서 화살이 날아오기 시작했다. 기병과 말들이 픽픽 쓰러졌다. 그런데도 적의 모습은 보이지 않아 싸워 볼 수도 없었다.

관승은 필사적으로 길을 찾으며 말을 달렸다. 소수의 부하만이 그를 쫓아오고 있었다.

관승이 거의 숲을 벗어나 안도의 숨을 내쉴 때였다. 좌우에 매복해 있던 양산박 군사들이 한꺼번에 달려들었다.

관승은 말에서 굴러 떨어졌다. 관승이 몸을 일으켰을 때는 이미 수많은 칼 끝이 자신을 겨누고 있었다.

관승은 갑옷이 벗겨지고 칼을 빼앗긴 채 양산박 진영으로 끌려갔다.

같은 시각, 양산박의 군사들은 관군의 진영을 공격하고 있었다.

임충과 화영은 학사문이 이끄는 기병과 붙었으며, 진명과 손립은 선찬의 부대와 맞붙었다. 그러나 관승과 주력군이 빠진 관군은 제대로 힘을 쓰지 못했다. 얼마 지나지 않아 학사문과 선찬도 양산박에 사로잡히고 말았다.

송강은 포로가 된 세 장수를 따뜻하게 맞아 주었다. 그리고 성대한 잔치를 베풀어 그들을 위로하기도 했다. 송강의 너그러움에 감복한 세 장수는 양산박의 동지가 될 것을 약속했다.

양산박의 전투가 마무리되어 송강은 다시 북경성을 공격할 계획을 세웠다. 그 자리에서 관승이 일어나 말했다.

"저에게 선봉을 맡겨 주십시오. 이제 동지가 되었으니 이 싸움에서 첫 공을 세우고자 합니다."

송강은 기뻐하며 관승의 청을 받아들였다.

양산박 부대는 이튿날 바로 북경성으로 출발했다. 군사들의 사기는 처음 양산박을 떠나 올 때만큼이나 드높았다.

병이 난 송강

어느덧 한겨울의 매서운 북풍이 몰아치고 있었다. 곳곳에 두꺼운 얼음이 얼었으며 벌판은 눈부시게 흰 눈밭이 돼 있었다.

양산박의 군사가 다시 공격해 오자, 북경성에서도 전열을 가다듬고 비호곡까지 나와 맞섰다.

양산박의 선봉은 관승이었고, 북경성에서는 색초를 내보냈다. 두 장수가 10여 합을 부딪치게 되자, 색초 쪽에서 몰리기 시작했다.

이성은 색초가 패할 듯하자 쌍칼을 들고 관승을 덮쳐 왔다. 그러자 선찬과 학사문이 관승을 도왔다.

다섯 장수의 싸움이 한창 치열해질 때, 송강이 북을 두드려 공격을 명했다. 양산박의 군사가 우르르 몰려 나가자, 관군은 제대로 싸워 보지도 못하고 도망가기에만 급급했다.

그 후로 관군은 북경성 안에서 나오지 않고 방비만 했다.

오용은 관군을 불러내기 위해 꾀를 썼다.

"모두 나와서 저 곳에 큰 구덩이를 파도록 하라."

오용은 군사들을 시켜 눈 덮인 벌판에 함정을 만들었다. 땅을 파고 난 뒤에 나뭇가지를 걸치고 눈을 뿌려 놓자 감쪽같았다.

오용은 이어서 군사들의 대열을 흐트러뜨렸다. 성 안에서 볼 때 군기가 무너져 가는 것처럼 보이기 위해서였다.

과연 그렇게 하루가 지나자 색초가 군사를 이끌고 성을 나왔다. 양산박 군사들은 관군이 나오자 우르르 도망가기 시작했다.

"지금이 기회다. 사정없이 몰아쳐라!"

색초는 군사들을 지휘하며 힘차게 말을 내달렸다.

몇 명의 두령들이 번갈아 색초와 맞붙으면서 함정이 있는 곳으로 유인했다. 아무것도 모르고 달려오던 색초는 마침내 눈 구덩이에 빠지고 말았다. 색초는 포로가 되어 송강 앞에 끌려갔다.

송강은 색초를 설득하여 동지가 되기를 권했다. 색초는 다른 장수들이 송강에게 복종하는 것을 보고는 주저없이 동지가 되었다.

색초마저 적에게 투항하고 나자, 양중서와 관군은 사기가 뚝 떨어졌다. 북경성에서는 성문을 굳게 잠그고 방비에만 힘을 썼다.

관군이 성 안에서 나오지 않으니 싸움이 되지를 않았다. 그렇다고 직접 성을 공격하면 피해가 클 것이므로 이럴 수도 저럴 수도 없는 상황이었다.

양산박 두령들은 작전 회의만 거듭하면서 북경성을 지켜 보았다.

그러던 중 송강이 병이 나고 말았다. 등창이 심해지면서 자꾸 쇠약해져 갔다.

보다못한 장순이 오용에게 말했다.

"아무래도 의원을 불러와야겠습니다. 제가 옛날에 심양강 근처에 살 때 저런 비슷한 증세로 고생한 적이 있는데, 그 때 안도전이라는 의원이 말끔히 고쳐 주었습니다. 여기서 멀기는 하지만 그를 불러오는 수밖에는 다른 방법이 없을 듯합니다."

오용은 그 즉시 장순에게 여비를 주며 속히 안도전을 찾아오게 했다.

장순은 시간을 아끼며 계속 걸어서 며칠 후 양자강 기슭에 이르렀다. 장순이 배를 찾고 있자니, 갈대 숲에서 삿갓을 쓴 사공이 나타났다.

"나를 좀 건네 주시오"

장순이 말을 붙이자, 사공은 장순을 아래위로 쓱 훑어보더니 퉁명스럽게 말했다.

"돈은 가지고 있소?"

"물론이오. 빨리 건네 주기나 하시오."

사공은 다시 갈대 숲으로 들어가더니 어떤 젊은이와 함께 배를 끌고 나왔다.

"그런데 혹시 근처에 밥과 술을 파는 데가 없소? 너무 허기가 져서 그러는데 밥과 술을 좀 사다 주겠소? 돈은 두둑히 드리리다."

장순이 그렇게 말하자 사공이 젊은이를 시켜 밥을 사 오게 했다. 사공은 그 동안에 배를 강가에 댔다.

얼마 후에 젊은이가 술 한 사발과 국밥을 들고 왔다. 장순은 반가운 마음으로 허겁지겁 국밥을 떠 넣었다.

따끈한 밥으로 허기를 면하고 난 뒤, 술까지 마시자 장순은 온몸이 나른하게 풀어졌다.

"눈을 좀 붙이고 싶으니 강을 다 건너면 말해 주시오."

장순은 보따리를 껴안고 바닥에 누웠다. 장순은 눕자마자 정신 없이 깊은 잠에 빠졌다.

장순이 잠든 것을 본 사공은 음험하게 웃으면서 노를 저었다. 얼마쯤 가다가 사공이 눈짓을 하자, 젊은이는 장순을 밧줄로 묶었다.

어느덧 배는 강 한가운데로 와 있었다. 사공은 노를 멈추고 품에서 단도를 꺼냈다.

장순은 그제야 이상한 기색을 느끼며 눈을 떴다. 자신의 몸이 묶인 것을 안 장순은 깜짝 놀라면서 사공을 올려다보았다.

"안됐지만 죽어 줘야겠어."

사공이 칼을 겨누며 차갑게 말했다.

"아, 아니, 왜 이러는 거요? 돈은 다 가지시오. 하지만 제발 칼로 찌르지는 말아 주시오. 그냥 물 속에 던져 죽게 하면 될 것 아니오."

장순이 애원하자 사공은 고개를 끄덕였다.

"그 정도 소원이야 들어 주지. 나도 눈앞에서 피를 보고 싶지는 않으니까 말이야."

사공과 젊은이는 장순을 들어 물 속에 빠뜨렸다. 그러고는 장순의 보따리를 풀어 보았다.

"세상에……."

사공의 눈이 휘둥그레졌다. 생각보다 훨씬 많은 돈이 들어 있었기 때문이다.

갑자기 사공의 눈빛이 싸늘해졌다. 사공은 슬쩍 옆으로 돌아서더니 손에 쥐고 있던 칼로 젊은이를 찔렀다. 젊은이는 그 자리에서 죽고 말았다.

사공은 강을 건너자 돈을 챙겨 가지고 어디론가 도망가 버렸다.

한편, 물에 빠진 장순은 밧줄을 풀고 물 속에서 헤엄을 쳤다. 물에서는 귀신인 장순인지라 그 정도는 간단한 일이었다.

장순은 강 하구 쪽의 기슭으로 헤엄쳐 갔다. 뭍으로 올라와 사방을 둘러보니, 저만치 앞에 불빛이 보이는 집이 있었다. 물에 젖어 가슴속까지 추위를 느끼고 있던 장순은 얼른 그쪽으로 달려갔다.

장순은 숨을 몰아 쉬며 문을 두드렸다. 문이 열리며 한 노인이 얼굴을 내밀었다.

"강을 건너려다 강도를 만났다."

장순이 사정 이야기를 하자 노인은 장순을 방으로 들어오게 했다.

노인과 이야기를 주고받던 장순은 노인이 양산박에 호의적인 마음을 갖고 있다는 것을 알게 되었다. 그래서 자신의 사정을 솔직하게 털어놓았다.

"허, 댁이 양산박의 호걸이란 말이오? 그렇다면 내 아들을 좀 소개해야겠소. 무술을 좋아하고 의리가 있으니 서로 사귀면 좋을 것이오."

노인은 왕정륙이라는 자기 아들을 불렀다. 아버지의 말을 들은 왕정륙은 장순에게 친절하게 대했다.

"저는 이 곳에서 술장사를 하며 지내지만 늘 사내다운 생활을 바라고 있습니다. 듣자 하니 아까 강도를 당하셨다던데, 그놈은 아마 제가 아는 놈일 겁니다. 이 곳 강가에서 손님을 털면서 살아가는 놈이지요. 제가 나중에 꼭 복수를 해 드리겠습니다."

장순은 노인의 집에서 하룻밤을 묵고 다음날 일찍 안도전의 집을 향해 떠났다.

안도전은 장순의 말을 듣자 난처한 표정을 지었다.

"송강 어른이 아프다면 당연히 가야겠지만, 요즘 너무 바빠서……."

"아무리 바빠도 꼭 가야 합니다."

"그렇긴 한데……. 마누라가 죽고 난 다음엔 나 혼자 일을 하는데, 워낙 손이 달리거든."

안도전은 자꾸 머뭇거리기만 했다.

"형님께서 못 가신다면 나도 안 갑니다."

장순은 화를 내며 방에 누워 버렸다.

"알겠네, 알겠어. 일단 여기 일도 어느 정도 정리해야 되지 않겠나? 오늘은 여기서 쉬게나. 나도 생각할 시간이 필요하니 말이야."

장순은 그 날 밤, 안도전과 함께 어느 술집에 갔다. 그 곳에는 미모가 뛰어난 여자가 작부 노릇을 하고 있었다. 밤이 늦도록 술을 마시던 안도전이 장순에게 말했다.

"자네는 먼저 집으로 가게나. 나는 여기서 자고 내일 일찍 가겠네."

장순은 못마땅한 얼굴로 방을 나왔다.

그러나 장순은 집으로 가지 않고 방 안에서 하는 이야기를 엿들었다.

안도전과 여자는 장순이 있을 때와는 딴판으로 나긋나긋하게 이야기를 주고받았다.

"아무래도 며칠 먼 곳에 다녀와야 할 것 같다."

"어머, 안 돼요. 나를 두고 어딜 간단 말예요?"

"곧 돌아올 거야."

"싫어요. 그러면 다시는 만나 주지 않을 거예요."

장순은 두 사람이 보통 사이가 아니라는 것을 알게 되었다. 안도전은 그 여자에게 흠뻑 빠져 있는 듯했다.

'저 계집을 그냥 두었다간 형님을 모시고 가기 힘들 것 같다.'

장순은 어두운 곳에 몸을 숨기고 밤이 깊어지기를 기다렸다. 새벽이 가까워지자 방 안은 쥐죽은 듯이 조용해졌다. 장순은 발 소리를 죽이며 살그머니 방 안으로 들어갔다.

안도전과 여자는 잠에 깊이 빠져 있었다. 장순은 얼른 여자의 입을 막고는 칼을 꺼내어 그녀의 가슴을 찔렀다. 여자는 비명도 못 지르고 죽고 말았다.

장순은 안도전을 깨워 상황을 알려 주었다.

"아니, 이게 무슨 일이냐?"

여자가 죽은 것을 본 안도전은 소스라치게 놀랐다.

"내가 죽였소이다."

장순은 아무렇지도 않게 말했다.

"왜 이런 짓을……?"

"사람들은 모두 형님이 죽인 줄 알 것이오. 이제 형님이 알아서 선택하시오. 나를 따라 길을 떠나든지, 아니면 이 곳에서 옥살이를 하든지 맘대로 하시오."

장순의 말을 듣고 안도전은 깊은 한숨을 내쉬었다.

"일을 다 꾸며 놓고 뭘 선택하라는 말이냐?"

"그렇다면 어서 옷이나 입으시오."

두 사람은 곧 방을 빠져 나와 안도전의 집으로 갔다. 안도전이 짐을 챙기자마자 두 사람은 서둘러 마을을 벗어났다.

장순은 안도전과 함께 왕정륙의 집으로 갔다.

"무사히 의원님을 모시고 왔군요."

"그렇소, 지금 돌아가는 길이오. 그런데 먼저 할 일이 있다오."

"원수를 갚는 일 말입니까?"

"맞소. 그놈은 아직도 강가에 있겠지요?"

"물론입니다. 늘 거기에서 일하니까요."

장순은 칼을 품고 강가로 나갔다. 삿갓을 깊게 눌러 써서 누군지 알아보지 못하도록 했다.

장순은 사공을 불러 강을 건너겠다고 했다.

드디어 배가 강 한가운데로 나아가자, 장순은 품에서 작은 칼을 꺼냈다. 그러고는 노를 젓고 있는 사공의 등 뒤로 소리 없이 다가섰다.

"무, 무슨 일이오?"

사공이 놀라 주춤거리며 장순에게 물었다. 그러나 장순은 대답은 하지 않고 손에 들고 있던 칼을 사공의 목에 갖다 댔다.

"아니, 이게 무슨 짓이오?"

순간 사공의 얼굴빛이 새파랗게 변했다. 장순은 아무 말 없이 눌러 쓰고 있던 삿갓을 벗었다.

"나를 모르겠느냐? 네놈 때문에 물귀신이 될 뻔했던 사람이다. 오늘 그 보답을 해 주도록 하마."

장순은 준비해 온 밧줄로 사공의 팔다리를 꽁꽁 묶었다.

"내가 헤엄을 칠 줄 몰랐다면 꼼짝없이 죽고 말았을 것이다. 네놈도 나만큼 물 속에서 자유롭게 움직일 수 있다면 살아날 수 있겠지. 아니면 물고기 밥이 되는 수밖에. 자, 모든 게 네 운명이다."

장순은 사공을 들어 물 속으로 던졌다. 그러고는 배를 돌려 왕정륙의 집으로 갔다.

"나는 이제 양산박으로 가오. 댁들도 생각 있으면 가게를 정리하고 양산박으로 오시오. 기꺼이 환영하겠소."

"기다렸던 말입니다. 곧 그리로 가겠습니다."

왕정륙이 반가운 표정으로 말했다.

장순과 안도전은 노인에게 작별 인사를 하고는 양산박으로 떠났다. 장순은 양산박으로 가는 도중에 대종을 만났다. 장순이 늦어지자 걸음이 빠른 대종이 마중을 나온 것이다. 대종은 안도전을 데리고 축지법을 이용하여 먼저 양산박으로 돌아갔다.

　　장순은 이제 급할 게 없으므로 천천히 걸었다. 그러다 가게를 정리하고 뒤따라오던 왕정륙을 만나 함께 양산박으로 갔다.

북경성의 최후

    송강은 안도전의 치료 덕분에 무사히 병석에서 일어났다. 아직 충분히 회복되지 않았는데도 송강은 북경성을 공격하려고 했다.

"조금 더 쉬도록 하시지요."

오용이 걱정스런 표정으로 송강에게 권했다.

"아니오, 그 동안 너무 시간을 잡아먹었소. 어서 일을 마치고 양산박으로 돌아가야 하지 않겠소?"

"그렇다면 이렇게 하지요."

오용은 자신이 생각한 작전을 말했다.

"이제 곧 정월 대보름이 됩니다. 그 때가 되면 성에서는 등불놀이를 할 것입니다. 사람들도 모두 집 밖으로 나올 테니 성 안이 매우 복잡해질 겁니다. 그 때 성에 불을 지른다면 큰 혼란에 빠질 겁니다."

"좋은 계획이오. 누구에게 그 일을 맡기면 좋겠소?"

그 때 시천이 손을 들었다.

"제가 하지요. 전에 북경성에 들어가 본 적이 있기 때문에 그 곳 지리를 잘 알고 있습니다. 성 안에 취운루라는 음식점이 있는데, 방이 100개나 되는 큰 집입니다. 제가 보름날 밤 몰래 그 곳에 들어가서 불을 지르겠습니다."

"좋소. 자네가 그 일을 맡도록 하게."

오용은 이어서 다른 두령들에게도 임무를 나누어 주었다.

해진과 해보에게는, 사냥꾼으로 변장하여 불이 났을 때 관병이 연락을 못 하도록 막는 임무를 주었다.

두천과 송만은 쌀장수로 변장하여, 낮에 수레를 끌고 성 안으로 들어가 동문을 지키도록 하였다.

또한, 이응과 시진은 길손으로 변장하고 있다가 일이 벌어졌을 때 동문에서 합류하도록 했다.

노지심과 무송은 스님으로 변장하여 남문을 점령하게 하고, 유당과 양춘은 관리로, 공명과 공량은 하인으로 변장하게 하여 각각 임무를 주었다.

그 밖의 두령들도 저마다 중요한 임무 하나씩을 맡았다. 요점은 성 안의 관군들을 혼란시키고 퇴로를 확보하는 것, 그리고 무엇보다 옥에 갇힌 노준의를 구해 내는 일이었다.

드디어 정월 대보름이 가까워졌다. 나라의 큰 명절 중 하나인 원소절이 시작된 것이다.

북경성은 하북에서 가장 큰 도시였으므로, 각처에서 많은 장사꾼들이 몰려들었다. 집집마다 아름다운 등불이 걸렸으며, 거리에는 놀이꾼들이 소리를 지르며 돌아다녔다. 또 여기저기 온갖 놀이 마당이 펼쳐졌으며, 어둠이 깔리자 곳곳에서 폭죽이 터졌다. 북경성 전체가 명절 분위기에 들떠 있었다.

양산박에서는 북경성에 잠입하지 않은 두령들에게 각기 부대를 맡겨 출병시켰다. 그들은 북경성에서 멀지 않은 곳에 진을 치고 신호를 기다렸다.

시천은 보름날 며칠 전에 이미 성 안으로 잠입했다. 원래 도둑질로 살아 온 사람이었으므로, 은밀하게 행동하는 데에는 재주가 뛰어났다.

시천은 성 안의 지리를 다시 한 번 확인해 보았다. 특히 불을 지르기로 돼 있는 취운루 주변을 꼼꼼히 살폈다. 다른 두령들도 모두 변장을 하고 각자 맡은 구역 주변에서 서성거리고 있었다.

그러나 북경성의 경비도 허술하지는 않았다. 이미 양산박으로부터 두 번이나 공격을 당한 북경성은 원소절을 맞아 더욱 엄중한 경비를 펴고 있었다. 순찰을 도는 순라군들이 수시로 성 안을 돌며 수상한 자들이 없는지 살피고 있었다.

대보름 바로 전날이었다. 감옥의 관리인 채복이 하루 일을 마치고 집에 돌아왔을 때, 누군가 어둠 속에서 그를 기다리고 있었다.

"누구요?"

채복이 가까이 다가서면서 말했다.

"나를 알겠지요? 부탁이 있어서 왔습니다."

그는 소선풍 시진이었다. 시진은 전에 한 번 채복에게 노준의를 잘 보살펴 달라며 뇌물을 건넨 적이 있었다. 그래서 채복은 시진이 양산박의 일당이라는 것을 알고 있었다.

채복은 시진을 방으로 안내하여 찾아온 용건을 물었다. 시진은 조용히 입을 열었다.

"전에 노준의를 잘 보살펴 주셔서 고맙소. 한 번만 더 부탁을 드릴까 해서 왔습니다. 지금은 원소절이라 무척 바쁘고 복잡할 겁니다. 이 틈에 감옥이나 한번 구경할까 하는데 어떻게 도와 주실 수 있겠는지요?"

'감옥을 구경하다니, 이게 무슨 말인가?'

채복은 시진의 말을 곰곰이 생각해 보았다. 머리 회전이 빠른 채복은 무슨 일이 꾸며지고 있는지 대충 알 것 같았다.

'지금 내가 거절을 하면 나중에 북경성이 함락되었을 때 우리 가족이 몰살당할지도 몰라.'

채복은 양산박에 잘못 보였다가는 좋지 않은 일이 생길 거라고 생각했다.

"어려운 일이긴 하지만 한번 해 보겠습니다."

채복은 자신의 헌 관복을 꺼내 시진에게 입히고는, 함께 노준의가 갇혀 있는 감옥으로 갔다.

한편 다른 두령들도 모두 제 역할을 하고 있었다.

두천과 송만은 수레를 끌고 양중서의 관사 근처로 가 사람들 사이에 몸을 숨기고 때를 기다렸다.

공손승은 도사 차림으로 성 안에 들어와 있었고, 능진은 하인으로 변장하고 공손승을 따라다니고 있었다. 능진은 취운루에 불이 붙으면 감추어 둔 화포를 쏘도록 돼 있었다.

나중에 관가로 들이닥칠 유당과 양웅은 포졸로 분장하였고, 장순과 연청은 이고를 붙잡기 위해 노준의의 집으로 향했다. 그리고 왕영과 일장청, 손신, 고대수, 장청, 손이랑 등은 세 패로 나뉘어 시골뜨기의 모습으로 거리를 돌아다녔다. 이들은 노준의의 집에 불을 지르도록 돼 있었다.

원소절의 밤은 흥청망청 깊어 가고 있었다. 아무도 양산박 호걸들의 은밀한 움직임을 눈치채지 못하고 있었다.

드디어 밤 10시쯤 되자 시천은 유황이 가득 든 바구니를 가지고 취운루로 숨어들었다. 시천이 2층으로 올라가니 많은 젊은 남녀들이 흥겹게 떠들며 즐기고 있었다.

시천은 으슥한 곳에 몸을 숨기고 준비해 온 풀잎을 모아 놓고 불을 붙였다. 불길은 순식간에 난간과 벽을 타고 치솟았다.

시천은 불길이 거세게 치솟는 것을 보고는 재빨리 취운루를 빠져 나왔다.

취운루의 불길을 신호로 각 두령들이 움직이기 시작했다. 노준의의 집에도 불이 붙었다.

눈깜짝할 사이에 동문과 남문도 점령되었으며, 여기저기서 화포가 터졌다.

북경성에 일대 혼란이 벌어지고 있었으나 관군은 정신 없이 흩어질

뿐이었다. 느긋하게 술을 마시고 있던 양중서는 뒤늦게야 양산박이 쳐들어온 것을 알았다. 양중서는 허둥지둥 말을 타고 동문으로 달려갔다. 동문이 이미 양산박에 점령된 것을 알고는 다시 남문으로 갔으나, 거기도 사정은 마찬가지였다.

이어서 달려간 서문과 북문에서도 양산박 군사들이 물밀듯이 쳐들어오고 있었다. 이성 장군은 양중서를 위해 가까스로 남문의 포위망을 뚫었다. 양중서는 이성과 함께 허겁지겁 북경성을 빠져 나갔다.

시진은 혼란을 틈타 무사히 노준의를 구해 냈다.

성 안 곳곳에서는 관군들과 양산박 군사들의 싸움이 벌어졌다. 그러나 이미 싸움의 승패는 불을 보듯 뻔했다. 지휘자를 잃은 관군들은 제대로 저항해 보지도 못하고 뿔뿔이 흩어져 버렸다.

날이 밝아 올 때쯤엔 북경성은 이미 양산박의 차지가 되어 있었다.

양산박 두령들은 우선 성 안의 불길을 잡았다. 그리고 양민들이 다치지 않게 하라고 군사들에게 주의를 주었다.

그 다음에는 양중서 일가를 끌어내 몰살시켰다. 노준의를 배신한 이고와 노준의의 처는 사로잡았다. 그 밖에도 많은 관리들이 처형되었지만, 시진을 도와 주었던 채복과 그의 가족은 겨우 목숨을 구할 수 있었다.

송강은 관가의 창고를 털어 많은 식량과 재물들을 수레에 옮겨 싣도록 했다. 그리고 옥에서 구한 노준의와 함께 양산박으로 돌아왔다.

송강은 양산박 산채로 돌아와 승리를 축하하는 잔치를 벌였다. 잔치 분위기는 점점 더 무르익어 갔다.

그 자리에서 송강은 노준의에게 산채의 총두령을 맡아 달라고 부탁했다.

"제가 어떻게 그런 자리를 감당할 수 있겠습니까? 목숨을 구해 주신 것만도 감사할 따름입니다."

노준의는 정중하게 사양했다.

송강이 계속해서 부탁했지만, 노준의는 계속해서 사양을 했다.

그러자 옆에서 보고 있던 이규가 심드렁하게 한마디 했다.

"우리 송강 형님께서 누구를 또 두목으로 모신단 말이오? 나는 그런 꼴 못 봐요."

송강이 눈을 부릅뜨고 이규를 나무랐다. 그러나 무송도 못마땅한지 한마디 했다.

"차라리 우리 모두 동경으로 쳐들어갑시다. 그래서 송강 형님은 천자가 되십시오. 노준의 어른은 태사를 맡으시고, 우리는 대감 자리 하나씩 맡도록 하지요, 뭐."

무송의 그 말에 송강은 불같이 화를 냈다.

"다시는 그런 불충한 말을 꺼내지 말거라."

이렇게 말들이 많자 결국 오용이 나섰다.

"일단 노준의 어른께서 편히 쉬실 수 있도록 해 드리고 두령 자리는 나중에 큰 공을 세우시게 되면 그 때 다시 의논하는 게 어떻겠습니까?"

오용이 그렇게 말하자, 송강도 더 이상 권하지는 않았다.

노준의는 연청과 함께 양산박에서 편히 지내게 되었다. 가족을 데리고 따라온 채복에게도 따로 살 집이 주어졌다.

송강은 노준의를 배신했던 이고와 노준의의 처에 대해서는 노준의에게 처리를 맡겼다.

"나는 이들에게 따로 할말이 없소."

노준의는 화난 얼굴로 칼을 들어 두 사람의 목을 베었다.

채 태수의 분노

　겨우 목숨을 구했던 양중서는 양산박 군사가 돌아가자 북경성으로 돌아왔다.

　돌아와 보니 모든 것이 엉망이었다. 관가는 반 이상이 불에 타 버렸으며, 자신의 가족과 친척들은 이미 이 세상 사람이 아니었다. 마당에 숨어 있던 아내만이 겨우 살아 있었다.

　원한이 사무친 양중서는 어떻게든 양산박의 도적들을 죽여 버리겠다고 마음먹었다. 양중서는 즉시 동경에 있는 장인 채 태수에게 상소문을 올렸다.

　상소문을 받아 든 채 태수는 크게 분노했다. 자신의 친지마저 몰살시킨 양산박 도적들을 그대로 놔둘 수가 없었다.

　채 태수는 천자에게 나아가 모든 사실을 보고했다.

　"놈들은 이제 만만히 볼 산도적들이 아닙니다. 완전히 몰살시키지 않으면 나라가 위태로울 것입니다."

　채 태수는 천자를 향하여 간곡하게 말했다.

　"하지만 도적들의 군세가 그리도 강하다고 하니, 과연 누구를 보내야 되겠소?"

　채 태수는 천자의 마음이 움직인 것을 보고, 미리 생각해 두었던 장수를 추천했다.

"능주의 두 장수를 추천합니다. 훈련원의 대장으로 있는 단정규와 위정국이 그들이온데, 그 두 사람이라면 충분히 놈들을 격파할 수 있을 것입니다. 부디 그 두 사람을 토벌 대장으로 임명하시어, 도적들에게 천자의 위엄을 알려 주시기 바랍니다."

천자는 그 자리에서 두 사람에게 칙서를 내렸다. 천자의 칙서를 받은 단정규와 위정국은 즉시 출전 준비를 시작했다.

나라에서 새로 토벌대를 준비하고 있다는 소식은 양산박에도 알려졌다.

양산박에서는 곧 두령들의 회의가 열렸다.

"이번에는 만만치 않은 토벌대가 몰려올 것 같은데, 여러분의 생각은 어떻소?"

송강이 두령들을 향해 물었다.

"맞서 싸우는 길 외에 다른 수가 있겠습니까? 토벌대가 오는 것이 처음은 아니니, 새삼 걱정할 것은 없다고 봅니다."

임충이 자신에 찬 목소리로 말하며 사람들을 둘러보았다. 다른 두령들도 고개를 끄덕이며 동의를 나타냈다. 그 때 관승이 조심스럽게 입을 열었다.

"저에게 공을 세울 기회를 주신다면 제가 나서서 그들을 막아 보겠습니다. 단정규와 위정국은 저와도 아는 사이인데, 그들은 병법에 능한 자들입니다. 제가 미리 그들이 있는 능주로 찾아가 같은 식구가 되자고 설득해 보겠습니다. 그래서 만약 그들이 마음을 바꾼다면 동지가 되어 같이 올 것이고, 그것이 어렵다면 포로로 잡아 오겠다. 그러니 저에게 5천의 군사를 맡겨 주시기 바랍니다."

송강은 관승의 당당한 말에 매우 기뻐했다. 다른 두령들도 찬성하여 관승에게 임무가 주어졌다.

관승은 이튿날 5천의 군사를 이끌고 능주를 향해 떠났다. 관승의 동료였던 선찬과 학사문도 동행했다.

관승이 떠난 얼마 후 양산박에서는 또 한 부대가 능주로 떠났다. 임충, 양지, 손립, 황신 등의 두령들이 이끄는 5천의 군사들이었다.

거기엔 두 가지 뜻이 있었다. 관승이 장담을 하기는 했지만 5천의 군사만으로 토벌대를 격파할 수 있을지 확신할 수 없었고, 또 한 가지 이유는 아직 관승을 확실히 믿을 수가 없어서였다.

그런데 양산박을 떠난 것은 그들만이 아니었다. 흑선풍 이규가 도끼 두 자루만을 지닌 채 은밀하게 산을 내려갔다. 성질이 급하고 싸움을 좋아하는 이규는, 자기가 직접 단정규와 위정국을 죽이겠다고 단단히 마음먹었던 것이다.

산을 내려온 이규는 능주를 향해 가다가 어느 주막에 들렀다. 마침 몹시 배가 고팠던 이규는 고기와 술을 주문하여 실컷 먹었다. 그런데 얼마 후, 음식을 다 먹고 난 이규는 돈도 내지 않고 주막을 나왔다.

"여보시오, 돈을 내고 가야지요."

주막 주인이 헐레벌떡 뒤쫓아왔다.

"돈이라고?"

"그렇소, 돈 내는 걸 잊어버린 모양이구려."

"돈 없어. 다음에 생기면 줄게."

이규는 간단히 말하고 홱 돌아섰다. 잠시 멍청히 서 있던 주인은 이윽고 버럭 소리를 질렀다.

"야, 이 도적놈아! 게 섰거라."

그러자 이규가 천천히 돌아섰다.

"자, 섰다. 어쩔 테냐?"

"돈이 없다면 네 목이라도 받아야겠다."

주인도 보통 성질은 아니었다. 사실 이 주인은 원래 강도질로 먹고 살던 자였다. 주인은 주막 앞에 놓여 있던 몽둥이를 집어 들어 이규를 후려쳤다.

이규는 슬쩍 몸을 틀어 몽둥이를 피했다. 그러고는 도끼를 들어 올리면서 말했다.

"감히 나를 치다니. 네놈이 죽으려고 환장을 했구나."

이규는 말을 마치자마자 도끼로 주인의 머리를 내리쳤다. 주인은 그자리에서 숨지고 말았다.

"에이, 멍청한 놈! 가만히 있었으면 목숨을 잃지는 않았을 거 아냐?"

이규는 아무 일도 없었다는 듯 태연히 길을 떠났다.

주막을 떠난 지 얼마 되지 않아 이규가 한적한 산길에 들어섰을 때, 앞에서 체격이 우람한 사내가 걸어오고 있었다.

사내는 지나가면서 이규를 쓱 훑어보았다. 그러자 이규는 기분이 나빠져서 돌아섰다.

"이놈아, 사람을 왜 그렇게 쳐다보냐?"

이규가 시비를 걸어 오자, 사내는 어처구니없다는 표정으로 코웃음을 쳤다.

그것을 본 이규는 대뜸 주먹을 올려 붙였다. 사내는 가볍게 피하면서 오히려 이규의 얼굴을 후려쳤다. 이규는 벌렁 나자빠졌다.

"이놈 보게, 제법일세. 좋다, 너는 이제 죽었다."

이규는 품에서 도끼를 꺼내 들며 후닥닥 일어섰다. 그러나 이번에도 사내의 동작이 빨랐다. 사내는 이규의 발을 걸어 넘어뜨렸다. 이규는 또 한 번 땅바닥에 뒹굴었다.

"좋아, 내가 졌다."

이규는 못마땅한 표정으로 말하고 나서, 옷의 먼지를 툭툭 털었다.

"넌 도대체 누구냐? 나를 두 번이나 넘어뜨리다니 보통 솜씨는 아니로구나."

"그러는 너는 누구냐?"

사내는 씩 웃었다.

"나로 말하면 양산박에 계시는 흑선풍 이규라는 사람이다. 어쩌다 네놈에게 당하기는 했지만, 천하에 무서운 게 없는 사람이다."

이규가 그렇게 말하자, 갑자기 사내의 표정이 바뀌었다.

"그게 정말이오?"

"왜, 너에게 넘겨졌다고 우습게 뵈냐? 그렇다면 한 번 더 싸워 볼래?"

"아니, 그게 아니오. 실은 나는 중산부에 사는 초정이라는 사람이오. 우리 집은 3대째 씨름꾼을 배출한 집안이지요. 방금 댁을 쓰러뜨린 수법도 씨름에서 써먹는 장기랍니다. 나는 지금 고수산으로 가는 중이오. 그곳에 포옥이라는 자가 산적 두목으로 있다고 하는데, 그 곳에 몸을 담을까 해서요."

"그렇다면 고수산보다는 양산박이 낫지 않겠나?"

"그건 알지만, 전혀 아는 사람이 없으니 감히 양산박으로 갈 생각을 못 했지요."

"그렇다면 내가 일을 마친 다음에 같이 올라가지."

이규는 선심을 쓰듯 말했다.

"좋습니다. 그런데 지금 어디로 가는 중입니까?"

"능주로 간다네. 거기에 가서 우리를 토벌하려고 준비 중인 장군 두 놈을 죽일 생각이네."

이규는 도끼를 들어 빙글빙글 돌렸다. 두 사람 정도 죽이는 건 아무것도 아니라는 듯한 태도였다.

"능주에는 군사들이 많아 혼자서는 힘들 겁니다. 그러지 말고 나와 함께 일단 고수산으로 갑시다. 거기서 포옥을 만나 함께 움직이지요."

"그것도 괜찮을 것 같군."

이규는 쉽게 마음을 바꾸고는 초정과 함께 고수산으로 향했다.

한편, 관승은 5천의 군사를 이끌고 능주 가까이에 이르렀다. 양산박의 관승이 군사를 몰고 왔다는 소식은 곧 관군에게 전해졌다.

이미 출병 준비를 끝내고 있던 단정규와 위정국은 이 소식을 듣고 기다렸다는 듯이 군사를 소집했다.

"겁을 모르는 놈이로구나. 저놈부터 혼내고 양산박을 치러 가야겠다."

두 장수는 군사를 이끌고 성에서 나왔다. 두 부대는 성에서 가까운 벌판에서 마주쳤다.

관승은 선두에 선 단정규와 위정국을 보고는 큰 소리로 인사를 건넸다.

"오랜만이오, 그간 잘들 계셨소?"

그러자 위정국이 성을 내며 호통을 쳤다.

"네 이놈, 감히 나라를 배반하고 도적들과 한패가 되다니. 그러고도 뻔뻔스럽게 먼저 공격을 해 왔느냐?"

"그게 아니오. 나는 두 분을 모시러 왔소이다. 지금 천자께서는 간신들에게 둘러싸여 나라를 제대로 돌보지 못하고 있습니다. 그리고 간신들의 일가가 아니면 벼슬에 오르지도 못하고, 백성들은 탐관 오리에게 수탈당하고 있는 형편이 아닙니까? 양산박의 두령인 송강 어른은 누구보다도 나라와 백성을 생각하는 인물입니다. 두 분도 나와 같이 산채에 들어가 후일을 기약하며 기다리지 않겠소?"

"시끄럽다. 우리가 당장 네놈의 그 더러운 입을 찢고야 말리라."

단정규와 위정국은 말을 몰아 앞으로 달렸다. 그것을 본 선찬과 학사문이 그들을 상대하기 위해 앞으로 달려나갔다.

네 명의 장수는 요란한 고함을 지르며 서로 맞서 싸우기 시작했다. 대번에 먼지가 뿌옇게 일어났으며, 칼과 칼이 부딪치는 소리가 천지를 가득 메웠다.

한참 요란하게 싸우던 단정규와 위정국이 갑자기 말머리를 돌려 달아나기 시작했다. 선찬과 학사문은 기세를 올려 그들을 쫓아갔다.

그런데 얼마쯤 달리다 보니 갑자기 뒤에서 관군이 몰려나왔다. 두 사람은 힘을 내어 싸웠지만, 그 많은 군사를 다 이길 수는 없었다.

선찬과 학사문은 칼과 말을 빼앗기고 포로가 되었다. 관군은 두 포로를 데리고 성으로 들어가 버렸다.

잠시 후 다시 관군이 몰려나왔다. 이쪽의 장수를 잡아 사기가 오른 관군들은 기세 좋게 공격해 왔다. 관승은 그들의 기세에 밀려 군사를 돌려 후퇴했다. 관군이 맹추격을 해 와서 도망가는 것도 힘이 들었다.

그런데 관승이 한참 도망 가고 있자니, 앞에 웬 부대가 나타났다. 그 부대의 선두에는 임충과 양지가 있었다. 관승은 그들의 도움으로 겨우 관군을 쫓아낼 수 있었다.

임충의 구원군에 뒤이어 손립과 황신도 군사를 이끌고 왔다. 관승은 그들과 함께 새로이 튼튼한 진영을 만들었다.

한편 능주의 태수는 포로가 되어 성에 끌려온 선찬과 학사문을 동경으로 보내라고 명하였다.

300명의 군사가 두 죄수를 이끌고 동경으로 출발하였다.

호송 대열이 어느 산길에 접어들었을 때였다. 사방에서 징 소리가 들리더니 한 떼의 산적들이 군사들의 앞길을 막았다.

"웬 놈들이냐?"

호송 대장이 칼을 뽑으며 소리쳤다. 그러자 산적의 선두에서 험상궂게 생긴 한 사내가 양손에 도끼를 들고 달려 나왔다. 사내는 바로 이규였다. 이규는 호송 대장이 한 걸음을 떼기도 전에 그의 머리통으로 도끼를 날렸다.

호송 대장은 비명 소리 한 번 지르지 못하고 피를 토하며 쓰러졌다. 이어서 뒤에 있던 초정과 포욱이 달려들었다. 호송 군사들은 대장이 쓰러진 것을 보고는 무기를 버리고 앞을 다투어 도망쳐 버렸다.

이규는 수레로 다가가 죄인들을 살폈다.

"아니, 두 양반이 이게 웬 꼴이오?"

이규는 죄수가 선찬과 학사문인 것을 알고는 깜짝 놀랐다.

"이규 두령이 아닌가? 당신이야말로 웬일이오?"

두 사람도 자신들을 구한 사람이 이규라는 것을 알고는 크게 놀랐다.

"송강 형님이 나를 토벌대에 끼워 주지 않길래 몰래 빠져 나왔소. 나 혼자 두 놈을 죽일 작정을 하고 말이오. 그런데 도중에 여기 초정을 만나 이 곳 고수산으로 와 포옥 두령도 만났지요. 그런데 졸개 하나가 와서 관군의 호송 대열이 지나간다고 보고하지 않겠소. 그래서 무조건 덮친 거요."

포옥은 선찬과 학사문을 자신의 산채로 데리고 갔다. 거기서 술을 나누며 능주를 칠 계획을 세웠다.

"당신들이 공을 세우면 양산박에서도 환영할 거요."

선찬이 말하자, 포옥도 고개를 끄덕였다.

"나도 그럴 생각이오. 우리 산채에는 수백 명의 졸개들과 날쌘 말이 있습니다. 내일 날이 밝는 대로 군사를 이끌고 능주로 쳐들어가겠소."

고수산의 산채에서 술잔이 오고 갈 즈음, 능주성에서는 태수의 고함이 솟구치고 있었다.

"한심한 놈들 같으니라고. 그게 어떤 죄수들인데 산적들에게 빼앗긴단 말이냐!"

단정규와 위정국도 불같이 화를 냈다.

"멍청한 것들. 정말 아깝도다. 앞으로는 포로를 잡으면 무조건 이 자리에서 죽여 없애도록 하라."

그 때 새롭게 전열을 가다듬은 관승이 성을 공격해 왔다. 화가 머리끝까지 난 단정규는 군사 500명을 이끌고 성 밖으로 나갔다.

"기다리고 있었다. 오늘은 꼭 네놈을 죽여 주마."

관승과 단정규는 먼지를 일으키며 말을 달려, 양 진영의 한가운데에서 맞붙었다. 두 장수는 팽팽하게 10여 합을 부딪쳤다.

어느 한 순간, 관승이 몸을 비틀어 단정규의 옆구리를 발로 찼다. 단정규는 칼을 놓치며 순식간에 말에서 떨어지고 말았다. 그러자 관승이 얼른 다가가 단정규를 일으켜 세웠다.

"미안하오. 이제는 나와 같이 산채로 갑시다."

"어서 나를 죽이시오."

단정규는 고개를 숙이고 힘없이 말했다.

"당신을 죽일 생각은 전혀 없소이다."

관승은 단정규를 데리고 자기 진영으로 돌아왔다. 관승은 다시 한 번 간곡하게 단정규를 설득했다. 서로 알고 지내던 옛 이야기를 나누자, 두 사람의 감정은 곧 풀어졌다.

"좋소. 관승 형의 말대로 하리다."

드디어 단정규는 양산박의 일원이 되기로 마음을 정했다.

관승은 임충에게 단정규를 소개했다. 임충은 반갑게 단정규를 맞이했다.

단정규가 적에게 투항한 사실을 알게 된 위정국은 불같이 화를 냈다.

"내 기필코 도적들을 소탕하고 말겠다."

위정국은 군사를 이끌고 공격을 시작했다. 이번에도 관승이 직접 나가 그를 맞았다. 두 장수는 한참 동안 치열한 싸움을 벌였다.

그러다가 위정국이 말을 돌려 달아나기 시작했다. 관승이 그 뒤를 쫓으려 하자 단정규가 급히 말렸다.

"쫓지 마시오. 다른 계획이 있을 겁니다."

관승이 그의 말에 따라 말머리를 돌리려는 순간, 성에서 500여 명의 화병이 쏟아져 나왔다. 그들은 수십 대의 수레에 화약과 마른 짚단을 싣고 있었다.

붉은 갑옷을 입은 화병들이 불을 쏘아대기 시작하자, 관승의 진영은 대번에 혼란스러워졌다. 여기저기서 사람과 말이 불에 타 울부짖었다. 막사와 무기도 화병들의 공격에 불타 버리고 말았다.

관승의 군사들은 정신 없이 뒤로 밀려났다. 위정국은 신이 나서 그들을 추격했다.

위정국이 관승의 군사를 40리 밖으로 몰아낸 다음, 성으로 돌아왔을 때였다.

"아니, 이게 무슨 일이냐?"

능주성에서는 불꽃과 검은 연기가 치솟고 있었다. 이규와 초정 등이 군사를 이끌고 능주성을 공격했던 것이다. 그들은 위정국이 군사를 몰고 나간 사이에 성을 점령한 뒤, 관가에 불을 지르고 창고의 식량도 모두 약탈해 갔다.

성으로 들어가길 포기한 위정국은 힘없이 군사를 돌렸다. 그런데 후퇴했던 관승이 군사를 몰고 다시 공격해 오고 있었다. 이미 전의를 상실한 위정국은 급히 옆 고을의 성으로 들어갔다. 그러고는 성문을 굳게 잠그고 나오지 않았다.

관승은 진영으로 돌아와 작전 회의를 열었다. 묵묵히 회의를 지켜 보고 있던 단정규가 입을 열었다.

"위정국은 나라에 대한 충성심이 강하고 자존심도 센 사람입니다. 힘으로 누르려고 한다면 결코 이기지 못할 것입니다. 제가 혼자 가서 그를 설득하겠습니다."

임충과 관승은 단정규를 믿고 성으로 보냈다. 단정규는 부하도 무기도 없이 혼자 성으로 들어갔다.

"우리는 얼마 전까지 같은 입장이었지. 하지만 나는 생각을 바꾸었다네. 관승의 말처럼 지금 조정에는 충신들이 없어. 그래서 나라는 점점 쇠약해지고, 일부 아첨꾼들만이 배를 불리고 있질 않은가? 그러니 우리도 일단 양산박에 들어가 때를 기다리는 게 어떻겠나? 언젠가 기회가 오면 나라를 위해 일할 수 있을 걸세."

단정규가 진심으로 간곡하게 말하자, 위정국은 잠시 생각에 잠겼다. 한참 만에 위정국이 입을 열었다.

"그렇다면 가서 관승을 직접 오라고 하게. 그의 말을 들어 보겠네."

단정규는 부대로 돌아와 위정규의 말을 전했다.

"속임수일 거요. 혼자 가서는 안 되오."

임충이 관승을 막았다.

"하지만 그 길밖에 없다. 제가 가 보겠다."

관승은 혼자 성으로 들어가 위정국을 만났다. 관승은 송강 두령을 비롯하여, 양산박 호걸들의 인물 됨됨이에 대해 설명했다.

"그들은 한낱 시시한 도적 떼들이 아니오. 위정국 형이 가신다면 크게 환영할 겁니다."

마침내 위정국은 관승을 믿고 투항하기로 했다. 위정국은 부하 500명을 이끌고 성을 나왔다.

임충은 새로 맞이한 단정규, 위정국, 초정, 포옥 등과 함께 양산박으로 떠났다.

조개의 원수를 갚다

능주 싸움에서 승리했다는 소식은 곧 양산박에도 전해졌다. 양산박에 남아 있던 두령들은 산 아래까지 내려와 군사들을 환영했다.

능주에서의 무용담(싸움에서 용감하게 활약하여 무공을 세운 이야기)을 이야기하며 즐거워하고 있을 때, 저 아래에서 누군가 달려오고 있었다. 헐레벌떡 달려온 사람은 단경주였다.

"아니, 자네가 혼자서 웬일인가?"

임충이 깜짝 놀라며 물었다. 단경주는 얼마 전에 양림, 석용과 함께 북쪽으로 말을 사러 떠났었기 때문이다.

단경주는 잠시 숨을 몰아 쉬고 나서 입을 열었다.

"두령, 이런 억울한 일이 다 있습니까? 우리는 북쪽 국경 근처에서 좋은 말을 200필이나 살 수 있었습니다. 그런데 돌아오는 길에 청주 땅을 지나다가 200여 명쯤되는 강도 떼를 만나고 말았습니다. 놈들의 두목은 욱보사라고 하는데, 그들은 우리와 싸웠던 증두시의 증가오호 놈들과 한패라고 합니다."

이 말을 들은 송강은 얼굴색이 벌겋게 변했다.

"참으로 용서 못할 놈들이다. 전에는 조개 어른을 죽이더니, 이제는 말까지 빼앗아 가고……"

그러자 옆에 서 있던 오용도 분을 참을 수 없다는 표정으로 말을 거들었다.

"그 동안 미루었던 복수를 할 때입니다. 이제 날도 따뜻해져 가니 놈들을 쳐부숩시다."

오용은 이어서 신중하게 몇 마디를 덧붙였다.

"그러나 일단은 저쪽의 사정을 자세히 알아보는 게 좋을 듯합니다. 제 생각에는 우선 시천을 보내 놈들의 동정을 파악하고 대책을 세웠으면 합니다."

송강도 오용의 의견에 찬성했다.

양산박에서는 즉시 시천을 보내 그 곳의 동정을 살펴보고 오게 했다.

시천이 떠나고 난 며칠 후에 양림과 석용이 돌아왔다. 그들은 감시가 허술한 틈을 타 도망쳐 오는 길이라고 했다.

"그래, 그쪽에서는 우리를 두려워하지 않던가?"

송강이 물었다.

"웬걸요, 놈들은 양산박을 우습게 보고, 언제 한번 혼을 내줄 거라며 큰소리를 치고 있습니다."

"건방진 놈들!"

송강은 화가 머리끝까지 치밀었다. 당장 군사를 동원하려고 하는 송강을 오용이 겨우 진정시켰다.

"시천을 보냈으니 일단은 기다리는 게 좋습니다. 시천이 좀더 자세한 상황을 알아 올 것입니다."

과연 시천은 그 다음날 자세한 소식을 가지고 돌아왔다.

"놈들은 자기들이 능주의 복수를 했다며 기뻐하고 있습니다. 그리고 우리가 쳐들어올 것이라고 예상하고 단단히 방비를 하고 있었습니다. 진을 다섯 개로 나누어 군사들을 배치했는데, 본진은 무술 사범인 사문공이 지키고 있고, 북진은 부사범 소정, 남진은 차남 증밀, 서진은 삼남인 증삭, 동진은 사남인 증괴, 그리고 중진은 막내인 증승과 그 아비가

맡고 있습니다. 그리고 말을 빼앗았다는 욱보사라는 놈은 법화사에서
말들을 관리하고 있습니다."

시천의 보고가 끝나자, 송강은 두령들을 돌아보며 말했다.

"놈들이 다섯 진을 구축하고 있다면 우리도 부대를 다섯으로 나누어
공격해 들어갑시다. 누가 선봉을 맡아 주시겠소?"

송강이 두령들을 둘러보자 노준의가 손을 들었다.

"저는 여러분의 도움만 입었지, 아직 공을 세우지 못했습니다. 이번에
제게 선봉을 맡겨 주신다면 목숨을 바쳐 싸우겠습니다."

송강은 기뻐하며 고개를 끄덕였다. 그런데 오용이 나서서 반대를 했
다.

"아닙니다. 노 두령께서는 아직 산채에 오신 지 얼마 되지 않아서 우
리들의 싸움에 익숙하지 않을 것입니다. 그러니 부대 하나를 맡아 뒤쪽
에서 대기하시는 게 좋을 것입니다."

오용은 노준의가 행여 사문공을 죽이게 될까 봐 걱정이 되었던 것이
다. 그렇게 되면 노준의가 조개의 원수를 갚는 게 되기 때문이었다.

그렇게 될 경우 정직한 송강은 조개의 유언에 따라 노준의를 총두령
으로 모시려고 할 것이므로, 오용은 미리 그 가능성을 막아 버린 것이다.
사실 오용의 생각대로 송강은 노준의를 두령으로 앉힐 마음을 갖고 있
었다. 그러나 오용이 끝까지 반대하자 할 수 없이 물러섰다.

양산박은 다섯 개의 부대로 군사를 편성했다. 선봉이 되는 중앙 부대
는 송강이 대장이 되었다. 공손승이 송강을 수행했고, 여방, 곽성, 해진,
해보, 대종, 시천 등이 부장을 맡아 군사 5천을 이끌었다.

동진을 맡을 부대는 화화상 노지심과 무송이 대장이 되고 공명, 공량
형제가 부장이 되어 군사 3천을 이끌었다.

서진에는 삽시호 주동과 뇌횡이 대장이 되고 추연, 추윤이 부장을 맡
아 군사 3천을 이끌었다.

남진에는 벽력화 진명과 화영이 대장이 되고 마린, 등비가 부장이 되

어 군사 3천을 이끌었다.

북진에는 청면수 양지와 구문룡 사진이 대장이 되고 양춘, 진달이 부장이 되어 군사 3천을 이끌었다.

그리고 후군에는 흑선풍 이규가 대장이 되고 번서, 항충이 부장이 되어 군사 5천을 이끌었다.

다른 두령들은 산채를 지키는 임무를 맡았다. 북경성을 치러 나간 사이에 산채가 공격당한 경험을 갖고 있었으므로, 본거지인 산채를 지키는 것도 이제는 중요한 일이 돼 있었다.

양산박에서 공격 준비를 한다는 것이 증두시에도 알려졌다. 그 곳의 무술 사범인 사문공은 사람들을 모아 놓고 다음과 같은 작전을 말했다.

"놈들은 화가 나 있으므로 한꺼번에 기세 좋게 달려들 것입니다. 그러니 함정을 파 놓았다가 놈들을 잡도록 합시다."

증가 사람들은 사문공의 지시에 따라 마을 주변에 함정을 파기 시작했다. 수십 군데에 깊은 구멍을 판 다음, 작은 나뭇가지를 걸쳐 놓고 그 위에 흙을 덮어서 눈에 띄지 않도록 위장해 두었다.

그러나 이 계획은 양산박에 알려졌다. 신중한 오용이 시천을 시켜 한 번 더 증두시를 관찰하고 오도록 했던 것이다.

"그들은 마을 주변에 수없이 많은 함정을 파 놓고는 기고 만장해서 우리를 기다리고 있습니다."

시천은 보고 온 대로 이야기했다.

"제법 머리를 쓰는 놈들이로구나."

오용은 빙그레 웃으며 계략을 세우기 시작했다.

드디어 양산박 부대가 증두시에 당도했다. 이를 본 증두시에서 한 떼의 군사를 내보냈다.

양산박의 선봉 부대가 달려나가려 하자, 오용이 급히 중지시켰다. 오용은 우선 진지부터 만들고 기다리자고 했다.

이튿날, 오용은 군사를 두 부대로 나누고 100대의 수레를 준비하게 했다. 그리고 불을 붙이기 위해 마른풀과 나뭇가지들을 긁어모아 수레에 신도록 했다.

날이 어두워지자 오용은 수레 부대를 마을의 뒤편으로 이동하게 했다. 그리고 전방으로는 노지심, 무송, 주동, 뇌횡 등으로 하여금 두 부대를 이끌고 가 공격을 하게 했다.

"함정이 있으니 절대 앞으로 나가서는 안 됩니다. 적당한 곳에서 멈추고는 북 소리와 함성만 울리시오."

오용은 선봉 부대에 단단히 일러 두었다.

마을로 진격한 부대는 오용의 말에 따라 깊숙이 들어가지 않고 적당한 곳에서 멈추었다. 그러고는 금방이라도 쳐들어갈 것처럼 소리만 요란하게 질러 댔다.

사문공도 군사를 내보내지 않았다. 양산박 군사들을 유인하여 함정에 빠뜨릴 생각이었기 때문이다. 그래서 조금씩 앞으로 나갔다 들어왔다 하면서 약만 올리라고 지시했다.

밤이 깊어지도록 양진영에서는 소리만 크게 질러 댔다. 소리만 들으면 대단한 싸움이 벌어지고 있는 것 같으나, 실상은 아무런 접전도 벌어지지 않고 있었다.

이렇듯 신경전을 벌이고 있는 사이, 수레를 이끄는 부대는 마을의 뒤쪽에 접근해 있었다.

"자, 어서 수레 공격을 시작하시오."

마침내 오용이 공격 명령을 내렸다. 곧 100대의 수레에 불이 붙었다. 불길이 치솟는 100대의 수레가 마을을 향해 돌진했다. 많은 군사들이 그 뒤를 따랐다.

전방만 주시하고 있던 사문공은 깜짝 놀랐다. 수레를 앞세운 양산박 부대는 사정없이 몰아치며 적의 진지를 부수어 버렸다. 전방을 지키고 있던 사문공의 군사들은 우왕좌왕하다가 자신들이 파 놓은 함정에 빠지고 말았다.

드디어 증가의 군사들이 마을 앞으로 진격해 나왔다. 먼저 증가오호 중의 한 사람인 증도와 여방이 맞붙었다. 여방이 차츰 몰리기 시작하자, 곽성이 여방을 도왔다. 세 사람은 휙휙 칼 소리를 내며 한데 어우러졌다.

"증도 놈의 실력이 보통이 아니로구나. 저대로 두면 우리 쪽이 몰리겠는데……."

화영은 적당한 기회를 잡아 증도를 향해 화살을 날렸다. 증도는 화영이 쏜 화살을 칼로 막았다. 그러나 연이어 날아온 두 번째 화살은 그의 가슴에 꽂혔다.

증도는 피를 뿌리며 말에서 떨어졌다. 이를 본 동생 증승은 눈물을 흘리며 주먹을 불끈 쥐었다.

"기필코 형님의 원수를 갚고야 말리라."

증승은 산이 무너질 듯한 고함을 지르며 달려 나왔다. 그러자 이규가 도끼를 휘두르며 그를 막았다. 그 때 증가의 진영에서 날아온 화살이 이규의 넓적다리에 꽂혔다. 이규는 그대로 땅바닥에 고꾸라졌다.

그러자 증가의 군사들이 우르르 몰려나왔다. 양산박 진영에서도 진명과 화영이 군사를 이끌고 나왔다. 한바탕 접전이 벌어진 후에야 겨우 이규를 구해서 돌아올 수 있었다. 이 날의 싸움은 일단 이렇게 끝났다.

다음날도 치열한 싸움이 계속되었다. 서로 한 번씩 승리와 패배를 주고받았으나 전체적으로는 양산박이 우세한 싸움이었다.

이 날 증가에서는 또 한 명의 아들을 잃었다. 사문공과 함께 기습을 감행했던 증색이 도리어 화영의 군사들에게 포위되어 목숨을 잃었던 것이다.

증가의 주인인 증장자는 더 이상 버틸 자신이 없었다. 하루 만에 세 명의 아들을 잃고 나자 기운이 다 빠져 버렸다.

"저들과 화해하는 것이 좋겠소."

사문공은 화해에 반대하는 입장이었지만, 증장자의 마음도 굳었다. 증장자는 어서 이 지긋지긋한 싸움을 그만두고 싶었다.

증장자는 화해를 청하는 편지를 써서 사신에게 들려 보냈다.

중두시의 못난 주인 증장자가 송강 두령께 삼가 올립니다. 지난번에 제 자식이 헛된 힘을 믿고 말을 빼앗는 바람에 싸움이 일어나기 시작했습니다. 조개 두령이 오셨을 때 말을 돌려 드렸어야 했는데, 저희가 감히 조개 두령을 몰라뵙고 화살을 쏘아 그분의 목숨을 앗고 말았습니다. 게다가 또다시 제 부하가 양산박의 말을 빼앗는 잘못을 저질렀습니다.

진심으로 그 모든 일을 사과드리며 간절한 마음으로 화해를 청하옵니다. 이제 여러 자식을 잃은 나로서는 더 이상 싸울 힘도 없습니다. 화해를 받아 주신다면 빼앗았던 말을 모두 돌려 드리고, 그 밖에 공물을 보내 사과의 뜻을 전하겠습니다.

사신으로부터 이 편지를 받아 읽은 송강은 그 자리에서 편지를 찢어 버렸다.

"조개 두령을 죽인 자들과 화해한다는 것은 말도 안 됩니다. 나는 저들을 모두 죽이고야 말겠소"

송강은 그러면서 사신을 노려보았다. 사신은 송강이 화를 내자 겁에 질려 벌벌 떨었다.

그러나 오용이 나서서 송강의 마음을 진정시키며 사과를 받아들이자고 권했다.

"어차피 서로의 자존심 때문에 일어난 싸움입니다. 이제 저쪽에서 굽히고 들어오니 너그러이 받아 주시는 것도 좋을 것입니다."

송강은 겨우 분을 누그러뜨렸다. 송강은 직접 답신을 적어 사신에게 전했다.

양산박의 송강이 중두시의 증장자에게 보낸다. 원래 중두시와 우리 양산박은 원수를 진 일이 없었다. 그런데 너희가 먼저 우리를 무시하고 욕심을 부리는 바람에, 오늘과 같은 싸움이 있게 되었다.

만일 너희들이 진심으로 화해하기를 원한다면 먼저 빼앗아 간 말을 모두 돌려 보내야 할 것이다. 또한 말을 빼앗았던 욱보사도 마땅히 우리에게 보내야 하리라. 그렇게 한 다음에야 사과의 공물을 받아도 받을 것이다. 만약 이것이 지켜지지 않는다면 우리로서는 다른 결심을 할 수밖에 없다.

이튿날 증장자는 다시 사신을 보내 왔다.

양산박에서 원하는 것을 다 들어 주겠지만, 그러기 위해서는 양산박 쪽에서도 욱보사에 해당하는 인질을 보내 달라는 내용이었다.

송강은 그 요구에 다시 화가 났다. 그러나 어차피 받아들이기로 한 화해 요청이었기에, 증장자의 요구를 들어 주기로 했다.

그리하여 양산박에서는 이규, 시천, 번서, 항충, 이곤을 인질로 보냈다.

사문공은 이 다섯 사람을 법화사에 묵게 하고 술대접을 했다. 대접은 소홀하지 않게 했지만, 어쨌거나 그들은 인질이었으므로 법화사 밖으로 나가지는 못하게 했다. 사문공은 군사를 시켜 이들을 철저히 감시하도록 했다.

이어서 증가에서는 증승이 욱보사와 말을 이끌고 양산박의 진영으로 갔다. 미리 약속했던 사과의 공물도 수레 가득히 싣고 갔다.

하지만 말을 살펴본 송강은 의아한 표정으로 욱보사에게 물었다.

"아니, 단경주가 처음에 가지고 오던 천리마는 어찌 되었느냐? 그 말은 여기에 없지 않느냐?"

"그 말은 무술 사범인 사문공께서 타고 계십니다."

욱보사가 송강의 표정을 조심스럽게 살피며 겁먹은 목소리로 대답했다.

송강은 증승에게 그 말을 꼭 가지고 와야 한다고 말했다. 할 수 없이

242

증승은 아버지에게 사람을 보내 사문공의 말을 보내 달라고 했다.

그러나 사문공은 얼굴을 찌푸리며 화를 냈다.

"이 말은 내 것이다. 이것만은 돌려 줄 수 없다고 전해라."

이 말을 전해 들은 송강도 화를 냈다.

"나 또한 그 말을 돌려 받지 못하면 절대로 화해할 수 없다고 전해라."

송강이 강경하게 나오자 사문공이 타협안을 내놓았다.

"그렇다면 먼저 양산박에서 군사를 돌리라고 해라. 군사들이 돌아간다면 그 때에는 내 말을 보낼 것이다."

송강은 먼저 군사를 돌릴 마음이 전혀 없었다. 그러나 사문공의 마음도 굳은 듯하여 오용과 의견을 나누었다.

그런데 그 때, 청주와 능주에서 구원병이 오고 있다는 보고가 들어왔다.

"구원병이 오고 있는 걸 안다면 놈들의 태도가 달라질 것이오. 그 전에 놈들을 격파해야만 합니다."

송강은 다시 적을 공격하는 쪽으로 마음을 굳혔다.

송강은 인질로 끌려온 욱보사를 불렀다. 긴장해 있던 욱보사에게 송강은 부드러우면서도 위협적인 목소리로 말했다.

"네가 우리에게 협조한다면 우리는 너를 양산박의 두령급으로 받아들이겠다. 물론 너의 잘못은 다 없던 일로 하겠다. 증두시는 얼마 못 가 우리에게 함락될 것이다. 알아서 선택하거라."

욱보사는 속으로 재빨리 계산을 해 보았다.

확실히 송강의 말처럼 증두시는 오래 버티지 못할 거라는 생각이 들었다. 인질로 잡혀 있다가 죽임을 당하느니 양산박에 협조하는 것이 낫겠다 싶었다.

"저의 죄를 묻지 않으신다면 송강 두령님께 충성을 바치겠습니다."

"거짓으로 하는 말이 아니렷다?"

"물론입니다. 제가 도울 일을 말씀만 하십시오."

욱보사는 송강의 말에 따르겠다고 맹세했다. 그러자 이를 지켜 보던 오용이 욱보사에게 말했다.

"자네는 지금 즉시 증장자에게 가서 도망쳐 오는 길이라고 말하게. 그리고 양산박에서는 전혀 화해할 마음이 없더라고 말하게. 이어서 양산박에서는 지금 능주에서 오는 구원병을 막느라 정신이 없으니까, 이 기회를 틈타 공격을 해야만 한다고 권하게."

욱보사는 곧 증가의 진영으로 돌아갔다. 그러고는 오용에게 지시받은 대로 했다.

"제가 놈들의 진을 확실하게 파악하고 있으니, 저를 따라 급습하면 틀림없이 송강을 잡을 수 있습니다."

욱보사는 마지막으로 그렇게 덧붙였다.

"당신은 도망쳐 왔지만, 내 아들 증승이 아직 저쪽에 잡혀 있소. 섣불리 공격했다가는 내 아들이 죽게 될지도 모르오."

증장자는 난감한 표정이었다. 증장자가 쉽게 결정을 내리지 못하자 사문공이 거들었다.

"단숨에 적을 친다면 증승을 구해 낼 수 있을 겁니다. 욱보사가 적진의 상황을 잘 알고 있으니 틀림없이 성공할 것입니다."

"그렇다면 사문공만 믿겠소."

증장자는 드디어 사문공에게 설득되었다. 그들은 날이 어두워지면 바로 공격하기로 계획을 세웠다.

그 날 밤, 사문공은 소정, 증밀, 증괴 등과 함께 군사를 이끌고 나갔다. 사문공은 욱보사가 일러 준 길을 따라 은밀하게 접근해 갔다.

같은 시각에 욱보사는 법화사로 가서 다섯 명의 인질을 몰래 빼내어 양산박 진영으로 돌아갔다.

사문공은 아무 방해도 없이 양산박의 본진에 다가갈 수 있었다. 그런데 막 공격을 개시하려고 하니 아무래도 이상했다. 양산박의 군사들이 한 명도 보이지 않았던 것이다.

"속임수다!"

사문공은 급히 군사를 되돌리려 했다.

그러나 이미 사방에서 징 소리와 포성이 들려 오기 시작했다. 곧 이어 수많은 화살이 어둠을 뚫고 쏟아져 내렸다. 어둠 속에서 날아오는 화살은 군사들의 간담을 서늘하게 했다.

증가의 군사들은 필사적으로 대항하며 도망가려고 했다. 그러나 몇 발짝 움직이지도 못하고 픽픽 쓰러져 버렸다. 증가의 군사들은 누구에게 죽는지조차 모르고 그렇게 죽어 갔다.

수많은 비명과 함성이 밤하늘을 울리고 난 후, 증가의 군사들은 한 사람도 남김없이 전멸하고 말았다. 아니, 단 한 사람 사문공만은 천리마를 몰고 홀로 도망칠 수 있었다. 과연 사문공의 말은 천리마라는 별명답게 빠른 속도로 숲을 내달렸다.

얼마쯤 왔을까, 사문공이 이제는 적진에서 벗어났다고 마음을 놓으려는 순간이었다. 양쪽 숲 속에서 한 떼의 군사가 나타났다. 그 맨 앞에는 노준의와 연청이 시퍼런 칼을 들고 서 있었다.

"여기서 너를 기다린 지 오래다. 내 칼을 받아라."

노준의는 단칼에 사문공의 다리를 찔러 말에서 떨어뜨렸다. 사문공은 군사들에게 묶여 양산박으로 끌려갔다.

송강은 군사를 몰아 증가의 마을로 들어갔다. 증장자를 비롯하여 증가의 모든 식구가 죽임을 당했다. 증가의 대저택은 불길 속에서 재로 변하고 있었다.

송강은 증가의 창고에 있던 재물과 식량 등을 수레에 싣고 양산박으로 돌아왔다. 승리하고 돌아온 양산박 호걸들은 조개의 위령제를 지냈다. 포로가 되었던 사문공은 그 자리에서 처형되었다.

새로운 총두령

조개의 위령제가 끝났을 때, 송강이 여러 두령들을 모아 놓고 이야기를 꺼냈다.

"이제 조개 두령의 원수도 갚았으니 정식으로 총두령을 세워야 할 것입니다. 내 생각으로는……."

그 때 오용이 송강의 말을 자르며 입을 열었다.

"우리의 총두령이야 당연히 송강 어른이 아니겠습니까? 새삼스레 두령을 다시 세울 필요는 없습니다."

그러나 송강은 고개를 저었다.

"아니오. 우리는 모두 조개 어른의 유언을 기억하고 있소. 그분의 유언은 자신의 원수를 갚는 사람에게 두령 자리를 맡기라는 것이었소. 나는 그래서 노준의 어른께서 총두령을 맡아야 한다고 생각합니다."

그 말을 들은 노준의가 황급히 말했다.

"나는 이 곳에서 두령이 된 것만도 과분합니다. 재주도 능력도 없으니 송두령께서 계속 양산박을 이끌어 주시기 바랍니다."

노준의의 말에도 불구하고, 송강은 자신의 의견을 굽히지 않았다.

"나는 여러 가지로 노준의 어른께 미치지 못합니다. 우선 나는 외모부터 볼품이 없습니다. 그러나 노준의 어른은 풍채가 당당하여 사람들

246

에게 지도자의 인상을 갖게 합니다. 또한 나는 하급 관리 출신에 불과하나, 노준의 어른은 좋은 가문의 자손입니다. 마지막으로, 나는 무예가 약하여 싸움에서 직접적인 공을 세우지 못하고 있습니다. 그러나 노준의 어른께서는 누구보다도 출중한 무예를 지니고 있습니다. 이런 여러 가지를 생각해 볼 때 노준의 어른이야말로 이 곳의 주인으로서 손색이 없다고 여겨집니다."

"너무 겸손한 말씀입니다. 나는 결코 이 곳의 두령이 될 수 없습니다."

송강 못지 않게 노준의의 마음도 굳었다. 그 때 오용이 다시 나서서 말했다.

"노준의 어른께는 부두령을 맡기도록 하시지요. 그것이 모든 사람들의 뜻일 겁니다."

오용은 말하면서 주변 사람들을 둘러보았다. 그러자 이규가 기다렸다는 듯이 벌떡 일어나 말했다.

"나는 오직 송강 형님 때문에 이 곳에 온 사람이오. 송강 형님이 두령을 안 하시겠다면 다 때려치우고 산을 내려가겠소."

이규의 말에 뒤이어 무송도 자리에서 벌떡 일어나 말했다.

"외모니 출신이니 하는 것으로 따지자면, 여기에 있는 다른 사람들도 송강 형님보다 나은 사람이 많습니다. 그런데 그들 모두가 송강 형님을 두령으로 모시고 있지 않습니까?"

계속해서 유당과 노지심도 비슷한 말을 했다. 그 밖에도 여러 사람이 송강이 두령 자리를 맡아야 한다고 주장했다.

"그러면 이렇게 합시다."

송강은 새로운 제안을 내놓았다.

"지금 이 곳에는 양식이 충분하지 않소. 우리는 가까운 고을에서 양식을 마련해야 할 것입니다. 이 곳에서 가까운 곳이라면 동평부와 동창부가 있소. 노준의 어른과 내가 제비 뽑기를 하여 그 두 곳에 출병했으면 합니다. 두 사람 중에서 먼저 성을 점령하여 양식을 구해 오는 사람에게 두령을 맡깁시다."

오용은 마지못해 송강의 의견을 받아들였다. 다른 사람들도 그렇게 하기로 했다.

드디어 제비 뽑기를 하니 송강에게 동평부, 노준의에게 동창부가 떨어졌다.

이튿날 양산박의 군사는 송강과 노준의가 이끄는 두 부대로 편성되었다. 노준의가 이기기를 바라는 송강은 노준의의 부대 쪽에 지략가인 오용과 도술을 부릴 줄 아는 공손승을 넣어 주었다.

때는 3월 초하루였다. 봄이 시작되는 계절이라 날씨는 알맞게 따사로웠다. 송강은 동평부 성 앞에 이르자, 정 태수에게 사신을 보냈다. 사신은 욱보사와 왕정륙이었다. 두 사람이 가지고 간 편지에는 양식을 꾸어 달라는 내용이 적혀 있었다.

동평부의 정 태수는 편지를 읽고 크게 화를 냈다.

"도적 떼들이 몰려와 감히 나라의 곡식을 빌려 달라고 하다니, 간이 부은 놈들이로구나."

정 태수는 사신 두 사람을 매질하여 돌려보냈다.

살점이 떨어지도록 맞고 돌아온 욱보사와 왕정륙은 송강 앞에서 눈물을 흘리며 원통해했다.

"좋다, 우리를 무시한 대가를 치르게 해 주자."

송강은 그들을 위로하였다. 그리고 곧 상처를 입은 두 사람을 수레에 태워 산채로 돌려보냈다.

그 때 구문룡 사진이 한 가지 꾀를 냈다.

"제가 예전에 동평부의 유곽에 있는 한 계집과 친하게 지냈습니다. 이서란이라는 계집인데, 저와는 무척 가까웠던 사이입니다. 그 집에 뇌물을 가지고 가서 며칠 묵으면서 기회를 보아 성에다 불을 지르도록 하겠습니다. 형님이 그 때 성을 공격한다면 쉽게 이길 수 있을 것입니다."

송강은 좋은 생각이라며 반가워했다.

사진은 곧 보퉁이에 금·은 등의 패물을 챙겨 가지고 성으로 들어갔다. 그러고는 곧장 유곽으로 가서 이서란의 집을 찾았다.

"오랜만에 들르셨군요. 듣자 하니 양산박의 두령이 되었다고 하시던데, 어쩐 일로 여기까지 오셨습니까?"

이서란은 반갑게 맞으면서도 어딘지 두려워하는 기색이었다. 사진은 들고 온 보퉁이를 내보이며 간단하게 말했다.

"물론 나는 양산박의 두령이 되었지만, 그거야 너하고는 아무 상관이 없는 일이지. 그런데 한 가지 부탁이 있다. 이것을 받고 내가 여기 있다는 얘기는 절대로 아무에게도 하지 말도록 하거라. 나는 그저 며칠 쉬다가 갈 생각이니까."

이서란은 보퉁이에 들어 있는 패물을 보자 매우 기뻐했다. 이서란은 사진에게 음식과 술을 대접했다.

사진이 잠들자, 이서란은 살며시 일어나 포주에게로 가서 사진에게서 받은 패물을 내놓으며 말했다.

"저 사람은 오랜 단골이기는 하지만 지금은 양산박의 두령입니다. 여기에 있게 해도 뒤탈이 없을지 모르겠어요. 좀 불안해서……."

이서란이 사진의 정체를 알려 주자, 포주와 그 남편은 깜짝 놀랐다.

"양산박의 호걸들은 무서운 사람들이야. 그러니 우리는 모르는 체하고 있는 게 좋을 것 같다."

남편은 그렇게 말했지만, 아내는 생각이 달랐다.

"그게 무슨 말이에요? 도적을 숨겨 주었다가 나중에 큰일나고 싶어서 그래요? 저놈을 관가에 고발해야만 해요. 그래야 우리에게 탈이 없다고요."

"탈이 있기로 하면, 양산박에 잘못 보이는 것이 더 위험하지."

"아니에요. 무조건 내 말을 들어요. 저 도적을 관에 넘겨야 해요."

"그럼, 그 사람한테 받은 패물은 어쩌고?"

"받은 거야 받은 거지, 그게 어쨌단 말예요? 그건 그냥 우리 거지. 어서 포졸이나 불러와요."

아내가 하도 강경하게 나오자, 남편은 할 수 없이 관가로 갔다.

얼마 후 수십 명의 포졸이 유곽을 덮쳤다. 아무리 날고 뛰는 사진이라지만, 수십 명의 포졸들이 한꺼번에 좁은 방을 덮치자 제대로 저항해 보지도 못하고 잡혔다. 사진은 곧장 관가로 끌려가 정 태수 앞에 무릎이 꿇렸다.

"정말 겁 없는 놈이로구나. 그래, 무슨 수작을 부리려고 성으로 잠입했느냐? 어서 이실직고하렷다!"

그러나 사진은 한 마디도 하지 않았다.

"어서 저놈을 매우 쳐라. 몸에서 불이 나야 정신을 차리겠구나."

정 태수의 명이 떨어지기 무섭게 포졸들이 달려들어 곤장을 치기 시작했다. '퍽퍽' 소리가 담장을 넘어갈 만큼 사정 없이 두들겨 팼다. 사진의 허벅지는 살점이 떨어져 나가고 피가 줄줄 흘렀다.

그러나 사진은 입을 열지 않았다. 비명조차 지르지 않았다.

"독한 놈이로구나. 좋다, 일단 옥에 처넣도록 하거라."

다음날, 송강의 진영에도 사진이 유곽에서 잡혔다는 소식이 들렸다.

"더 이상 머뭇거릴 필요가 없다. 사진을 구하기 위해서라도 하루빨리 동평부를 함락시켜야만 한다."

송강은 즉시 군사들에게 공격 준비를 시켰다.

송강이 군사를 몰아 성 앞에 도착하니, 동평부에서는 병마 도감인 동평이 군사를 몰고 나왔다.

송강은 동평의 수려한 용모와 남아다운 기개가 한눈에 마음에 들었다. 사실 동평은 지혜와 용맹을 모두 갖춘 훌륭한 무장이었다. 또한 학문에 깊이를 가지고 있었고, 그 밖에 음악 등의 예술에도 조예가 깊었다.

송강은 한도를 시켜 동평과 맞서게 하였다. 곧 동평과 한도는 칼날을 부딪치며 격렬하게 싸우기 시작했다.

동평의 무기인 두 자루의 철창은 바람을 가르며 한도 몸의 곳곳을 후비고 들어왔다. 한도는 땀을 뻘뻘 흘리며 겨우 버티다가 10여 합 만에 몸을 빼고 말았다.

송강은 다시 서녕을 내보냈다. 두 장수의 싸움은 볼만했다. 서녕과 동평은 좀처럼 승부를 가리지 못하고 팽팽한 접전을 벌였다. 얼마의 시간이 흐르자 이제 싸움은 서녕에게 유리해져 가고 있었다.

송강은 행여 동평이 다치기라도 할까 봐 얼른 북을 울려 싸움을 멈추게 했다. 서녕은 북 소리를 듣고 진영으로 돌아왔다.

첫 싸움은 일단 그렇게 끝났다. 서로 양쪽의 실력을 가늠하는 탐색전이었다.

오후가 되자 다시 한바탕 싸움이 벌어졌다. 이번에는 장수와 군사들이 한꺼번에 맞붙어 여러 곳에서 격렬한 싸움이 벌어졌다.

동평은 용감하게 철창을 휘두르며 이곳 저곳을 헤집고 다녔다. 동평이 가는 곳마다 많은 군사들이 쓰러졌다. 그러나 양산박의 두령들이 나서면 동평도 쉽게 이기지 못했다.

오후 내내 밀고 밀리는 싸움이 계속되었다. 동평은 어스름하게 어둠이 깔리기 시작하자, 군사를 돌려 성으로 들어갔다.

"결코 만만한 놈들이 아니로구나."

동평은 휴식을 취하며 다음날의 싸움을 준비했다.

그 날 밤 동평은 정 태수를 찾아갔다. 그것은 싸움의 보고 외에 다른 뜻이 있어서였다.

정 태수에게는 용모가 아름다운 딸이 하나 있었다. 동평은 평소 그 딸을 흠모하고 있었다. 그래서 여러 번 청혼을 넣었는데, 정 태수는 미적미적 명확한 답을 하지 않고 있었다.

이제 도적으로부터 성을 지키는 막중한 임무를 맡고 있는 동평은, 지금 청혼을 하면 자신을 무시하지 못하리라 생각하여 오늘은 꼭 확답을 들어야겠다고 마음먹었다.

동평은 낮에 있었던 싸움에 대하여 보고하고 난 후, 슬며시 딸의 이야기를 꺼냈다.

"벌써 여러 번 따님에 대한 제 마음을 말씀 드렸습니다. 오늘은 태수님의 확답을 듣고 싶습니다."

정 태수는 언제나처럼 머뭇거리기만 했다. 한참 후에야 정 태수는 마지못한 듯 입을 열었다.

"그대는 훌륭한 장수인지라 나도 마음에 든다네. 하지만 지금은 도적의 무리를 앞에 둔 위급한 상황이 아닌가? 이 싸움이 끝나면 그 때 다시 얘기하기로 하세."

동평은 더 이상 말하지 못하고 물러나왔다.

동평이 생각하기에 정 태수는 자신에게 딸을 줄 마음이 전혀 없는 듯했다.

'말로만 나를 훌륭하다고 추켜세울 뿐 나를 무시하고 있는 것이다.'

동평은 섭섭한 마음을 금할 수 없었다.

이튿날, 날이 밝자마자 다시 싸움이 시작되었다. 동평이 먼저 말을 몰아 공격해 오자 임충과 화영이 그를 맞아 싸웠다.

세 장수는 한동안 흙먼지를 날리며 요란하게 창칼을 부딪쳤다. 그러다가 어느 순간, 임충과 화영이 갑자기 말머리를 돌렸다. 동평은 바람소리가 나도록 철창을 휘두르며 계속 추격했다.

송강의 군사들은 대항하지 않고 멀리 후퇴했다. 동평은 어느덧 홀로 적진 깊숙이 들어왔다.

동평이 어느 초가집 근처를 지날 때였다. 갑자기 말이 발을 헛디디며 앞으로 푹 고꾸라졌다. 그 곳에 송강이 군사를 시켜 함정을 파 놓았던 것이다.

동평의 부하들이 급히 쫓아왔지만, 양산박의 군사들이 막아 섰다. 동평은 함정에서 나오자마자 밧줄에 묶였다.

송강은 동평이 끌려 오는 것을 보고는 자리에서 일어나 호통을 쳤다.

"공손히 모시고 오라 했더니 이게 무슨 짓이냐!"

송강은 동평에게로 가서 손수 묶인 밧줄을 풀어 주었다. 이어서 송강이 절을 하자, 동평도 당황하여 맞절을 하였다.

"우리는 양식이 떨어져 할 수 없이 도움을 받고자 이곳에 온 것뿐이오. 결코 성을 치고자 한 게 아니었소. 그런데 동평부의 태수가 우리를 무시하고 나오니, 우리로서도 가만히 있을 수가 없었던 것이외다."

송강이 예의 바르게 설명을 하자 동평은 송강을 다시 보게 되었다.

'막돼먹은 도적은 아니로구나.'

동평의 표정이 누그러지는 것을 본 송강은 자신의 속마음을 털어놓았다.

"나는 장군께서 우리의 동지가 되어 주셨으면 하고 진심으로 바라고 있습니다. 지금 정 태수는 양민을 괴롭히며 자기 혼자 부귀를 누리고 있지 않습니까? 진정으로 백성을 생각하는 장수라면 탐관 오리 밑에서 충성을 다할 필요가 없다고 생각합니다."

묵묵히 송강의 말을 듣고 있던 동평은 이윽고 결심한 듯이 고개를 들었다.

"좋습니다. 양산박의 일원이 되어 나라를 위해 일할 때를 기다리겠습니다. 송 두령께서 나를 믿는다면 나를 돌려보내 주십시오. 내가 정 태수를 속여 성문을 열고 당신들이 들어올 수 있도록 하겠습니다."

송강은 쾌히 동평의 제안을 받아들였다. 송강은 군사를 시켜 동평에게 갑옷과 말을 돌려주었다.

동평은 말을 몰아 동평부로 돌아갔다. 성문 앞에 도착한 동평은 군사들에게 소리쳤다.

"내가 돌아왔다. 어서 성문을 열어라!"

성문을 지키고 있던 군사들은 장군이 돌아온 것을 보고는 급히 성문을 열었다.

동평은 들어가자마자 성문을 지키고 있던 군사들의 목을 베고는 성문을 활짝 열었다. 그러자 송강의 군사들이 우르르 성 안으로 들어갔다. 송강은 먼저 옥으로 가 사진을 구해 내도록 했다.

동평은 정 태수를 찾아갔다. 동평은 사색이 돼 있는 정 태수와 그의 일가를 모조리 죽였다. 다만 그의 딸만은 구하여 데리고 나왔다.

송강은 동평부의 창고를 털어 많은 양식을 확보하여 흡족한 마음으로 양산박으로 돌아갈 채비를 하고 있었다. 그 때 노준의와 함께 동창부로 갔던 백승이 그 곳의 소식을 갖고 왔다.

"그래, 노준의 어른께서는 잘 돼 가고 있느냐?"

"노준의 어른께서는 몹시 고전을 하고 있습니다. 동창부의 성을 여러 번 공격했으나, 성을 지키는 장청이라는 자가 워낙 센 인물이어서 매번 실패하고 말았습니다. 장청은 돌팔매질의 명수이온데, 그가 돌을 던지면 백발백중인지라 아무도 쉽게 접근하지 못하고 있는 형편입니다. 학사문과 항충이 그와 맞서다가 돌팔매에 얼굴을 맞아 크게 다쳤습니다."

송강은 노준의가 어려움을 겪는다는 말을 듣자 크게 실망하였다. 그에게 총두령의 자리를 넘기고 싶었기 때문이다.

"우리가 가서 도와야겠다. 어서 동창부로 떠나자."

송강은 군사를 이끌고 동창부로 향했다. 송강은 노준의를 만나 상황 보고를 받고는 전체 군사를 지휘하게 되었다.

송강이 도착한 지 얼마 안 되어 동창부의 성문이 열리고 한 떼의 군사가 몰려나왔다.

그 선두에는 장청이 말을 타고 있었는데, 늠름하고 강인한 장수로 보였다.

"누가 저 장수와 싸우겠느냐?"

송강이 돌아보자 송강과 함께 동평부로 갔던 서녕이 앞으로 나섰다.

"그대라면 볼만한 싸움이 되겠구나."

송강은 기쁜 표정으로 고개를 끄덕였다. 서녕은 곧 구겸창을 들고 말을 몰아 나갔다. 양진영의 한가운데에서 두 장수가 서로 실력껏 무기를 휘두르니, 그 싸움은 과연 대단했다.

50합을 싸우고 난 장청이 갑자기 말머리를 돌려 달아나기 시작했다.

"게 섰거라!"

서녕은 소리를 지르며 그를 추격했다. 성문 앞까지 거의 다 간 장청이 갑자기 말을 돌렸다. 장청의 손이 빠르게 들려지는가 싶더니, 어느덧 그의 손에서 돌이 날아왔다. 돌은 정확하게 서녕의 이마에 맞았다.

서녕은 이마에 피를 흘리며 말에서 떨어졌다. 그 때 성에서 장청의 부하 장수인 공왕과 정득손이 서녕을 끌어 가려고 달려 나왔다.

다행히 송강의 진영에서 곽성과 여방이 급히 나가 겨우 서녕을 구할 수 있었다. 송강은 장청의 솜씨에 감탄하면서도 분노가 치밀었다.

"다음엔 누가 저자와 싸우겠소?"

송강이 큰 소리로 외치자, 한 장수가 앞으로 나왔다. 그는 연순이었다. 그러나 연순은 장청의 적수가 되지 못했다. 불과 몇 합을 겨루고 나서 연순은 몰리기 시작했다. 연순은 얼른 말 머리를 돌려 도망쳤다. 그러자 장청이 연순의 등을 향해 돌을 던졌다. 빠르게 날아온 돌이 등에 맞았으나, 연순은 말에서 떨어지지 않고 말 등에 납작 엎드려 겨우 돌아올 수 있었다.

이번엔 송강이 말을 꺼내기도 전에 한 장수가 앞으로 튀어 나갔다.

"도대체 네놈의 솜씨가 어떤지 내가 구경하마."

한도였다. 한도는 송강에게 자신의 실력을 보이고 싶어서 벌써부터 준비하고 있었다.

한도가 온 힘을 다해 싸우자 장청이 달아나기 시작했다. 한도는 장청이 돌을 던질 것이라 생각하여, 그를 쫓지 않았다. 그러자 장청이 다시 돌아왔다.

장청은 가까이 오자마자 냅다 돌을 던졌다. 한도는 콧잔등에 돌을 맞고 대번에 주르르 코피를 흘렸다. 한도는 정신 없이 진으로 도망쳐 왔다.

이어서 여러 명의 장수가 연달아 장청에게 덤볐다. 팽기, 선찬, 호연작, 유당, 주동과 뇌횡 등의 맹장들이 장청에게 덤볐지만, 번번이 돌팔매에 맞고는 맥없이 돌아왔다.

"참으로 부끄러운 일이다. 양산박의 호걸들 중에 저자를 이길 장수가 아무도 없다는 말이냐?"

송강은 어이없다는 표정으로 고개를 흔들었다.

송강의 어두운 표정을 본 관승이 말을 박차며 앞으로 내달렸다. 관승이 청룡도를 쓰는 솜씨는 과연 일품이었다. 하지만 관승 또한 장청의 돌팔매에는 속수 무책이었다. 관승은 나갈 때의 기세와는 다르게 도망치듯 돌아왔다.

이어서 동평이 나서서 장청과 맞붙었다.

"부끄러운 줄 알아라. 도적을 잡아야 할 네놈이 어느새 그들과 한패가 되었더란 말이냐?"

장청은 노기 가득한 음성으로 소리쳤다.

"잔소리 말고 내 창을 받아라."

동평은 철창을 쭉 뻗으며 장청에게 접근했다. 장청은 동평이 가까이 다가오기도 전에 돌을 날렸다.

이미 마음의 준비를 하고 있던 동평은 창을 휘둘러 돌을 막았다. 장청은 재빨리 두 번째의 돌을 날렸다. 그러나 동평은 그 돌마저 슬쩍 피해 버렸다.

동평이 자신의 돌팔매를 가볍게 막아 내자 장청은 얼른 말을 돌려 달아났다. 동평도 급히 말을 몰아 추격을 시작했다. 두 장수는 서로 엇비슷하게 달리며 성문을 향해 나아갔다. 서로 스칠 듯 가까워졌을 때 동평은 창을 들어 장청을 찌르려 했다. 그러자 장청이 몸을 날려 동평의 몸을 껴안았다.

두 사람은 동시에 말에서 떨어졌다. 이를 본 공왕과 정득손이 장청을 구하기 위해 뛰어나왔다. 송강의 진영에서도 색초, 화영, 여방, 곽성 등이 동평을 구하고자 뛰어나왔다.

이리하여 여러 장수들이 한꺼번에 어울려 치열한 싸움을 벌이게 되었다. 싸움이 시작되자 양산박 두령들의 진짜 실력이 드러났다.

임충과 화영은 공왕과 맞붙어 몇 합을 겨룬 끝에 어렵지 않게 그를 잡을 수 있었다.

관승은 장청을 거의 잡을 뻔했으나 그가 다시 돌을 던지는 바람에 더 이상 추격할 수가 없었다. 하지만 장청은 더 싸우지 못하고 간신히 성으로 도망갔다.

장청의 부하 장수인 정득손은 연청이 쏜 화살이 말발굽에 맞는 바람에 땅바닥에 떨어졌다. 그 틈에 곽성이 달려들어 그를 포로로 잡았다. 이 날의 싸움은 이쯤에서 끝났다.

송강은 두령들을 모아 놓고 작전 회의를 열었다.

"오늘 우리 두령들 열다섯 사람이 순식간에 장청에게 당했습니다. 비록 포로 두 사람을 잡았다고는 하나 승리했다고는 볼 수가 없소. 장청을 잡을 좋은 계획이 없겠소?"

두령들은 고개를 들지 못하고 묵묵히 듣기만 했다. 그 때 지략가인 오용이 여유 있는 표정으로 입을 열었다.

"너무 걱정 마십시오. 맞대결하기보다는 그를 유인하여 생포하는 게 좋을 것입니다."

오용은 이어서 송강에게 자신의 계획을 설명했다. 송강은 오용의 말에 따라 행동하기로 했다.

한편, 성으로 돌아간 장청은 군사를 시켜 양산박 진영의 동태를 살피게 했다. 장청이 작전을 준비하고 있을 때 정찰병이 돌아와 보고를 했다.

"적진의 후방에 수백 대의 수레가 몰려 있습니다. 여기 저기 쌀이 흩어져 있는 것으로 보아 아마 놈들의 군량미인 듯합니다."

"그래? 잘 됐다. 군량미를 뺏으면 놈들의 사기가 떨어질 것이다."

장청은 날이 어두워지기를 기다렸다. 이윽고 사방이 어두컴컴해지자, 장청은 군사를 이끌고 소리 없이 성을 나섰다. 정찰병이 보고한 장소에 이르니 과연 수백 대의 수레가 보였다. 수레마다 쌀 포대 같은 것이 가득 실려 있었다. 장청이 주변을 살펴보니 지키는 군사도 많지 않았다.

"경계병들을 쳐라!"

장청의 명에 따라 군사들이 수레로 접근했다. 수레를 지키고 있던 군사들은 황급히 달아나 버렸다.

장청이 수레에 실린 포대를 살펴보니 과연 쌀이 가득 들어 있었다.

"큰 소득이다. 어서 수레를 끌고 성으로 돌아가자."

장청이 그렇게 말하고 돌아설 때였다. 갑자기 사방이 칠흑처럼 어두워지더니 사방에서 세찬 바람이 불어오기 시작했다. 이 모든 것은 공손승이 도술을 부리는 것이었다.

"모두 어디에 있느냐? 어서 성으로 돌아가자!"

장청은 깜짝 놀라 군사들을 불러 모았다. 그러나 어디에 누가 있는지조차 알 수 없었다. 사방에서 요란한 함성만 귀청이 떨어지도록 들려 왔다.

장청은 어둠 속에서 누군가 자기에게 다가오는 것을 느꼈다. 그래서 급히 칼을 뽑으려 했지만, 이미 누군가에 의해 땅바닥에 쓰러졌다.

장청이 쓰러지자 수많은 손이 덤벼들어 그를 묶었다. 장청은 적이 누군지도 알지 못한 채 결박당하고 말았다.

장청을 사로잡은 송강은 즉시 성을 공격하도록 했다. 장청이 없는 동창부는 오합지졸에 불과했다. 더욱이 이미 장청의 직속 장수였던 공왕과 정득손마저 양산박의 포로가 돼 있는 터라, 마땅히 싸울 만한 장수도 없었다.

송강의 군사들이 물밀듯이 쳐들어가자 관군들은 뿔뿔이 흩어져 도망가기에 바빴다.

송강은 쉽게 동창부 전체를 점령할 수 있었다. 동창부의 곡식 창고에 있던 식량은 모두 양산박으로 옮겨졌다. 송강은 청렴한 관리로 알려진 동창부의 태수는 살려 두도록 했다.

양산박으로 돌아온 송강은 장청과 그 부하 장수들을 데리고 오게 했다.

"서로 싸우다 보니 인사가 없었소이다. 나는 송강이라 하오. 당신의 충절과 용맹함에 감탄하여 동지로 받아들이고 싶은 게 내 마음이오."

장청이 주저하고 있는데, 갑자기 노지심이 선장을 들고 튀어나왔다.

"이놈의 돌팔매에 이마에서 피를 내었소. 이놈에게서도 꼭 피를 보아야겠습니다."

송강은 화를 내면서 노지심을 막았다.

그런데 노지심뿐 아니라 여러 두령들도 장청을 보고 분한 표정을 짓고 있었다. 모두 장청의 돌팔매에 호되게 당했기 때문이다.

송강은 두령들을 돌아보며 엄하게 말했다.

"서로 싸울 때는 최선을 다해 자기를 지키는 것이 아니겠소? 나는 장청이 우리의 동지가 되기를 바라오. 만약 장청에게 복수하려는 사람이 있다면, 나를 거역하는 것으로 알고 나는 목숨을 끊을 것이오."

송강이 그렇게까지 말하자 더 이상 아무도 나서는 사람이 없었다.

장청은 송강의 정성에 감동했다. 그리하여 스스로 송강의 부하가 될 것을 약속했다. 물론 그의 부하 장수였던 공왕과 정득손도 양산박의 일원이 되겠다고 맹세했다.

송강은 큰 잔치를 열어 싸움에 지친 군사들을 위로했다. 모두 즐거운 마음으로 술과 음식을 들었다.

양산박의 108호걸

송강은 이제 정식으로 조개의 뒤를 잇는 총두령이 되었다. 모두가 들 뜨고 기분이 좋았으므로 잔치는 여러 날이나 계속되었다.

잔치가 끝날 무렵 송강은 두령들이 모두 모인 자리에서 진지한 얼굴로 입을 열었다.

"모두 내 말을 잘 들으시오. 우리는 각처에서 어려움을 겪다가 하늘의 뜻으로 이 곳에 모이게 되었소. 그 동안 우리에게 많은 어려움이 있기는 했지만, 비교적 순탄하게 지내 온 편이오. 이는 모두 하늘이 지켜 주셨기 때문이라 생각하오. 앞으로도 우리는 지금까지와 마찬가지로 서로 의리를 지키고 정을 나누며 살아가야만 할 것이오. 우리가 비록 도적의 입장이기는 하나, 하늘의 뜻을 거역하지 않고 살아간다면 머지않아 꼭 좋은 날이 올 것이오. 언젠가는 분명히 나라에서 우리를 불러 쓰시게될 거라고 믿소.

이제 나는 이 자리에서 한 가지를 제안하고자 하오. 우리 108명의 두령들이 나라를 위해 일할 그 날까지 서로 의리를 지키며 꿋꿋이 살아갈 수 있도록 하늘에 제사를 드렸으면 하오. 이 제사는 그 동안의 싸움에서 전사한 사람들을 위로하는 뜻이기도 하오. 우리의 정성이 하늘에 닿는다면, 앞으로 모든 일이 다 잘 되어 갈 것이라고 생각하오. 여러 두령들의 생각은 어떻소?"

다른 생각이 있을 리 없었다. 모든 사람들이 송강의 말에 찬성했다.

"그렇다면 공손승께서 제사 준비를 맡아 주시기 바라오. 그리고 그 밖에도 제사를 진행할 사람들과 제사 집기 등이 필요할 테니, 산 밑으로 사람을 내려 보내도록 하시오."

이튿날부터 공손승의 주관 아래 제사 준비가 시작되었다. 공손승은 제사를 집전할 마흔아홉 명의 도사를 초대했다. 큰 고을로 가서 제사에 쓰일 집기들과 제물도 구해 왔다.

드디어 제사 날짜로 정해진 4월 보름이 되었다. 하늘이 지켜 보시는 덕인지 날씨는 매우 화창했다. 햇볕은 알맞게 따스했으며, 기분 좋은 산들바람이 가볍게 불어왔다.

공손승이 제사를 총지휘하는 가운데 송강이 제일 먼저 향을 피웠다. 이어서 각 두령들이 향을 피워 올리며 축원을 올렸다. 모두의 표정에 경건한 마음이 담겨 있었다.

제사는 7일 동안 계속되었다. 초대되어 온 도사들은 하루에 세 번씩 하늘에 제사를 올렸다. 송강도 하루에 세 차례씩 하늘에 제사를 올리며 양산박의 앞날을 기원했다.

제사의 마지막 날, 송강은 두령들을 모아 놓고 엄숙하게 말했다.

"이제 우리 108명의 두령은 하나의 형제가 되어야 할 것이오. 나는 이 자리에서 우리가 피를 나눔으로써 변치 않는 동지의 맹세를 했으면 하오. 그러고 난 후에는 비석에 우리의 이름을 새겨 넣도록 합시다. 그렇게 되면 후대에도 우리의 이름이 계속 전해질 것이오."

모두 송강의 말에 찬성했다.

두령들은 송강부터 시작해서 자신의 손가락을 깨물어 피를 내었다. 그리고 그 피를 다 합한 후에 한 모금씩 나누어 마셨다.

피를 나누어 마시는 의식을 끝낸 후에는 비석에 이름을 새겨 넣었다. 먼저 비석 앞면에는 다음 36명의 이름이 새겨졌다.

송강, 노준의, 오용, 공손승, 관승, 임충, 진명, 호연작, 화영, 시진, 이응, 주동, 노지심, 무송, 동평, 장청, 양지, 서녕, 색초, 대종, 유당, 이규, 사진, 목홍, 뇌횡, 이준, 원소이, 장횡, 원소오, 장순, 원소칠, 양웅, 석수, 해진, 해보, 연청 등이었다.

그리고 뒷면에는 다음 72명의 이름이 새겨졌다.

주무, 황신, 손립, 선찬, 학사문, 한도, 팽기, 단정규, 위정국, 배선, 구붕, 등비, 연순, 양림, 능진, 장경, 여방, 곽성, 안도전, 황보단, 왕영, 호삼랑, 포욱, 번서, 공명, 공량, 항충, 이곤, 김대견, 마린, 동위, 동맹, 맹강, 후건, 진달, 양춘, 정천수, 도종왕, 송청, 악화, 공왕, 정득손, 목춘, 조정, 송만, 두천, 설영, 시은, 이충, 주통, 탕융, 두흥, 추연, 추윤, 주귀, 주부, 채복, 채경, 이립, 이운, 초정, 석용, 손신, 고대수, 소양, 손이랑, 왕정륙, 욱보사, 백승, 시천, 단경주, 일장청 등이었다.

비석을 세우고 그 앞에 108명의 두령이 일제히 엎드렸다. 송강이 거기에 향을 사르고 하늘에 기원을 올렸다.

"우리 108명은 하늘이 허락한 인연에 따라 이 자리에 모였습니다. 앞으로 우리의 목숨은 오직 하늘의 뜻에 맡길 뿐입니다. 우리는 충의를 중히 여기고, 민심을 소중하게 생각할 것입니다. 부디 우리를 굽어살펴 주십시오."

이로써 7일간의 제사가 모두 끝났다.

108명의 호걸이 한 마음 한 형제가 되기를 맹세하고 나니 군사들의 기강은 더욱 굳건해졌다. 산채의 분위기도 전보다 훨씬 활기가 넘쳤다.

송강의 나들이

평온한 가운데 다시 해가 바뀌고, 정월 대보름이 가까워 오고 있었다. 한가롭게 산채를 거닐던 송강이 문득 무언가 생각났다는 표정으로 말했다.

"나는 산동의 시골 출신이라 아직 한 번도 동경에 가 본 적이 없소. 이번 정월에는 동경성에 들어가 그 곳의 화려한 등불놀이를 구경했으면 하오."

오용을 비롯해 몇 명의 두령들이 위험하다며 말렸지만 송강은 끝끝내 고집을 부렸다.

송강은 같이 갈 두령들로 노지심, 무송, 주동, 유당, 시진, 사진, 목홍, 대종 등을 꼽았다.

그러자 이규가 심통이 나는지 투덜댔다.

"형님, 왜 난 항상 빼놓는 거요? 누구는 등불놀이 가는데 나는 산채에서 구린내나 맡고 있으란 말이오?"

송강은 어쩔 수 없이 이규도 일행에 포함시켰다. 덩달아 연청도 같이 가게 되었다. 두령들 중에서도 이규의 고약한 성미를 다룰 줄 아는 사람은 연청뿐이었기 때문이다.

송강과 시진은 관리의 옷차림으로 꾸몄다. 대종, 연청, 이규 등은 하인으로 변장했다. 사진과 목홍은 나그네의 모습으로 변장했고, 노지심과 무송은 떠돌이 중으로, 주동과 유당은 장사꾼으로 변장했다.

송강과 시진은 다른 사람들을 먼저 떠나 보내고 나중에야 동경으로 향했다. 송강은 일단 성 밖의 한 여인숙에 머물며 성 안의 사정을 알아보기로 했다.

시진이 하인으로 변장한 연청을 데리고 성으로 들어갔다. 동경성은 명절 분위기로 온통 들떠 있었다. 거리를 오가는 사람도 많았으며, 온갖 장사치들이 들끓었다.

시진은 한 술집에 들어가 거리가 잘 내려다보이는 2층에 자리를 잡았다. 두 사람은 느긋하게 술을 마시며 거리 풍경과 오가는 사람들을 구경했다.

"그런데 관리들의 두건에 꽂혀 있는 저 금빛 장식은 뭐지?"

시진이 고개를 갸우뚱하며 손가락으로 금빛 장식을 가리켰다. 그것은 나뭇잎 모양의 작은 장식품이었다.

"글쎄요, 궁궐에 드나드는 관리들 같은데 하나같이 저런 장식을 꽂고 있네요."

시진은 연청에게 무언가를 지시했다. 그러자 연청은 빙그레 웃으며 밖으로 달려나갔다.

연청은 곧 어느 관리에게 바짝 다가갔다. 관리가 돌아보자 연청은 허리를 꾸벅 숙이며 말했다.

"저희 주인 어른께서 어르신을 뵙자고 합니다. 어르신을 잘 아신다고 하셨습니다."

"그래? 너의 주인님이 어떤 분이신데?"

"가 보시면 알 겁니다."

관리는 연청을 따라 술집 2층으로 올라갔다. 그 곳에는 다른 사람은 없고, 시진 혼자서 술을 마시고 있었다. 시진은 관리가 올라오자, 얼른 일어나 예를 차린 후 술을 권했다.

"참으로 오랜만이오. 어서 술부터 한 잔 받으시구려."

관리는 얼떨결에 같이 인사를 하고는 술을 받았다. 술을 한 잔 들이켠 후에 관리가 시진을 향해 말했다.

"그런데…… 잘 생각이 나지를 않습니다. 우리가 언제 만났었지요?"

관리는 민망해하면서 기억을 더듬는 듯했다.

"하하하! 워낙 옛날 일이니 잊을 만도 하지요. 천천히 생각해 보십시오."

시진은 태연하게 웃으며 술 한 잔을 더 권했다. 관리는 고개를 갸우뚱하면서도 주저 없이 술을 받아 마셨다.

"그런데 그 두건의 금장식은 무엇입니까?"

시진이 묻자 관리는 자랑스러운 얼굴로 대답했다.

"이것은 천자님께서 궁궐을 출입하는 관리들에게 내린 것입니다. 이 금장식을 달고 있으면 궁궐을 마음대로 드나들 수 있지요."

"아, 그렇군요."

시진은 부러운 듯한 표정으로 고개를 끄덕거렸다. 잠시 후 다시 관리가 물었다.

"도무지 생각이 나질 않는군요. 우리가 어떻게 아는 사이인지 당신이 말해 보시오."

시진은 빙그레 웃기만 했다. 그 순간 관리의 몸이 휘청했다. 이어서 관리는 눈을 감으며 탁자에 얼굴을 묻었다. 시진이 술에 마취약을 타 두었던 것이다.

관리가 쓰러지자 연청은 얼른 관리의 옷을 벗겼다. 시진은 관리의 옷을 입고 두건도 머리에 썼다.

"이 사람을 잘 지키고 있게."

시진은 연청에게 당부하고 밖으로 나왔다.

시진은 술집에서 나오자마자 궁궐로 가 보았다. 궁궐 문을 들어서는 데도 아무도 간섭하지 않았다.

궁궐에는 많은 관리들이 오가고 있었다. 관리들마다 자신의 직급에 따라 푸른 관복, 혹은 붉은 관복을 입고 있었다. 여기저기에 잘 가꾸어진 나무와 정자가 있는 궁궐은 무척 아름다웠다.

시진은 책이 많은 어느 방으로 들어가 보았다. 거기엔 서가마다 오래된 책들이 많이 꽂혀 있었다. 별 생각 없이 둘러보던 시진은 한쪽 벽을 보고는 감짝 놀랐다. 거기엔 천자의 친필로 나라의 대역 죄인들의 이름이 쓰여 있었는데, 그 맨 위에 송강의 이름이 적혀 있었기 때문이다.

시진은 품에서 칼을 꺼내 송강의 이름이 적힌 종이를 오려 냈다. 그러고는 황급히 방을 나와 부리나케 술집으로 돌아왔다. 관리는 그 때까지도 깨어나지 못하고 있었다.

시진이 관복을 벗자 연청은 얼른 그 옷을 다시 관리에게 입혔다. 두 사람은 술값을 계산하고 서둘러 밖으로 나왔다. 나중에 관리가 깨어나면 아마 귀신에 홀렸던 거라고 생각할 것이다.

성문을 빠져 나와 여인숙으로 돌아온 시진은 송강에게 자신이 오려 온 종이를 내보였다.

"내가 대역 죄인 중의 우두머리라고?"

송강은 심각한 얼굴로 종이를 들여다보았다. 송강의 어두운 표정을 본 시진은 괜히 보여 주었다고 생각했다.

'나라의 녹을 먹던 내가 어찌하다 죄인 중의 죄인이 되었단 말인가? 하늘은 과연 언제 나를 다시금 밝은 곳으로 이끌어 나라에 보답할 기회를 주시려는가……'

송강은 자신의 처지를 생각하며 몹시 침통한 기분으로 밤을 지새웠다.

이튿날 어둑어둑해질 무렵, 송강은 시진과 함께 성으로 들어갔다. 낮에 돌아다니면 포졸의 눈에 뜨일 염려가 있어 어두워질 때까지 기다린 것이었다.

성 안은 밤인데도 불구하고 무척이나 밝았다. 곳곳에 걸린 등불 때문이었다. 하지만 몰려다니는 사람들이 많아 특별히 눈에 띄지는 않았다.

사람들의 표정은 모두 밝았다. 술에 취하여 노래를 흥얼거리는 사람들도 많았다. 오랫동안 산에만 있던 송강으로서는 그 모든 광경에 마음이 들떴다.

거리의 이곳 저곳을 구경하며 한참을 돌아다니던 송강은 어느 술집을 찾아 들어갔다. 세 사람은 술과 요리를 시켜 배부르게 먹고 마셨다.

그런데 얼마쯤 있다 보니, 여러 사람들이 고함을 치는 소리와 무언가를 부수는 소리가 들려 왔다. 술집 안 어디선가 싸움이 벌어진 듯했다.

"저건 이규의 목소리가 아닙니까?"

연청이 그렇게 말하면서 송강과 시진을 돌아보았다. 귀를 기울여 보니 과연 이규의 목소리였다. 세 사람은 황급히 소리가 나는 쪽으로 가 보았다.

그 곳에서 술에 취한 이규가 씩씩거리며 어떤 관리들을 때리고 있었다. 그 옆에는 목홍과 사진의 모습도 보였다.

이규가 큰 소리로 노래를 부르며 떠들다가 그 옆에서 술을 마시고 있던 사람들과 시비가 붙었던 것이다. 그런데 그들은 지체 높은 관리인 양태위와 그 부하들이었다. 그러나 그들이 지체 높은 관리라는 사실이 오히려 이규의 화를 더욱 돋우었다.

"네까짓 놈들이 관리면 다냐? 나는 천하에 무서운 게 없는 사람이다."

이규는 그렇게 마구 소리를 지르며 소란을 피우고 있었다. 옆에 있는 사진과 목홍은 이규를 말릴 엄두도 내지 못하는 형편이었다.

송강은 시진의 권유에 따라 연청만 남겨 두고 함께 성을 빠져 나갔다. 사건이 커지면 좋지 않을 것 같아 성문이 닫히기 전에 서둘러 성을 빠져 나간 것이다.

연청은 얼른 이규의 팔을 잡아 끌었다.

"누구야? 응, 연청 자네인가? 나는 잘못한 게 하나도 없다네. 이 쓰레기 같은 놈들이 알량한 벼슬을 믿고 나에게 시비를 걸고 있잖나?"

이규는 연청에게 팔을 잡혀서도 고래고래 소리를 지르며 사람들을 위협했다.

연청은 가까스로 이규를 술집 밖으로 끌고 나올 수 있었다. 그러나 이 규는 밖에 나와서도 큰 소리로 고함을 지르며 거리를 떠들썩하게 만들 었다.

"동경성이라고 해서 이 천하의 이규가 겁먹을 것 같으냐? 누구든지 덤벼 봐! 피를 보고 싶은 놈들은 어서 덤벼 보라고!"

곧 여러 명의 군사들이 이규를 잡으러 몰려왔다. 목홍과 사진은 군사 들이 접근하지 못하게 막았다. 연청은 그 틈을 타 이규를 잡아 끌면서 성문 쪽으로 갔다. 목홍과 사진도 군사들을 제지해 가면서 성문으로 향 했다.

네 사람은 가까스로 성을 빠져 나올 수 있었다. 그러나 군사들이 성 밖에까지 쫓아와 다시 한바탕 싸움이 벌어졌다. 간신히 군사들을 물리 칠 수는 있었지만, 그 혼란 중에 네 사람은 서로 헤어지게 되었다.

가짜 송강

목홍과 사진은 여인숙에 머물고 있던 송강을 만나 함께 양산박으로 돌아갔다.

그러나 이규는 아직도 술이 덜 깬 상태로 제멋대로 아무 곳이나 쏘다녔다. 연청도 그런 이규에게 질질 끌려 다니는 형편이었다.

이규와 연청은 대충 아무 데서나 하룻밤을 묵었다. 날이 밝자 두 사람은 산채로 돌아가기 위해 길을 떠났다.

"이거 송강 형님께서 꾸중하시겠구먼."

술이 깬 이규는 뒤통수를 긁으며 쑥스러워했다.

두 사람은 양산박으로 돌아가던 중 어느 마을을 지나가게 되었다. 이규는 배가 고프다면서 부잣집으로 보이는 어느 집 대문 앞으로 걸어갔다.

"밥은 나중에 먹고 빨리 산채로 돌아갑시다."

연청이 말렸지만, 이규는 들은 체도 않고 쾅쾅 대문을 두드렸다.

"길 가던 나그네인데 밥 좀 얻어먹읍시다."

이규는 문을 열어 준 하인에게 당당하게 말했다. 이규의 인상이 워낙 험악한지라, 하인은 감히 다른 말을 못 했다.

이규와 연청은 주인에게 안내되어 밥을 얻어먹었다. 연청은 식사를 마친 후에 주인에게 말을 건넸다.

"그런데 주인께서는 무슨 걱정이라도 있으십니까? 아까부터 보아하니 몹시 어두운 표정이로군요."

그 말을 듣자 주인의 표정이 더욱 어두워졌다.

"실은……."

주인은 잠시 후 힘없이 입을 열었다.

"제 딸이 도적놈들에게 납치를 당했답니다. 그러니 마음이 편할 리 있겠습니까?"

"아니, 누가 남의 집 귀한 딸을 데려갔다는 말이오? 그런 나쁜 자식이 있나? 나에게 말해 보시오. 내가 구해 드리리다."

이규가 솥뚜껑만한 손을 들어 올리며 자신 있게 말했다.

"말씀은 고맙지만 댁들의 힘으로는 안 될 거요."

"무슨 말이오? 우리는 어떤 놈들도 두려워하지 않소."

정의감에 불타는 이규인지라 금세 얼굴이 분노로 달아올랐다.

"그 도적의 이름을 들으면 뒤로 나자빠질 것이오. 그 놈들은 바로 양산박의 송강이란 놈입니다. 그 무서운 놈을 어찌 당할 수 있겠소?"

이규와 연청은 서로 마주 보았다. 이규는 얼굴이 일그러진 채 아무 말도 못했다. 연청 또한 얼떨떨한 표정이었다.

한참 후에야 이규가 입을 열었다.

"기다리시오. 내가 딸을 구해 오리다."

이규는 그렇게 말하고는 얼른 자리에서 일어났다.

이규는 집 밖으로 나오자, 시뻘개진 얼굴로 연청을 돌아보며 말했다.

"자네도 들었지? 세상에 송강 형님이 그런 짓을 할 줄은 꿈에도 몰랐군."

연청은 고개를 가로 저었다.

"송강 어른은 절대 그러실 분이 아니야."

두 사람은 부리나케 양산박으로 향했다. 산채로 돌아온 이규는 다짜고짜 도끼를 들어 양산박의 깃발을 부러뜨려 버렸다.

그것을 본 다른 두령들이 얼른 달려가 이규를 붙들었다. 이규는 두령들에게 도끼를 빼앗긴 채 송강 앞으로 끌려갔다.

"네 이놈! 이게 무슨 짓이냐?"

송강의 목소리에는 분노가 서려 있었다. 그러나 이규는 씩씩거리면서 송강을 노려보기만 했다. 연청이 급히 나아가 송강에게 사실을 말했다.

연청의 이야기를 들은 송강은 어처구니없다는 표정으로 이규를 돌아보았다.

"너는 그게 사실이라고 믿느냐? 이놈, 그런 말을 들었다면 나한테 먼저 와서 물을 것이지, 무조건 소란을 피운단 말이냐?"

"그 주인이 없는 일을 말했겠소? 나는 이제부터 형님을 형님으로 모시지 않겠소."

이규는 조금도 화를 누그러뜨리지 않고 퉁명스럽게 말했다.

"네놈이 나를 그토록 못 믿다니. 좋다, 당장 그 사람에게 가서 사실을 확인하도록 하자. 만약 그게 사실이라면, 나는 네 도끼에 죽을 것이다. 하지만 사실이 아닌 게 밝혀지면, 너는 나를 욕보인 죄로 목을 내놓아야 할 것이다."

송강의 목소리는 부들부들 떨렸다. 다른 두령들은 두 사람을 지켜 보기만 했다.

"좋습니다. 내가 잘못한 거라면 마땅히 목숨을 형님께 내놓겠소."

이렇게 해서 송강은 시진, 연청, 이규를 데리고 산을 내려갔다.

이규는 아침에 들렀던 집에 들어서자마자 큰 소리로 주인을 불렀다. 주인이 나오자 이규는 송강을 가리키며 물었다.

"자, 주인장. 내가 당신 딸을 납치해 간 사람을 데리고 왔소. 이 사람이 맞지요?"

주인은 송강을 바라보고는 천천히 고개를 저었다.

"이 사람이 아닙니다."

"뭐라고? 정말 이 사람이 아니오?"

"그렇습니다. 내가 그 도적놈의 얼굴을 모를 리 있겠습니까? 이 사람은 아닙니다."

이규의 얼굴은 대번에 흙빛으로 변했다.

송강은 그런 이규를 노려보더니 아무 말 없이 돌아서서 집을 나갔다. 시진도 얼른 송강을 따라 나갔다. 이규는 멍한 얼굴로 송강의 뒷모습을 바라보았다.

"그러게, 급한 성미 좀 고쳐야. 큰 죄를 저질렀으니 이제 어찌하겠소?"

연청이 혀를 차며 인상을 찌푸렸다.

"죽어야지. 내가 스스로 목을 잘라 버릴 테니, 자네가 송강 형님께 갖다 바치게나."

말은 그렇게 하고 있지만, 이규의 표정은 말이 아니었다. 그저 울상이 되어 어찌할 줄 모르고 서 있었다. 연청이 그런 이규에게 다가가 조용히 말했다.

"내 말대로 해요. 발가벗고 스스로 몸을 묶은 다음, 채찍을 들고 가서 송강 형님께 때려 달라고 하세요. 그럼 송강 형님께서 용서해 주실 겁니다."

"차라리 죽고 말지 어떻게 그런 창피한 꼴을 보인단 말인가?"

"그럼 죽으시오."

연청이 단호하게 말하자, 이규는 난감한 표정을 지었다. 결국 이규는 연청의 말대로 하기로 했다.

양산박으로 돌아온 송강은 두령들에게 마을에 다녀온 얘기를 해 주었다.

"이규 놈에게 어떤 처벌을 내릴까?"

송강은 두령들의 의견을 물었다.

"이 기회에 이규의 고약한 성미를 고쳐야 합니다. 그 성질 그대로 갖고 있다간 제명에 못 죽을 겁니다."

두령들은 모두 엄한 벌을 내려야 한다고 했다.

그 때 이규가 올라왔다. 송강이 이규의 모습을 보니 참으로 가관이었다. 실오라기 하나 걸치지 않은 발가벗은 몸을 밧줄로 꽁꽁 묶고 있었던 것이다.

이규는 땅바닥에 엎드려 송강에게 채찍을 내밀었다. 그 모습을 보니 송강은 웃음이 절로 나왔다.

"저놈이 죽기는 싫어 수작을 부리는구나."

송강은 웃음을 참으며 짐짓 화가 난 표정으로 빈정거렸다. 이규의 얼굴이 벌겋게 달아올랐다.

"여보게들, 내 기억에는 저놈이 자기 목을 내놓겠다고 했는데, 여러분의 기억은 어떻소?"

송강이 두령들을 돌아보자 오용이 말했다.

"저희들은 그런 말을 들은 적은 없고, 다만 그 가짜 송강을 잡아 오면 용서해 주겠다고 말씀하신 걸로 기억합니다."

그 말을 들은 송강은 오용을 바라보며 빙그레 웃었다. 이어서 송강은 이규를 내려다보며 호통을 쳤다.

"네 이놈, 가짜 송강은 언제 잡아 오려고 거기서 머뭇거리고 있느냐?"

그러자 이규의 얼굴이 밝아졌다. 옆에 있던 연청이 얼른 이규의 밧줄을 풀어 주었다.

이규는 송강에게 절을 올리고는 연청과 함께 산을 내려갔다.

두 사람은 마을로 찾아가 가짜 송강에 대하여 자세히 물었다. 주인은 송강이라고 얘기한 자의 용모를 자세하게 말해 주었다.

두 사람은 가짜 송강이 갔다는 북쪽으로 길을 잡아 떠났다. 하루를 꼬박 걸어 어느 산기슭의 사당 근처에 도착하여 쉬고 있을 때였다. 가까운 숲 속에서 누군가 두 사람을 훔쳐보고 있는 걸 느낄 수 있었다.

두 사람은 살그머니 일어나 얼른 그쪽으로 달려갔다. 연청이 도망가려는 사내를 재빨리 발을 걸어 넘어뜨렸다.

"너는 누구냐? 왜 우리를 엿보는 거지?"

이규의 험상궂은 얼굴을 본 사내는 잔뜩 겁을 먹고 부들부들 떨었다.

"저는 두목의 명에 따라 이 곳을 지나가는 사람들을 살피고 있었을 뿐입니다."

"두목이라……. 네놈의 두목 이름이 뭐냐?"

"첫째 두령의 이름은 왕강이고, 둘째 두령은 동해라고 합니다."

겁을 먹은 사내는 묻는 말에 술술 대답했다.

"네 말에 조금도 거짓이 없으렸다?"

연청은 일부러 목소리를 높여 위협적으로 물었다.

"모두 사실입니다."

"그렇다면 한 가지만 더 묻겠다. 너희들의 두령이 송강이라는 이름을 쓰고 다니느냐?"

"가끔 그렇게 합니다. 얼마 전에도 송강이라고 자처하며, 마을의 여자 하나를 납치해 온 적이 있습니다."

이규와 연청은 서로 마주 보았다.

"어서 너희들의 산채로 우리를 안내해라."

두 사람은 사내를 따라 산채로 올라갔다. 우두산 자락에 있는 그 산채는 그리 높지 않은 곳에 있었다. 그 곳은 옛날에 무술 수련장으로 쓰이던 곳이었다.

이규는 산채로 들어가자마자 쌍도끼를 꺼내 마구 휘두르기 시작했다.

"양산박의 명예를 더럽힌 놈들아, 내 도끼를 받아라!"

이규는 사람이 보이는 대로 그 자리에서 죽여 버렸다. 여러 명이 한꺼번에 몰려나와 이규에게 달려들었지만, 범처럼 날뛰는 이규를 잡을 수는 없었다.

연청도 활을 쏘아 가며 이규를 도왔다. 순식간에 수십 명의 졸개들이 피를 흘리며 쓰러졌다.

이규는 산적들을 다 소탕한 후 납치된 여자를 찾아보았다. 여자는 산채의 가장 좋은 방에서 엎드린 채 있었다.

"당신을 구하러 왔으니 안심하시오."

연청의 말에 여자는 눈물을 흘리며 고마워했다. 연청은 여자를 데리고 나왔다.

이규가 산채 곳곳에 쓰러져 있는 졸개들을 보면서 여자에게 물었다.

"그런데 당신을 납치해 왔다는 두령은 어디에 있소? 어떻게 된 게 두령은 없고 졸개들만 모여 있지?"

처녀는 죽은 사람들을 훑어보고는 고개를 들어 말했다.

"저 죽은 자들 안에 두령도 있습니다."

그러자 이규는 연청을 돌아보며 어이없다는 표정으로 말했다.

"무슨 두령이란 놈이 그렇게 약해 빠졌지? 별놈이 다 두령 노릇을 하고 있구먼."

이규와 연청은 여자를 데리고 마을로 내려갔다. 여자의 아버지는 크게 감격하여 두 사람을 융숭하게 대접하였다. 그리고 돌아갈 때는 많은 패물과 비단을 선물하였다.

이규는 산채로 돌아와 송강에게 그것들을 바쳤다.

"가짜 송강을 없앴으니 지난 잘못은 용서하겠다."

송강은 받아 온 선물 중 일부를 이규와 연청에게 나누어 주었다.

천하 장사

태안주의 동악묘에서는 매년 씨름 대회가 열렸다. 그 대회는 먼 곳의 마을에까지 알려진 제법 큰 대회였다.

그런데 이 씨름 대회가 올해에는 열리기 어려울 것 같았다. 현재의 천하 장사인 임원이라는 사람이 워낙 강하기 때문이었다.

임원은 벌써 3년째 계속해서 천하 장사를 하고 있었다. 그의 실력이 워낙 뛰어나서 감히 도전하려는 사람이 없었던 것이다.

동악묘의 이 씨름 대회는 비록 무기를 쓰는 것은 아니지만, 목숨을 걸고 하는 경기였다.

괴력을 쓰는 몸집이 크고 힘센 사람들이 사람을 메어꽂으면 죽지는 않더라도 불구가 되기 십상이었다. 그리고 싸우다 죽더라도 아무 말도 할 수 없게 돼 있었다. 그러니 3년 연속 천하 장사인 임원에게 도전하려는 자가 나타나지 않는 것도 당연한 일이었다.

양산박의 연청이 이 소문을 듣고 송강에게 말했다.

"저는 어릴 때부터 씨름을 해 왔는데 겨뤄 볼 만한 상대가 없었습니다. 임원이란 자가 대단하다고 하니 꼭 한번 겨뤄 보고 싶습니다."

송강도 이미 임원에 대한 소문을 들은 터라 걱정이 되어 선뜻 대답을 하지 않았다. 그러자 오랫동안 연청을 알아 온 노준의가 말했다.

"연청의 실력이라면 내가 인정하지요. 설령 임원을 이기지는 못한다 하더라도, 쉽게 당할 사람은 아닙니다."

송강은 결국 연청이 씨름 대회에 나가는 것을 허락했다. 연청은 이규와 함께 태안주로 떠났다. 이규가 꼭 같이 가겠다고 우기는 바람에 함께 보내지 않을 수 없었다.

연청은 마을에 들어서자 임원의 집이 어딘지 물었다.

"저 큰 나무 뒤로 돌아가 보시오. 대문에 '천하 장사의 집'이라고 쓰여 있으니, 금방 찾을 수 있을 게요."

가르쳐 준 대로 가 보니 정말 '천하 장사의 집'이라는 명패가 붙은 집이 있었다.

관례에 따르면, 천하 장사에 도전할 사람은 그 밑에 자기 이름을 써 놓게 돼 있었다. 그런데 아직까지 한 사람의 이름도 적혀 있지 않았다.

연청은 명패 아래에다 자신의 이름을 적어 넣었다. 그러고는 문을 쾅쾅 두드리고 돌아섰다.

잠시 후 하인이 나왔다. 하인은 명패에 도전자의 이름이 적혀 있는 것을 보고는 황급히 주인에게 알리러 갔다.

임원은 그 얘기를 듣고 나더니 껄껄 웃었다.

"하하하! 올해는 재미 없이 지나가나 했더니 다행이다. 목숨 아까운 줄 모르는 하룻강아지들이 아직도 남아 있었구나."

며칠 후 드디어 씨름 대회가 열렸다. 이 날은 씨름뿐만 아니라 곤봉 대회도 있었다. 그래서 수많은 사람들이 아침 일찍부터 대회장에 몰려들었다.

대회장의 시상대 주변에는 그릇, 비단 등의 상품이 준비돼 있었다.

곤봉 대회가 끝나자, 곧바로 씨름 대회가 시작되었다. 도전자가 연청한 사람뿐이었으므로 경기는 단 한 차례만 치르면 되었다.

임원은 졸개들과 함께 씨름장에 나타났다. 과연 그는 한눈에 보아도 천하 장사의 체격을 가지고 있었다. 그가 몰고 다니는 졸개들도 하나같이 체격이 좋았다.

그에 비해 연청은 가냘퍼 보이기만 했다. 게다가 얼굴도 곱상하여 도무지 상대가 될 것 같지 않았다.

"나중엔 별 시시한 것들이 다 도전을 하는구나. 지금이라도 늦지 않았으니 목숨이 아깝거든 돌아가거라."

임원이 가소롭다는 표정으로 말했다. 그러자 연청은 가볍게 웃으며 대꾸했다.

"길고 짧은 것은 대봐야 되지 않겠소?"

"좋다, 기회를 주는데도 뿌리친다면 할 수 없지."

두 사람은 심판의 지시에 따라 옷을 벗고 중앙으로 나갔다. 연청이 옷을 벗자 사람들은 깜짝 놀랐다. 가냘프게만 보이던 연청의 몸이 아주 단단하게 틀이 잡혀 있었기 때문이다.

"흠, 아주 약골은 아니군."

임원도 가볍게 고개를 끄덕였다.

심판이 시작 구령을 외쳤다. 그와 동시에 임원이 연청을 향해 달려들었다.

연청은 아무래도 체격으로는 임원에게 달리는지라, 정면 대결을 피하며 슬슬 옆으로 돌았다. 빠른 동작에 있어서는 연청이 임원보다 훨씬 나았다.

마음이 급해진 임원은 큰 소리를 지르며 연청을 잡으려 했다. 연청은 빈틈을 보이는 척하면서 재빨리 임원의 뒤로 붙었다. 그리고 다음 순간 임원의 허리를 잡는가 싶더니 어느새 그를 번쩍 들어 올렸다.

구경하던 사람들이 모두 '와!' 하고 함성을 질렀다. 연청은 공중에서 임원을 몇 바퀴 빙빙 돌렸다. 그러다가 군중의 함성이 절정에 이르렀을 때 냅다 임원을 던져 버렸다. 땅바닥에 내동댕이쳐진 임원은 그 자리에서 죽고 말았다.

구경꾼들은 믿지 못하겠다는 표정이었다. 그런데 그 때 임원의 졸개들이 연청을 향해 덤벼들었다.

하지만 이것을 그대로 두고 볼 이규가 아니었다. 도끼를 감추고 구경꾼들 틈에 끼여 있던 이규가 호통을 치며 앞으로 나섰다.

"이놈들, 목숨이 아깝거든 물러서거라!"

이규가 쌍도끼를 휘둘러 대자 모두들 겁을 집어먹고 도망갔다. 이규는 그래도 분이 안 풀리는지 아무에게나 마구 도끼를 휘둘렀다.

그 때 구경꾼들 중 한 사람이 이규를 알아보았다.

"양산박의 이규다!"

그러자 모든 사람들이 슬금슬금 도망쳤다.

"우리도 빨리 돌아갑시다."

연청은 이규를 잡아 끌고 마을을 벗어났다. 이들이 양산박으로 돌아오니, 두령들이 반갑게 맞으며 얘기를 듣고 싶어했다.

연청과 이규는 자신들이 벌인 활약상을 신이 나서 들려 주었다. 두령들도 모두 재미있어했다.

천자의 칙서

그 무렵 조정에서는 양산박의 도적 떼들이 동경성까지 들어와 난리를 피운 일로 어전 회의가 열렸다.

"여러 번 양산박 도적 떼를 소탕하려 했으나, 그 때마다 실패하였소. 어찌하면 좋을지 의견들을 말해 보시오."

천자가 말했듯이 여러 번 토벌을 시도하였으나, 번번이 실패하였으므로 선뜻 나서서 말하는 신하가 없었다.

모두들 눈치만 살피고 있는데, 법무 대신 최청이 입을 열었다.

"저들은 비록 도적의 무리이오나 그 군세가 막강하옵니다. 소신의 생각으로는 그들을 불러 나라 일에 쓰시면 어떨까 합니다. 마침 요나라에서 자주 국경을 침범하고 있으니, 그들로 하여금 요나라 군사를 막게 하면 일석이조가 아니겠사옵니까?"

천자는 최청의 의견을 받아들였다. 천자는 곧 칙서를 준비하여 양산박으로 사신을 보내도록 했다. 칙서를 지니고 갈 칙사는 진종선으로 결정되었다.

그런데 신하들 중에는 양산박 호걸들을 몹시 미워하는 사람이 둘 있었다. 한 명은 양중서의 장인인 채 태수이고, 다른 한 명은 고 태위였다.

두 사람은 양산박의 호걸들이 죄를 용서 받는 것이 싫었다. 그래서 일을 망치려고 자신들의 심복을 칙사 일행에 포함시켰다. 채 태수는 장간판이라는 자를 추천하였고, 고 태위는 이우후라는 자를 추천하였다. 이 두 사람은 모두 채 태수와 고 태위의 은밀한 지시를 받고 있었다. 어떻게 하든 양산박 호걸들이 천자의 부름에 응하지 않도록 일을 꾸미라는 것이었다.

며칠 후 진종선은 두 사람과 함께 제주부에 도착했다. 제주부의 장 태수는 양산박으로 사람을 보내 천자의 칙사가 와 있다는 말을 전했다.

송강은 이 말을 듣고 크게 기뻐하였다.

"드디어 나라에서 우리를 쓰시려는가 보오. 이제 그 동안의 모든 고생이 끝나게 되었소이다."

그러나 오용은 그리 달가워하는 기색이 아니었다.

"아직 칙서의 내용을 모르지 않습니까? 궁궐에는 채 태수와 고 태위라는 자가 있어, 우리를 몹시 미워하고 있습니다. 그들이 어떤 수작을 부려 놓았는지 알 수 없는 일입니다."

이처럼 모든 두령이 다 좋아하는 것은 아니었다. 그러나 어찌 되었든, 천자의 칙사가 직접 칙서를 들고 왔다면 정중하게 받아야만 했다.

장 태수의 전갈이 있은 다음날, 드디어 진종선이 양산박을 향해 출발했다. 행렬의 선두에는 칙사 일행을 호위하는 기마병이 있었으며, 뒤에는 천자의 하사품인 어주가 들어 있는 항아리를 든 보병이 따르고 있었다.

양산박에서는 소양, 배선, 여방, 곽성 등을 30리 밖까지 내보내 그들을 마중하게 했다.

소양은 글을 잘 쓰고, 관리의 예를 잘 알고 있었으므로 칙사 일행을 맞이하기에 적당하다고 생각했던 것이다. 소양을 비롯한 이들 네 사람은 예를 갖춰 칙사 일행에게 인사를 올렸다. 그러나 이들을 본 장간판은 대뜸 큰 소리로 꾸짖었다.

"송강은 왜 나오지 않았느냐? 천자의 칙사가 오시는데 감히 나와 볼 생각도 안 하다니, 참으로 무엄하구나.”

장간판의 기세는 사뭇 당당했다. 소양 등의 양산박 두령들은 장간판의 느닷없는 호통에 뭐라고 대답해야 할지 몰라 어리둥절해졌다. 속에서는 은근히 화가 치밀어 올랐지만, 칙사 일행인지라 꾹 눌러 참았다.

그런데 장간판은 호통에 뒤이어 칙사인 진종선에게 이렇게 말했다.

“아무래도 저들은 칙사를 맞을 준비가 안 돼 있는 것 같다. 이대로 돌아가서 저들의 태도를 보고 드리는 게 좋겠다.”

어떻게 하든 일을 망치겠다는 수작이었다. 하지만 진종선으로서는 그렇게 쉽게 돌아갈 수는 없었다. 오히려 진종선은 장간판이 너무 경솔하게 말하는 것이 싫었다. 그러나 그가 채 태수의 심복인 것을 알고 있었으므로, 함부로 대할 수도 없었다.

그 때 고 태위의 심복인 이우후도 옆에서 한마디 거들었다.

“이들에게는 천자의 칙서가 과분합니다. 우리가 이런 소홀한 대접을 받으면서 칙서를 들고 간다면, 천자를 욕보이는 것이 될 것입니다.”

말은 참으로 그럴싸했다. 진종선은 이들이 무슨 속셈을 가지고 있는지 알 것 같았다.

칙사 일행이 이렇듯 드세게 나오자, 소양이 머리를 조아리며 사과를 했다.

“칙서를 받은 경험이 없어 영접이 소홀했던 것을 용서하십시오. 송강 두령께서 기다리시니 어서 저희와 함께 올라가시지요.”

“좋소, 어서 가 봅시다.”

소양이 사과를 하자, 진종선은 얼른 그렇게 말하고는 앞으로 나아갔다. 장간판과 이우후도 할 수 없이 진종선을 따라 움직였다.

이들 일행이 산 아래의 강가에 이르자 두 척의 배가 마중 나와 있었다. 칙사 일행은 그 배에 나누어 타고 강을 건넜다.

그런데 노를 젓는 군사들이 콧노래를 부르자 장간판이 또다시 그들을 꾸짖었다.

"칙사를 마중 나온 자들이 이게 무슨 짓이냐! 어서 그 천박한 콧노래를 그치지 못할까?"

노를 젓던 군사들은 얼른 콧노래를 그쳤다. 하지만 그들의 얼굴에는 못마땅한 표정이 역력했다. 칙사 일행들의 이러한 태도는 산채의 두령들에게 그대로 보고되고 있었다.

드디어 진종선을 포함한 칙사 일행이 양산박 산채에 도착했다. 송강을 비롯한 모든 두령들은 비단옷을 차려 입고 이들을 맞이했다.

송강으로부터 절을 받은 진종선은 칙서가 들어 있는 상자를 열었다. 진종선은 꿇어 엎드린 두령들을 쓱 훑어보고는 천자의 칙서를 읽기 시작했다.

"양산박 도적들은 지금부터 천자의 명을 들을지어다. 그 동안 송강을 비롯한 너희 도적들은……."

진종선이 거기까지 읽었을 때 갑자기 이규가 뛰쳐나왔다. 이규는 진종선이 들고 있던 칙서를 빼앗더니 갈기갈기 찢어 버렸다.

"에라, 이놈들아! 무슨 놈의 칙서라는 게 맨 도적이 어쩌고 하는 말뿐이냐? 이 따위를 칙서라고 보냈더란 말이냐?"

칙서를 빼앗긴 진종선은 깜짝 놀랐다. 더욱이 그 칙서가 갈갈이 찢기는 것을 보자 가슴이 철렁 했다. 칙서를 찢는다는 건 진종선으로서는 감히 상상도 못할 일이었다.

그러나 상대가 험상궂게 생긴 장사이다 보니, 뭐라 말할 수도 없고 참으로 난감했다.

놀라기는 송강도 마찬가지였다. 하급 관리이기는 했지만 나라의 관리를 지냈던 송강은 칙서를 찢는다는 게 얼마나 무엄한 짓인지를 잘 알고 있었다.

송강은 얼른 일어나 이규를 꾸짖었다.

"네 이놈, 이게 무슨 짓이냐? 어서 칙사 어른께 백배 사죄하지 못할까!"

그러나 이규는 코웃음을 칠 뿐이었다.

"형님도 들으시지 않았소? 첫 마디부터가 도적놈이라 하고 있으니 그 다음에 무슨 들을 말이 있겠소? 이 자들을 다 때려죽여 버립시다."

"당장 입 닥치지 못할까!"

송강은 크게 호통을 쳐 이규를 나무랐다. 노준의와 오용이 일어나 이 규를 붙들었다.

이 광경을 보고 있던 이우후는 좋은 기회를 만났다는 듯 큰 소리로 말했다.

"감히 천자의 칙서를 찢었겠다. 이 무례한 놈들, 내 당장 이 모든 것 을 조정에 알릴 것이다."

그러자 이규가 이우후를 죽일 듯이 노려보았다. 송강은 급히 이규를 다른 쪽으로 끌고 가도록 했다. 그대로 두었다간 이규가 무슨 짓을 할지 알 수 없었기 때문이다.

송강은 진종선에게 사과를 했다. 그러고는 직접 칙사 일행을 산 아래 까지 배웅했다. 산 아래에서 송강은 다시 한 번 사과하며 진종선에게 말 했다.

"이규라는 놈이 너무 성질이 급해 무례한 짓을 저질렀습니다. 하오나 칙서의 내용이 마음에 들지 않은 것은 저도 마찬가지였습니다. 저희들 로서는 천자께서 부르신다면 언제든지 달려갈 준비가 돼 있습니다. 하 오나 처음부터 도적 떼라 칭하면서 말하게 되면 누군들 기분이 좋겠습 니까? 이는 아마도 천자님의 뜻이라기보다는 칙서를 꾸민 관리의 잘못 이 아닐까 생각합니다. 아무튼 천자님께 저희들의 뜻을 잘 말씀 드려 주 십시오."

칙사 일행은 송강의 사과를 듣는 둥 마는 둥 하고는 황급히 돌아갔다. 산채의 분위기가 험악하여 무슨 해라도 당할까 두려웠던 것이다.

양산박 도적들이 칙서를 찢었다는 보고에 조정은 발칵 뒤집혔다. 많 은 사람들이 양산박 무리들을 벌해야 한다고 간언했다.

그 중에서도 채 태수와 고 태위가 가장 강력하게 양산박의 토벌을 주
장했다. 천자는 이들의 의견에 따라 다시 토벌대를 결성하도록 명을 내
렸다.

마지막 싸움

고 태위는 토벌대 지휘를 자원하고 나섰다. 고 태위를 신임하고 있던 천자는 기꺼이 허락을 했다.

고 태위는 양산박이 결코 호락호락한 무리들이 아니란 것을 잘 알고 있었으므로 세심하게 준비를 했다. 우선 고 태위는 열 명의 절도사를 토벌대에 넣어 달라고 청했다.

이 열 명의 절도사는 예전에 요나라와 금나라를 칠 때 큰 공을 세운 명장들이었다. 그들은 천자로부터 직접 공훈을 인정 받은 장수들로서, 그 아래에는 각각 1만의 정예 병사들이 있었다.

고 태위는 열 명의 절도사에게 서신을 보내 군사들을 이끌고 제주부에 모이도록 지시했다. 또한 양산박이 물에 둘러싸여 공격이 쉽지 않다는 점도 생각하여 강남의 수군을 불러들이도록 했다.

수군의 대장인 유몽룡은 도적의 무리를 소탕하는 데 큰 공을 세운 적이 있는 맹장이었다. 고 태위는 아울러 여러 곳의 배를 강제 징발하여 제주부로 끌고 가도록 했다.

마지막으로 고 태위는 궁궐을 지키는 어용 부대 중에서도 1만의 군사를 뽑았다. 수륙 양군을 합하니 13만에 이르는 토벌대가 구성되었다.

이 모든 준비가 다 된 것은 초가을이 시작된 즈음이었다. 고 태위는 천자에게 출병 인사를 올리고 나서 제주부로 출발했다.

고 태위가 제주부에 도착한 시기를 전후하여 각처에 머물러 있던 열 명의 절도사들도 모이기 시작했다. 고태위는 그들이 다 모일 때까지 기다리며 작전 계획을 세웠다.

절도사들을 포함하여 곳곳의 정예 병력이 쳐들어왔다는 소식을 들은 양산박에서도 급히 회의를 열었다.

"절도사들은 외적을 물리치는 데 큰 공을 세운 사람들입니다. 그들 전부가 몰려왔다고 하니 이번만은 쉽지 않을 것 같습니다."

송강은 근심스러운 목소리로 말문을 열었다.

"너무 걱정 마십시오. 그들이 크게 이름을 떨친 장수들이기는 하나 다 옛날 일입니다. 우리 양산박의 호걸들은 그에 못지않은 뛰어난 장수들입니다. 더욱이 그들보다는 우리가 단단하게 뭉쳐 있으니 충분히 싸워 볼 만할 것입니다."

오용은 그리 걱정할 것 없다는 표정이었다.

"그렇다면 우리 쪽에서는 누가 선봉을 맡겠소?"

"적의 실력을 알아보기 위해서는 동평이 나서 보는 게 좋을 듯합니다. 동평은 그들과 비슷한 명성을 가지고 있던 장수였으니까요."

이렇게 해서 동평과 장청이 첫 싸움을 벌이게 되었다. 동평은 열 명의 절도사 중 한 사람인 왕문덕의 부대와 맞붙었다. 이는 아직 왕문덕이 제주부에 이르기 전의 일이었다.

왕문덕은 고 태위의 명에 따라 제주부로 오는 도중에 동평의 군사와 만났다. 동평과 왕문덕은 선두에 서서 싸움을 벌였다.

서로 30여 합을 부딪쳤으나 쉽게 승부가 나지 않았다. 이를 보던 장청이 돌멩이를 던져 왕문덕의 갑옷을 맞혔다.

왕문덕은 깜짝 놀라서 급히 말머리를 돌렸다. 그러자 왕문덕의 군사들이 우르르 몰려나왔다. 동평의 군사들도 그들을 맞아 나섰다. 양군이 반나절 동안 치열한 싸움을 벌였지만, 어느 쪽으로도 기울지 않는 싸움이었다.

동평과 장청은 일단 양산박으로 돌아갔다. 왕문덕도 군사들을 이끌고 제주부로 갔다.

"역시 보통 놈은 아니로구나."

왕문덕의 애기를 들은 고 태위는 언짢은 표정이 되었다. 양산박의 송강 또한 토벌대의 군세가 강력하다는 것을 느낄 수 있었다.

고 태위는 유몽룡이 수군을 이끌고 마지막으로 제주부에 합류하자, 본격적으로 공격할 작전을 세웠다.

절도사 중의 한 사람인 왕환이 작전을 말했다.

"저들을 산채에서 멀리 나오도록 유인합시다. 그런 다음 우리 수군이 물길을 모두 점령하여 보급로를 끊어 놓으면 적들은 당황하게 될 것입니다. 그리고 우리의 군사가 많으니 적의 선봉과 산채를 동시에 공격하면 쉽게 이길 수 있을 것입니다."

고 태위는 그 작전대로 움직이기로 했다. 고 태위는 왕환과 서경을 토벌대의 선봉으로 내세웠다. 그리고 왕문덕과 매전을 중앙에, 장개와 양온을 좌군에, 한존보와 이종길을 우군에, 항원진과 형충을 그들의 보조 부대로 편성했다.

유몽룡의 수군은 당세웅이 이끄는 3천 병력과 함께 양산박 산 둘레의 호수를 치도록 했다.

드디어 양진영의 선봉 부대가 맞서게 되었다. 관군의 선봉인 왕환과 양산박의 선봉인 임충이 제일 먼저 실력을 겨루었다. 두 장수는 서로 한 치의 빈틈도 보이지 않으며 격렬하고 빠르게 상대의 몸을 노렸다. 칼과 창을 휘두를 때마다 바람을 가르는 소리가 천지를 진동시켰다. 마치 한바탕 춤이라도 추는 듯 두 장수의 싸우는 모습은 날렵하기 그지없었다.

두 장수는 70여 합 이상을 겨루었지만, 좀처럼 승부가 나지 않았다. 양진영에서는 일단 싸움을 멈추게 했다.

두 사람이 각자 자기 진영으로 돌아오자 관군 쪽에서 형충이 왕환을 대신해 튀어나왔다. 그에 맞서 양산박에서는 호연작이 말을 몰고 나갔다.

두 사람의 싸움도 팽팽하게 진행되는 듯했다. 그러나 어느 한 순간, 일부러 허점을 보이며 상대를 유인하던 호연작이 순식간에 형충의 머리를 칼로 베었다.

고 태위는 얼굴빛이 변했다.

"누가 형충의 원수를 갚겠는가?"

고 태위의 노한 목소리가 끝나기도 전에 항원진이 고함을 지르며 앞으로 달려나갔다. 그러자 양산박 진영에서는 동평이 나섰다. 두 장수는 순식간에 30여 합을 겨루었다.

힘이 달리기 시작한 항원진이 자기 진영으로 돌아섰다. 동평이 그를 추격하기 시작했다. 얼마쯤 달리다 항원진이 갑자기 돌아서더니 활을 쏘았다. 화살은 동평의 팔에 정확히 맞았다.

관군이 동평을 잡으려고 몰려나오자 호연작과 임충이 얼른 달려나가서 동평을 구해 돌아왔다.

한편, 유몽룡이 이끄는 수군은 배를 타고 양산박 깊숙이 들어갔다. 그들은 원씨 삼형제가 이끄는 군사들과 맞붙게 되었다.

유몽룡의 수군은 기세 좋게 출전할 때와는 달리 별로 힘을 쓰지 못했다. 양산박의 지형이 워낙 복잡했기 때문이다. 게다가 양산박에서 미리 설치해 둔 여러 장애물 때문에 공격이 쉽지 않았다.

수군은 당세웅이 양산박에 사로잡히자 허겁지겁 퇴각하고 말았다. 수군이 몰고 나갔던 배들도 대부분 격파당해 버렸다.

첫 싸움이 있고 나서 며칠 동안은 서로 공격을 자제했다. 고 태위는 징발한 배들이 도착하기를 기다리며 성 안에만 머물러 있었다.

두 번째 싸움은 양산박의 공격으로 시작되었다. 양산박의 선봉은 호연작이었다. 관군 쪽에서는 한존보가 나왔다. 두 사람이 서로 창을 휘두르며 치열하게 접전을 벌였지만 좀처럼 승부가 나지 않았다.

그런데 갑자기 호연작이 말을 돌려 멀리 달아나기 시작했다. 한존보는 관군의 사기를 높이기 위해 호연작을 잡고 싶었다. 그래서 멈추지 않고 호연작을 추격했다.

"네가 나를 잡을 수 있을 것 같으냐?"

호연작은 도망가면서 한존보를 약 올렸다. 그러자 한존보는 더욱 호통을 치며 쫓아갔다.

"거기 서지 못하겠느냐? 도망만 갈 생각이었으면 뭐하러 나왔느냐, 이 반역자야!"

두 사람은 어느덧 진영에서 벗어나 호젓한 계곡에 이르렀다. 그 곳은 말 하나가 겨우 달릴 수 있을 정도로 길이 좁았다.

호연작은 그 곳에서 다시 싸움을 걸어 왔다. 두 장수는 20여 합을 부딪쳤다.

"너는 결코 살아 돌아가지 못하리라!"

호연작은 싸우면서도 계속해서 한존보의 감정을 건드렸다.

"닥쳐라, 네놈이야말로 오늘 내 손에 죽으리라!"

한존보는 화가 머리끝까지 치밀어 거세게 창을 휘두르기 시작했다. 호연작이 자꾸 약을 올리는 바람에, 한존보는 호연작 외에는 아무것도 신경 쓰지 않았다.

그런데 바로 그 때 양산박의 장청이 소리 없이 다가오고 있었다. 장청은 싸움에 정신이 빠져 있는 한존보에게 달려들었다. 그리하여 한존보는 곧 두 사람에게 생포되었다.

한존보는 송강 앞으로 끌려갔다. 송강은 한존보의 밧줄을 풀어 주고 정중하게 인사를 했다.

"장군, 우리는 결코 좀도둑이 아닙니다. 우리는 나라의 부르심을 기다리며 살고 있습니다."

송강의 말에 한존보는 조금 당황하는 눈치였다. 송강이 자신을 정중하게 대하는 데다, 산적 두목답지 않게 기품을 갖추고 있었기 때문이다.

한존보는 송강에게 물었다.

"그런데 왜 천자의 칙서를 찢어 버렸소?"

한존보가 그렇게 묻자 오용이 나서서 사정을 설명했다.

"우리는 진심으로 천자의 칙서를 황공한 마음으로 받았습니다. 그런데 칙사 일행이었던 장간판과 이우후는 처음부터 우리에게 호감이 없는 듯했습니다. 그들은 계속 우리를 도적 떼로만 취급하며 우리의 비위를 거슬렸습니다. 또한 칙서의 내용도 우리를 진심으로 받아 주려 하는 것 같지가 않았습니다. 하지만 언제라도 천자님의 진심을 알게 된다면, 우리는 모두 나라에 몸을 바칠 것입니다."

그 밖에도 오용이 상세하게 설명을 덧붙이자, 한존보는 납득이 간다는 표정으로 고개를 끄덕였다.

송강은 이 날 밤 한존보를 위해 성대한 잔치를 베풀었다.

"부디 우리의 뜻이 조정에 알려졌으면 합니다. 장군께서 수고를 해 주십시오."

한존보도 그렇게 하겠다고 약속을 했다.

이튿날 송강은 산 아래까지 내려와 한존보를 배웅했다. 한존보는 죽을 목숨이 살아난 데다, 호의적인 대접까지 받고 보니 매우 감격스러웠다.

관군의 진영으로 돌아온 한존보는 고 태위에게 송강의 말을 전했다.

"여러 가지 상황으로 보아 그들은 나라에 대적할 마음은 없는 것 같습니다. 태위 어른께서 천자님께 사정을 보고하고 싸움을 끝내는 게 좋지 않겠습니까?"

한존보의 말을 들은 고 태위는 버럭 화를 냈다.

"네 이놈, 도적 떼의 꾐에 빠져 오히려 나를 설득하려 하다니. 저들의 간교한 술책을 그렇게도 모르겠느냐? 그건 다 우리를 이간시키기 위한 수작에 불과하단 말이다!"

고 태위는 한존보를 죄인으로 취급하여 동경의 감옥으로 보내 버렸다.

고 태위는 양산박의 호걸들 실력이 보통이 아님을 알고는 군사를 내보내지 않았다. 전국의 배를 모아 오도록 지시했으므로, 그 배들이 올 때까지 기다릴 생각이었다.

며칠 후 드디어 전국에서 수십 척의 배가 도착했다. 고 태위는 유몽룡을 시켜 한 번 더 양산박을 공격하도록 했다.

지난번 싸움에서 크게 패했던 유몽룡은 체면을 만회할 기회라고 생각했다. 유몽룡은 수전에 능한 군사들을 데리고 양산박의 호수로 나아갔다. 하지만 양산박 또한 벌써부터 수전에 대비하고 있었다.

유몽룡이 배를 몰고 오자 즉각 양산박의 반격이 시작됐다. 사방에서 화포가 발사되고 산 위에서도 대포가 날아왔다.

"당황하지 마라!"

유몽룡은 부하들에게 큰 소리로 지시했다.

그 때 갈대 숲에 숨어 있던 양산박의 수군이 한꺼번에 우르르 몰려 나왔다. 그 배에서도 불화살이 날아들기 시작했다. 양산박의 수군들은 징과 북 소리를 내며 관군의 사기를 죽이려 했다.

유몽룡은 이리저리 배를 돌리며 대항했다. 그러나 원씨 삼형제가 이끄는 배들이 더 빨랐다.

결국 유몽룡은 두 번째 싸움에서도 크게 패하고 말았다. 그는 겨우 몇 척의 배만 가지고 허겁지겁 퇴각해야만 했다.

고 태위는 불같이 화를 냈다. 어떻게 하면 양산박 도적들을 이길 수 있을까 밤낮 그 생각만 하게 되었다. 그 때 조정에서 칙사가 내려왔다는 소식이 전해졌다.

"칙사라니, 그게 무슨 말이냐?"

"양산박 도적들의 죄를 용서하여 준다는 내용이라 합니다."

"뭐라고? 한참 싸우고 있는데 그게 무슨 말이냐?" ·

고 태위는 양산박 도적들을 사면한다는 게 못마땅했다. 그렇다고 천자의 칙서를 자기 마음대로 돌려보낼 수도 없는 노릇이었다.

"칙서를 가지고 와라. 내가 먼저 읽어 봐야겠다."

고 태위가 칙서를 읽어 보니, 과연 양산박 호걸들을 모두 용서해 주겠다는 내용이었다.

그런데 고 태위의 부하 한 사람이 얕은꾀를 냈다. 고 태위가 칙서의 내용을 못마땅해하는 것을 알고는 환심을 사기 위해서였다.

"그 칙서의 내용은 읽기에 따라 뜻이 달라질 수 있습니다."

"뜻이 달라진다고? 자세히 말해 보거라."

부하는 칙서의 글자를 가리키며 설명했다.

"이 중간에 보면, '송강을 비롯하여 모든 사람들의 죄를 용서하노라.' 라고 돼 있지 않습니까? 이 부분의 '비롯하여'를 슬쩍 '제외하고'로 바꿔서 읽기만 하시면 됩니다. 그렇게 되면 놈들은 칙서를 받아들이지 않겠다고 할 것입니다. 바로 그 순간에 놈들을 모두 잡아 버리면 될 것입니다."

"그거 좋은 생각이로군."

고 태위는 크게 기뻐했다.

고 태위는 즉시 양산박으로 사신을 보냈다. 천자의 칙서가 내려와 있으니, 송강만 성으로 오라는 말을 전하도록 했다. 송강만 잡아 버리면 양산박을 쉽게 이길 수 있을 거라고 생각했던 것이다.

이어서 고 태위는 날쌘 군사들을 성 안에 매복하도록 지시했다.

"내가 손짓을 하면 즉시 송강을 체포하도록 해라."

사신의 말을 전달 받은 양산박에서는 서로 의견을 나누었다.

"절대로 혼자 내려가시면 안 됩니다. 분명 놈들이 어떤 계략을 꾸며 놓았을 것입니다."

이렇게 내려가면 안 된다는 의견이 나왔다.

"칙서가 와 있다는 말은 사실인 듯하니, 일단 내용을 들어 보기는 해야 할 것입니다."

또 한쪽에서는 일단 칙사를 보아야 한다는 의견을 내놓았다.

마침내 오용이 두 의견을 절충하여 말했다.

"칙사의 내용을 듣지도 않고 무시할 수는 없는 일입니다. 일단 송강 두령께서 내려가시지요. 혼자서는 안 되고, 저와 화영과 함께 성으로 들어가십시다. 그리고 성 밖 가까운 곳에 군사들을 대기시켜 놓아야만 합니다."

송강은 이튿날 군사들을 이끌고 성 앞으로 나갔다.

"칙서를 받으러 오면서 군사를 이끌고 들어와서는 안 되오."

성을 지키는 장수가 말했다.

"물론 우리 군사들은 이 곳에 남아 있을 겁니다. 하지만 나와 몇 사람은 동행해야만 합니다."

오용이 거침없이 말했다.

"좋소, 몇 사람만 들어오도록 하시오."

송강은 갑옷을 입은 채로 성으로 들어갔다. 명궁인 화영은 언제라도 쏠 수 있도록 활을 들고 있었다. 그 밖에도 몇 사람이 무기를 들고 송강을 호위했다.

송강이 성문 앞에 준비된 단에 이르자 고 태위가 칙서를 꺼냈다. 송강 일행은 정중하게 무릎을 꿇고 칙서를 들을 준비를 했다.

드디어 고 태위가 칙서를 읽기 시작했다.

"그 동안 양산박 무리들은 나라의 은혜를 모르고 여러 죄를 지은 바 있다. 짐은 이번에 칙서를 내림으로써 너희 무리에게 나라에 보답할 기회를 주고자 한다……."

그 다음 구절에서 고 태위는 잠깐 숨을 돌리며 사람들을 훑어보고 나서 계속 읽었다.

"짐은 송강을 제외하고 모든 사람들의 죄를 용서하노라."

이 구절을 들은 오용이 고개를 번쩍 들었다. 그리고 은밀하게 화영을 바라보았다. 그러자 화영이 고개를 끄덕여 보였다.

고 태위가 칙서를 다 읽고 나자 오용이 먼저 입을 열었다.

"우리 송강 형님을 제외한다는 건 말이 안 됩니다. 우리는 그 칙서에 따를 수가 없소이다."

그러자 고 태위가 오른손을 들었다. 그러나 화영의 화살이 더 빨랐다. 화영은 화살을 날려 고 태위 주변에 있는 부하를 쏘았다.

고 태위가 당황하고 있는 사이에 이미 성 밖에서는 양산박 군사들이 몰려들어 오기 시작했다. 네 개의 성문에서 동시에 군사들이 쏟아져 들어왔다.

매복하고 있던 관군들이 몰려나왔지만 양산박의 군사가 더욱 많았다. 고 태위는 얼른 몸을 피했다.

양산박 군사들은 송강을 구하여 성을 빠져 나갔다. 관군들은 많은 피해를 입은 채 쫓을 엄두도 내지 못했다.

포로가 된 고 태위

이번에도 계획이 실패로 돌아가자, 고 태위는 울화가 치밀었다. 이리 저리 궁리하던 고 태위는 마침내 좋은 생각을 해 냈다.

"어떠한 공격도 막아 낼 수 있는 아주 큰 배를 만들도록 하라. 물자와 군사는 우리가 많으니 이번에는 확실하게 공격해야겠다."

고 태위의 지시로 새 배를 만드는 작업이 시작되었다. 그것은 한꺼번에 수백 명의 군사를 실을 수 있는 엄청난 크기의 배였다. 그 정도의 크기라면 누구도 쉽게 덤벼들 수 없을 것이 분명했다.

이 소식은 양산박에도 알려졌다.

"배가 그렇게 크다면 우리가 이기기 쉽지 않을 것이오. 활을 쏘기도 힘들겠고, 서로 부딪치기라도 하면 우리 배는 순식간에 부서지고 말 것이오."

송강은 매우 근심스런 표정으로 두령들의 의견을 물었다.

"걱정할 게 뭐 있습니까? 배를 띄우기 전에 아예 없애 버리면 되지 않겠습니까?"

"없애다니, 어떻게 말이오?"

"배가 완성되기를 기다리고 있다가 은밀히 사람을 보내 불을 질러 버리는 것입니다. 그렇게 되면 다시 배를 만들 생각은 못 할 것입니다."

송강은 그 의견에 따르기로 했다. 배에 불을 지를 사람은 장청과 손신으로 정해졌다.

얼마 후 드디어 배가 완성되어 간다는 보고가 들어왔다. 그 날 밤, 장청과 손신이 관군의 조선소로 은밀하게 출발하였다.

두 사람은 어렵지 않게 배 안으로 숨어들 수 있었다. 둘은 가지고 온 화약에 불을 붙여 배 안 여러 곳에 불을 지르고는 재빨리 배를 빠져 나왔다.

장청과 손신이 배에 불을 지르고 있을 때 다른 사람들은 관군의 진지에 불을 놓았다. 그렇게 되자 일대 혼란이 일어났다.

관군들이 우왕좌왕하는 사이에 거대한 배는 잿더미가 되고 말았다.

이 보고를 받은 고 태위는 화가 머리끝까지 났다. 이제 곧 양산박을 쳐부술 수 있다는 기대에 차 있던 고태위는 실망이 이만저만이 아니었다.

고 태위는 다시 배를 만들라는 지시를 내렸다. 아무리 생각해도 양산박을 이기기 위해서는 그 방법밖에 없을 것 같았다.

"이번에는 경비를 엄중히 하도록 해라. 다시 한 번 배를 잃어버리면 용서하지 않겠다."

결국 잿더미가 된 조선소를 수리하여 다시 작업이 시작되었다. 그리고 수많은 군사들이 밤낮으로 조선소를 지켰다.

겨울이 가까워질 때쯤 다시 배가 완성되었다. 고 태위는 직접 군사를 이끌고 양산박을 공격하기로 마음먹었다. 이번에야말로 양산박 도적들을 소탕해 버리겠다고 단단히 마음먹었다.

고 태위가 탄 배는 곧장 양산박을 향하여 진격해 갔다. 무장을 단단히 한 거대한 배를 타고 있었기 때문에 군사들의 사기도 높았다.

배가 양산박 근처에 이르자 수십 척의 작은 배들이 몰려나왔다. 그러나 양산박의 수군은 공격하지 않고 멀리 떨어져 있기만 했다.

"놈들이 감히 공격할 생각을 못 하는구나."

고 태위는 기분이 좋았다.

"자, 어서 저들을 추격하라. 그리고 사정없이 대포를 날려라."

관군의 배는 작은 배들을 추격했다. 그런데 양산박의 수군들은 계속 요리조리 피하면서 멀찍이 달아나기만 했다.

그 때 갑자기 누군가 다급하게 소리를 질렀다.

"배에 물이 샌다!"

고 태위는 깜짝 놀라 상황을 알아보도록 했다. 과연 배 밑창 여러 곳에서 물이 쏟아져 들어오고 있었다. 잠수에 능한 장순 등 양산박의 사람들이 배에 구멍을 뚫었던 것이다.

"어서 물을 막아라!"

고 태위는 황급히 부하들에게 명령했다. 그러나 이미 발이 젖을 만큼 많은 물이 들어와 있었다. 배에 타고 있던 군사들이 허둥대기 시작했다.

군사들은 정신 없이 물을 퍼냈다. 고 태위는 물이 차지 않은 뱃전에 올라가 있었다.

그 때 뒤에서 누군가 다가와 말했다.

"제가 구해 드리겠습니다."

고 태위가 돌아보니 모르는 얼굴이었다.

"너는 누구냐?"

사내는 아무 말 없이 고 태위를 껴안았다. 그러고는 빠른 동작으로 물 속으로 뛰어내렸다.

그 사내는 바로 장순이었다. 그는 혼란을 틈타 배 안으로 올라와 있던 것이다.

물에 빠진 고 태위는 팔다리를 버둥대기만 할 뿐, 대항할 수가 없었다. 장순은 가볍게 고 태위를 붙잡아 뭍으로 끌고 갔다. 고 태위는 포로가 되어 산채로 끌려 올라갔다.

송강은 고 태위를 보자 얼른 달려갔다. 송강은 고 태위의 옷이 물에 젖어 있는 것을 보고는 새 비단옷을 내오게 했다. 고 태위가 옷을 다 갈

아입자 송강은 그를 상석에 앉혔다.

고 태위는 조금 얼떨떨한 표정이었다. 송강은 정중하게 예를 올리고 나서 말했다.

"누추한 곳에 모시게 되어 죄송합니다."

송강이 이처럼 정중하게 나오자, 고 태위도 굳은 얼굴을 풀고는 송강을 향해 맞절을 하려 했다. 그러자 송강이 황급히 고 태위를 말렸다. 그러고는 옆에 있던 연청에게 지시를 내렸다.

"우리 군사들에게 즉시 싸움을 중지하라고 하라. 더 이상 관군을 죽이면 용서하지 않겠다고 하라."

연청은 다른 두령들과 군사들에게 송강의 지시를 전했다. 그래서 관군과의 싸움은 휴전이 되었다.

송강은 고 태위를 위한 잔치를 열었다. 좋은 음식과 술을 대접 받자, 고 태위는 차츰 기분이 좋아지는 듯했다.

송강은 술자리에서 적당한 기회를 보아 고 태위에게 말했다.

"우리는 절대로 나라에 반역할 마음은 없습니다. 이제까지 천자의 칙서가 두 번이나 내려왔지만, 모두 이쪽 사정을 고려하지 않은 것이라 따를 수가 없었던 것입니다. 하지만 나라에서 부르신다면, 우리는 언제라도 달려갈 것입니다. 하오니 태위님께서 저희들의 뜻을 천자님께 잘 말씀 드려 주십시오."

고 태위는 송강을 향해 여유 있게 웃어 보였다.

"당신들의 뜻을 알았으니 꼭 천자님께 잘 말씀 드리겠소. 아무 걱정 말고 소식을 기다려 주시오."

송강과 고 태위가 이러한 얘기를 나누게 되니, 술자리는 한층 부드러워졌다.

기분이 좋아진 고 태위는 차츰 자신의 성격대로 오만한 행동을 하기도 했다. 두령들은 그런 고 태위에게 반감이 들었지만, 송강이 눈치를 주어 아무 말도 하지 못했다.

고 태위가 산채에 머문 지 사흘이 지났다.

"이제는 궁궐로 돌아가 봐야겠소."

고 태위는 송강을 찾아와 이제 궁궐로 돌아가야겠다는 뜻을 밝혔다.

"더 모시고 싶지만, 정히 그러시다면 할 수 없지요."

송강은 여러 부하들과 함께 고 태위를 배웅했다. 그 동안 포로로 잡았던 관군들도 고 태위와 함께 내려가도록 했다. 또한 송강은 귀한 재물들을 고 태위에게 선물했다.

산 아래에서 이별주를 나누며 송강은 고 태위에게 한 번 더 간곡히 부탁했다.

"약속을 지키겠다는 의미에서 나의 참모였던 문환장 장군을 이 곳에 두고 가도록 하겠소."

고 태위가 이렇게 말하자, 송강도 고 태위에게 부하를 인질로 보내겠다고 했다. 그렇게 해서 소양과 악화 두 사람이 고 태위를 따라가게 되었다.

연청의 활약

궁궐로 돌아간 고 태위는 천자에게 거짓 보고를 했다. 큰 병이 들어 토벌을 마치지 못하고 중간에 돌아왔다고 했다.

고 태위가 이렇게 거짓 보고를 올린 것은 자신이 양산박에 포로가 되었었다는 사실이 알려지는 걸 창피하게 생각해서였다. 또 처음부터 양산박 호걸들이 용서 받는 걸 달갑지 않게 생각한 때문이기도 했다.

고 태위는 토벌대를 해산시킨 후에 아무 일도 없었다는 듯 집으로 돌아갔다.

인질로 데리고 온 소양과 악화는 자기 집에 가두어 버렸다. 고 태위는 양산박에 남겨 두고 온 부하에 대해서는 신경도 쓰지 않았다.

한편, 양산박에서는 고 태위로부터 좋은 소식이 오기만을 기다리고 있었다. 그러나 여러 날이 지나도 아무런 소식이 없자 점점 조바심이 났다.

송강이 하도 마음을 태우고 있자 오용이 말했다.

"고 태위의 얼굴을 보니 과연 소문대로 사악한 기운이 가득하더군요. 그 사람은 결코 약속을 지키지 않을 것입니다. 이제 그만 헛된 기대를 거두시지요."

송강은 아직도 미련이 남아 있었지만, 오용의 말이 옳다고 생각했다.

"그렇다면 인질로 보낸 소양과 악화는 어떻게 되었을까?"

"못된 고 태위 놈이 틀림없이 어딘가에 가두어 버렸을 것입니다."

"그러면 우리가 구해 내야 되지 않겠소?"

"그래야지요. 그뿐만 아니라 고 태위가 과연 천자께 어떻게 보고를 올렸는지, 여러 가지 자세한 상황을 알아볼 필요가 있습니다."

송강은 여러 두령들을 모아 놓고 의견을 구했다. 그 자리에서 연청이 한 가지 제안을 내놓았다.

"동경에 이사사라는 기녀가 있는데 노래를 무척 잘하여 천자의 귀여움을 받고 있지요. 제가 그 기녀와 조금 친분이 있는 사이입니다. 그 여자를 통해 한번 알아보면 어떻겠습니까?"

송강은 연청의 말에 귀가 솔깃해졌다. 그러나 한낱 기녀를 통해 무엇을 알아낼 수 있을지 선뜻 확신이 서지 않았다.

"기녀가 궁궐의 일에 대해 무엇을 알겠소?"

"기녀라고는 하지만 천자께서 특별히 아끼고 있고, 궁궐 출입도 하고 있으니 알지도 모릅니다."

송강은 결정을 내리지 못하고 깊은 생각에 잠겼다. 그 때 주무가 또 다른 의견을 내놓았다.

"우리가 전에 관복을 빼앗았던 숙 태위 말입니다. 그 사람은 청렴 결백하여 천자의 총애를 받고 있다 합니다. 비록 우리가 관복을 빼앗은 적은 있지만, 함부로 대하지 않고 예의를 차렸으니 우리를 나쁘게만 보고 있지는 않을 겁니다. 그 숙 태위를 찾아가 사정을 말해 보면 어떻겠습니까?"

숙 태위라는 말에 송강이 고개를 들었다.

"숙 태위라……. 그런 인물이라면 궁궐의 사정을 잘 알고 있겠지. 하지만 우리의 부탁을 들어 줄까?"

"일단 한번 부딪쳐 보는 거지요. 밑져야 본전 아니겠습니까?"

주무의 말에 뒤이어 오용이 새로 의견을 내놓았다.

"이렇게 해 보지요. 지금 우리에게는 고 태위가 인질로 두고 간 문환장이 있습니다. 그는 전후 사정을 잘 알고 있으니, 그에게 편지를 쓰게 하여 숙 태위에게 들고 갑시다. 그렇게 하면 그도 우리 말을 믿을 것입니다."

"그것 참 좋은 생각이오."

송강은 무릎을 치며 기뻐했다. 송강은 즉시 문환장을 데려오도록 했다.

문환장이 들어오자 송강이 물었다.

"천자께서 숙 태위를 신임하는 편입니까?"

"물론입니다. 숙 태위는 저도 잘 아는 사람인데, 성품이 곧고 온화하여 모든 사람의 존경을 받는 인물입니다. 천자께서도 그를 신임하고 있지요."

"그렇다면 문 장군께서 그에게 보내는 편지 한 통만 써 주시오. 고 태위와 우리 사이에 있었던 약속에 대해서 말입니다."

문환장은 송강이 무슨 생각을 가지고 있는지 알 수 있었다. 그러지 않아도 고 태위로부터 연락이 없어 초조해하던 문환장은 기꺼이 그 제의를 받아들였다. 일이 잘 되어야 자신도 하루빨리 집으로 돌아갈 수 있다고 생각했기 때문이다.

드디어 연청과 대종이 편지를 들고 동경으로 떠나게 되었다. 두 사람은 문환장의 편지를 숙 태위에게 전하는 임무를 맡았다. 그리고 이왕 가는 길이니, 연청에게는 이사사라는 기녀도 만나 보도록 했다.

동경성으로 들어간 두 사람은 먼저 이사사의 집으로 갔다. 대종은 여인숙에 머무르고 연청 혼자서 안으로 들어갔다.

이사사의 집은 천자가 출입하는 집답게 화사하면서도 정갈하게 꾸며져 있었다. 어디선가 아름다운 향기도 풍기고 있었다.

연청은 잠시 향기에 취해 있다가 손님을 맞으러 나온 하녀에게 자기 신분을 밝혔다.

"나는 이사사 누님의 동생뻘 되는 연청이라는 사람입니다. 누님은 계신지요?"

그런데 하녀가 대답하기도 전에 마침 이사사가 방에서 나왔다.

"연청, 네가 웬일이냐? 참으로 오랜만이로구나."

"네, 누님. 벌써 몇 해를 못 뵈었군요."

이사사는 연청을 자기 방으로 데리고 들어갔다.

"누님은 그 동안 유명한 사람이 되었더군요. 천자께서도 이 곳을 드나드신다면서요?"

"영광스러운 일이지. 천자께서 내 노래를 예쁘게 들어 주시기 때문이란다."

연청은 슬며시 자기가 가지고 온 상자를 꺼내 안을 열어 보였다. 그 안에는 귀한 보석과 패물이 들어 있었다.

"누님께 드리는 선물입니다."

이사사는 상자에 들어 있는 물건들을 감탄스럽게 바라보았다. 그러나 이내 얼굴이 굳어졌다.

"네 소문을 들었다. 네가 양산박의 산적이 되었다더구나. 이 물건들도 필경 누군가에게서 뺏은 걸 테지?"

"저는 분명 양산박에 있습니다. 하지만 함부로 훔친 물건은 아니니 걱정 마십시오. 제 성의를 몰라 주시는군요."

"아니, 그런 뜻은 아니란다."

이사사는 비로소 밝게 웃었다. 그것을 본 연청은 조심스럽게 입을 열었다.

"누님, 실은 부탁이 하나 있습니다. 누님께서 방금 말씀하셨듯이 저는 양산박에 있습니다. 누님께서 천자님께 부탁하여 저의 죄를 용서 받을 수 있도록 해 주셨으면 합니다."

"생각이 그러하다면 내가 노력해 보마. 마침 오늘 저녁에도 천자께서 오시기로 돼 있단다."

"그것 참 잘 되었군요."

드디어 해가 기울고 날이 어두워졌다. 과연 이사사의 말대로, 천자는 내시 한 사람을 데리고 이사사의 집에 찾아왔다. 천자가 들어서자 집 안의 모든 불이 환하게 밝혀지고 훌륭한 주안상이 준비되었다.

"자, 어서 노래부터 한 곡조 부르려무나."

천자가 기분 좋은 얼굴로 이사사에게 말했다.

"실은 오늘 저희 집에 제 사촌 동생이 와 있습니다. 그 아이도 제법 노래를 잘하는데, 그 아이와 함께 노래를 부르면 어떻겠습니까?"

이사사는 천자의 눈치를 살피며 조심스럽게 말해 보았다.

"네가 추천하는 사람이라면 들어 볼만하겠지. 어서 들라고 하라."

이사사는 연청을 불러들였다. 연청은 방으로 들어와 정중하게 절을 올렸다.

이사사는 피리를 불고 연청은 노래를 하였다. 연청은 몹시 슬픈 노래를 불렀다. 연청의 목소리가 고와서인지 그 노래는 더욱 구슬프게 들렸다.

노래가 끝나자 천자가 연청에게 물었다.

"아름다우면서도 슬픈 노래로구나. 노래 부르는 너의 표정을 보니, 마음에 슬픔이 가득한 듯하다. 무슨 사연이라도 있느냐?"

천자의 표정은 매우 부드러웠다. 연청의 노래 솜씨에 관심이 가는 모양이었다.

"저에게는 말 못 할 슬픔이 하나 있습니다."

연청은 슬픔이 가득한 얼굴로 대답했다.

"말해 보거라. 내가 도울 수 있다면 도와 주도록 하마."

"말씀 드리기가 참으로 황공한 일이옵니다."

연청이 짐짓 머뭇거리자 옆에 있던 이사사가 거들었다.

"어서 말씀 드리거라. 폐하께서 기다리시지 않느냐?"

연청은 그제야 천천히 입을 열었다.

"저는 몇 해 전에 여행을 떠났다가 양산박이라는 곳에 끌려갔습니다. 지금까지 그 곳에서 살다가 얼마 전에야 동경으로 돌아올 수 있었습니다. 그런데 양산박에서 생활한 죄로 마음놓고 돌아다닐 수가 없습니다. 그 죄를 용서 받지 못한다면 앞으로 영원히 죄인으로 살게 될 것이옵니다."

다 듣고 난 천자는 고개를 끄덕이며 빙그레 웃었다.

"걱정 말거라. 내가 네 죄를 사면시켜 주마."

천자는 그 자리에서 붓을 가져오게 하였다. 그리고 직접 연청의 죄를 용서해 준다는 글을 써 주었다. 연청은 황공해하며 천자의 글이 담긴 종이를 받았다.

"그런데 네가 있던 곳이 양산박이라고 했느냐?"

천자가 불쑥 물었다.

"그러하옵니다."

연청은 긴장하여 대답했다.

"그러지 않아도 요즘 양산박의 도적들 때문에 문제가 많다. 그들은 어떤 사람들이냐? 네가 아는 대로 말해 보거라."

연청은 천자가 묻자, 주저 없이 입을 열었다. 침으로 애타게 기다리고 있던 물음이었던 것이다.

"양산박 무리들은 비록 도적이기는 하나 함부로 사람을 해치지는 않습니다. 탐관 오리들만 공격할 뿐, 죄 없는 백성에게는 피해를 주지 않으려 애쓰고 있습니다. 깃발에다 '하늘의 뜻에 따라 의를 행한다.' 라고 써 놓기도 했지요. 나라에서 부르면 언제든지 달려오겠다는 것이 그들의 마음입니다."

연청은 너무 들뜨지 않고 차분하게 양산박을 두둔하는 말을 했다. 연청의 말을 들은 천자는 조금 놀라는 표정이었다.

"믿어지지가 않는구나. 나는 그들에게 두 번씩이나 칙서를 내린 바 있다. 그런데도 그들은 번번이 거부를 하지 않았느냐?"

이 역시 연청이 기다리던 물음이었다. 연청은 즉시 자세한 설명을 덧붙였다.

"처음에 내린 칙서는 그들의 마음을 움직이기에는 그 내용이 너무 거칠었습니다. 두 번째 칙서에는 송강은 사면에서 제외한다는 말이 있었기에 역시 그들이 받아들이기 어려웠습니다. 그들은 최근의 싸움에서 고 태위를 포로로 잡았을 때도 고 태위를 극진히 대접하며 천자님께 자신들의 뜻을 잘 말씀 드려 달라고 부탁했습니다. 그러자 고 태위는 약속을 하고 그 증거로 자신의 참모였던 문환장 장군을 산채에 인질로 맡겨 놓았습니다."

천자는 아까보다 더 놀라는 표정이 되었다.

"그게 모두 사실이라면 참으로 놀라운 일이로구나. 나로서는 전부 처음 듣는 말뿐이다. 고 태위는 병이 나서 중간에 그냥 돌아왔다고 하던데, 양산박에 포로가 된 적이 있단 말이더냐?"

연청은 할말을 다 했으므로 조용히 천자의 눈치만 살폈다. 그 때 이사사가 한마디 거들었다.

"아마도 거짓 보고를 받으신 듯합니다. 고 태위를 불러 알아보면 모든 게 드러날 것입니다."

천자는 말없이 고개를 끄덕였다. 연청은 절을 올리고 천자 앞에서 물러 나왔다.

연청은 이사사의 집에서 나와 대종을 만났다.

"일이 잘 되어 갑니다. 이제 숙 태위를 만나는 일만 남았습니다."

"정말 수고했네."

두 사람은 근처에서 하룻밤을 묵고, 이튿날 숙 태위의 집을 찾아갔다. 숙 태위에게 전할 편지가 있다고 말하자, 곧 집 안으로 안내되었다.

"그래, 누구의 편지를 갖고 왔느냐?"

"네, 문환장 어른의 편지이옵니다."

"문환장이라고? 어서 보이렷다."

연청은 고개를 조아리며 문환장이 써 준 편지를 내밀었다. 문환장의 편지를 읽어 가는 숙 태위의 표정이 점점 놀라움으로 바뀌었다.

이윽고 편지를 다 읽자 숙 태위가 물었다.

"문환장이 지금 양산박 산채에 있다는 게 사실이냐?"

"네, 그렇습니다. 필체를 보시면 아시겠지만, 편지는 그분께서 직접 쓰신 것입니다."

"고 태위가 양산박에 포로로 잡혔었다는 것도 사실이렷다?"

"그렇습니다. 양산박에서는 지금 천자의 부르심이 있기만을 목이 빠지도록 기다리고 있습니다."

숙 태위는 잠시 생각에 잠긴 듯하더니 한참 만에야 입을 열었다.

"알았다. 내가 알아서 할 테니 너는 그만 물러가거라."

연청은 숙 태위의 집에서 나왔다. 밖에서는 대종이 초조한 얼굴로 기다리고 있었다.

"이번 일도 잘 되었습니다."

연청이 환하게 웃으며 말하자 대종도 기뻐했다.

"그러면 이제는 한 가지 일만 남았군."

"한 가지라니요?"

"소양과 악화를 구해야 할 것 아닌가? 고 태위가 천자께 거짓 보고를 올렸다면서? 놈이 천자께 우리의 뜻을 전하지 않았다면 인질로 데리고 간 소양과 악화는 필시 어디엔가 가두어 놓았을 거야."

"그렇다면 자기 집이겠지요. 지금 당장 고 태위 집으로 갑시다."

두 사람은 곧 고 태위의 집으로 갔다. 고 태위의 집은 무척이나 호화롭고 으리으리했다.

대종은 은밀하게 고 태위의 집 하인 한 명을 밖으로 불러냈다. 준비해 온 패물을 쥐어 주자, 하인은 소양과 악화가 갇혀 있는 방을 알려 주었다. 갇혀 있는 건 아니지만, 철저히 감시를 당하고 있기 때문에 사실 갇힌 거나 마찬가지였다.

"두 사람을 잠깐 만나 보고 갔으면 하는데요."

연청이 부탁하자 하인은 난처한 표정을 지었다. 그러자 대종이 품에서 다시 돈을 꺼냈다.

"그저 잠시 얘기만 하면 됩니다."

하인은 돈을 보자 금세 얼굴을 풀렸다. 하인은 잠깐 만나게만 해 주는 것인데, 크게 문제될 거 있겠냐고 생각하게 되었다.

"그러면 잠시 후에 와서 내 친척이라고 하고 나를 찾으시오."

하인은 흐뭇한 표정으로 돈을 챙겨 가지고 돌아갔다. 하인이 돌아가고 난 얼마 후에 두 사람은 고 태위의 집으로 갔다. 문을 열어 준 하인에게 돈을 건네 준 하인의 이름을 대자, 곧 안으로 들어갈 수 있었다.

두 사람은 곧 소양과 악화가 묵고 있는 방으로 안내되었다.

"아니, 대종 형님이 아니오?"

"그래, 고생들 많았지?"

"고생보다도 억울하고 분해서 미칠 지경입니다. 고 태위 저놈이 우리를 완전히 속였습니다."

소양과 악화는 이를 갈았다.

"자, 시간이 없네. 이따 날이 어두워지면 자네들을 구하러 오겠네. 자정이 넘으면 자네들은 뒤편 담장 아래로 나와 있게나. 그러면 우리가 밧줄을 넘겨줄 테니 그것을 타고 올라오게."

대종과 연청은 몇 마디 더 당부를 하고는 밖으로 나왔다. 하인은 그때까지 밖에서 기다리고 있다가 두 사람을 집 밖으로 내보냈다.

연청과 대종은 밧줄을 준비하여 자정이 되기를 기다렸다가, 야간 순라군들을 피해 고 태위의 집으로 접근했다. 그러고는 은밀하게 담 뒤편으로 몸을 숨겼다.

대종이 담장 안을 향하여 헛기침을 했다. 그러자 안에서도 기침 소리가 들렸다. 대종은 담장 너머로 밧줄을 던졌다. 안에서 기다리고 있던 소양과 악화는 얼른 밧줄을 집어 들어 옆에 있는 굵은 나무에 묶었다.

줄이 팽팽해지자, 두 사람은 날렵하게 밧줄을 타고 담을 넘었다.

그리하여 네 사람은 새벽이 되기를 기다렸다가 성문이 열리자마자 동경성을 빠져 나갔다.

천자의 부르심을 받다

양산박에서는 연청과 대종의 활약상을 전해 듣고 크게 기뻐했다.

"기대했던 것보다 일이 훨씬 잘 풀려 가는구려. 이제는 정말 천자의 칙서만 기다리고 있으면 될 것 같소이다."

송강은 어린아이처럼 기뻐했다. 다른 두령들도 이번엔 좋은 소식이 오리라 생각했다.

연청이 천자가 직접 쓴 사면장을 보여 주자, 모든 두령들이 입을 벌리며 감탄했다. 그것만으로도 천자의 진심을 알 수 있을 것 같았다.

"연청 저놈이 큰 호강했구먼. 천자와 직접 얘기도 나누고 말이야."

사람들이 저마다 연청만을 추켜세우자, 이규가 입을 씰룩거리며 말했다. 그러나 이규 또한 매우 기뻐하고 있었다.

송강은 큰일을 치른 연청과 대종, 그리고 인질로 고생한 소양과 악화를 위해 잔치를 열어 주었다. 양산박에서는 오랜만에 흥겨운 술자리가 마련되었다.

한편, 이사사의 집에 다녀온 천자는 며칠 후에 고 태위를 불러들였다.

"지난번에 양산박을 토벌하러 갔던 얘기를 다시 듣고 싶소. 그 때 무슨 일이 있었다고 했지?"

고 태위는 속으로 뜨끔하였다. 천자의 목소리를 들어 보니, 이미 무언가를 알고 있는 듯한 눈치였다.

빠르게 이리저리 계산을 해 본 고 태위는 사실대로 말하기로 결심했다. 만약 천자가 이미 무언가를 알고 있다면, 그 앞에서 또 한 번 거짓말을 했다가는 살아 남지 못할 것이라는 생각이 들었기 때문이다.

"사실 그 싸움에서 저는……."

고 태위는 하나도 빠짐없이 모든 사실을 얘기했다. 얘기를 듣는 천자의 표정은 갈수록 일그러졌다. 다른 신하들도 놀랍다는 표정이었다.

"감히 짐을 속이고 게다가 내가 보낸 칙서마저 제대로 전달하지 않다니, 그게 있을 수 있는 일인가?"

천자의 목소리가 카랑카랑하게 높아졌다. 고 태위는 식은땀을 흘리며 고개만 푹 숙이고 있었다.

"그대의 잘못을 묻는 일은 나중에 다시 하겠소. 지금은 우선 양산박 무리들을 다스리는 게 급한 일이오."

천자는 그렇게 말하고 대신들을 죽 훑어보았다.

"그대들 중 누가 짐의 칙서를 전달하러 양산박으로 가겠소? 이번엔 확실하게 칙서를 전달하고, 그들의 진심을 받아 와야 할 것이오."

모두 고개만 숙이고 있는 가운데 한 사람이 입을 열었다.

"소신이 가서 그들에게 폐하의 진심을 전하고 오겠습니다."

그는 바로 숙 태위였다.

천자는 믿을 만한 사람인 숙 태위가 나서자, 기쁜 얼굴이 되어 그에게 임무를 맡겼다. 천자는 칙서 외에 비단과 어주도 함께 내렸다.

양산박에서는 연청의 보고를 듣고 난 후에 첩자 한 사람을 동경성으로 보냈다. 첩자는 곧 천자가 칙서를 내렸다는 소식을 가지고 양산박으로 돌아왔다.

양산박의 모든 두령들은 이 소식에 매우 기뻐했다. 송강은 즉시 칙사를 맞을 준비를 시작했다. 송강은 제주부에서 양산박에 이르는 길에 스물네 개의 산봉우리를 만들게 했다. 그러고는 그 산봉우리들을 색깔이

고운 비단과 꽃으로 치장하게 하였다.

그리고 마을에서 불러온 악사들을 그 산봉우리마다 배치하여 음악을 연주하도록 하였다.

송강은 두령 한 사람에게 산봉우리 하나씩 책임을 지도록 해 악사의 연주에 차질이 없도록 했다.

이어서 송강은 산채를 청소하고 좋은 음식을 미리 준비하게 했으며 두령들이 입을 비단옷도 준비시켰다.

양산박에서 이같이 칙사를 맞을 준비를 끝내 가고 있을 때, 숙 태위는 제주부에 도착해 있었다.

제주부의 장 태수는 칙사인 숙 태위를 맞이하여 술을 대접하며 양산박의 동정을 알렸다.

"저들은 분명 천자의 칙서를 소중하게 받들 것입니다. 이제까지는 칙사가 제대로 전달하지 못하였기 때문에, 일이 꼬였던 것입니다."

장 태수는 숙 태위가 진실하고 곧은 사람이란 것을 알고 있었기에 솔직하게 얘기를 하였다.

"나 또한 그렇게 되기를 바라고 있소. 이번엔 천자께서도 어느 때보다 신경을 많이 쓰고 계시니 일이 잘 풀려야만 할 것이오."

"틀림없이 그렇게 될 것입니다. 태위님께서도 이번 일로 공을 세우게 되실 것입니다."

"내 공이야 바라지 않소. 아무튼 태수가 그처럼 저들을 믿고 있다면, 저들에게 가서 내가 와 있다고 알려 주었으면 하오."

"당연하지요. 제가 직접 가서 칙사를 맞을 준비를 하라 이르겠습니다."

이튿날 장 태수는 몇 명의 부하와 함께 양산박으로 향했다. 산 아래에는 이미 여러 명의 두령들이 장 태수를 마중 나와 있었다.

그들은 먼저 산 위로 사람을 보내 알린 다음, 장 태수를 모시고 산채로 향했다.

송강은 산채 밖까지 나와 장 태수를 맞이하였다. 장 태수는 송강의 권유에 따라 충의당의 상석에 앉았다. 서로 정중하게 맞절을 나눈 후에 장 태수가 먼저 말을 꺼냈다.

"축하 드립니다. 지금 숙 태위께서 천자의 칙서를 가지고 제주부에 와 있습니다. 천자께서는 칙서와 함께 금패, 은패, 어주 등도 함께 보내셨다. 어서 칙사를 맞을 준비를 하십시오."

"참으로 기쁜 일입니다. 이것으로 저희는 새로 태어날 수 있게 되었습니다."

송강은 너무 기뻐서 또 한 번 큰절을 했다. 장 태수도 황급히 맞절로 받았다.

장 태수가 돌아가려 하자 송강이 잡으며 말했다.

"이대로 가시면 섭섭합니다. 저희가 잔치를 열겠으니, 음식이라도 드시고 천천히 가십시오."

"고마운 말씀이나, 저는 바로 돌아가야만 합니다. 숙 태위를 기다리게 하는 것도 도리가 아니지요."

장 태수가 사양을 하자, 송강은 급히 사람을 시켜 금·은 등의 패물을 한 상자 내오도록 했다.

"작은 성의입니다. 받아 주시면 고맙겠습니다."

그러나 청렴한 장 태수는 이것도 극구 사양했다. 송강이 몇 차례나 권했지만, 장 태수는 결국 아무것도 받지 않았다. 송강은 장 태수의 청렴 결백한 성품에 감탄했다.

장 태수는 송강이 붙여 준 오용, 주무, 소양, 악화 등과 함께 제주부로 돌아갔다. 오용은 숙 태위를 만나 먼저 전날의 일을 사과했다.

"다 지나간 일이니 개의치 마시오."

숙 태위는 너그럽게 말하며 조용히 웃었다.

"이번에 칙서의 일로 태위님을 다시 뵙게 되니 참으로 기쁩니다. 지금 산채에는 태위님을 맞을 준비가 다 되어 있으니, 저희들과 함께 어서 올라가시지요."

숙 태위는 장 태수와 함께 오용을 따라 양산박으로 향했다.

제주부를 떠난 지 얼마 안 되어 숙 태위는 오색으로 치장된 산봉우리를 볼 수 있었다. 멀리서 칙사 일행을 환영하는 피리와 북 소리가 들렸다.

숙 태위는 매우 흡족한 얼굴이 되었다. 이렇게 악사들의 연주를 들으며 여러 개의 산봉우리를 지나 양산박 근처에 이르니, 송강을 비롯한 두령들이 마중 나와 있는 게 보였다. 송강과 노준의가 맨 앞에서 무릎을 꿇은 채 기다리고 있었으며, 그 뒤로 108두령 전부가 일렬로 엎드려 있었다.

"자, 모두들 말에 올라 나와 함께 가도록 합시다."

숙 태위는 다정한 목소리로 송강에게 말했다. 송강과 두령들은 말에 올라 숙 태위를 호위하였다.

산채 아래에도 수많은 군사들이 나와 숙 태위를 맞이했다. 송강은 숙 태위와 장 태수를 충의당에 모셨다. 그리고 송강과 두령들은 충의당 아래에 무릎을 꿇고 칙서를 받을 자세를 취했다.

드디어 숙 태위가 칙서를 읽기 시작했다.

짐은 그 동안 인의로써 나라를 다스리고 백성들을 위하고자 하였다. 이번에 양산박의 송강 등 여러 사람들이 그간의 죄를 뉘우치고 나라에 보은하려 한다니 짐은 기쁘게 그 뜻을 받아들이겠노라. 그 동안 그대들이 비록 도적 행세를 했다고는 하나 각자 사정이 있었을 것이다. 이제 그대들의 모든 죄를 사면하여 나라를 위해 일할 기회를 주고자 하노라.

칙서의 낭독이 끝나자, 모든 두령들이 만세를 부르며 서로 끌어안았다.

숙 태위는 천자가 내린 금패, 은패를 두령들에게 나누어 주었다. 그리고 어주가 담긴 항아리의 뚜껑을 열어 두령들에게 권했다.

송강은 일동의 자리를 새로 마련하게 하고는 곧 잔치를 열었다. 참으로 즐겁고 성대한 잔치였다. 온갖 귀한 술과 푸짐한 음식이 잔치를 더욱 흥겹게 했다.

잔치는 여러 날이나 계속되었다. 두령들은 숙 태위와 그 일행을 위해 여러 가지 즐거운 놀이를 마련해 주었다. 숙 태위는 양산박 호걸들이 하나같이 출중한 무예를 가지고 있는 것을 보고는 나라에 큰 도움이 될 것이라 생각하여 매우 기뻐했다.

이렇게 나흘이 지났을 때, 숙 태위가 송강을 불러 그만 돌아가겠다는 뜻을 밝혔다.

"저희로서는 좀 더 모시고 싶습니다."

송강은 진심으로 숙 태위가 산채에 더 머물러 주기를 바랐다.

"성의는 고마우나 어서 이 일을 조정에 알려야 할 것이오. 그러지 않으면 간신배들이 또 어떤 모략을 꾸밀지 모르는 일이오."

숙 태위의 말이 맞는지라 송강은 더 잡을 수가 없었다. 송강은 그 날 저녁 성대한 송별 잔치를 베풀었다.

이튿날이 되자, 숙 태위 일행은 올 때와 마찬가지로 극진한 배웅을 받으며 양산박을 내려갔다. 인질로 잡혀 있던 문환장 또한 선물을 받고 그들과 함께 돌아가게 되었다.

송강은 20리 밖까지 숙 태위를 배웅하였다. 마지막 헤어지는 자리에서 이별주를 나누며, 송강은 숙 태위에게 여러 번 감사의 인사를 했다.

"나 또한 그대들이 순순히 칙서를 받아 기쁘고 다행스럽게 생각하오. 천자께 이 모든 걸 상세히 전할 것을 약속하오."

숙 태위는 흐뭇해하며 돌아섰다. 송강도 기쁜 마음으로 숙 태위를 배웅하고 돌아섰다.

산채로 돌아온 송강은 두령들 전부를 모이게 했다.

"여러 두령들, 그 동안 참으로 고생이 많았소. 이제 우리는 천자의 부

316

르심을 받아 떳떳이 나라를 위해 일할 수 있게 되었소. 우리 108두령들은 서로 함께 죽기를 맹세했으니, 끝까지 행동을 함께할 것입니다. 그러나 다른 군사들은 그렇지 않소. 그들 중에는 우리를 따라 나설 사람도 있겠지만, 그냥 집으로 돌아가고픈 사람도 있을 것이오. 이제 우리는 산채를 정리해야 할 것입니다. 그러니 집으로 돌아가고자 하는 군사들에게는 새 생활을 시작할 수 있도록 충분한 재물을 나누어 주도록 하시오. 그 밖에 우리가 가진 물건들도 다 처분하기로 합시다."

이어서 송강은 소양을 시켜 방문을 쓰도록 했다. 그 방문에는 산채의 물건들을 싼값에 팔겠다는 내용이 씌어 있었다.

소양은 방문을 가지고 내려가 인근 마을의 여러 곳에 붙였다. 방문에 지정한 날이 되자, 많은 사람들이 산채로 몰려들었다. 그들은 싼값에 필요한 물건들을 구입하고는 기쁜 마음으로 돌아갔다.

"자, 이제는 우리 가족들도 모두 고향으로 보내 드립시다."

송강이 말하자 오용이 나서서 반대했다.

"아닙니다. 가족들은 당분간 이 산채에 그대로 머물게 하는 게 좋을 듯합니다. 우리가 동경에 올라가 완전하게 성은을 받고 난 후에 돌아가도록 해도 늦지 않을 것입니다."

송강은 그 말을 받아들여 가족들은 계속 산채에 남아 있게 했다. 송강은 두령들에게 동경으로 떠날 채비를 갖추도록 명했다. 108두령과 그 밖에 그들을 따르기로 한 수많은 군사들이 말과 갑옷을 준비했다.

송강은 미리 숙 태위에게 자신들이 동경으로 올라간다는 것을 알렸다. 숙 태위는 크게 기뻐하며 곧 궁궐로 들어갔다. 숙 태위의 보고를 받은 천자도 매우 기뻐하였다.

천자는 숙 태위와 함께 어용 대장을 성 밖으로 보내 양산박 호걸들을 맞이하게 했다.

드디어 송강을 비롯한 108두령들이 동경에 도착했다. 양산박 군사들은 깨끗한 옷을 입고 질서 정연하게 동경성을 향해 갔다. 관군에 못지않은 위풍 당당한 행렬이었다. 더구나 선두에 선 108두령의 모습은 그 한 사람 한 사람마다 늠름하기 그지없었다.

행렬의 맨 앞에는 두 개의 깃발이 앞장서고 있었다. 하나에는 '하늘의 뜻에 따른다.'라는 글이 적혀 있었고, 다른 깃발에는 '나라를 지킨다.'라는 글이 적혀 있었다.

이들의 행렬 모습은 매우 힘차고 아름다웠다. 수많은 사람들이 이들을 구경하기 위해 모여들었다.

동경성에 도착한 송강 일행은 숙 태위와 어용 대장의 환영을 받았다.

숙 태위는 얼른 조정에 들어가 양산박 군사들이 도착했음을 알렸다. 천자는 그들 모두에게 관복을 지급하도록 지시했다.

"내일은 내가 문무 백관과 함께 그들을 사열(군에서 지휘관이 장병을 정렬시켜 놓고 군사 교육의 성과 및 장비 유지 상태 등을 실제로 살펴보는 것)하겠소. 그 자리에는 백성들도 모이게 하시오. 그렇게 하면 그들 모두가 이 나라의 당당한 장수들임을 널리 알릴 수 있을 것이오."

천자의 지시대로 송강과 모든 군사들에게 관복이 하사되었다.

이튿날, 관복을 입고 온갖 무기로 무장한 위풍 당당한 행렬이 천자 앞에서 열병식을 가졌다. 지켜 보는 사람들 모두가 이들의 늠름한 모습에 감탄하였다.

천자 또한 이들을 보고는 흡족한 표정을 지었다.

"소문이 전혀 틀리지 않다. 과연 천하의 영웅 호걸들이로구나."

열병식이 끝나자, 천자는 이들 모두를 가까이 오도록 하여 일일이 격려해 주었다.

곧 이어 천자의 명에 의해 성대한 잔치가 벌어졌다. 108두령은 천자를 위에 두고 서열대로 자리를 잡고 앉았다. 잔치가 시작되자 궁중의 온갖 호화로운 음식들이 끊임없이 나와 이들을 기쁘게 했다.

천자는 이들 모두에게 친히 술 한 잔씩을 권했다. 이 흥겨운 잔치는 밤이 늦도록 계속되었다.

이 책에 대하여

　《수호지》는 중국 명나라 때 완성된 것으로 《삼국지》, 《서유기》, 《금병매》와 함께 중국 4대 기서 중 하나로 꼽히고 있다.

　송나라 역사에 보면, 북송 말 휘종 3년(1121), 화이난에서 송강 등이 난을 일으켜 한때 세력을 크게 떨친 적이 있으나, 결국엔 패전하여 투항한 사실이 기록되어 있다. 이 송강의 난을 소재로 한 야담이 차츰 발전하여 원말 명초에 이르러서는 어느 정도의 형태를 갖추게 되었는데, 그것이 바로 《수호지》이다.

　《수호지》는 《삼국지》와 함께 우리에게 가장 널리 알려진 중국의 고전으로, 《삼국지》가 천하 제패를 꿈꾸는 명장들의 얘기라면 《수호지》는 양산박이라는 산에 모여든 이름 없는 호걸들의 얘기라고 할 수 있다.

　이 《수호지》의 배경이 되는 양산박이라는 곳은 지형이 험악하고 호수가 사방을 두르고 있어, 그야말로 천혜의 요새라고 할 만한 장소이다. 이 곳으로 전국 각처에서 죄를 짓고 쫓기는 108명의 호걸들이 모여드는데, 그들은 비록 순간적으로 죄를 짓긴 하였으나 나라에 대한 충의만은 저버리지 않았다.

　그들 대부분은 탐관 오리들에 의해 억울하게 누명을 썼거나 어쩔 수 없는 사정으로 죄를 짓게 된 사람들로, 비록 도적이 되기는 했으나 한결같이 충효와 의리를 중히 여겼고 무예가 뛰어났다.

《수호지》에는, 얼굴이 검고 키가 작지만 효성이 지극하고 인덕을 겸비하고 있어 세상 사람들의 존경을 받고 있는 송강, 무예가 뛰어나고 의를 중히 여겨 많은 호걸들의 존경을 받아 양산박의 두령이 된 조개, 지혜와 계략이 뛰어나 여러 차례의 싸움에서 양산박을 승리로 이끄는 오용, 한때 80만 금군의 교두였으나 누명을 쓰고 귀양을 갔다가 죄를 지어 양산박으로 들어온 임충, 불의를 보면 참지 못하는 성미 탓에 사람을 죽이고 오대산으로 도망가 중이 되었다가 양산박으로 들어온 노지심, 성미가 급하고 우둔하지만 효성이 지극한 이규 등 양산박의 108호걸들이 겪는 파란 만장한 사건들과 역경을 헤쳐 나가는 그들의 용맹과 재치, 죽음 앞에서도 변치 않는 의리 등이 생생하고 흥미롭게 펼쳐져 있다.

양산박 호걸들이 양산박으로 모여들기까지, 많은 사건들을 겪는 과정에서 나타나는 호걸들의 사내다운 의리와 호쾌한 싸움은 읽는 이로 하여금 깊은 감동과 함께 재미를 느끼게 하기에 충분할 것이다.

Hye Won World Best